Felice Stevens

Dicht unter der Oberfläche

- Ein Roman der Breakfast Club Reihe -

Band 1

Aus dem Amerikanischen von Jennifer Trapp und Susanne Scholze

Impressum

http://www.deadsoft.de

Titel der amerikanischen Originalausgabe:
Beyond the Surface (The Breakfast Club, Book 1)
August 2015

Übersetzung: Jennifer Trapp & Susanne Scholze

Cover: Irene Repp
http://www.daylinart.webnode.com
Bildrechte:

1. Auflage
ISBN 978-3-96089-015-7
ISBN 978-3-96089-016-4 (epub)

Widmung

Für die 343 Feuerwehrleute des FDNY, die nicht wieder nach Hause kamen und all die Ersthelfer, die daran Teil hatten, New York City aus den Tiefen der Verzweiflung des 11. Septembers zurückzuholen. Eure Aufopferung und euer Einsatz wird niemals in Vergessenheit geraten.

Danksagung

Danke, wie immer, an meine Lektorin Keren Reed.

An Sandy und Lindsey, die mich zu dieser Geschichte gedrängt haben, seit ich die Idee zur Sprache gebracht habe. Danke dass ihr immer da wart, Tag und Nacht. An Hope Cousin, jeden zweiten Dienstag, Baby. An Denise, ich kann dir gar nicht genug danken.

An Kade – Danke für deine Freundschaft und Unterstützung.

Öffentlich danken muss ich Jessica de Ruiter – ich habe ein Wort für dich – Lederhosen. Ohne dich wäre das nie passiert.

An die Leser, danke für die Unterstützung, den Familiensinn und die Liebe. Ich bin der glücklichste Mensch, den ich kenne, weil ich euch habe.

Kapitel 1

Es war ein kalter, grauer, windiger Tag in New York City. Die Art von Tag, an dem man den bevorstehenden Schnee riechen kann und sich auf den ersten Kaffee, der einen bis auf die Knochen aufwärmt, freut. Julian Cornell stieg ohne einen Blick zurück aus dem schwarzen Auto und eilte die Stufen zum Restaurant hinauf. Obwohl es erst acht Uhr morgens war, war er bereits seit Stunden mit seinem Designerteam damit beschäftigt gewesen, die letzten Handgriffe an seiner Modenschau vorzunehmen, die die Sommerkollektion seiner Prêt-à-porter-Modelinie präsentieren sollte. Seiner Meinung nach, und das war die einzige, die zählte, war das seine bisher beste Kollektion.

Julian und seine zwei besten Freunde hatten sich als Ziel gesetzt, sich mindestens einmal im Monat zum Frühstück zu treffen, entweder in der Stadt, wo er und Marcus lebten, oder in Brooklyn bei Zach. Heute war es Brooklyn; zum Glück war das Restaurant gleich über der Brooklyn Bridge in Brooklyn Heights, somit war der Rückweg in die City kein Problem.

Als er die Tür öffnete, entdeckte er seine Freunde sofort auf ihrem Stammplatz und ein Lächeln huschte über seine Lippen. Für mindestens eine Stunde konnte er den Ärger und die Hinterlistigkeiten bei der Arbeit vergessen und mit den einzigen Menschen entspannen, denen er in dieser Welt wirklich vertraute.

„Hey, Leute." Er setzte sich neben Zach, der Julians dünnem, knapp 1,90m großen Körper Platz machte. „Danke, Zach. Wie geht's deiner Mom?"

Zach schob seine Brille hoch. Seit Julian ihn das erste Mal getroffen hatte, rutschte sie ihm auf die Nase herunter. Zach ließ sein übliches süßes Lächeln für Julian aufblitzen. „Es geht ihr besser. Danke der Nachfrage. Und sie bedankt sich für den Schal, den du ihr zum Geburtstag geschenkt hast. Sie zeigt jedem ihre original Julian Cornell Kreation." Zachs blaue Augen leuchteten. „Alle Frauen im Seniorenzentrum sind neidisch."

Nicht zum ersten Mal fragte sich Julian, warum ein so netter Kerl wie Zach noch niemanden gefunden hatte. Dass Zach Tag und Nacht an seinen Computern saß, verbesserte seine sozialen Kontakte nicht gerade. Außerdem standen Männer mehr auf kleine Dreckskerle. Er grinste in sich hinein, während er an das schmollende Model dachte, das er früher am Morgen aus seinem Bett geworfen hatte und an den harten Sex, bei dem er den Kerl immer wieder gegen das Kopfende des Bettes gehämmert hatte.

„Ha, Juli, du hast einige große Oma-Fans", feixte Marcus an der anderen Tischseite.

„Halt die Klappe, Marcus", erwiderte Julian abwesend, als er dem Kellner, der ihm Kaffee einschenkte, einen Blick zuwarf. „Das Übliche, Peter."

„Ja, Mr. Cornell." Der Kellner setzte die Kanne auf dem Tisch ab und verschwand.

„Halt die Klappe? Sprichst du so mit deinem ältesten Freund?"

Das war von Zeit zu Zeit die einzige Möglichkeit für Julian, mit einer Persönlichkeit wie Marcus Feldman umzugehen. Wie es sein Freund schaffte, seinen College-Abschluss zu machen und der Besitzer eines der beliebtesten Nachtclubs

von New York City, dem Sparks, zu werden, überstieg Julians Vorstellung. Julian hatte gedacht, alles was Marcus interessierte, wäre Trinken, Feiern und den nächsten süßen Jungen zu ficken, der ihm über den Weg lief.
Aber Marcus hatte sie alle getäuscht und jetzt plante Julian seine Aftershowparty im Sparks und wusste – dank Marcus' messerscharfem Geschäftssinn – es würde ein genauso großer Erfolg werden wie die Modenschau. Sein Puls beschleunigte sich, als er an all die Auszeichnungen dachte, die seine neuen, angesagten Designs erhalten würden.
Während er Marcus' Erwiderung ignorierte, ging Julian eine Liste mit Fragen durch. „Alles ist für heute Abend vorbereitet, richtig? Du hast die VIP-Liste und extra Kellner für ihre Tische?“ Er hielt Marcus' Blick. „Nichts darf schiefgehen. Ich verlass mich auf dich.“
„Beruhig dich! Wenn ich mir keine Sorgen mache, dann musst du dir auch keine machen.“
Marcus nippte an seinem Kaffee. „Ernsthaft, Juli, du weißt, ich würde dich nie hängen lassen. Ich habe das Servicepersonal persönlich ausgesucht.“ Er nahm erneut einen Schluck von seinem Kaffee und grinste über den Rand seiner Tasse hinweg.
„Oh, Gott“, stöhnte Julian. „Sag mir bitte, dass das nicht heißt, dass du jeden Einzelnen gevögelt hast! Gott, Marc. Wie wäre es mit wenigstens mit ein bisschen Selbstbeherrschung?“
Der Kellner näherte sich mit ihrem Frühstück. Julian wartete, bis der Mann ihre Teller abgestellt hatte und sie wieder verließ, bevor er weitersprach. „Ich will keine Horde unzufriedener, hübscher Jungs, die sich darüber streiten, wer

dem Boss am Ende des Abends einen bläst, obwohl sie sich auf meine Gäste konzentrieren sollen.“

Zach saß zwischen den beiden, sodass sein Blick zwischen Julian und Marcus hin- und herflog wie bei einem Tennismatch. Nur selten sah Julian den normalerweise gelassenen, coolen Marcus die Beherrschung verlieren, doch das Funkeln in seinen samtgrauen Augen ließ Julian ahnen, dass einer dieser Momente gekommen war. Zach schreckte zusammen und lehnte sich in der Nische zurück, als erwarte er, dass die beiden Männer jeden Moment handgreiflich werden würden.

„Mit welchem Recht glaubst du, mir vorschreiben zu dürfen, wie ich mein Geschäft zu führen habe oder wen ich ficke?“ Marcus schlug mit der Hand auf den Tisch, so dass die Kaffeetassen klapperten und die Gäste der umliegenden Tische ihnen unbehagliche Blicke zu warfen.

„Weil ich dich dafür bezahle.“ Julian starrte seinen Freund zornig an. „Diese Nacht ist sehr wichtig für mich. Sie muss perfekt werden.“

„Und das wird sie“, sagte Marcus. „Ich verschwinde ein bisschen eher von deiner Show, um sicherzugehen, dass alles an seinem Platz und das Personal bereit ist für den Andrang deiner dich verehrenden Fans und die Scharen von Reportern, die meine Tür einrennen werden, um dich zu sehen. Ich werde dich nicht im Stich lassen.“

„Sorry, ich war noch nie so gestresst“, sagte Julian und wandte sich an Zach. „Und dir danke ich auch, dass du alles zusammengestellt hast, was ich brauche, angefangen beim Licht über die Musik bis hin zur Diashow.“

„Kein Problem, ich helfe gern." Zach nickte ihm zu und nahm einen Bissen von seinen Eiern.
„Bist du sicher, dass du nicht zur Show und der Party danach kommen willst?", fragte Julian in einem freundlicheren Tonfall. Seit sie sich kennengelernt hatten, war er immer Zachs Beschützer gewesen. Damals hatte er extra Stunden in Wirtschaft und Marketing an der CUNY genommen und sie wohnten zusammen, bis er nach Europa zog. Seltsamerweise fühlte sich Julian immer noch verantwortlich für seinen Freund, der, wie er wusste, schüchtern und unbeholfen war, was soziale Kontakte anging, und der lieber zu Hause blieb, als eine ihrer vielen Einladungen zu Eröffnungen, Shows und Partys anzunehmen. „Ich habe den Platz gleich neben mir für dich reserviert."
„Ist in Ordnung, Julian. I-Ich habe noch einiges zu tun. Vielleicht das nächste Mal, okay?" Zach hielt seinem Blick stand und Julian lächelte dünn.
„Na klar, Zach. Das nächste Mal."
Aber Julian wusste, dass es das nächste Mal genauso laufen würde. Er lud Zach zu jeder seiner Shows und Partys ein und es gab immer eine Ausrede oder einen Grund für ihn nicht zu kommen, oder sich hinter dem Mischpult für Beleuchtung und Musik zu verstecken.
Sein Telefon brummte, als er eine SMS von Melanie, seiner Assistentin, erhielt. Sie enthielt eine Liste mit tausend Kleinigkeiten, die bis heute Abend noch erledigt werden mussten. So sehr es Julian hasste, das Frühstück mit seinen Freunden frühzeitig zu beenden, wusste er doch, dass er sicherstellen musste, dass alles so erledigt wurde, wie er es

geplant hatte. Ein Teil seines Erfolgs war sein Blick für jedes kleinste Detail. Er war kein Kontrollfreak, aber er mochte es, wenn alles so getan wurde, wie er es sich vorstellte.

Er schaufelte den Rest seiner Eier in sich hinein, leerte seine zweite Tasse Kaffee und sah sehnsüchtig die Thermoskanne auf dem Tisch an.

„Tut mir leid, Jungs." Er tupfte sich seine Lippen mit der Serviette ab. „Ich muss gehen und checken, ob alle Sachen am richtigen Platz und richtig geordnet sind und dann muss ich die Model-Umkleide ordentlich aufstellen." Er stand auf, nahm einen 20-Dollarschein aus seinem Geldbeutel und schob ihn über den Tisch. „Marcus, ich seh dich heute Abend. Zach, ich halte dir deinen Platz frei, falls du deine Meinung änderst."

Er verließ das Diner, seine Gedanken kreisten um all die Kleinigkeiten, die seiner Aufmerksamkeit bedurften, während er sich an der Court Street ein Taxi rief, um zurück in die Stadt in seinen Showroom auf der Seventh Avenue zu fahren. Dann ging es zurück nach Downtown zum prächtigen Tribeca-Loft, das er für seine Show heute Nachmittag gemietet hatte. Dort sollte mittlerweile alles fertig sein.

Julian überließ nie etwas dem Zufall. Er ging davon aus, dass jeden Moment etwas passieren könnte, sodass alles schiefging. Deswegen bestand er auf Ablaufbesprechungen mit seinen Make-up-Artists, Models und Garderobieren. Sie beschwerten sich zwar darüber, aber es sorgte immer für eine makellose, einwandfreie Modenschau.

Das Taxi bog auf den West Side Highway ab und der Fluss rauschte zu seiner Linken vorbei, was Julian kaum wahrnahm. Er war zu sehr damit beschäftigt Anweisungen an Melanie zu tippen und den aktuellen Stand anderer Shows, die bereits liefen, nachzuvollziehen.

Einige seiner Konkurrenten, Designer, die ihn nur zu gern versagen sehen würden, hatten ihre Shows bereits hinter sich. Julian war das egal; er wusste, dass es Spione gab, die im Ankleideraum herumschnüffelten oder im Publikum saßen, die Zweifel über die Kollektion bei den Käufern und Modebloggern säten. So etwas konnte eine ganze Saisonkollektion für einen Designer, der kurz vor seinem Durchbruch stand, ruinieren. So wie er einer war.

Julian wusste, dass es diese Show war: der Höhepunkt all seiner Bemühungen, all der langen Tage und noch längeren Nächte voller Blut, seelischer Qualen, und sogar gelegentlicher Tränen. Die Entwürfe, die er verwirklichte, waren anders als alles, was er zuvor versucht hatte. Als er sie den Models angezogen hatte, sahen sie einfach umwerfend aus. Jetzt war alles, was er tun konnte, darauf zu warten, dass sie über den Laufsteg gingen, dass all die Pessimisten und Zweifler, die dachten, dass er es nie zu etwas bringen würde, an ihren Zweifeln ersticken würden.

Er wusste, dass er einige Risiken eingegangen war, aber was war das Leben ohne Risiko? Immerhin beschränkten sich die Risiken momentan auf das Geschäftliche. Er orientierte sein Privatleben an seinem Geschäft, erlaubte sich selbst niemals, etwas zu nah an sich heran zu lassen. Julian hatte auf die harte Weise gelernt, welchen Schaden es verursachen konnte, sich zu verlieben.

Ohne dass er es wollte, flogen seine Gedanken in die Vergangenheit, zurück zu den liebevollen Jahren, als alles, was zählte, ein Blick in Nicks Augen war, wenn sie einander dort berührten, wo sie niemand zuvor berührt hatte. Wunder und Unschuld brannten zwischen ihnen wie Feuer, als sie dachten, dass ihre Liebe für immer bestehen würde. Zwangsläufig mussten sie abstürzen, verbrennen, als sie auf dem Boden der Realität landeten, die Wahrheit ihnen ins Gesicht schlug: Das Leben ging jenseits der Sommernächte und dem Geflüster in der Dunkelheit weiter. Angst und Selbsthass, Vorurteile und kleinbürgerliche Werte verhinderten, dass er und Nick gemeinsam im Sonnenlicht spazieren gingen, stolz und verliebt.

Seither waren mehr als achtzehn Jahre vergangen, aber Julian würde niemals die Schönheit Nicks dunkelblauer Augen vergessen. Es war immer Nick – wunderschöner, gequälter, nicht geouteter Nick – nach dessen zaghaften Küssen sich Julians Körper so fieberhaft sehnte. Mit 16 Jahren, als sie nackt auf der Couch im Keller von Julians Haus lagen, sie einander linkisch berührten und sich gegenseitig zum Höhepunkt ihrer wunderbaren, verschwitzten Schweinerei trieben, dachte Julian, dass sie einander für immer lieben würden.

Er, der noch nie daran gezweifelt hatte, wer er war und wen er liebte, konnte die Scham mit der Nick neben seiner Angst und Unsicherheit kämpfte, nicht verstehen. Julian hätte sich nie träumen lassen, dass Nick ihn verlassen würde, sich weigerte zuzugeben, dass das, was er und Julian gemeinsam hatten, echt und wundervoll war.

„Ich kann nicht", flüsterte Nick gequält mit zitternder Stimme, als sie nackt auf der kratzigen Couch lagen. Julian hatte Nick einen geblasen; sein erster Blowjob und es war die aufregendste und inten-

sivste Erfahrung aller Zeiten gewesen. Ihre Körper bebten immer noch von den Nachwirkungen ihres gemeinsamen Orgasmus.

„Du kannst was nicht?" Julian leckte an Nicks Nippel, er liebte es, wie sie in seinem Mund hart wurden. „Du musst das nicht bei mir machen." Er grinste. „Jedenfalls jetzt nicht."

„Ich kann das nicht. Meine Familie …" Nick schluckte mühsam und drückte sich auf seine Ellbogen hoch. Weg von Julian. „Sie würden das nicht verstehen." Er deutete auf Julian und sich selbst. „Uns. Ich will eine Familie. Kinder." Er vergrub sein Gesicht in seinen Händen. „Ich kann dich nicht mehr treffen, Julian. Ich will normal sein."

Julian rappelte sich hoch und kam auf die Füße, der beklemmende Schmerz in seiner Brust war so stark, dass er kaum atmen konnte. „Ich dachte, wir lieben uns. Ich liebe dich, Nick."

Nick sah ihm nicht in die Augen, sagte nichts. Er sagte auch nichts, als er seine auf dem Boden verstreute Kleidung aufsammelte und sich anzog. Er sagte auch nichts, bevor er ging und die Tür hinter sich schloss.

Nach diesem Ereignis schwor sich Julian, dass er sein Leben selbst bestimmen und es in vollen Zügen auskosten würde und dass alle anderen zur Hölle fahren sollten. Er ging zur Modeschule und lernte Marcus und Zach kennen. Nach seinem Abschluss zog er nach Europa und fiel Lorenzo ins Auge, einem älteren Designer, bei dem er in die Lehre ging und den er regelmäßig durch die Matratze vögelte, bis er New York und seine Freunde vermisste und beschloss, dass es Zeit war, nach Hause zu gehen. Er würde es sich selbst und allen, die über ihn gelacht und ihn Schwuchtel und Tunte genannt hatten, beweisen.

Und wenn ihn spät nachts die Erinnerung an Nicks traurige blaue Augen verfolgte, ihn wach hielt, und er stundenlang den endlosen dunklen Nachthimmel anstarrte, gab Julian diesen Gefühlen nicht mehr nach. Er würde nie der heimliche Liebhaber von jemandem sein, würde nie verstecken, wer er war.

Nur einmal, an diesem schrecklichen 11. September, nahm er noch mal sein Telefon zur Hand, nachdem er in seiner alten Wohnung angerufen hatte, um sich zu erkundigen, ob es Zach und Marcus gut ging. Er wählte die einzige Nummer, die er von Nick hatte: die seiner Eltern. Er versuchte es vier Tage lang, ohne jemanden zu erreichen. Julian vermutete, dass sie wahrscheinlich umgezogen waren.

Danach verdrängte er die Gedanken an Nick und verschloss sein Herz, und nach einem weiteren Jahr im Ausland entschied Julian, dass er nach Hause kommen wollte, zurück nach New York und in die Seventh Avenue. Es war an der Zeit allen zu zeigen, was er erreicht hatte; seine eigene Firma zu gründen und für sich selbst und seine Vision zu designen. Er war bereit seinen Traum zu verwirklichen.

Sein Liebesleben hingegen war im besten Fall als willkürlich zu bezeichnen. Er war glücklich damit die Models, die ihm zwischen die Finger kamen, zu vernaschen, mit ihrem zerzausten Haar, ihren aufgeworfenen Lippen und ihren achso-willigen feuchten Mündern, aber sein Herz verlor er nicht. Liebe war letztendlich nur schöner Schein, wie die Entwürfe, die er kreierte. Ein simples Bild ohne Inhalt.

Aber er nahm sich zu Herzen, was er über das Geschäft und in der Liebe gelernt hatte und lebte nach diesem Credo: Die Welt war ein Ozean voller Haie. Es lag bei jedem selbst zu lernen, welche Menschenfresser und welche harmlos waren. Er war in Stücke gerissen worden und hatte es geschafft, sich wieder aufzurappeln, doch Julian vergaß nie seine Narben und was sie verursacht hatte. Von dem naiven unschuldigen Jungen, der er einst gewesen war, war nichts mehr übrig.

Das Taxi hielt vor dem Haus, das seinen Arbeitsplatz und den Showroom, zehn Stockwerke über der Fashion Avenue, beherbergte. Menschen, die keine Ahnung hatten, dachten oft, der Arbeitsplatz eines Modedesigners wäre eine stille und glamouröse Welt. Julian lachte in sich hinein, als er seine Quittung über die Taxifahrt einsteckte. In Wahrheit war es ein verrückter Ort mit herumstehenden Kleiderpuppen und Tischen, die überfüllt waren mit Mustern, Zeichnungen und Computern.

Mit wehendem Trenchcoat und hocherhobenem Kopf schritt Julian in das Gebäude, grüßte den Security-Mitarbeiter, als er an dessen Tisch vorüberging. Er schob sich die Haare aus den Augen, dachte darüber nach, ob er sie sich vor der heutigen Party noch schneiden lassen sollte und entschied sich fast im selben Moment dagegen. Er trug sein Haar gern etwas länger, sodass es sich im Nacken leicht kräuselte. Das Model von letzter Nacht, Lucien oder Louis oder wie auch immer sein Name war, mochte es ebenfalls; er hatte es genossen, daran zu ziehen und zu zerren, während sie fickten.

Ein Lächeln umspielte seine Lippen. Hoffentlich dachte der arme Junge nicht, dass er in einer großen Show laufen durfte, nur weil er den Designer gefickt hatte. Julian hielt Arbeit und Vergnügen streng getrennt; er fickte sprichwörtlich nicht, wo er aß. Und obwohl er sich darüber geärgert hatte, dass Marcus die hübschen Kellner, die für die VIP-Tische zuständig sein würden, gefickt hatte, hatte er sich bei Gelegenheit auch schon mit einem der Angestellten im Sparks eingelassen. Er wusste, dass er heute Abend im siebten Himmel schweben würde und er würde Dampf ablassen müssen und was wäre da besser als ein oder zwei süße Jungs.

Je mehr, desto besser.

Der Rest des Tages verging wie im Flug mit Kleiderproben, Make-up-Artists und Interviews. Seine Aufregung stieg exponentiell mit jeder verstreichenden Stunde. Als er hinter der Bühne beobachtete, wie die Models den Catwalk hinunterliefen, vibrierte er vor beinahe orgastischem Entzücken.

Am Ende der Show ging er selbst den Laufsteg hinunter, den Widerhall des Applauses in seinen Ohren. Julian befand sich auf dem Höhepunkt seines Lebens – ein überglücklicher Mann. Er erspähte Marcus in der ersten Reihe, der ihm applaudierte. Sein Freund hob mit einem breiten Grinsen beide Daumen, und verließ wie versprochen die Show, um in den Club zu fahren.

Sechs Stunden später saß Julian bei aus Lautsprechern dröhnender Musik und flackernden Lichtern zusammengesunken in seinem Stuhl im Sparks, und starrte wie benebelt auf die Berichte in den verschiedenen Modekolumnen.

„Styling Trittbrettfahrer."

„Frisch von der Stange? Wohl eher veraltet."

„Unbedeutend, mittelmäßig."

Und die vielleicht gemeinste Rezension kam von einem Blogger, dessen Namen Julian als einen erkannte, dem er kein Interview gewährt hatte.

„Julian Cornells Show ähnelte einem unbeholfenen Jungen, der niemals ein Date für den Abschlussball bekam. Er versucht zu sehr die coolen Kids zu kopieren und denkt, dass er es dieses Mal geschafft hätte, nur um wie immer zu stolpern und zu versagen."

Die Stimmung am Tisch war düster, nicht die erwartete Ausgelassenheit einer erfolgreichen Kollektion. Eigentlich sollte er in diesem Moment erste Bestellungen von Käufern erhalten. Aber beide Telefone, seines und das von Melanie, blieben unheilverheißend still.

„Ich versteh das nicht. Die goldenen Pullover sahen an den Jungs fantastisch aus." Melanie wedelte mit ihrem Handy herum, auf dem Bilder der Models waren, wie sie auf dem Laufsteg liefen. „Wie können die behaupten, dass sie zu mädchenhaft aussehen? Und was soll das überhaupt bedeuten?"

Falls sie eine Antwort von ihm erwartete, Julian hatte keine. Er dachte, diese Pullover seien fabelhaft und kombiniert mit den Hosen mit den seidenen Knöpfen am Hosenschlitz und dem passenden kurzen Trenchcoat – Julian hatte erwartet, dass allein diese Teile den Abend retten würden.

Stattdessen wurde er in einem Artikel verhöhnt, in dem behauptet wurde, er wäre nicht mehr als ein One-Hit-

Wonder des mittelmäßigen Durchschnitts des Vorjahres und seine diesjährigen Entwürfe seien nur eine blasse Nachahmung eines anderen jungen Designers – Devon Chambers.

Fast zehn Jahre. So lange hatte es gedauert, bis er an diesem Punkt war, an dem er dachte, er wäre endlich dazu bereit es zu tun: den Durchbruch zu schaffen und seinen Platz unter den Stars der Mode-Industrie einzunehmen. Nicht in der ersten Reihe, aber beinahe auf der gleichen Höhe. Momentan war er sich nicht mal sicher, ob er die Erlaubnis hätte ein Ticket für die Show zu kaufen.

Eine Hand legte sich auf seine Schulter. „Scheiß auf die, Juli. Alles wird gut. Das wird alles vorübergehen und morgen wirst du von Aufträgen überschwemmt. Die Klamotten waren großartig. Verdammt“ – Marcus strich sich eine Strähne seiner glatten schwarzen Haare hinter die Ohren – „Ich bestelle die ganze verdammte Kollektion.“

Marcus sank auf seinen Platz neben Julian und stellte sein Champagnerglas vor sich auf den Tisch.

Und während Julian wusste, was Marcus tat – und es zu schätzen wusste – konnte er nicht weiter hier herumsitzen und das Opfer mitleidiger Blicke und falscher, beruhigender Lächeln sein. Es nagte an seinem Inneren und erinnerte ihn an jedes Versagen und wie er am Ende wieder allein zurückblieb. Er liebte seinen Freund, aber niemand wusste, wie fertig Julian wirklich war. Er lieferte der Welt eine Show, ließ sie alle nur die Oberfläche sehen und nie jemanden tief in sein Inneres blicken; es war ein hässlicher Platz, voller Schmerz, Betrug und Verlust. Er war ein

Meister darin, sein wahres Ich zu verbergen. Eine weitere Lehre aus seinem vergangenen Leben.

„Ich muss gehen." Er stellte das Champagnerglas ab und stand plötzlich auf. „Bleibt bitte alle hier und seid heute meine Gäste." Mit diesen Worten schritt er davon, bahnte sich seinen Weg durch die Absperrung, die den hinteren Bereich als VIP-Zone abgrenzte. Was für eine verdammte Farce, dachte er, während er sich in Gedanken selbst brutal heruntermachte. *Unbedeutendes Arschloch.* Das war es, was er war.

Die Garderobiere lächelte mitfühlend, als er ihr seine Marke gab. Verdammt, sogar sie hatte gehört, wie schlimm es gelaufen war. Das ergab Sinn: Die Hälfte der Leute, die in solchen Clubs arbeiteten, waren angehende Models oder Schauspielerinnen. Sie wussten Bescheid.

„Juli, warte bitte." Marcus hielt ihn am Arm zurück.

Julian schüttelte seine Hand ab. Das Letzte, was er brauchte, war Mitleid, wie gut es auch immer gemeint war.

„Bleib doch noch", beharrte Marcus. „Wir sind's. Wir sind für dich da."

Er drehte sich, um Marcus ins Gesicht zu sehen. „Ich kann nicht. Ich kann nicht hier rumsitzen und so tun, als ob alles gut wäre. Ich habe alles in diese Kollektion gesteckt. ALLES. Ich habe Kredite aufgenommen, weil ich dachte, ich könnte sie mit den Bestellungen zurückzahlen. Es wäre kein Problem. Und jetzt?" Er stieß wütend ein bitteres Lachen aus.

„Vielleicht sollte ich mir einen Job bei Wal-Mart suchen, um meine Schulden bei der Bank bezahlen zu können.

Denn eines ist klar, mit der Kollektion verdiene ich dieses Geld nicht. Nicht nach diesen Kritiken."

Er nahm seinen Mantel von dem Mädchen entgegen und drängelte sich ohne ein weiteres Wort an den Türstehern und den wartenden Menschen vor den samtenen Kordeln vorbei.

Feiner Regen fiel mittlerweile vom Himmel, die Kälte des Abends passte zu Julians Laune. Mit eingezogenem Kopf ging er den Block hinunter und überquerte die Straße, ignorierte die hupenden Taxis und den auf seine 500-Dollar-Schuhe spritzenden Regen. Alles – einfach alles – war eine Farce.

Fröstelnd und klitschnass, weil es seit ein paar Blocks immer stärker regnete, entdeckte Julian einen kleinen Pub gegenüber einer Feuerwache, eingezwängt zwischen einer Sushibar und einer Reinigung. Er konnte sich nicht vorstellen, dass irgendjemand an einem Ort wie diesem wüsste, wer er war. Er öffnete die Tür. Wohltuende Wärme schlug ihm entgegen, als er direkt im Eingang stand und den Raum überblickte. Eine lange, für Pubs typische, auf Hochglanz polierte Bar verlief entlang der Wand. An dieser Bar stand ein Mann in der Nähe des Barkeepers und wartete auf sein Bier. Für einen Moment war sich Julian unsicher, ob er bleiben oder gehen sollte.

„Komm nur rein, Kollege, und trink was. Du siehst aus, als könntest du einen Drink vertragen." Der Barkeeper schenkte das Bier fertig ein und der Mann nahm dieses und ein weiteres mit zu einem Ecktisch, an dem seine Freunde saßen und sich eine große Platte Chickenwings und andere Vorspeisen teilten.

Julian hängte seine Jacke auf, setzte sich und bestellte sich einen Grey Goose on the Rocks. Er leerte sein Glas bis zur Hälfte in einem Schluck und wischte sich den Mund ab. Der Barkeeper hob eine Augenbraue.
„Harte Nacht?“
Julian grinste leicht. „Das kannst du laut sagen.“ Er trank nun ein wenig langsamer und sah sich in der Bar um. Die Männer am Ecktisch trugen alle Uniform; Feuerwehr, erkannte er an ihren schweren FDNY-Jacken, die über den Stuhllehnen hingen. Fünf von ihnen saßen an dem Tisch und während er an seinem Drink nippte, beobachtete er sie beiläufig.
Einer hatte ihm den Rücken zugewandt, aber seine breiten Schultern und sein kräftiger Nacken gefielen Julian. Er hatte kurzes, gewelltes braunes Haar, das in alle Richtungen abstand, als wäre er mit den Händen hindurchgefahren. Julian streckte seinen Hals und erhaschte einen flüchtigen Blick auf kräftige Oberschenkel.
Die Models, die Julian für gewöhnlich vernaschte, waren dünn und schmalhüftig, doch obwohl sie definierte Muskeln hatten, waren sie keine so überwältigend männliche Erscheinungen wie dieser Kerl. Julian spürte, dass der Feuerwehrmann nicht um das bitten musste, was er wollte – er befahl.
Ein beinahe elektrisches Kribbeln lief über seine Wirbelsäule. Sein Geschäft war vielleicht am Ende, aber Julians Libido war lebendiger denn je und sein Schwanz versteifte sich. Der Fremde hatte die Ausstrahlung eines Machos und Julian konnte nicht aufhören, an Sex zu denken. Daran, wie es sich wohl anfühlte diesen nackten Körper zwischen

seinen Beinen zu spüren. Er sollte diese Schwärmerei besser lassen; hier war nicht der richtige Ort, um beim Anstarren eines anderen Kerls erwischt zu werden.
Er leerte seinen Drink und bestellte beim Barkeeper einen weiteren. Am Ende würde er betrunken nach Hause gehen mit einer Fantasie, die ihm helfen würde, einzuschlafen. Morgen konnte er immer noch darüber nachdenken, was er mit den Trümmern seines Unternehmens anfangen sollte.
„Was machst du?" Der Barkeeper nahm das leere Glas weg und ersetzte es durch ein neues.
„Ich bin Modedesigner, ich entwerfe Kleidung für Männer." *Hoffentlich stimmte das auch noch.*
Der Mann hob beide Augenbrauen. „Kein Scheiß?" Als Julian nickte, fügte er hinzu: „Ich hätte es erraten sollen, so wie du aussiehst. Du hast definitiv mehr Stil als alle anderen hier."
„Jo, Jimmy", rief einer der Männer vom Ecktisch herüber. „Bring uns mal noch 'ne Runde und sag in der Küche, dass wir mehr Wings wollen, ja?"
„Halt die Klappe, Carlos. Ich unterhalte mich gerade. Ich habe dem Mann hier eben erzählt" – er zeigte auf Julian – „Wie sagtest du, ist dein Name?"
„Ich habe nichts gesagt", sagte Julian mit einem leichten Grinsen, „aber ich heiße Julian." Er war selbst überrascht, dass er das Gespräch und die Bar im Allgemeinen genoss. Es war so anders als Marcus' schicker Club, komischerweise intimer und echter.
Jimmy, der Barkeeper, fuhr fort: „Ich habe Julian hier gerade erzählt, dass er der bestangezogenste Kerl ist, der hier je reinkam. Neben ihm seht ihr alle aus wie Penner."

Julian zuckte zusammen, wohl wissend, dass diesen Kerlen die Bemerkung nicht gefallen würde.
„Wir brauchen uns eben nicht so anzuziehen, wenn wir im Dienst sind.“ Der Mann namens Carlos ließ seinen Blick über Julian wandern, ein Schmunzeln umspielte seine Lippen. „Wir sind damit beschäftigt Leben zu retten. Wir dinieren nicht mit der Queen, weißt du.“ Alle am Tisch lachten, obwohl Julian bemerkte, wie steif der Mann, auf den er ein Auge geworfen hatte, geworden war; er zog sich in sich selbst zurück, über seinen Drink gebeugt.
Der abwertende Ton in Carlos’ Stimme ging Julian durch Mark und Bein. Und die Queen-Bemerkung – war das ein subtiler Seitenhieb darauf, dass Julian schwul war? Nach der schlimmsten Nacht seines Lebens war das Letzte, was er brauchte, von jemandem angepöbelt zu werden, der aussah, als kaufe er seine Kleidung bei Home Depot und der mit Sicherheit den Unterschied zwischen einer Heimwerker-Zeitschrift und GQ nicht kannte.
„Entschuldige bitte, dass mein Job nicht in dein Weltbild von richtiger Arbeit passt.“ Er strich seinen Kaschmirpullover glatt und warf sein Haar zurück.
„Du musst verstehen, Freundchen, wir haben keine Zeit uns Sorgen zu machen, ob unsere Socken zu unserer Unterwäsche passen, wenn wir ein Feuer löschen.“ Ein großer, grauhaariger Mann lehnte sich in seinem Stuhl zurück und wandte sich an den Mann, der Julian seinen Rücken zugedreht hatte. „Sag, hab ich recht?“
Julian beobachtete, wie der Mann mit den Achseln zuckte, konnte seine Antwort aber nicht hören.

In ihm sträubte sich alles, sein Blut begann zu kochen. „Nicht jeder kann ein Lebensretter sein. Und du hast recht: Ich rette keine Menschen. Aber ich helfe ihnen auf andere Art und Weise. Manchmal lässt gutes Aussehen einen Menschen sich besser fühlen, auch wenn alles andere in seinem Leben scheiße ist.“ Julian griff in seine Hose und zog seine Brieftasche hervor. „Danke für *deine* Gastfreundschaft, Jimmy.“ Er reichte ihm zwei Zwanzig-Dollar-Scheine. „Behalt den Rest.“

Er stand auf, nahm ohne einen Blick zurück seinen Mantel vom Haken an der Tür und verließ den Pub. Diese verfluchten Arschlöcher besaßen wahrscheinlich nicht mal einen Anzug. Julian knöpfte seinen Mantel zu und zog wieder seine Schultern gegen die Kälte hoch, als er Richtung U-Bahn ging. Heute gab es keine Limo für ihn. Sein Telefon vibrierte, als eine SMS eintraf. Er schaute nach und sah, dass sie von Zach war.

Herzlichen Glückwunsch zur Show! Ich weiß, dass du sie gerockt hast.

Julian lachte so heftig, dass ihm Tränen in die Augen stiegen.

Kapitel 2

Die besten Tage seiner Woche verbrachte Nick Fletcher nicht bei der Arbeit. Er mochte es, taktischer Trainer des FDNY zu sein; wenn auch nicht so sehr, wie er den aktiven Dienst als Feuerwehrmann gemocht hatte, aber gerade jetzt war Nick dankbar, dass er morgens aufstehen konnte und einen Platz hatte, an dem er gebraucht wurde. Das war mehr als einige seiner Kumpels leisten konnten. Dennoch waren die Kinder auf der Intensivstation für Verbrennungen die wahren Helden waren, dachte Nick, als er sich einen Kaffee eingoss.

Sein Telefon klingelte und er sah, dass seine Mutter anrief. Er drückte den Lautsprecher, damit er nebenbei die Küche aufräumen und seinen Kaffee trinken konnte, während er mit ihr sprach.

„Hi, Mom."

„Kommst du zum Frühstück hoch?" Ihre laute Stimme erfüllte den ganzen Raum und er konnte im Hintergrund den Geschirrspüler arbeiten hören. „Es gibt Waffeln und Bacon und Katie ist hier. Sie will dich sehen."

„Klar, ich bin gleich da." Er lächelte, da er seine Schwester eine Weile nicht gesehen hatte und sie vermisste.

„Gut."

Nick trank seinen Kaffee aus und ging nach oben. Er lebte in der Erdgeschosswohnung seiner Familie, in einem Zwei-Familien-Haus in Brooklyn. Die Einteilung funktionierte für Nick perfekt; er war nahe bei ihnen, aber seine Eltern respektierten, dass er Privatsphäre brauchte.

Als er das Obergeschoss seines Elternhauses betrat, wurde er vom Aroma des besagten Bacon und dem Gelächter seiner Schwester empfangen. Nick fühlte sich unmittelbar in seine Jugend zurückversetzt, als er und Katie am Fenster gesessen hatten und hinausschauten, während sie auf ihren Vater warteten, der von seinem Dienst als Feuerwehrmann nach Hause kam und sie darüber stritten, wer seine Ausrüstung anziehen durfte.

Das Sofa mit den gobelinbestickten Kissen war immer noch dasselbe, obwohl es mittlerweile durch die Sonne und das Alter ausgeblichen war. Die Fotos an der Wand waren anders platziert worden, um den Bildern von seinem Abschluss an der Akademie, seiner Vereidigung als Feuerwehrmann und dem Tag, als er als Frischling die Stelle auf seiner Feuerwache antrat, Platz zu machen. Das waren die letzten Bilder.

Nick fuhr mit den Fingern über das Foto von sich selbst, zusammen mit seinen Eltern am Tag seiner Vereidigung. Sein Vater konnte nicht aufhören zu lächeln – er war so stolz darauf, dass Nick in seine Fußstapfen trat. Nicks Hals schnürte sich zu und Tränen traten in seine Augen.

„Nicky? Bist du das?“

Es hatte keinen Sinn in der Vergangenheit zu verweilen. Es war absolut nichts mehr übrig von dem jungen, sorgenfreien Mann. Letzte Nacht hatte er kaum Schlaf gefunden, weil er sich die ganze Zeit gefragt hatte, ob der Mann in der Bar Julian gewesen war, *sein Julian*.

Heftig blinzelnd, um alle verräterischen Anzeichen von Gefühlen zu verbergen, antwortete er seiner Mutter: „Ja, ich komme.“

Der Anblick, der ihn erwartete, zauberte ihm ein Lächeln auf das Gesicht. Seine Mutter stand am Ofen und sein Vater saß an dem runden Holztisch und las die Zeitung. Das Bild der beiden war beruhigend und erinnerte ihn ebenfalls an bessere Zeiten. Aber es war seine Schwester Katie, die sein Herz zum Strahlen brachte. Obwohl sie fünf Jahre jünger war als er, hatte sie sich in ihrer Kindheit nahtlos in seinen Freundeskreis eingefügt und sie standen sich noch immer sehr nahe. Sie war seine Stütze, sein bester Freund und die Einzige, mit der er reden konnte.
Katie blickte von ihrem Teller auf und ein Lächeln erhellte ihr Gesicht.
„Nicky!“ Ihre Umarmung war herzlich und wie immer spürte er ihre Liebe darin. „Du Riesenidiot! Warum hast du mich nicht angerufen?“
Er schob die dunklen Locken aus ihrem Gesicht. „Es tut mir leid. Ich hatte viel zu tun mit meinen Extraschichten und der Verbrennungsstation.“
Sein Vater legte die Zeitung beiseite. Die Sonne schien durch das große Küchenfenster herein und ließ die silbernen Strähnen in seinem schwarzen Haar glänzen. Sie hatten alle sein irisch-dunkles Aussehen geerbt, mit ihren tiefschwarzen Haaren und den erstaunlich blauen Augen.
„Wie geht es dir damit? Ist es schwer für dich, bei all den Kindern zu sein?“
Nick setzte sich neben Katie und spielte mit einer gefalteten Serviette. Seine Mutter schob ihm wortlos einen Teller mit Waffeln und Bacon hin, ließ sich neben seinem Vater nieder und sah ihn erwartungsvoll an.

Nick zögerte, überlegte, wie er die Emotionen ausdrücken sollte, die ihn jedes Mal überkamen, wenn er ein leidendes Kind in den Armen hielt. Das Einzige, was es erleichterte, war sein Wissen, dass es ihnen half, und in gewissem Maße auch seinen eigenen Heilungsprozess unterstützte. Er wusste, dass seine Kollegen, die es nicht geschafft hatten, gewollt hätten, dass er das tat. Er drehte den Ring, den ihm Maryann O'Reilly gegeben hatte, an seinem Finger. Sie war die Ehefrau von Brian, einer seiner Kumpels, der es nicht zurück geschafft hatte. Nick hatte ihn nicht annehmen wollen, aber sie bestand darauf, bis er schließlich nachgab. Er hatte geschworen, dass er ihn nie ablegen und immer dafür sorgen würde, dass Brian auf ihn stolz sein könnte.

„Es hilft mir manchmal mehr als ihnen, wenn das überhaupt Sinn macht." Den Schmerz langvergangener Qualen würde er immer spüren, ungeachtet dessen, dass es schon Jahre her war. „Es hilft ihnen zu sehen, dass es ein Leben außerhalb des Krankenhauses, der Hautlappen und der Schmerzmittel gibt."

„Solange es nicht zu viel für dich ist. Ich will nicht, dass du denkst, ich sei unsensibel." Ängstliche Besorgnis grub noch mehr Falten in die helle Haut seiner Mutter. „Ich finde es toll, wie du eine Leidenschaft für etwas gefunden hast, der du dich hingibst."

„Es ist keine Leidenschaft und ich gebe mich ihr auch nicht hin." Er schnitt sein Essen. „In der Lage zu sein zu arbeiten und diesen Kindern etwas zu geben, die denken, dass das Leben nichts mehr für sie bereit hält, gibt mir jeden Morgen einen Grund aufzustehen."

Anstatt dass seine Worte die Sorgen seiner Mutter milderten, sah Nick Tränen in ihren Augen glitzern.
„Mom, mir geht's gut."
Und es ging ihm gut, aus seiner Sicht zumindest. Das Leben hatte die Beständigkeit, die er nun brauchte: aufstehen, zur Arbeit gehen, helfen. Es ergab für ihn Sinn und das war es, was er brauchte. Sinn in der Sinnlosigkeit des Lebens. Aber dann war da letzte Nacht und wenn er richtig lag, und es Julian gewesen war, dann brachte ihn das jetzt ziemlich durcheinander.
„Oh Mann, das ist schrecklich." Katie scrollte stirnrunzelnd durch ihre Benachrichtigungen.
„Was?" Er verteilte mehr Sirup auf seinen Waffeln.
„Meine Freundin Melanie arbeitet für diesen Designer und letzte Nacht wurde seine Show von den Kritikern verrissen. So schlimm, dass sie sich nicht sicher ist, ob sie Ende der Woche noch einen Job haben wird."
„Das ist übel." Er kaute und trank einen Schluck von seinem Kaffee. „Woher kennst du sie?"
„Sie wurde vor ein paar Jahren ausgeraubt, als ich das erste Mal auf dem Revier Nachtschicht hatte." Immer noch ihren Text lesend, biss sich Katie auf ihre Lippe. „Ich habe ihren Fall bearbeitet und wir wurden Freunde."
„Ich bin so froh, dass du keine Diebstähle mehr bearbeitest, Liebling."
Katie grinste, als sie ihr Telefon schließlich weglegte. „Um ehrlich zu sein, bin ich mir nicht sicher, ob es in dieser Hinsicht so viel besser ist, dass ich jetzt Sexualstraftäter verfolge, Mom."

Nick wusste, dass seine Eltern außerordentlich stolz auf die Arbeit seiner Schwester als Assistentin des Bezirksstaatsanwalts waren. Sie hatte zwar Fälle, die weniger Aufsehen erregten, aber viel wichtiger war, dass sie ihren Job gern machte und darin verdammt gut war. „Ich steh drauf, die Bösen hinter Gitter zu bringen", antwortete sie immer gutgelaunt, wenn Leute sie nach ihren Überstunden und ihrer Berufswahl fragten.

Nick dachte an den Mann, den er letzte Nacht in der Bar gesehen hatte. „Ich habe gehört, wie ein Typ gestern Abend sagte, er sei Designer für Männermode. Er erschien mir ziemlich unausstehlich. Sehr von sich selbst eingenommen."

„Das sind die meisten von denen." Ein überraschter Ausdruck trat in ihr Gesicht. „Wo warst du, dass du einen Modedesigner getroffen hast?" Sie schnappte sich ein Stück Bacon von seinem Teller und räumte ihr leeres Geschirr in die Spüle. „Ich kann mir nicht vorstellen, wie du in einem trendigen Club rumhängst."

„Er kam ins Backdrafts. Er hat sich mit Jimmy unterhalten, dann hatten er und Carlos eine Meinungsverschiedenheit darüber, was sein Beitrag für die Gesellschaft ist. Er war ziemlich abwehrend." Fairerweise musste er zugeben, dass sein Kumpel ein wenig schroff dem Typen gegenüber war.

„Oh, Nicky. Was hat Carlos gesagt?"

Er zuckte mit den Achseln. „Nichts, das nicht der Wahrheit entspricht. Er sagte ihm, dass man das Designen schicker Klamotten nicht damit vergleichen kann, wenn jemand Leben rettet. Das ist alles. Und wir haben alle zugestimmt."

Katie gaffte ihn an. „Das hat er nicht!"

Gleichgültig kaute er seine Waffeln und schluckte sie hinunter. „Jap."

„Das war nicht sehr nett, Nicholas. Menschen haben verschiedene Fähigkeiten und Talente." Seine Mutter warf ihm über den Rand ihrer Kaffeetasse einen missbilligenden Blick zu.

Lächerlich. Es war ja nicht so, als würde er Carlos und Jensen nicht zustimmen. Wer hatte schon die Zeit, über ihre Klamotten nachzudenken? Vielleicht waren sie ein wenig barsch gewesen, aber zur Hölle damit. Es nagte an ihm, dass er zu feige gewesen war, sich umzudrehen und zu sehen, ob es nach all den Jahren tatsächlich Julian war. Natürlich wusste er, warum er es nicht getan hatte.

Hätte er sich umgedreht und es wäre Julian gewesen, hätte er sich dann von ihm abgewendet? Nick schämte sich dafür zuzugeben, dass er das wahrscheinlich getan hätte. Er hatte den Mann flüchtig gesehen, wie er die Bar verlassen hatte. Er war groß und schlank, mit vollem, goldenem lockigen Haar. Das hieß aber immer noch nicht, dass es sein Julian war. Es gab bestimmt haufenweise Designer mit diesem Namen. Und wer konnte schon wissen, ob er seinen Traum verwirklicht hatte?

Aber Nick wusste, dass es Julian gelungen war. Er erinnerte sich, wie sie beieinander gelegen hatten, Julians Kopf auf seiner Brust. Julian hatte mit Leidenschaft in der Stimme erzählt, wie er ein berühmter Designer werden und Nick als sein Model seine Sachen präsentieren würde.

Nick hatte gelacht, dann küssten sie sich wieder und vergaßen, worüber sie gesprochen hatten.

Diese geheimen Nachmittage und Nächte am Wochenende mit Julian waren die einzigen Momente, in denen Nick er selbst sein konnte; wo er seine Angst vergessen und in einer Blase aus Hoffnung, Hormonen und Verlangen leben konnte. Bis alles einstürzte. Dieser letzte Tag, an dem er beobachtete, wie sein Penis ein ums andere Mal in Julians Mund glitt, er Julians lustvolles Stöhnen hörte, schlug ihm die Realität ins Gesicht und er erwachte aus der Traumwelt, in der er lebte. Er wusste, dass er seiner Familie niemals sagen könnte, dass er auf Männer und nicht auf Frauen stand. So war er nicht erzogen worden.

Das Schlimmste war, dass er wusste, wie sehr er Julian wehgetan hatte. Dennoch hatte er kein Wort gesagt. Nick hatte die Tränen in Julians Augen gesehen und beobachtet, wie er sich auf seine volle, zitternde Unterlippe biss. Diese Lippe, die nur Minuten zuvor seinen Schwanz berührt und dieser Mund, der Nicks Namen gestöhnt hatte.

Warum zur Hölle dachte er darüber nach, und das ausgerechnet in der Küche seiner Eltern? Es erschien ihm unanständig an Sex, egal ob schwul oder hetero, an dem Ort zu denken, an dem er und seine Schwester früher gesessen, ihre Hausaufgaben erledigt und ihre Snacks nach der Schule genascht hatten. Vielleicht lag es daran, weil es Monate her war, seit Nick Sex gehabt hatte. Manche Menschen mochten denken, heutzutage wäre es einfacher, schwul zu sein, aber nicht wenn man eine Uniform trug und schon gar nicht, wenn man es sein gesamtes Leben geheim gehalten hatte. Um fair zu sein, er hatte keine Ahnung, wie seine Eltern diese Neuigkeit auffassen würden. Aber nach allem, was sie die letzten Jahre durchmachen mussten, sah er keine Notwendigkeit darin, es ihnen zu erzählen. *„Oh und ratet mal, ich bin auch noch schwul."* Nick war so daran gewöhnt, Dinge über sich zu verschweigen, dass er sich manchmal fragte, ob er selbst noch wusste, wer er war.

„Für mich wirkt es oberflächlich. Das ist alles. Sich auf einen Knopf zu fokussieren oder ob eine Krawatte die richtige Farbe hat." Er krümmte sich innerlich unter der Rüge seiner Mutter.

Von der Spüle aus tat Katie ihre Meinung dazu kund: „Melanie sagt, dass ihr Boss irrsinnig viele Stunden arbeitet und kaum schläft. Er geht an seine Grenzen. Aber er ist nett zu ihr und spendet viel für wohltätige Zwecke."

„Ja, ja", grummelte er. „Ihr Boss ist perfekt und ich liege falsch." Er stand auf und brachte sein eigenes Geschirr zur Spüle wie zuvor Katie. „Der Mann, den ich gestern Abend gesehen hab, sah nicht so aus, als interessiere ihn irgendetwas anderes außer sein eigenes und das Aussehen anderer. Und das ist für mich oberflächlich." Nick spülte schnell seinen Teller und seine Tasse. „Ich muss mich beeilen. Ich habe versprochen gegen Mittag im Verbrennungszentrum zu sein."

Katie stellte ihre Tasse in den Geschirrständer und trocknete ihre Hände ab. „Was machst du heute Abend?" Ihre blauen Augen bohrten sich in seine. „Möchtest du mit mir zusammen ausgehen? Ich treff mich mit Melanie und wir gehen zu einer Party."

Gott, nein. Als er seinen Mund öffnete, um abzulehnen, spürte Katie dies und beeilte sich ihm das Wort abzuschneiden.

„Bitte, Nicky! Das ist eine Wohltätigkeitsveranstaltung um junge schwule Ausreißer zu unterstützen.“ Sie drückte seinen Arm. „Es findet in einem Club statt, aber ich verspreche dir, dass du nicht tanzen musst oder so. Ich will wirklich gern etwas Zeit mit dir verbringen.“
Obwohl er bei dem Gedanken an all die heißen Körper, die sich in der dunklen Umgebung an seinen pressten, zusammenzuckte, schuldete er Katie mehr, als er ihr jemals zurückzahlen konnte. Deshalb war so ein Abend, an dem er in der Ecke sitzend an einem Drink nuckelte und gekünstelte Gespräche führte, ein geringes Opfer.
„Klar, was soll's.“ Das Vergnügen, das in ihren Augen aufflammte, war für ihn Grund genug, seine Bedenken abzulegen und mitzugehen. „Sag mir wann und wo.“
Er speicherte sich die Informationen auf seinem Telefon. „Sparks. Ist das nicht einer dieser angesagten Clubs in Tribeca?“
„Ja, aber der Besitzer ist ein großer Unterstützer der LGBT-Gemeinschaft und organisiert diese Spendenveranstaltung heute Abend. Ich habe die Eintrittskarten, also treffen wir uns vorher, sagen wir so gegen zehn?“
„Das passt mir.“ Er küsste seine Mutter zum Abschied und klopfte seinem Vater auf die Schulter. „Danke fürs Frühstück, Mom. Ich seh dich morgen, Dad. Dann können wir das Haus winterfest machen, wie wir besprochen haben.“

Zurück in seinem Apartment suchte Nick seine Schlüssel, die Brieftasche und den Parkausweis für die Garage zusammen, den er zu Beginn seines Ehrenamts von der Krankenhausverwaltung bekommen hatte. Er fuhr aus der

Einfahrt hinaus in Richtung Stadt. An der Ecke grüßte ihn die Nachbarin von Gegenüber.
„Hab einen schönen Tag, Nicky. Grüß die Kinder von mir."
„Das werde ich, Mrs. O'Keefe." Dank seiner Mutter wussten alle Nachbarn über seine ehrenamtliche Arbeit im Krankenhaus Bescheid. Deshalb, und weil in diesem Arbeiterviertel im Marine Park in Brooklyn jeder Nachbar wusste, was der andere tat.
Die Fahrt dauerte fast 45 Minuten von dem Moment an, als er das Haus verließ, bis er einen freien Parkplatz im Krankenhaus gefunden und seine Parkerlaubnis in die Windschutzscheibe gelegt hatte. Er grüßte den Sicherheitsbeamten und ging zu den Aufzügen. Er weigerte sich wie ein Irrer auf die geöffneten Türen zuzuhetzen. Lieber wartete er auf den nächsten.
Die Kinder-Verbrennungsstation wäre ein noch deprimierenderer Ort gewesen, wenn die Schwestern und Ärzte, die dort arbeiteten, nicht immer sicherstellten, dass es Ballons, frische Blumen und bunte Bilder an den Wänden gab. Sie waren besondere Menschen, die die Kinder trotz langer Arbeitszeiten und unzähliger Überstunden hingebungsvoll pflegten.
„Hallo, Nick. Schön, dass du da bist." Hannah, die Oberschwester, kam mit ihren üblichen langen, zielgerichteten Schritten auf ihn zu. Nick hatte sie noch nie untätig gesehen. Er fragte sich, ob sie jemals eine Pause machte.
„Hi, Hannah. Ja, ich habe Jamal versprochen, dass ich heute da sein werde, wenn er seinen Kompressionsverband

bekommt. Und ich will natürlich auch die anderen besuchen."

Sie gingen zusammen den Flur hinunter zu den Zimmern und Mitgefühl erschien auf der Miene der Schwester. „Es ist so schwer für die jüngeren. Sie können sich nicht vorstellen, dass es für sie irgendwann wieder besser wird."

Wer sagt, dass es das wird? Nick wusste, dass er hier war, um Worte der Aufmunterung zu finden und zwang sich zu einem Lächeln. „Vor ihnen liegt ein langer und steiniger Weg." Wie aufs Stichwort scheuerte der Stoff seines dünnen T-Shirts auf seiner Brust und es juckte ihn in den Fingern, die Hand auf die Haut zu pressen. „Nichts kann jemanden wirklich darauf vorbereiten, was vor einem liegt, wenn so etwas passiert."

„Du weißt, dass wir dir für alles, was du tust, dankbar sind, Nick. Die Kinder brauchen jemanden wie dich." Seit fünf Jahren arbeitete Nick ehrenamtlich auf der Station und Hannah wusste, dass sie ihm keine persönlichen Fragen stellen brauchte.

Sie blieben vor einem Zimmer stehen. „Jamal ist hier drin." Das Mitgefühl in ihren Augen wurde zu Traurigkeit. „Es fällt ihm schwer, sich an die Einschränkungen durch seine schweren Verletzungen zu gewöhnen. Und die Kompressionsverbände an seinem Arm und Bein …" Sie schüttelte den Kopf. „Es ist einfach zu viel für einen einzelnen Menschen, besonders für ein Kind, das zu ertragen. Und er ist noch ein Kind, obwohl er schon siebzehn ist."

Schmerz, Angst und kalte Einsamkeit, wenn du nachts allein im Bett liegst und das Salz deiner Tränen schmeckst,

das Wissen, dass du nie wieder derselbe sein wirst. Dass du nie wieder ein kompletter Mensch sein wirst.
„Lass mich sehen, was ich tun kann“, sagte Nick grimmig.
Hannah warf ihm einen besorgten Blick zu und wandte sich ohne ein Wort zu sagen ab. Nick betrat Jamals Zimmer, in dem der junge Mann auf dem Bett lag und an die Zimmerdecke starrte. Sein Blick bewegte sich kaum, als Nick sich neben sein Bett setzte.
„Hi.“
Sekunden vergingen, ohne dass er eine Antwort erhielt. „Jamal. Du musst nichts sagen. Hör einfach zu. Es ist Scheiße. Es tut weh. Du fühlst dich, als ob dein Leben nie wieder gut sein könnte. Und ich stimme dir zu.“
Darauf reagierte er. Falls Jamal erwartete, dass Nick seine Situation beschönigen würde, würde er ihn enttäuschen müssen. Dafür war er nicht hier.
„Es tut so weh, Nick. Muss ich diesen Mist tragen? Es ist so verdammt hässlich und es juckt überall und ist Scheiße.“
In einer sinnlosen Gesten zupfte Jamal, so gut er konnte, mit steifen Fingern an den Verbänden, die seine Finger und seine Hand bedeckten. Und Nick wusste, dass sie seinen gesamten Arm umschlossen.
„Ja, ich weiß. Aber du weißt, warum du sie tragen musst, oder? Es beugt der Bildung von Narbengewebe vor. Du musst dir klarmachen, dass es nicht für immer ist.“
„Aber es fühlt sich so an. Ich hasse es, ich kann nichts dagegen machen.“ Tränen liefen aus seinen Augenwinkeln über sein Gesicht und Wut und Schmerz brachen unkontrolliert aus ihm hervor. „Ich war immer einer von stylischen Typen an der Schule. Jeder hat geguckt, was ich

anhabe, wie ich was trage. Die Mädchen ..." Er biss sich auf die Lippe. „Wer wird mich jetzt noch wollen? Ich bin hässlich." Er blinzelte heftig. Nick wusste, dass Jamal dachte, weinen wäre nicht cool – zumindest nicht nicht vor anderen Leuten. Siebzehnjährige heulten nicht.

Das Beste, was Nick für Jamal tun konnte, war, ein Taschentuch zu nehmen, seine Tränen zu trocknen und ehrlich zu sein.

„Es wird schwer werden, das Schwerste, was du jemals durchstehen musst. Und du wirst herausfinden, wer deine wahren Freunde sind. Das sind die, die an deiner Seite sind, wenn du nach Hause kommst, die, die bei dir bleiben und dich aufmuntern." Er hielt Jamals tränenreichem Blick stand. „Ich werde da sein, wo und wann du mich brauchst. Da kannst du dir sicher sein."

Wahre Freunde wenden sich nicht angewidert ab, oder tun so, als hätte sich nichts geändert. Menschen neigten dazu, zu verschwinden, wenn etwas Schreckliches passierte. Jamal hatte sich das hier nicht gewünscht. Er hatte den Freund seiner Mutter nicht darum gebeten, mit einer brennenden Zigarette in der Hand einzuschlafen und so das Apartment in Brand zu stecken. Nicht nur dass er mit seinen Verletzungen fertig werden musste, sondern er, seine Mutter und seine kleine Schwester waren jetzt obdachlos und mussten bei seiner Tante leben.

Das kleine Nicken, das er von Jamal erhielt, war ein Sieg für Nick. Sie verbrachten die restliche Zeit von Nicks Besuch damit, dass Nick Jamal bei seinen Übungen half, damit seine Finger nicht versteiften. Dann kam Jamals Mutter und Nick besuchte andere Patienten, hörte ihnen zu, half ihnen und bot ihnen jede Unterstützung an, die ihm möglich war. Das köstliche Frühstück seiner Mutter schien Jahre her zu sein, als er sich einen Joghurt in der Krankenhaus-Cafeteria holte.

Die Stunden, die er hier mehrere Male die Woche verbrachte, waren für ihn genauso wichtig, wie ein Feuerwehrmann zu sein. Nick brauchte das: Irgendwie erleichterte das alles, was ihm widerfahren war. Sein Telefon vibrierte und Nick musste lächeln, als er Katies Namen las.

Vergiss heute Abend nicht. Wir treffen dich draußen vor dem Club. Zieh was Blaues an, das betont deine Augen.

Er hatte ganz vergessen, dass ihre Freundin Melanie auch da sein würde. *Verdammt.* Das Letzte, was Nick wollte, war, dass seine Schwester ihn verkuppelte. Mit einer Frau. Es tat nichts zur Sache, dass es Katie aller Wahrscheinlichkeit nach egal wäre ob er schwul war oder nicht – Nick würde es auf keinen Fall der Welt kundtun. Er hatte sich während seiner Zeit im aktiven Dienst und jetzt als Ausbilder genug homophobe Bemerkungen angehört, um sich vorstellen zu können, wie diese kleine Information ankommen würde. Nicht dass er vorhatte, es irgendwann zu verraten; er würde nicht den sprichwörtlichen Staub aufwirbeln. Nicht solange das Department alles tat, um ihm die Rückkehr in den aktiven Dienst zu erleichtern.

Es mochte zwar das Zeitalter der Aufklärung sein, das bezog sich aber nicht auf alles und jeden, ganz besonders nicht auf Uniformierte. Und Nick wusste, dass seine ehemaligen Kollegen der Feuerwache total ausflippen würden, wenn er sich jemals outen würde.

Zu viele Geheimnisse.

Nachdem er das Krankenhaus verlassen hatte, fiel Nick ein, dass er keine passende Kleidung für den Club besaß. Also hielt er an einem Laden in SoHo. Wegen seiner Entschädigung für seinen Dienst am 11. September musste sich Nick keine Sorgen um Geld machen. Das Meiste hatte er ohnehin für das Haus und die Bedürfnisse seiner Eltern ausgegeben. Er schuldete es ihnen und es war das Mindeste, was er tun konnte. Er gab kaum etwas für sich selbst aus. Weil er nur noch in Jeans, T-Shirts und Pullovern herumlief, hatte er keine Idee, was er anziehen sollte. Er betrat den ersten nach angesagter Mode aussehenden Laden, an dem er vorbeikam. In solchen Läden kaufte er sonst keine Kleidung, aber er wollte seine Schwester nicht blamieren.

Eine Stunde und 300 Dollar später befand sich Nick mit einem blauen Seidenshirt und ein Paar schwarzen, wie angegossen sitzenden Hosen, von denen der heiße Verkäufer sagte, dass sie perfekt wären, auf dem Weg nach Hause. Er wusste, dass der Verkäufer schwul und an ihm interessiert war, aufgrund der Art und Weise wie lange seine Hand auf der seinen ruhte, als er Nick seine Sachen gab und wegen seines wiederholten Angebots ihm zu helfen. Für einen kurzen hemmungslosen Moment hatte Nick eine Vision: der Typ auf den Knien, wie er in der Umkleidekabine seinen Schwanz lutschte, während andere Kunden den Laden auf der anderen Seite des hauchdünnen Vorhangs durchkämmten. Unglaublich erregt von diesem Gedanken hatte Nick seine Erektion niedergerungen und gewartet, bis er sich abgekühlt hatte und seine Hose schließen konnte.

Die einzigen Aufrisse, die Nick machte, waren unbekannte Typen aus dem Internet oder in weit von seinem Apartment entfernten Bars. Außerdem hatte Sex keine allzu hohe Priorität für ihn, hatte er noch nie gehabt. Es war für ihn immer etwas gewesen, das er verstohlen tat; gehetzt und gegen die Wand einer Bar oder eines Clubs gelehnt, irgendwo, aber nicht zuhause. Er war nicht mehr als Druckabbau. Nick hatte „für immer und ewig" und „glücklich bis an ihr Lebensende" aufgegeben, nachdem er Julian fortgeschickt hatte.

Er parkte in der Einfahrt und stellte den Motor ab. Einen Moment saß er in der Stille, atmete ein paar Mal tief ein, um sich zu beruhigen, dann stieg er aus und ging ins Haus. Neue Klamotten, eine Nacht in einem Club, alles ging so schnell. Zu schnell. Er würde ein Nickerchen machen, um hoffentlich mit einem klareren Kopf aufwachen. Nick legte sich hin und schlief sofort mit den Gedanken an Julians Mund und seine großen grünen Augen ein.

Fünf Stunden später stand er vor dem Club namens Sparks und wartete auf Katie und ihre Freundin. Gutgekleidete Menschen gingen hinein, vorbei an den Samtseilen, nachdem ihre Eintrittskarten von den Türstehern kontrolliert worden waren. Nick erinnerte sich, dass er Katie einen Dank dafür schuldete, dass sie dafür gesorgt hatte, dass er halbwegs passabel aussah.

„Nicky!" Katie rief ihn, als sie aus einem Taxi stieg und Nick schaute missbilligend auf einen vorübergehenden Passanten, der ihre langen Beine angaffte.

„Ist das Kleid nicht ein bisschen zu kurz?“ Er küsste ihre Wange, legte seinen Arm in einer beschützenden Geste um sie und schoss warnende Blicke auf die anderen ab, um sie fernzuhalten.

„Eine Stunde Shoppen und schon hältst du dich für einen Modeexperten?“ Sie ärgerte ihn, das wusste Nick, aber er war immer noch ihr großer Bruder. „Einer muss ja auf dich aufpassen.“

„Du bist süß.“ Sie küsste seine Wange und er nahm einen Hauch ihres dezenten, teuren Parfüms war. „Das ist Melanie.“ Sie winkte ihre Freundin heran. „Mel, das ist mein großer Bruder Nicky.“

Eine dünne, blonde junge Frau, ganz in Schwarz gekleidet, begrüßte ihn mit einem breiten Lächeln und einem festen Händedruck,. „Schön, dich kennenzulernen.“

Nick entspannte sich, er mochte ihr direktes und freundliches Auftreten auf Anhieb. „Ebenso. Wollen wir hineingehen?“

Melanie holte die Eintrittskarten aus ihrer Handtasche und reichte sie dem Türsteher. „Mein Chef hat sie mir besorgt. Seinem besten Freund gehört der Laden.“

„Das war sehr großzügig von ihm.“

Katie drückte liebevoll seinen Arm. „Du siehst großartig aus.“

Er lächelte sie an. „Das kann ich nur zurückgeben, auch wenn dein Kleid zu kurz ist.“

„Er ist sehr großzügig zu mir.“ Melanie blieb an der Garderobe stehen, damit sie ihre Jacken abgeben konnten. „Und trotz der ganzen horrormäßigen Kritiken gestern Abend für seine Show sagte er, würde er herkommen und sich nicht verstecken. Ich weiß, dass er Probleme hat, aber er will nicht darüber reden."

Nick versteifte sich, erlaubte Katie aber, ihn in das Innere des Clubs zu schieben. *Das kann nicht sein.*

Sie betraten den Club.

„Da sind sie. Lasst sie mich herüberholen und euch vorstellen." Sie eilte davon.

„Sie ist so nett, findest du nicht auch, Nick?" Katie nahm zwei Champagnergläser vom Tablett eines Kellners.

„Was? Ja, sicher." Nick nahm einen Schluck von seinem Drink. Der Club war gut beleuchtet, mit vielen regenbogenfarbenen Blinklichtern. Und wenn man gerade von Regenbögen sprach, überall waren Regenbogenfahnen: Sie hingen von der Bühne, auf der die männlichen Tänzer sich zur dröhnenden Musik bewegten, an der Wand als Banner drapiert und sie standen in Miniformat in der Mitte der Tische. Katie hatte recht, der Club war nicht überfüllt. Es war reichlich Platz zwischen den Tischen und Nick tat, was er immer tat, er schaute, wo die nächsten Notausgänge waren.

Nur für den Fall.

Melanie kam mit zwei Männern zurück. „Das ist Marcus Feldman, der Besitzer des Sparks. Das ist meine Freundin Katie und ihr Bruder Nick."

Ein großer, gutgebauter Mann mit schwarzem Haar und ungewöhnlichen grau-violetten Augen ignorierte Katie und blickte Nick langsam abwägend an. „Schön dich kennenzulernen." Marcus schüttelte ihm die Hand und Nick wusste sofort, dass der Typ schwul und ein richtiger Aufreißer war. So wie seine Hand aus Nicks Griff glitt, mit einem Streicheln seines Daumens über Nicks Handrücken, war es eine angenehme Berührung. Er ignorierte das Gefühl, denn jetzt weiteten sich seine Augen vor Schreck, als Melanie ihm ihren Chef vorstellte. Marcus wandte sich an Katie, um mit ihr zu reden.

„Nick, das ist mein Boss, Julian Cornell."

„Oh, ich glaube, wir kennen uns bereits." Julians Lippen kräuselten sich zu einem Lächeln. „Wie geht es dir, Nick?"

„Ich glaub, ich dreh durch", sagte Nick mit so leiser Stimme, dass er dachte, niemand würde es hören.

Julian streckte ihm seine Hand entgegen und Nick nahm sie automatisch. Ein elektrischer Schlag lief ihm den Rücken hinunter direkt in seinen Schwanz. Er entzog sich Julian und kippte den Rest seines Drinks hinunter.

Verdammt. Das war das letzte Mal, dass er auf seine Schwester hörte.

Kapitel 3

„Gut, gut.“ Marcus’ Augen glänzten. „Das könnte ein weitaus interessanterer Abend werden, als ursprünglich geplant.“

Julian, der seine Augen kaum von Nick abwenden konnte, warf ihm einen bösen Blick zu. „Wovon redest du?“ *War Melanie sein Date?* Er nippte an seinem Drink, während er weiterhin den Mann beobachtete, der mit den beiden Frauen zur Bar ging.

War er in der Highschool ein süßer Junge gewesen, so war er als erwachsener Mann einfach umwerfend. Nick war groß, hatte eine breite Brust, ohne zu muskulös zu sein und er trug ein wunderschönes blaues Shirt, das das Leuchten seiner Augen betonte und seinen breiten Schultern schmeichelte. Julian stellte sich die Kraft seiner Arme vor und kam nicht umhin, auch Nicks kräftige Beine zu bemerken.

„Ich meine, der Freund deiner kleinen Assistentin ist eine Wucht und ich gedenke seine Geschichte herauszufinden.“

Damit riss er Julian von seinem Studium von Nicks Hintern los. Sie waren bloß zwei Jahre zusammen gewesen und seit fast zwei Jahrzehnten getrennt. Diese Highschool-Zeit lag so weit in der Vergangenheit, dass Julian keinen Schimmer hatte, wer Nick überhaupt war. Er hatte Marcus oder Zach nie von seinem gebrochenen Herzen erzählt. Das war nicht notwendig gewesen, da er nicht mehr damit gerechnet hatte, Nick jemals wiederzusehen. Und Marcus würde sowieso nichts tun, außer über ihn zu lachen.

„Vergiss es, Marcus. Der Typ wird sich niemals für dich interessieren. Er hat schon seit Ewigkeiten einen Stock im Arsch."

Marcus' Mundwinkel verzog sich zu einem Lächeln. „Das würde vereinfachen, was ich mit ihm vorhabe, meinst du nicht auch?"

Julian zuckte mit den Schultern, überging den rüden Scherz seines Freundes. Er würde Marcus selbst herausfinden lassen, dass er bei Nick abblitzen würde. Julian hatte größere Probleme als das überaktive Sexleben seines Freundes. Zum Beispiel, wie er den Kredit, den er aufgenommen hatte, zurückzahlen sollte, da er nach der gestrigen Show nur einige wenige Bestellungen erhalten hatte. Außerdem waren da noch die Miete für sein Büro, Melanies Gehalt und seine eigenen Ausgaben. Er hatte keine Familie, die er um einen Kredit bitten konnte, niemanden, auf den er zurückkommen konnte. Zum vielleicht hundertsten Mal ging Julian die verletzenden Kritiken, die er über seine Kollektion gelesen hatte, durch, um herauszufinden, was er übersehen haben könnte. Wie konnte dieser Bastard Devon Chambers seine Ideen klauen? Er griff nach seinem Glas, um zu trinken, fand es aber leer vor.

„Hier." Melanie drückte ihm ein anderes Glas in die Hand. „Auch, wenn du nicht mit mir reden willst, ich habe zu lange mit dir gearbeitet und kenne dich zu gut. Hör auf, schon wieder alles in Frage zu stellen."

Sein Lachen klang bitter. „Ich bin mittlerweile bei Runde fünf und sechs. Das zweite Mal war kurz bevor die Show losging." Die Hälfte des Wodka verschwand mit einem Schluck. „Wie konnte das geschehen? Wie konnte er alles stehlen, wofür wir so hart gearbeitet haben?“ Julian konnte sich auf ihre Ehrlichkeit verlassen, ebenso wie auf ihr angeborenes Talent und Stilgefühl. Außerdem war sie nach drei Jahren gemeinsamer Arbeit seine Freundin. „Vielleicht ist er besser als ich je sein werde und ich liege falsch. Es gab immerhin genug Unterschiede.“

„Sei nicht albern. Du bist ihm meilenweit voraus und ich sage das nicht bloß, weil du mein Boss bist. Du bist ein wundervoller Designer.“ Sie tätschelte seinen Arm. „Ich werde den Spion finden, ich verspreche es.“

So demütigend es auch war, es gab Dinge, die Julian klarstellen musste. Es war das Schwerste, was er jemals sagen musste, aber er schuldete ihr die Wahrheit. „Ich werde dich nicht zwingen bei mir zu bleiben. Du fängst gerade erst an und du musst dort arbeiten, wo man dein Talent zu würdigen weiß. Es ist schwer genug als Frau, die Männermode designt, ernst genommen zu werden. Du musst nicht bei mir bleiben.“

„Sei nicht albern. Ich liebe es für dich zu arbeiten.“ Sie standen beieinander, beobachteten die Menschenmenge. „Ich denke, dass du für heute den ganzen Mist vergessen solltest. Wir haben nächste Woche noch reichlich Zeit uns der Realität zu stellen. Lass es dir heute einfach mal gehen.“

Das Model, mit dem Julian kürzlich eine Nacht verbracht hatte, betrat eben den Club und seine Augen durchsuchten die Menschenmenge. Julian hatte nicht vergessen, wie talentiert sein Mund war und wie abwechslungsreich er seine Zunge und Lippen eingesetzt hatte. Für eine Sekunde wanderten seine Gedanken zu Nick, aber das unterband er rabiat.

Er hat dich zurückgewiesen. Er will dich nicht. Er wollte dich niemals wirklich.

„Vielleicht hast du recht“, murmelte er an Melanie gewandt. „Was hat Scarlett O'Hara gesagt? – *Ich denke morgen darüber nach* oder so etwas in der Richtung.“ Julian stellte seinen Drink auf einem der vielen verspiegelten Tische ab, die im Club verstreut waren. „Ich sehe jemanden, der dazu fähig ist, mich von meinen Problemen abzulenken.“ Er küsste ihre Wange. „Geh und flirte mit einigen der Hetero-Jungs hier. Ich weiß, dass sie hier irgendwo sind.“

Sich seinen Weg durch die Menge bahnend, versuchte Julian Blickkontakt mit Lucien herzustellen. Zumindest dachte er, dass das der Name des Jungen wäre. Schon komisch, wie er die halbe Nacht lang seinen Schwanz in den Arsch oder den Mund von jemandem schieben, sich aber nicht an dessen Namen erinnern konnte. Wo schon der Wechsel von nur ein oder zwei Sätzen genügte, um die Erinnerung an Nicks blaue Augen heraufzubeschwören.

„Hey.“ Er legte seine Hand in Luciens Nacken und zog den schlanken Körper des Mannes an seinen. Erst als Julian seinen Kopf nach vorn beugte, um ihn zu küssen, merkte er, dass Lucien ihn von sich schob.

„Nimm deine Pfoten von mir.“

Die Kälte in Luciens Stimme erschreckte Julian. „Hast du mich etwa schon wieder vergessen?“ Er hielt dem Blick der hellgrauen Augen des attraktiven jungen Mannes stand. „Du hast meinen Namen oft genug gerufen.“

Lucien zuckte die Schultern. „Du warst ein guter Fick, aber ich bin hier, um jemanden zu treffen. Man sieht sich.“ Er drehte sich um, seine Lippen verächtlich verzogen, dann sah er über seine Schulter. „Ich sollte dir danken, dass du mich nicht in deiner Show hast laufen lassen." Sein Blick huschte über Julian, als ob dieser nichts Besseres als ein Obdachloser wäre, der in der U-Bahn bettelte. „Nach deinen Kritiken musst du froh sein, wenn ein Highschool-Kind von der Straße für dich läuft." Er warf seine blonden Locken zurück und stürmte davon.

Mit offenem Mund sah Julian, wie sich Lucien an den Mann schmiegte, der als der diesjährige „In-Designer" bezeichnet wurde, Devon Chambers. In der Hoffnung, dass niemand seine kleine Demütigung bemerkt hatte, konnte Julian nicht schnell genug weglaufen. Das Schicksal war wie immer eine grausame Bitch und bevor er fliehen konnte, legte sich eine entschlossene Hand resolut auf seine Schulter und Julian hörte die affektierte Stimme von Chambers in seinem Ohr.

„Julian, ich bin *so* froh dich zu sehen, obwohl ich sagen muss, dass ich ein wenig überrascht bin." Devon Chambers' dunkler, kurzgeschnittener Bart konnte seinen starken Kiefer und seine vollen Lippen nicht verstecken Weiße Zähne hoben sich von seiner gebräunten Haut ab, ein selbstverliebtes Grinsen, das nur jemand zeigen konnte, dessen Arsch von der Presse permanent geküsst wurde. Chambers war sich seines guten Aussehens bewusst und mit den gestrigen Auszeichnungen badete er förmlich im Lob der Modebranche. Julian verkrampfte sich.

„Überrascht?" Julian schluckte die Bitterkeit herunter, die ihn noch immer überschwemmte und täuschte Lässigkeit vor. „Warum?" Er sah auf seine Uhr, um zu zeigen, dass er

keine Zeit hatte, um sie mit dieser Unterhaltung zu verschwenden.
Chambers' schwarze Augen verengten sich. „Ich bin sicher, du dachtest, niemand würde bemerken, dass deine Kollektion – hmm, sagen wir mal, um es positiv auszudrücken – der meinigen ähnelt." Das Grinsen in seinem Gesicht wurde berechnend. „Aber du hast keine Anrufe oder Bestellungen erhalten, oder? Du dachtest, du wärst der Star dieser Saison, stattdessen verschwindest du in der Versenkung." Er schnipste einen Krümel von seinem schwarzen Shirt und kam Julian nahe genug, dass dieser sein dezentes Aftershave riechen konnte. „Willst du einen Rat? Versuch es doch mal mit neuen Ideen."
Lucien – die kleine Ratte, die er nun mal war – flüsterte Chambers etwas ins Ohr und der warf seinen Kopf lachend in den Nacken. Julians Hände kribbelten. Er hätte ihm zu gern einen schönen harten Schlag in die Fresse verpasst. Er wusste nicht, wie er es schaffte, sich zurückzuhalten.
„Viel Spaß mit deinem kleinen Spielzeug, Devon. Genieß meinen abgelegten Lover. Oh, …", sagte Julian spöttisch und hoffte, dass niemand sah, wie seine Hände zitterten, „… behalt deine Brieftasche im Auge." Dieses Mal ging er einfach weg, ohne sich Sorgen darüber zu machen, wen er anrempelte oder wessen Drink er verschüttete. Durch den roten Schleier blinder Wut, der sich vor seine Augen legte, konnte er kaum etwas erkennen.
Wie war dieser Wichser an seine Entwürfe gekommen? Julian erinnerte sich genau daran, wie er mit den Skizzen anfing; verdammt, er hatte sogar noch die Servietten vom Diner in seinem Apartment. Irgendwie hatte dieser Bastard

seine besten Arbeiten kopiert, lediglich die Stoffe und Farben leicht abgeändert. Und weil Chambers' Show an diesem Tag eher stattgefunden hatte als seine, konnte er seine Entwürfe zuerst präsentieren und die Auszeichnungen und das Lob einsacken.

Julian, der so sehr in seine eigene Kollektion vertieft gewesen war, hatte nicht bemerkt, dass seine Entwürfe beinahe wie eine Wiederholung von Chambers' Entwürfen wirkten, bis die Kritiken hereinkamen. Oh, es gab ein paar geringfügige Abweichungen, aber die Einflüsse, das Herz und die Gefühle der Kollektion waren praktisch identisch.

„Julian?" Melanie hielt ihn an der Bar auf. Sie starrte über seine Schulter und ihre Augen weiteten sich. „Ist das Devon Chambers? Hat er …"

„Er sagte mir, ich solle mir ein paar neue Ideen einfallen lassen. Dieser Wichser."

Nick stand an die Bar gelehnt da, die Stirn verwirrt gerunzelt.

„Was ist los?"

Melanie erklärte ihm, was passiert war. Ihren Ausführungen über Devon Chambers und wie er es angestellt hatte seine Entwürfe zu stehlen, zuzuhören, fühlte sich für Julian an, als würde ihm ein Messer ins Herz gerammt. Der Schmerz, verursacht von Chambers' höhnischen Bemerkungen, die noch frisch in seinem Kopf spukten, machte es ihm unmöglich sich zu benehmen. Es war nicht seine Art sich zu verstecken und zu heucheln.

„Was kümmert es dich?" Julian hielt Nicks Blick stand und war über alle Maßen erfreut zu sehen, wie der Mann

zusammenzuckte und sich Scham auf seinem Gesicht abzeichnete.
„Julian“, fing Nick an, „es tut mir leid.“
„Warum?“ Julian verschränkte seine Arme. „Du hast keine Ahnung, wovon ich spreche und wahrscheinlich interessiert es dich auch nicht.“ Es bereitete ihm eine perverse Freude zu beobachten, wie Nick sich unter seinen Worten wand. Julian wollte nicht an die anderen, weitaus erotischeren Vergnügungen denken, die ihm in den Sinn kamen, wenn er Nick ansah.
„Julian, das ist nicht nett“, protestierte Melanie.
„Ich bin nur ehrlich. Ich kenne Typen wie ihn.“
Nick hatte den Anstand zu erröten. „Gibt niemanden das Recht, zu stehlen oder ihm dabei zu helfen.“
„Warum habe ich das Gefühl, dass ich irgendwas verpasst habe?“, fragte Melanie mit verwirrtem Gesichtsausdruck.
Julian warf Nick einen scharfen Blick zu und er konnte die angespannten Muskeln unter den rauen Bartstoppeln erkennen.
„Julian und ich kennen uns. Seit der Highschool.“
„Kaum.“ Julian konnte nicht widerstehen weiterzusticheln und sogar unter den flackernden Lichtern konnte er sehen, wie Nick erneut errötete.
Melanies Blick wanderte zwischen beiden hin und her, unverhohlene Begeisterung breitete sich auf ihrem Gesicht aus. „Aber das ist doch wundervoll. Ich glaub es nicht.“ Sie schlug Julian leicht auf die Schulter. „Warum hast du nichts gesagt?“

„Es ist so lange her.“ Nick verstärkte den Griff um sein Glas und lachte ein wenig verärgert. „Ich meine, wer erinnert sich nach so vielen Jahren noch an die Highschool?“
Julian lief es eiskalt den Rücken hinunter, dann nippte er an seinem Drink, verblüfft darüber, dass er trotz dem Kloß in seinem Hals schlucken konnte. Während er also das Ende ihrer Beziehung betrauert hatte, hatte Nick kaum einen Gedanken daran verschwendet. Er hatte nicht so gelitten wie Julian; er hatte wahrscheinlich sofort angefangen sich mit anderen zu treffen, sobald sie nicht mehr miteinander gegangen waren.
Miteinander gehen. Es gab keinen Grund, weiter darüber nachzudenken. Heimlich starrte Julian auf die Muskelstränge an Nicks Hals, als er den Kopf zurücklegte, um seinen Whisky zu trinken. Da war so viel unterdrückte Kraft in diesem Männerkörper und Julian, der es gewohnt war mit überempfindlichen Models zu tun zu haben, die ständig eine Bestätigung brauchten, spürte, dass da mehr war, etwas Verborgenes.
Melanies Augen funkelten ihn an. „Ich hasse das. Du hast diesen Idioten im Laufe der Jahre wieder und wieder bewiesen, wie brillant du bist. Und jetzt kommt dieses miserable Exemplar von einem Designer daher und stiehlt deine Entwürfe, ohne Konsequenzen fürchten zu müssen und du kannst das, was dir rechtmäßig zusteht, nicht genießen.“
Er schwankte zwischen Wut und Demütigung, als Nick ihn anstarrte. Wenngleich er in einem öffentlichen Bereich arbeitete, so war Julian doch ein sehr zurückhaltender Mensch und ließ nicht viele Menschen an sich heran. „Ver-

traue niemanden" war sein Motto und Marcus, Zach und Melanie waren die Einzigen, die sein Vertrauen genossen.
„Ich versteh's nicht", sagte Nick und stellte sein leeres Glas zurück auf die Bar. Sein Bizeps zeichnete sich unter dem dünnen Seidenstoff seines Shirts ab und Julian musste sich selbst dazu zwingen wegzuschauen. „Ich meine, es sind doch nur Klamotten. Wie viele verschiedene Möglichkeiten kann es geben eine Hose oder ein Shirt zu produzieren?"
„Es sind nicht einfach nur Klamotten." Julian genoss es, wie das Unbehagen in Nicks Gesicht trat. „Es macht die komplette Persönlichkeit aus. Wir verkaufen den Ausdruck eines Lebensgefühls." Julian liebte es, über den emotionalen Wert von Kleidung zu reden. „Fühlst du dich nicht besser, wenn du etwas anziehst, das dir gut steht? Oder wenn du eine bestimmte Farbe auswählst und sich deine Stimmung hebt? Wie dein Shirt …" Ohne nachzudenken, griff Julian nach dem Oberteil und befühlte das Material zwischen seinen Fingern. „Diese Farbe betont das Blau deiner Augen und hellt das Weiß darin auf. Ich bin sicher, dass sich die Seide angenehm auf deiner Haut anfühlt."
Als er keine Antwort erhielt, bemerkte Julian, dass er nicht nur zu nah an Nick herangetreten war, sondern auch, dass seine Hand dessen Brust berührte. Seine Fingerspitzen streiften die gekräuselten dunklen Haare auf Nicks Haut und sein warmer, seifiger Geruch umgab Julian. Nick stand wie versteinert, sein Gesicht war zu einer undurchsichtigen Maske geworden. Die Hitze von Nicks whiskygeschwängertem Atem traf Julian im Gesicht.
Nick wich zurück. Sein Shirt rutschte aus Julians Händen. „Ich gebe einen Scheiß auf das, was ich trage", entgegnete

er schroff. „Ich habe das nur für Katie angezogen, um sie nicht zu blamieren.“

„Oh, Nicky“, sagte Katie, die plötzlich neben ihm stand.

Julian stand still und beobachtete, wie Katie leise mit Nick sprach und ihn umarmte. Er hob eine Augenbraue in Melanies Richtung, die mit den Schultern zuckte. Es gab eine Hintergrundgeschichte, die er nicht kannte. Die Stroboskoplichter konnten weder die tiefen Falten, die sich rund um Nicks Mund in seine Haut gruben noch die sich steigernde innere Anspannung seines Körpers verbergen. Nick war ein Mann am Rande seiner Beherrschung, das spürte Julian, ein Pulverfass, das nur einen Funken davon entfernt war zu explodieren.

Ein Feuer brannte in Nick und Julian fühlte, dass, falls es jemals freigesetzt würde, es zu einer Explosion kommen würde.

„Ich meine ja nur, dass der Blick von Menschen auf ihr Leben sich ändern kann. Der Blick in den Spiegel und eine positive Einstellung zur eigenen Erscheinung können bewirken, dass man sich stark und mächtig fühlt.“

Nick schnaubte. „Du glaubst diesen Scheiß wirklich? Ich meine, du ziehst dich gut an, aber du denkst, dass du, wenn du mit einer alten Jeans und einem T-Shirt rumlaufen würdest, nicht so wichtigtuerisch quatschen würdest wie gerade jetzt?“

Ein vertrautes Lachen erklang hinter ihm. „Verdammt, Nick. Du hast gerade mal fünf Minuten mit Juli verbracht und du hast ihn durchschaut.“

Marcus hatte keine Ahnung von seiner und Nicks gemeinsamer Vergangenheit. Als Marcus seinen Arm um Julians

Schulter legte, gefiel es ihm aus irgendeinem verrückten Grund zu sehen, wie Nicks Augen sich verengten.

„Er ist nicht so schlimm. Aber wenn du Julian wirklich quälen willst, geh mit ihm in einer der Vorstädte shoppen, oder in Jersey."

„Wie lang wart ihr zwei denn zusammen?" Katie lächelte Julian an.

Jetzt war es an Julian das Gelächter abzuwürgen. „Ich und Marc? Nicht in einer Million Jahre." Die zwei sahen einander an und brachen in hysterisches Gelächter aus. Julian streckte seine Hand aus, um Katie zu signalisieren, dass sie so etwas nie wieder sagen sollte. „Niemals. Er verhält sich zu sehr wie eine männliche Hure."

„Ach Quatsch, Mann. Ich bin nur zu kompliziert für dich zu handhaben." Sie rempelten sich gegenseitig an, eine vertraute Geste der beiden aus ihrer jahrelangen Freundschaft.

„Wir haben uns kennengelernt, als wir studierten. Wir beide und unser Freund Zach haben zusammen gewohnt. Aber wir sind kein Paar. Haben auch nie darüber nachgedacht." Julian wischte sich Lachtränen aus den Augen. „Das erste Mal, als ich ihn sah, baggerte er gerade einen Assistenzprofessor an."

„Man muss seine Ziele immer hoch stecken." Marcus leerte seinen Drink und wischte sich den Mund mit seinem Handrücken ab. Zu Julians Entsetzen griff diese Hand nach Nick und zerrte ihn auf die Tanzfläche. Julian blieb stehen und beobachtete, wie Nick für einen Moment unangenehm berührt auf der Tanzfläche stand, ehe er sich umdrehte und Marcus stehen ließ.

Er kannte Marcus – in solcher Flirtlaune, wie er war – besaß er ein so großes Ego, dass er es niemals zuließ, dass irgendjemand ihn stehen ließ. Julian war nicht überrascht, als er sah, wie sein Freund nach der Rückseite von Nicks Shirt griff und es aus seiner Hose zog. Nick erstarrte, drehte sich um und spie Marcus wütende Worte entgegen, die Julian nicht hören konnte, weil er zu weit weg war. Marcus, der nichts außer sich selbst und seinen Schwanz wahrnahm, entschied sich Nicks offensichtliche Wut zu ignorieren und zerrte die Vorderseite von Nicks Shirt hoch, als ob er es ihm über den Kopf ziehen wollte.

Da riss sich Nick los und verpasste Marcus einen Kinnhaken. Er stürmte davon und ließ Marcus auf dem Boden sitzend zurück.

Anstatt seinem Freund zu helfen, eilte Julian Nick hinterher, der sich an die Rückseite des Clubs geflüchtet hatte.

Kapitel 4

Fuck. Wie durch ein Wunder, fand sich Nick an der Tür zu den Herrentoiletten wieder und bahnte sich seinen Weg hinein. Die Lichter strahlten hell und Nick musste mehrfach blinzeln. Er war sich unsicher, ob das, was er gerade sah, wirklich passierte. Zwei Männer lehnten direkt vor ihm an der Wand. Die Hände in der Hose und die Zunge im Hals des jeweils anderen. Fasziniert blieb Nick stehen, verfolgte die erotische Szene, die sich direkt vor seinen Augen abspielte.

Er errötete, als er dem Echo ihres immer lauter werdenden Stöhnens in dem gefliesten Raum lauschte. Nicks Schwanz pochte und er rückte seine enge Hose zurecht, drückte hart gegen seinen Penis, um den Druck abzumildern. Das gegenseitige Wichsen kam zu einem fieberhaften, explosiven Höhepunkt und die zwei Männer sanken, sich gegenseitig stützend, an die Wand, um nicht auf den Boden zu rutschen.

Aus Angst erwischt zu werden, hastete Nick in eine der Kabinen und wartete schwer atmend, aufgegeilter, als ihm lieb war. Er hörte den Wasserhahn laufen, flüsternde Stimmen, leises Lachen und Küsse. Schließlich wurde die Tür geöffnet und die beiden Männer verließen die Toiletten. Er war allein.

Seine Hand verharrte auf dem Kabinenriegel, als er hörte, wie jemand die Tür öffnete. *Verdammt.* In der Hoffnung, dass der Mann nur pinkeln wollte, wartete er, hörte aber nichts außer Atmen.

Das war lächerlich. Er konnte hier nicht die ganze Nacht sitzen und sich wie ein Kind verstecken, das wusste, dass es etwas Falsches getan hatte. Nick musste seine Angst und seinen Stolz herunterschlucken, zu Marcus zurückgehen, sich entschuldigen und dann nach Hause verschwinden.
„Ich frage mich, wie lange du noch gedenkst, da rumzusitzen."
Nick lief ein kalter Schauer über den Rücken, als er Julians weichen, spöttischen Tonfall wahrnahm.
„Ich kenne Marcus. Warum auch immer du ihm eine geklebt hast, du hattest bestimmt einen guten Grund dafür."
Nick konnte das Aufflackern eines Lächelns nicht verhindern, bevor er den Riegel an der Kabinentür wegschob und herauskam. Ganz in schwarz gekleidet, und Nick begann zu glauben, dass dies die einzige Farbe war, die Julian je getragen hatte, sah Julian aus wie ein dunkler Engel, auf seinem Gesicht lag ein Ausdruck zaghaften Mitgefühls. Nick hatte genug Mitgefühl in seinem Leben erfahren und mittlerweile hasste er dieses Gefühl und all die falsche Überschwänglichkeit, die damit einherging.
Es machte ihn wütend und defensiv. „Warum bist du hier?", platzte er heraus. „Solltest du nicht bei deinem Freund sein?" Trotzdem war er unglaublich dankbar, dass Julian sich dafür entschieden hatte bei ihm, anstatt bei Marcus zu sein.
Julian zuckte die Achseln. „Marcus ist ein großer Junge. Wenn du ihn umgehauen hast, bin ich mir sicher, dass er es verdient hat." Dann lächelte er. Lachfältchen bildeten sich in seinen Augenwinkeln und Nick sah Julians Charme auf-

blitzen und den Menschen, der er wirklich war, fernab dieser oberflächlichen, glänzenden Welt.
Den Jungen, den er einst geliebt hatte.
„Gott! Wie oft ich das schon machen wollte."
Nick konnte sein Grinsen nicht verbergen. „Er kann ein richtiger Arsch sein, hm?"
„Besonders wenn er mit seinem Schwanz denkt. Was zu neunzig Prozent der Fall ist." Die gute Laune in Julians Gesicht wich einem ängstlichen, besorgten Ausdruck. „Dir geht es aber gut, oder? Ich weiß, Marc ist manchmal kompliziert, aber er ist ein guter Kerl. Er hat es nicht so gemeint …"
„Mir geht's gut", knurrte Nick. „Ich mag es nicht, wenn mir jemand zu nahe kommt. Das ist alles." Sogar für ihn hörte sich das lahm an.
„Es muss die Hölle für deine Freundinnen sein", murmelte Julian, während er sich im Spiegel betrachtete und seinen Pullover glatt strich.
Nick hatte keine Ahnung, was ihn veranlasste darauf zu antworten. Die Worte kamen aus seinem Mund, bevor er sich ihrer bewusst war und er feuerte zurück. „Falls ich jemals eine gehabt hätte, dann vielleicht." Überrascht von seinem Eingeständnis begegnete Nick Julians Blick im Spiegel.
Gütiger Gott. Alle Spuren von Mitgefühl waren aus Julians Gesicht wie weggewischt und hatten einem langsamen, abwägenden Blick und einem Ausdruck von Verlangen in seinen beeindruckend dunkelgrünen Augen Platz gemacht. Wie hatte Nick nur das kleine sexy Muttermal direkt unter Julians Wangenknochen vergessen können? Es hatte ihn

verrückt gemacht und er erinnerte sich, wie er es mit seiner Zunge berührt hatte, als sie sich das erste Mal geküsst hatten.

Er verkrampfte sich, spürte, wie sein Schwanz zuckte und bei dem Gedanken an Julians Mund, der sich um seine ganze Länge geschlossen und ihn vollständig in sich aufgenommen hatte, hart wurde. Nicks kompletter Körper glühte vor Verlangen, er sehnte sich nach Julians Geschmack und der Kraft seiner Muskeln, wenn sie sich unter Nicks Fingern anspannten.

Fuck, fuck, fuck. Zügel dich, Junge. Das wird nicht passieren. Nick hatte nicht die Absicht sich zu outen; nach all den Jahren war er mit seinem Leben im Reinen und froh über die Balance, die er gefunden hatte, um jeden einzelnen Tag zu überstehen.

Während Nick weiter versuchte sich selbst zu überzeugen, ging Julian einen Schritt auf ihn zu. „Nick …"

„Ich muss gehen." Ohne Julian eines weiteren Blickes zu würdigen, floh Nick, eilte aus dem Toilettenraum in das Gedränge des Clubs zurück. Er entdeckte Marcus, der mit einem der Barkeeper sprach und ging zu ihm hinüber. Er war sich nicht sicher, ob der Clubbesitzer ihm wirklich so leicht verzeihen würde, wie Julian angedeutet hatte. Als er Marcus' Blick begegnete, wechselte dieser noch ein paar Worte mit dem Barkeeper und hob dann seine Hände, als würde er vor Nick kapitulieren.

„Schlag mich nicht. Ich verspreche, dich nicht noch mal anzufassen." Seine grauen Augen wurden dunkler. „Nicht dass ich nicht wollte, aber ich dränge mich niemandem auf, der kein Interesse hat." Er zeigte ein gewinnendes Lächeln,

von dem Nick ahnte, dass er damit Alles und Jeden ins Bett bekam.
Nick streckte seine Hand aus. „Es tut mir leid. Ich … Ich gehöre nicht in diese Szene und es war ein bisschen viel für mich. Trotzdem hätte ich dich nicht schlagen dürfen."
„Schon gut. Es ist ja nicht so, dass ich nicht von Zeit zu Zeit ein kleines Spanking zu schätzen wüsste." Marcus' Augen strahlten belustigt. „Aber ich habe es verstanden. Und es tut mir leid, dass ich deine Grenze überschritten habe."
Sie gaben sich die Hände.
„Freunde, also?", fragte Marcus während er dem Barkeeper signalisierte, dass er ihnen zwei Drinks machen sollte.
Nick akzeptierte das Angebot, obwohl er bezweifelte, dass er auch nur einen dieser Männer nach dem heutigen Abend je wiedersehen würde. „Klar."
Marcus reichte Nick seinen Drink. „Juli, komm rüber. Alles ist wieder gut. Ich versprech's. Ich habe mich sogar entschuldigt."
Julian tauchte hinter Nick auf und sagte nichts, aber Nick konnte seine Anwesenheit fühlen und das beunruhigte ihn. All die Jahre war es ihm gut gegangen, er schaffte es, einen Tag nach dem anderen zu überstehen. Und jetzt? Er war nervös und fühlte sich unbehaglich. Er dachte die ganze Zeit daran, Julian zu berühren, ihn zu küssen und ihn nackt zu sehen. Und er fragte sich, wie Julian jetzt als erwachsener Mann wohl aussah und nicht mehr wie der Junge, den er früher gekannt hatte.
„Ich habe dir immer gesagt, dass du zuerst nachdenken sollst, bevor du etwas tust. Jetzt hat sich jemand dazu ent-

schlossen, es dir mit etwas mehr Nachdruck klarzumachen." Julian hob sein Glas in Richtung Nick und grinste. „Punkt für Nick."

Für einen Moment traf Nick Julians Blick über den Rand seines Glases hinweg und kippte seinen Drink hinunter. Wieder einmal flutete ihn dieses verdammte Gefühl, dass etwas nicht mehr im Lot war. Er sehnte sich nach dem Gefühl von Julians Mund auf seinem Schwanz.

„Also, erzähl doch mal, Nick …" Marcus überflog die Menschenmenge mit einem Blick und sah anschließend wieder die beiden an. „… Was machst du noch mal?"

„Ich arbeite bei der Feuerwehr."

„Ein Feuerwehrmann?" Marcus nippte an seinem Drink und winkte jemandem auf der Tanzfläche. „Du fährst mit diesen riesigen Autos, trägst diese coole Jacke und alles?"

Seine Hand zitterte ein wenig. Über sein Leben und seinen Job ausgehorcht zu werden, war nicht das, was er für den heutigen Abend geplant hatte. Wo war Katie? Auch er durchsuchte die Menschenmenge und sah sie, wie sie mi einem Mann tanzte. Sie sah glücklich aus und er brachte es nicht übers Herz, ihr den Abend zu versauen, indem er sich noch mal blöd verhielt. Den Clubbesitzer zu schlagen, der ihnen die Eintrittskarten für diese Wohltätigkeitsveranstaltung gegeben hatte, war schon schlimm genug. Nick wusste, dass sie mindestens 100 Dollar pro Person wert waren.

„Ich wollte schon immer mal mit einem Feuerwehrmann oder einem Cop ausgehen, dann könnte ich seine Ausrüstung anziehen." Marcus leckte sich die Lippen. „Hmm. Ich steh auf Männer in Uniformen."

„Was interessiert dich das? Du lässt sie ja nie lang genug ihre Klamotten anbehalten, da kann es dir egal sein, was sie anhaben.“ Julian tätschelte Marcus’ Schulter und zwinkerte Nick zu. „Ich bin mir sicher, er hat die komplette Ausrüstung und sieht heiß darin aus.“

Hitze stieg in Nicks Gesicht. „Es ist nur eine Uniform“, nuschelte er. Er war sich seiner Groupies nur allzu bewusst, die auf Männer in Uniform standen. Als er noch ein Frischling bei der Feuerwehr gewesen war, kamen ständig Frauen vorbei, angeblich um Hallo zu sagen, aber er bekam immer wieder Telefonnummern und Adressen in die Hand gedrückt, oder in die Tasche gesteckt. Einige seiner Feuerwehrkollegen hatten Ärger bekommen, weil sie ein wenig zu freundlich zu den Frauen aus der Nachbarschaft waren.

„Nichts ist sexier, als ein starker, selbstsicherer Mann in einer Uniform.“ Julian hielt seinem Blick stand und Nicks Herz schlug so heftig, dass es schon fast wehtat. Sie standen so dicht beieinander, dass Julians Duft ihn wahnsinnig machte. „Nimm einen Mann wie dich, mit deinem Körper und deinem Gesicht, steck ihn in gutgeschneiderte Kleider oder eine Uniform und du kannst dir die besten Frauen aussuchen.“

Nicks Blick folgte Julians Zungenspitze, als er sich über die Lippen leckte. „Jedenfalls dann, wenn man an Frauen interessiert ist.“

Ihre Blicke trafen sich und Julian sollte zur Hölle fahren, dafür, dass er mit ihm spielte. Seit Jahren – seit dem letzten Mal mit Julian auf der Couch im Keller – war er nicht mehr so unsicher darüber gewesen, wer er war und wer er sein wollte.

Nachdem er und Julian sich getrennt hatten, nahm er sich vor, mit so vielen Mädchen wie möglich auszugehen, bevor er seinen Abschluss machte, nur um zu beweisen, dass er es konnte. Er hatte es sogar geschafft, mit ein oder zwei Mädchen zu schlafen. Diese Erfahrung war wenig befriedigend gewesen – für ihn und die Mädchen. Es gab ein paar schwule Jungs und Organisationen, denen er sich in der Feuerwehr hätte anschließen können, aber er entschloss sich, es für sich zu behalten, sich lieber in die Stadt zu schleichen, um fremde Kerle aufzureißen.

In diesem Moment kamen Katie und Melanie mit einigen anderen Leuten, die sie während des Tanzens kennengelernt hatten, herüber und zogen ihn fort, damit er sich zu ihnen setzte.

Für den Rest des Abends lächelte er und führte unverbindliche Gespräche mit Fremden. Gegen ein Uhr morgens war es Zeit für ihn, Schluss zu machen.

„Ich breche jetzt auf." Er legte seine Hand auf Katies Schulter. „Wie kommst du nach Hause?"

„Ich nehme ein Taxi, Melanie und ich teilen uns eins stadteinwärts." Katie lebte in einer der East 20s nahe der Second Avenue, es würde also keine lange Fahrt werden.

„Schreib mir, wenn du zuhause bist, damit ich weiß, dass es dir gut geht." Er küsste sie auf die Wange und sagte den anderen am Tisch auf Wiedersehen. Dann ging er an die Bar und fand Marcus in einem Gespräch mit irgendeinem Typen in einem Anzug und mit Brille, der so aussah, als fühlte er sich hier fast genauso unwohl wie Nick. Er schlenderte zu ihnen hinüber, um sich auch von ihm zu verabschieden.

„Es war nett sich mit dir zu unterhalten, aber ich mach mich jetzt auf den Weg.“
„Hey, es ist noch früh. Musst du wirklich schon gehen?“ Marcus’ Arm blieb beiläufig auf der Schulter des anderen Typen liegen. Nick dachte, dass er noch nie zuvor jemanden getroffen hatte, der so übermäßig körperbetont war.
„Ja, ich bin total fertig. Ich habe die ganze Woche Unterricht gegeben, deshalb muss ich etwas Schlaf nachholen.“ Nick zog seine Garderobenmarke aus der Tasche.
„Ähm. Hi, ich bin Zach.“ Der Typ, um dessen Schultern noch immer Marcus’ Arm lag, gab ihm die Hand.
„Sorry.“ Marcus verwuschelte Zachs Haar und Nick bemerkte, wie der Typ Marcus einen genervten Blick zuwarf. „Nick, das ist unser anderer Freund, Zach. Julian, ich und Zach haben während des Studiums für eine Weile zusammen gewohnt. Ich bin ja so froh, dass du heute da bist, Zach.“
Das Lächeln in Marcus’ Gesicht war so aufrichtig, dass sich Nick fragte, warum Zach nicht hatte kommen wollen. Allerdings ging ihn das auch nichts an und er schwor sich, diese Leute zu vergessen, sobald er gegangen war.
„Schön dich kennenzulernen. Hast du Julian gesehen? Ich will mich noch von ihm verabschieden.“
Marcus zeigte mit dem Finger Richtung Tanzfläche. „Er ist da drüben, um eine Freundschaft für den Rest des Abends zu vertiefen. Wobei die Betonung auf *vertiefen* liegt.“
Verwirrt sah Nick hinüber und vergaß beinahe zu atmen. In der Mitte der Tanzfläche hatte Julian seine Arme um einen großen, schlanken jungen Mann gelegt und wurde

fast zu Tode geknutscht. Er beobachtete, wie Julians Hände seinen Rücken liebkosten und nach unten wanderten, bis sie seinen Arsch umschlossen. In diesem Augenblick öffnete er seine Augen und begegnete Nicks Blick. Ein kleines Grinsen umspielte seine Mundwinkel und er leckte sich über die Lippen.
Hinter ihm beugte sich Marcus zu ihm, um ihm etwas ins Ohr zu flüstern. „Ich steh auch auf Ärsche. Und du?"
Unter Schock verkrampfte sich Nicks Körper, während er beobachtete, wie Julian seinen Tanzpartner verwöhnte, ihre Blicke trafen sich wieder über die Tanzfläche hinweg. Hitze stieg in Nick auf, als er sich vorstellte, dass Julian seinen Arsch berührte, in ihn eintauchte und ihn weitete. Dort, wo noch kein anderer zuvor gewesen war.
Ohne ein weiteres Wort floh Nick so schnell aus dem Club, dass er seinen Mantel zurückließ.

Kapitel 5

„Ich verstehe nicht." Julian saß seinem Bankvertreter in einem unbequemen Stuhl gegenüber. Er sah sich kurz um, aber es war niemand in Hörweite.

„Es ist sehr einfach, Mr. Cornell." Der blasierte Banker faltete seine Hände und legte sie auf den Tisch. „Sie haben uns glaubhaft versichert, dass Sie es uns zurückzahlen könnten, als wir Ihnen das Geld geliehen haben. Ihre erste Zahlung ist nun eine Woche überfällig, deshalb müssen wir wissen, wann die Bank ihre erste Zahlung erhalten wird." Seine dünnen Lippen verzogen sich zu einem Lächeln.

Arschloch. Es schien so, als würde er es beinahe genießen, dass Julian sich in seinem Stuhl wand. Julian kramte alles, was er an arrogantem Stolz hatte, zusammen, richtete sich auf seinem Stuhl auf und glättete seine Anzugjacke.

„Ich bin sicher, Mr. Milne, Sie sind im Bilde über den allgemeinen Abwärtstrend des Modemarktes. Nicht nur meine Firma hat derartige Probleme. Einzelhändler mussten schließen und sorgen damit für einen harten Konkurrenzkampf." Er schenkte dem Mann ein knappes Lächeln. „Ich bin sicher, wenn Sie mir weitere sechs Monate …"

„Oh nein, Mr. Cornell. Das steht nicht zur Debatte." Milne beugte sich vor, tippte auf seiner Computertastatur und runzelte die Stirn, als er auf den Monitor sah. „Wir benötigen eine sofortige Zahlung." Er lächelte Julian an. „Mit Zinsen, natürlich."

Obwohl sein Herz wie wild schlug, schaffte er es irgendwie nach außen ruhig zu bleiben. Er überschlug schnell in

Gedanken und kam zu dem Schluss, dass er, wenn er alle seine Kreditkarten bis zum Maximum überzog, zumindest zwei Monatsraten, die Miete für sein Atelier und Melanies Gehalt zahlen konnte. Gott sei Dank war New York so mieterfreundlich, sonst würde er schon auf der Straße sitzen, da er nicht wusste, wie er die Miete für sein Apartment bezahlen sollte.
Abrupt stand er auf und beugte sich zu dem erschrockenen Banker hinüber, dessen schlammbraune Augen sich vor Angst weiteten. Der Gedanke, dass Milne Angst vor ihm hatte, war lächerlich – Julian konnte keiner Fliege etwas zu Leide tun, aber es tat gut, dass er es ihm zutraute.
„Sie haben Ihr Geld am Ende der Woche."
Er verließ hocherhobenen Hauptes die Bank. Demütigung brannte in ihm, aber Julian hatte gelernt, niemals Gefühle zu zeigen. Es machte einen schwach und zu einem leichten Opfer. Eine weitere Lektion, die er in seiner Vergangenheit gelernt hatte. Scham musste geheim und privat gehalten werden.
Es war einer der typischen Spätsommertage, an denen er es liebte, an der Ostküste zu leben. Du weißt, dass es kalt sein müsste, weil es Oktober war, aber die Temperaturen weigerten sich, die beinahe vergessene Wärme des Sommers aufzugeben. Die Sonne schien immer noch mit all ihrer Kraft am Herbsthimmel. Das lässt dich hoffen, dass es noch ein bisschen länger warm bleibt und die Tage des Schnees, heulender Winde und warmer Kleidung noch weit, weit weg sind.
Julian legte sich seinen Schal um den Hals und ging die Seventh Avenue hinunter, vorbei an all den Ramschläden

und Cafés, Richtung Osten. Er hatte kein Ziel vor Augen. Er wollte nur nicht zu seinem Atelier, um über eine neue Kollektion nachzudenken, oder Melanies erwartungsvollen Ausdruck zu sehen, die sich fragte, ob er wunderbarerweise einen neuen Aufschub von der Bank erhalten hatte.
Alle seine Hoffnungen und Träume, es im Modebusiness zu schaffen, hatten sich mit seiner Show letzte Woche in Luft aufgelöst. Ein paar Bestellungen waren eingegangen, aber nichts, was ihn voranbringen oder den Misserfolg seiner Show vergessen lassen würde. Julian wusste, dass er es konnte. Seine Entwürfe waren gut genug, oder? Offensichtlich, wenn jemand sie stahl.
Er zog eine Grimasse, als er sich an Devon Chambers' Fernsehauftritt erinnerte. Der Typ hatte die Nerven zu lächeln und zu erzählen, wie schwer er für seinen Erfolg gearbeitet hätte und wie er gewusst hatte, dass diese letzte Kollektion ihn an die Spitze katapultieren würde.
Natürlich würde sie das. Julian schäumte vor Wut, während er seinen Schritt beschleunigte. Es musste viel harte Arbeit gekostet haben, zu planen, wie er Julians Entwürfe stehlen und genug abändern konnte, sodass Julian ihn nicht beschuldigen konnte. Das Gerücht heute Morgen, dass Chambers den Titel als Coty's Top Young Designer des Jahres erhalten sollte, ein Titel, nach dem sich Julian schon so lange sehnte, machte ihn nur noch wütender.
Als er aufblickte, fand sich Julian in einer 40er Nebenstraße auf der East Side wieder. Das war das alte Bekleidungsviertel und obwohl hier noch einige alte Fabriken standen, waren die meisten verlassen und hinterließen Erinnerungen an eine vergangene Zeit der Mode, in der sich alles hinter

verschlossenen Türen abgespielt hatte, ohne glitzernde Shows und Aftershow-Partys im Internet. Mode wurde verehrt und war etwas Geheimnisvolles. Niemand wusste, wie Kleidung kreiert wurde.
Jetzt, mit dem Aufkommen des Reality-Fernsehens, sah die ganze Welt dabei zu, wie die Dinge abliefen. Julians Meinung nach schadete es der Industrie, dass zu sehen war, wie Designs in weniger als einer halben Stunde kreiert oder aus ausgefallenen Materialien hergestellt wurden. Aber die Gesellschaft liebte das, wer war er also, dass er das kritisieren konnte. Er hatte einige Gewinner solcher Shows getroffen und einige davon waren nett, aber Julian glaubte, dass es im echten Leben genug Drama gab, auch ohne diese Fernsehshows.
Er lief weiter und kam an einer Feuerwache vorbei. Ein Bild von Nick, dunkel und grüblerisch in seiner Uniform, flackerte vor Julians innerem Auge auf. Er fragte sich, wo der Mann arbeitete. Arbeitete er in einer Feuerwache? Er war so schweigsam in Bezug auf seinen Job gewesen. Und traurig. Nick wirkte unglücklich. Das war er früher nie gewesen. Damals war ein Leuchten und Freude in diesen wunderschönen blauen Augen gewesen, eine Sanftmut und ein Feuer, das Julian nach Luft ringen ließ, bis er fast ohnmächtig vor Verlangen wurde.
Jetzt war da nichts mehr. Kein Leuchten, kein Funke. Nicht mehr als ein Spiegelbild der Person, mit der Nick sich gerade unterhielt. Eine kahle Leinwand. Was immer es war, Nick wiederzusehen hatte etwas in Julian entzündet, das seit Jahren tot war. Er hatte viele Liebhaber gehabt, manche von ihnen hatte er gemocht und vielleicht, falls er

sich das erlaubte, hätte er auch einen von ihnen lieben können. Aber keiner hatte ihn dazu gebracht, ihn zu vermissen, wenn er ihn verließ.

Obwohl er nie jemand gewesen war, der sich das Vergnügen einen Mann in seinem Bett zu haben, verbot, ertappte er sich in letzter Zeit dabei, es völlig mechanisch zu tun. Viele seiner Bekanntschaften waren mit ihren Ehemännern sesshaft geworden. Sie kauften Häuser und bauten sich ihr hübsches kleines häuslichen Leben auf. Er schüttelte sich, das war nicht sein Ding. Er wischte ein Neidgefühl beiseite, das sich in seine Gedanken fraß. Gelangweilt und gereizt fragte sich Julian, ob das alles im Leben war: aufstehen, arbeiten, essen, jemanden zum ficken finden und schlafen.

Das erschien doch etwas sinnlos.

Er blieb vor der geöffneten Tür stehen, zögernd, unsicher.

„Kann ich Ihnen helfen, Sir?“ Ein stämmiger, dunkelhaariger Feuerwehrmann in Uniform näherte sich ihm mit einem neugierigen Ausdruck auf seinem Gesicht.

Die Feuerwache war ein lebendiger Ort. Rufe und Gelächter waren aus dem hinteren Bereich zu hören, sowie das elektrostatische Knistern des Funkgerätes etwas entfernt. Julian ging davon aus, dass sie darüber ihre Notrufe erhielten. Ein großes Feuerwehrauto war in der Mitte geparkt. Julian sah mehrere Feuerwehrmänner darauf, die vermutlich prüften, dass alles funktionstüchtig war.

Er empfand allergrößten Respekt für das FDNY. Er wusste, dass er nicht der Typ war, der sich in Gefahr begab und zog seinen Hut davor, dass diese Leute sich für diesen Job entschieden hatten. So wie unzählige andere hatte auch

er am 11. September literweise Tränen über die Folgen des Massakers vergossen. Nicht zum ersten Mal fragte er sich, wo Nick an diesem schrecklichen Tag gewesen war.
Julian konnte sich nur allzu gut vorstellen, dass man heutzutage zufällig in Feuerwachen hereinspazierenden Fremden skeptisch gegenüberstand, deshalb achtete er darauf zu lächeln und respektvoll aufzutreten. „Ja, bitte. Ich versuche einen Feuerwehrmann zu finden. Wie muss ich da vorgehen?"
„Wie ist sein Name?"
„Nick Fletcher." Julian wurde bewusst, wie lange er diesen Namen nicht mehr ausgesprochen hatte.
Der freundliche Gesichtsausdruck des Feuerwehrmannes wich einer verschlossenen Miene.
„Woher kennen Sie Nicky Fletcher?"
Warum sollte dieser Mann Nick kennen? Er war niemand Besonderes soweit Julian wusste. „Wir sind zusammen aufgewachsen."
Der Feuerwehrmann begutachtete ihn und alles in Julian sträubte sich. Er kannte diesen Blick und wusste, was er bedeutete. Julian funkelte ihn trotzig an. *Ja, ich bin verdammt noch mal schwul. Verdammte Scheiße. Komm damit klar.*
Du kannst in der tolerantesten Stadt der Welt wohnen und musst trotzdem mit Arschlöchern klarkommen. Dem konnte man nicht entkommen.
„Er macht das taktische Training mit den Auszubildenden auf Randalls Island."
„Hat er hier mal gearbeitet?" Julian konnte seine verfluchte Neugier nicht zügeln.

Julians Frage ignorierend, trat der Feuerwehrmann einen Schritt zurück und verschränkte seine Arme. „Kann ich sonst noch etwas für Sie tun, Sir?“ An seiner Höflichkeit gab es nichts zu bemängeln, aber irgendetwas an seinem Verhalten war seltsam; eine subtile Zurückhaltung in der Art und Weise, wie er sich jetzt gab, die er nicht an den Tag gelegt hatte, bevor er Nick zur Sprache gebracht hatte.

Aber Julian war niemand, der sich leicht abwimmeln ließ und so wiederholte er seine Frage.

„Kennen Sie Nick? Hat er mal in dieser Feuerwache gearbeitet?“

Der Lieutenant kniff die Augen zusammen. Er sah sich um, als wollte er sich vergewissern, dass niemand in der Nähe war und trat dicht an Julian heran. „Sehen Sie, Mister. Ich kenne Sie nicht von klein auf. Vielleicht sind Sie okay, vielleicht auch nicht. Aber Nick ist ein guter Junge und er ist durch die Hölle gegangen. Also lassen Sie ihn in Ruhe. Ich versuche nett und höflich zu sein, verstehen Sie?“ Ohne eine Antwort abzuwarten drehte er sich um und ließ ihn stehen, um den Männern in der Feuerwache etwas zuzurufen.

Für einen Moment erstaunt, konnte Julian dem Mann nur hinterherstarren, dann schüttelte er den Kopf und ging, während er sich fragte, was da gerade passiert war.

Was zur Hölle hatte Nick durchgemacht? Warum hatte der Feuerwehrmann ihn so seltsam angesehen, als er nach Nick gefragt hatte? All diese Fragen schossen Julian durch den Kopf, bis er plötzlich bemerkte, wie hungrig er war.

Er betrat ein Diner nur ein paar Blocks von der Feuerwache entfernt und bestellte sich ein Truthahn-Sandwich.

Während er auf sein Essen wartete, überlegte er, wie lange er es sich noch leisten könnte zumindest in so einem Lokal zu essen. Die Restaurants, die er in der Vergangenheit besucht hatte, waren wohl keine Option mehr für ihn. Er konnte sich keine 20-Dollar-Cocktails oder winzig kleine Mahlzeiten zu unverschämten Preisen mehr leisten. Aber wenn er sich nicht mehr zeigte, würde er noch schneller in Vergessenheit geraten.

Der Kellner brachte sein Sandwich. „Noch etwas zu trinken, Sir?"

„Nur das Wasser, danke." Er sollte lieber bei jeder erdenklichen Gelegenheit anfangen zu sparen. Wenn ihm jemand vor zwei Jahren gesagt hätte, dass er sich Sorgen darüber machen würde, ob er in einem kleinen benachbarten Diner einen Kaffee bestellen konnte, hätte er denjenigen ausgelacht und wäre gegangen, ohne einen weiteren Gedanken daran zu verschwenden.

Jetzt nahm er sich und seine Umwelt aus einem anderen Blickwinkel war. Solange er sich und sein Geschäft nicht wieder auf die Beine brachte, musste er über andere Einkommensquellen nachdenken, um zu überleben. Doch niemals, das war klar, würde er sein wahres Ziel, der beste Designer zu werden, der er sein konnte, aus den Augen verlieren.

Nicks Worte tauchten wieder in Julians Kopf auf. Er war nicht oberflächlich, nur weil er Wert auf seine Kleidung legte. Zumindest dachte er das nicht. Kleidung designen war alles, was er konnte, alles was er je tun wollte. Und er war ein guter Mensch – er spendete für wohltätige Zwecke.

Egal was Nick oder andere dachten, er sorgte dafür, dass sich Menschen in ihrer Haut wohler fühlten.
Er kaute auf seinem Sandwich herum und dachte an Nick anstatt an seine Geldprobleme. Es gab keinen Grund das Vergangene wiederaufleben zu lassen. Ihre Leben waren in komplett verschiedene Richtungen verlaufen, von den Jungs, die sie einst gewesen waren, war nichts mehr übrig und die Männer, zu denen sie geworden waren, bewegten sich jetzt in unterschiedlichen Kreisen. So glücklich wie er war, dass er ihn wiedergesehen hatte, war ein Teil von ihm doch schmerzerfüllt, weil ein Mann wie Nick immer noch glaubte, ein Leben voller Lügen leben zu müssen.
Er bezahlte seine Rechnung und verließ das Diner. An diesem Punkt konnte er zurück nach Uptown gehen und mit der entmutigenden Aufgabe loslegen, all seine Käufer, Blogger und Moderedakteure anzurufen und ihre Ärsche zu küssen. Sofern diese heuchlerischen und wankelmütigen Wichser seine Anrufe überhaupt entgegennehmen würden. Sie lieben dich, solange du auf dem Weg nach oben bist, aber wenn du abstürzt, können sie wie Kakerlaken gar nicht schnell genug das Weite suchen. Verflucht, er war es leid darüber nachzudenken. Vielleicht sollte er zurück ins Bett gehen. Oder sich betrinken.
„Julian?“ Eine Frauenstimme hielt ihn auf, bevor er die Straße an der Ecke zur Second Avenue überqueren konnte. Die Autos zischten vorbei und er trat ein paar Schritte zurück.
Seine Augen weiteten sich vor Überraschung, als er Nicks Schwester erkannte. „Katie, wie geht's dir?“ Manchmal spielt Frau (oder Herr, für den Fall der Fälle) Schicksal die

richtigen Karten aus. Wenn er genauer darüber nachdachte, wusste Julian, dass er sich selbst bremsen und einfach lächeln, grüßen und seines Weges gehen sollte.
„Mir geht's gut, aber was machst du in dieser Gegend?" Sie klemmte eine dunkle Locke hinter ihr Ohr und Julian kam nicht umhin die auffallenden Ähnlichkeiten zwischen den Geschwistern zu bemerken. „Ich dachte, du wagst dich nicht fort von der Seventh Avenue, außer du gehst nach SoHo oder Tribeca."
Sie hatte recht. Julian nutzte kaum die vielfältigen Möglichkeiten der Stadt, er bevorzugte es, sich innerhalb der Grenzen der Seventh Avenue, Marcus' Clubs oder anderer angesagter Orte, über die in der Presse berichtet wurde, aufzuhalten.
„Ich brauchte etwas Bewegung und dachte, die frische Luft würde helfen, den Kopf frei zu bekommen." An dieser Aussage war etwas Wahres dran. Unglücklicherweise hatte der Spaziergang ihm nicht geholfen seine Gedanken zu sortieren, sondern hatte das Durcheinander nur vergrößert. Und er wusste immer noch nicht, wie er seine Firma retten könnte, sobald das Geld von der Bank aufgebraucht war. Falls er nicht einige Verkäufe über die Bühne brachte, würde er untergehen.
Katies dunkle Augenbrauen zogen sich zusammen und ihre klaren blauen Augen hielten seinem Blick stand. „Ist alles okay? Mel hat mir alles über die Show und dass der andere Designer deine Ideen gestohlen hat, erzählt." Sie zog eine Grimasse. „Das ist furchtbar. In der juristischen Fakultät gab es Studenten, die Bücher in der Bibliothek versteckten, damit sie niemand sonst nutzen konnte, und nie ihre Mit-

schriften mit anderen teilten, aber was er getan hat, ist noch viel abscheulicher."

So ist das Geschäft. Es kann dich wie einen Star feiern oder dich ausspucken wie einen verdorbenen Fisch. Wenn es ein Gewerbe gab, in dem man einen Tag hoch am Himmel flog und am nächsten unter der Erde lag, dann war das die Modeindustrie. „Ich kann keine Regressansprüche stellen. Die Designs waren nicht urheberrechtlich geschützt und die geringen Änderungen, die er vorgenommen hat, reichen aus, um ihre Originalität zu beweisen."

„Welche er zweifelsfrei ebenso von anderen Leuten gestohlen hat", sagte Katie. Dass sie so entschieden für hin Partei ergriff, wärmte Julians Herz. Es hatte etwas Tröstliches, dass jemand anderes ohne Zweifel an ihn glaubte.

„Danke für deine Anteilnahme. Mein Hauptproblem besteht momentan darin genug Geldgeber und/oder Besteller zu finden, um mich über Wasser zu halten bis zum nächsten großen Verkauf."

„Wann ist das?" Sie lehnte an einem Briefkasten, aber sie ließ sein Gesicht keinen Moment aus den Augen. Sie war in dieser Hinsicht wie ihr Bruder: Wenn sie mit dir sprachen, konzentrierten sie sich ausschließlich auf dich. Es war als, ob niemand sonst existierte. Nur dass Katie nicht die gleiche Wirkung auf Julian hatte wie Nick.

„Ich habe keine Ahnung", seufzte er. „Ich habe eine kleine Modenschau in ein paar Wochen, das sollte eigentlich leicht verdientes Geld sein. Extrageld, nicht meine Haupteinnahmequelle."

Ihr Gesichtsausdruck wurde weicher, sie streckte ihre Hand aus und drückte seinen Arm. „Im Moment hilft sicher alles,

deshalb würde ich mich darauf konzentrieren, das Beste daraus zu machen." Sie sah auf ihre Uhr. „Verflucht. Ich bin spät dran. Ich habe versprochen mich mit Nick auf einen Kaffee zu treffen. Er hat das Training heute eher beendet und ich habe heute frei."
„Okay, danke, es war nett dich wiederzusehen." Julian wandte sich zum Gehen.
„Hey, Julian?"
Er blieb stehen und drehte sich zu Katie. „Ja?"
„Willst du dich uns anschließen? Ich meine ...", sie biss sich auf die Lippe, „vielleicht kriegst du so für ein paar Minuten einen freien Kopf."
„Liebend gern."

Kapitel 6

„Hey, Nick, Achtung!“, rief ihm Carlos Hernandez von der anderen Seite der Umkleide zu.
Nick hob den Blick von seinen Schnürsenkeln und sah einen Football über seinen Kopf hinweg fliegen. Er streckte sich und schnappte ihn, wog den Ball in seiner Hand.
„Mann, so wie du wirfst, ist das eher eine tödliche Waffe als ein Football.“ Er passte ihn zurück zu seinem Partner Jensen und schlug seine Spindtür zu. Sie hatten einen harten Trainingstag mit den neuen Rekruten verbracht und er freute sich auf seinen Feierabend. Er hatte nichts weiter vor, als zu schlafen und zu sehen, wie es Jamal und den anderen im Krankenhaus ging.
„Was hältst du von unserer neuen Mannschaft?“ Jensen stützte seinen Fuß auf der Bank hinter Nick ab. „Einige von denen rennen wie Schwuchteln, aber die meisten scheinen okay zu sein.“
Nick hielt inne, er atmete langsam und bedächtig. „Was hast du gesagt?“
Jensen warf den Ball zurück zu Carlos. „Einige der Kerle sehen aus, als laufen sie auf Zehenspitzen. Sie brauchen nur noch ein Tutu.“ Er streckte den Arm aus und wedelte mit der Hand. „Richtige Weicheier, besonders dieser Barton-Junge.“ Er winkte und pfiff. „Ich glaube, er steht auf dich, Nicky.“
„Halt deine Fresse, Mann. Du darfst nicht so reden. Wegen dir kriegen wir noch alle Ärger.“ Carlos blickte sich ängstlich im Raum um.

Jensens Gesicht wurde rot. „Heutzutage darf man gar nichts mehr sagen." Er stürmte aus der Umkleide und schlug die Tür hinter sich zu.

Überrascht warf Nick einen kurzen Blick zu Carlos, sagte aber nichts. Er hatte seine Schuhe zugebunden und murmelte: „Bye", ohne auf eine Antwort zu warten, bevor er durch die Schwingtür hinaustrat.

Nick sah auf seine Uhr und stellte fest, dass er noch ungefähr 45 Minuten hatte, bis er sich in Brooklyn mit Katie auf einen Kaffee treffen wollte. Nick schrieb ihr:

Bin auf dem Weg. Bin eben mit dem Training für heute fertig geworden.

Fast sofort erhielt er eine Antwort.

K. Wir warten auf dich.

Wir? Was sollte das nun wieder heißen, wir? Da er die furchtbaren Tippfehler seiner Schwester kannte, meinte sie wahrscheinlich „ich" anstatt „wir".

Mit gerunzelten Augenbrauen zog Nick seine Schultern hoch, um sich gegen den frischen Wind zu schützen, der vom Fluss herüberwehte. Obwohl die Jungs ihn auf ein Bier eingeladen hatten, wusste Nick, dass es nur wieder ein Abend mit sinnlosen Gesprächen und gekünsteltem Smalltalk werden würde, während sie Frauen aufrissen. Auf nichts in der Welt hatte er weniger Lust als darauf. Es war weder den Frauen noch ihm gegenüber fair.

Wundersamerweise war auf dem FDR Drive kaum Verkehr, sodass er es in gut dreißig Minuten nach Brooklyn schaffte. Langsam legte sich die Dunkelheit über die Stadt und die Reihe von Lichtern über der Brooklyn Bridge schaltete sich ein. In der Innenstadt bei den Brooklyn

Courts blühte der Tourismus mit neuen Restaurants und Läden, die in den letzten Jahren aus dem Erdboden zu schießen schienen.

Nick bemerkte auch die steigenden Sicherheitsmaßnahmen an Plätzen und Brücken, etwas, das sich seit dem 11. September geändert hatte. Ganz egal wie sehr er versuchte, es nicht zu sehen, seine Augen wurden automatisch von den Sprengstoffspürhunden und den Undercover-Fahrzeugen angezogen, die er identifizieren konnte. Reflexartig sah er in Richtung Fluss zu dem Platz, an dem einst die Türme gestanden hatten, die für ihn unersetzlich waren, ganz gleich, wie prächtig der Anblick des Freedom Towers den Nachthimmel erhellte.

Er stellte das Auto in einer Parklücke ab und überquerte die Straße, nachdem er den Verkehr und die Leute um sich herum beobachtet hatte. Er betrat den kleinen Coffeeshop, den er und Katie wegen seiner ruhigen Atmosphäre und seiner abgelegenen Lage für ihre Treffen wählten. Nick mochte es nicht, von zu vielen lebhaften, grinsenden Menschen umgeben zu sein. Das machte ihn wahnsinnig.

Der Anblick seiner Schwester, die mit ihrem Kaffee vor sich an einem Tisch saß und auf ihr Telefon blickte, brachte ihn zum Lächeln. Es verschwand jedoch augenblicklich, als er Julian Cornell erblickte, der den Coffeeshop mit einer Tasse in der Hand durchquerte, um ihr Gesellschaft zu leisten.

Verdammt. Das letzte Mal, als er Julian gesehen hatte, hatte er ihn dabei beobachtet, wie er den Mund eines jungen, gutaussehenden Mannes auf der Tanzfläche im Sparks vereinnahmt hatte. Hatten sie die Nacht zusammen verbracht?

Warum zum Teufel interessierte ihn das?
Julian, der mit seinem Kaffee zum Tisch zurückkehrte, zögerte, er lächelte vorsichtig. Nick blieb stehen, wodurch er Katies Aufmerksamkeit erregte und sie sich umdrehte.
Ihr Gesicht begann zu strahlen und Nick musste ihr Lächeln einfach erwidern. „Hi."
„Hi. Ich hoffe, es macht dir nichts aus. Ich bin auf dem Weg hierher zufällig Julian begegnet und habe ihn eingeladen, uns Gesellschaft zu leisten." Sie stockte und Julian fuhr fort: „Deine Schwester ist zu höflich, um die Wahrheit zu sagen. Sie sah mich die Straße entlanglaufen und hatte Mitleid mit mir."
Nick lachte. „Das klingt, als wärst du ein kleiner, verlassener Welpe."
„Nicky!" Katie ermahnte ihn mit einem bösen Blick. „Das war nicht nett."
„Ist schon gut." Julians Finger spielten mit dem kleinen Holzrührstab, sodass seine Hand Nicks Blick auf sich zog. Er erwartete, dass seine Hände weich und gepflegt aussehen würden wie die Hände von jemandem, der noch nie in seinem Leben einen Finger krumm gemacht hatte. Stattdessen waren Schwielen an seinem rechten Zeigefinger und einige Narben an seinem Daumen. Es waren Arbeiterhände, das überraschte Nick. Er hatte niemals zuvor Hände als sexuell anziehend oder attraktiv betrachtet, aber Julians Hände waren rau und männlich. Und das machte ihn an, wenn er sich vorstellte, wie sie seinen Körper berührten, ihm einen runterholten.
Ihm wurde heiß vor Verlegenheit und er murmelte: „Ich hol mir einen Kaffee." Nick floh zur Theke und bestellte

sich einen Kaffee. Er konzentrierte sich sehr genau darauf, Milch und Zucker zu verrühren, um seine rasenden Gedanken zu sammeln. Um Gottes willen, er musste sich zusammenreißen. Er konnte ja wohl kaum mit einer von Julian verursachten Latte herumlaufen.

Als er sich einigermaßen beruhigt hatte, kehrte Nick zurück zum Tisch und setzte sich. „Tut mir leid, was ich eben gesagt hab."

„Ist schon gut." Nick verfolgte die Bewegungen von Julians Hand, als er sich durch seine blonden Locken strich. „Es war ein beschissener Tag und vielleicht hab ich wie ein verlassener Welpe ausgesehen, wer weiß?" Er nippte an seinem Kaffee und starrte vor sich hin.

„Was ist los? Du bläst doch kein Trübsal mehr wegen dieser dummen Kritiken, oder etwa doch?"

Uuups. Nick wurde bewusst, dass er das lieber nicht hätte sagen sollen, als er sah, wie sich Julians Lippen zu einer schmalen weißen Linie zusammenpressten.

„Diese dummen Kritiken sind mein Lebensinhalt. Ich hab dir schon einmal erklärt, dass die Kritiker bestimmen, wie oder ob ich meinen Lebensunterhalt bestreiten kann. Dafür muss ich mich nicht bei dir entschuldigen."

„Aber warum befasst du dich mit etwas, das so belanglos und kleingeistig ist? Du bist doch mehr wert als das. Ich weiß, dass du etwas Besseres verdienst."

„Nick." Abermals warf Katie ihm einen warnenden Blick zu, aber diesmal hörte er nicht auf.

„Ich wusste gar nicht, dass du so oberflächlich sein kannst. Bei dir dreht sich alles ums Aussehen und was andere über dich denken. Es gibt Menschen da draußen, die leiden, die

richtige Probleme haben. Das sind die, die eigentlich die Aufmerksamkeit der Zeitungen brauchen und nicht jemand, der entscheidet, ob eine Krawatte schmal genug ist." Warum zur Hölle konnte er seine Klappe nicht halten? Nick hätte niemals mit diesem Thema anfangen dürfen. Zwangsläufig würde Julian wissen wollen, was mit ihm passiert war, er würde alles herausfinden. Die Wahrheit war, dass von dem Mann von früher nichts mehr übrig war.
„Du bist da ja richtig leidenschaftlich. Ist es etwas Persönliches?" Julian hielt seinem Blick stand, als wären sie allein in diesem Raum. Nick hätte schwören können, dass er Julians Atem auf seiner Wange spürte, obwohl sich der Mann auf der anderen Seite des Tisches keinen Millimeter bewegt hatte.
„Du warst beim FDNY am 11. September, oder?"
Ein Summen dröhnte in seinen Ohren, doch er schaffte es, ruhig zu bleiben. Katie legte ihre Hand auf seine und seine Anspannung ließ nach. Ein Gedanke kam ihm in den Sinn. Ein ziemlich sicher verrückter, beschissener Gedanke, aber Nick sprach ihn aus, bevor er sich selbst bremsen konnte.
„Ich möchte dir etwas zeigen."
Katie griff nach seiner Hand und für eine Sekunde hätte Nick gern zurückgenommen, was er gesagt hatte, oder so getan, als hätte er es nicht ausgesprochen, aber Julians Gesicht erhellte sich.
„Ja? Was?" In seinem Gesicht war auf einmal Lebendigkeit, ein Funke, der vorher nicht da war.
Katie drückte seine Hand. „Jamal?"

Er nickte und stand mit seinem Kaffee in der Hand auf. „Komm schon. Danach, verspreche ich dir, wirst du einen anderen Blick aufs Leben haben."

Julian sah zwischen Katie und Nick hin und her und stand auf. „Ich weiß zwar nicht, wo es hingeht, aber ich bin dabei."

Nick beugte sich vor und küsste Katie. „Hab dich lieb, Kiki."

Sie holte tief Luft. „So hast du mich seit Ewigkeiten nicht genannt." Sie umarmte ihn fest.

Seit er verletzt wurde. Seit er sich selbst verloren hatte. Er befreite sich aus ihrem Griff und bedeutete Julian, ihm zu folgen. „Komm, wir nehmen mein Auto."

Sie verließen das Café und Nick genoss, wie Julian ihm hinterherlief ohne Fragen zu stellen. Es war unvermeidlich gewesen – seit Nicks Julian in der Nacht im Club gesehen hatte –, dass sie zu zweit allein sein und über ihre Vergangenheit reden würden. „Fühlt es sich komisch an, dass wir wieder zusammen sind?" Sein Blick wanderte zu Julian an seiner Seite.

„Es ist nicht, als ob wir zusammen wären, nur weil wir nebeneinander die Straße entlanggehen." Julian sah ihn nicht an und Nicks gute Laune verdüsterte sich wieder. Sie liefen weiter die Straße hinunter, vorbei an Häusern und Läden, viele davon hatten bereits geschlossen, da es schon dunkel war. Trockenes Laub, das der Wind um ihre Füße wirbelte, verstreute sich auf dem Gehweg, wie die kleinen Teile, in die sein Herz zerbrochen war.

Nick leckte sich über die Lippen. „Ich … ich hab es nicht so gemeint."

„Wie hast du es dann gemeint?“
Julian hielt sich nicht zurück und Nick stellte fest, dass von dem liebenswerten, unbeschwerten jungen Mann, den er einst kannte, nicht mehr viel übrig war.
„Hast du auch nur eine Ahnung, wie ich mich gefühlt habe, als du dich an diesem Tag von mir zurückgezogen hast? Auch wenn es ein Geheimnis war, wir haben unsere ganze Freizeit miteinander verbracht und dann hatte ich plötzlich nichts und niemanden mehr. Du hattest zumindest Football und deine Freunde. Du konntest verstecken, wer du wirklich warst.“
Nicks Herz zerbrach, als er den Schmerz in Julians Stimme vernahm, aber er schwieg.
„Du warst nicht das seltsame Kind, zu dem alle aus der Klasse nur nett waren, um von ihm abzuschreiben Derjenige, den sie ‚schwul‘ und ‚Homo‘ nannten, wenn sie dachten, dass ich es nicht höre.“
„Ich habe dich nie so genannt, Julian. Ich konnte nicht … Ich habe nicht …“ Nick blieb hilflos auf der Straße stehen.
„Du hast ihnen nie gesagt, dass sie damit aufhören sollen. Du hast mich nie verteidigt. Deshalb bat ich meine Mutter, mich nach diesem Schuljahr in eine andere Schule versetzen zu lassen.“ Julian blieb wie versteinert mit geballten Fäusten stehen. „Ich konnte es nicht mehr ertragen, genauso wie ich es nicht ertragen konnte, dich jeden Tag zu sehen und zu wissen, dass du mich nicht willst …“ Julian holte tief Luft und rieb sich mit den Händen übers Gesicht. „Ich habe geschworen, dass mich nie wieder jemand so ausnutzen oder verarschen darf.“

„Es tut mir leid“, flüsterte Nick. „Ich wollte dir nie wehtun.“ In seinem Kopf schrie es: *Sag ihm, dass du ihn geliebt hast. Sag ihm, dass er dir immer noch wichtig ist.*

Nick schwieg.

„Ist auch egal, oder?“ Julian warf ihm ein kleines Lächeln zu. „Wir sind heute andere Menschen mit anderen Leben.“

Nick sagte immer noch nichts, lief aber weiter und stoppte an seinem Auto. Nachdem sie beide eingestiegen waren, startete er den Motor. Nick wollte die Unterhaltung nicht so enden lassen.

„Nach dir gab es keinen anderen.“

Für einige Minuten schwieg Julian, bis Nick das Auto durch die Straßen auf die Brooklyn Bridge gelenkt hatte.

„Ich bezweifle doch sehr, dass du noch Jungfrau bist, Nick. Das glaube ich nicht.“

„Nein, natürlich nicht. Aber es sind alles nur Zufallsbekanntschaften gewesen, nichts Ernsthaftes. Ich meinte, dass ich für keinen anderen jemals solche Gefühle hatte wie für dich.“

„Mach dir darüber mal keine Sorgen.“ Julian wedelte mit der Hand durch die Luft und starrte auf den East River. „Wir waren Kinder. Das wäre nie etwas für die Ewigkeit gewesen.“

Den Rest der Fahrt saßen sie schweigend nebeneinander. Nick fuhr auf den FDR Drive in Richtung Krankenhaus.

Kapitel 7

Warum zur Hölle hatte er nur zugestimmt, Nick zu begleiten? Die Schwärze des Flusses bei Nacht spiegelte Julians Stimmung wider. Vielleicht sollte er Nick für die Fahrt danken, wenn sie anhielten, und sich auf den Heimweg machen. Doch die gähnende Leere, die ihn dort erwartete, bewies ihm etwas. Er brauchte dringend Hilfe. Wenn ihm nichts einfiel, wäre er Mitte des Monats pleite.

Als Nick auf den Parkplatz fuhr, schreckte Julian aus seinen Gedanken hoch.

„Wo sind wir?" Julian spähte aus dem Fenster, als Nick einparkte und den Motor abstellte.

„Bellevue Krankenhaus. Ich komme mindestens dreimal die Woche her." Nick stieg aus und Julian schnallte sich ab.

„Bist du krank?" Schnell wie der Blitz krabbelte Julian aus dem Wagen und eilte an Nicks Seite. „Stimmt etwas nicht? Oh Gott, Nick, es tut mir so leid."

Der Gedanke, dass Nick krank sein könnte, sich schrecklichen Tests und Medikationen unterziehen müsste, ließ eine grässliche Angst in Julian aufkeimen. Er griff nach Nicks Schulter, seine Finger zerdrückten den Stoff seines Shirts. „Du kannst es mir sagen."

Julian hielt den Atem an. So etwas Ähnliches wie Angst flackerte in Nicks Augen auf, er riss sich los und wandte Julian den Rücken zu, hob langsam die Schultern und stützte seine Arme auf dem Autodach ab.

„Nick?“ Julian streckte sich, um seine Hand auf Nicks Rücken zu legen, zog sie dann aber doch zurück. „Ist alles in Ordnung?“
Knapp schüttelte Nick den Kopf. „Nein, ich bin nicht krank. Zumindest nicht in dem Sinne, wie du denkst.“
Erleichterung stieg in Julian auf. *Gott sei Dank.*
„Was ist dann nicht in Ordnung?“ Julian lehnte sich gegen das Auto. Und wenn es die ganze Nacht dauern würde, er würde hier nicht ohne eine Erklärung dafür weggehen, warum Nick bei seiner Berührung so ausgeflippt war.
„Ich … ich mag es nicht, wenn mich Leute anfassen. Tut mir leid, Julian. Es ist nichts Persönliches.“
Was war mit Nick geschehen, dass er so geworden war? Der Nick, den Julian kannte, liebte es, geküsst und berührt zu werden. Überall.
„Ist etwas passiert?“ Julian vergrub seine Finger in seiner Handfläche. Er wollte seine Hand auf Nicks Schulter legen, um ihn zu trösten. Es lag in seiner Natur andere zu berühren – Julian war ein körperbetonter Mensch, er und seine Freunde berührten sich ständig mit freundlichen Gesten. Nicht in der Lage zu sein, jemandem in einer so schmerzlichen Situation Trost zu spenden, war für Julian völlig fremd.
Irgendetwas ging hier vor, irgendetwas, das er nicht verstand. Julian musste einen Weg finden, Nicks Barrieren zu überwinden, die er errichtet hatte, um Menschen von sich fernzuhalten.
„Wie wäre es, wenn wir das später besprechen und du erzählst mir lieber, warum du mich hergebracht hast?“

Nick sank ein wenig zusammen, als wäre er erleichtert, dass Julian ihn nicht weiter bedrängte. „Ich komme her, um die Kinder auf der Verbrennungsstation zu besuchen." Er drehte sich endlich um und lehnte sich neben Julian gegen das Auto. „Ich rede mit ihnen. Unterstütze sie bei ihren Übungen. Ich bin für sie da, wenn ihnen alles zu viel wird."
Oh Gott. Ohgottohgottohgott. Das ist ihm also widerfahren. Und nun erinnerte sich Julian daran, wie totenstill Nick geworden war, als er den 11. September erwähnt hatte. Julians Welt geriet aus der Bahn und er wurde beinahe ohnmächtig. Er atmete tief ein und konzentrierte sich auf Nicks verschlossenes Gesicht.
„Ich fühle mich geehrt, dich begleiten zu dürfen."
Nick warf ihm einen fragenden Blick zu, sagte aber nichts und nickte nur. „Lass uns hineingehen." Er richtete sich auf, fuhr sich mit den Fingern durch das Haar und wandte sich ab.
Julian eilte ihm nach, versuchte mit seinen großen Schritten mitzuhalten. Sie betraten das Krankenhaus und Nick grüßte jeden freundlich – von der Krankenschwester bis hin zum Sicherheitsbeamten – daher vermutete Julian, dass er schon lange herkam.
„Du bist heute ein bisschen spät dran, Nick." Eine ältere Schwester näherte sich ihnen.
„Entschuldige, Hannah. Ich wollte, dass mein Freund Jamal kennenlernt." Nick deutete auf Julian, der ein paar Schritte hinter ihm stand und ein Poster über Brandprävention studierte. „Julian, komm her und lern die Oberschwester kennen."

„Hallo“, sagte Julian und reichte ihr die Hand, „Nett, Sie kennenzulernen.“
„Hallo. Ebenfalls.“ Ihr unterkühlter, abwägender Blick missfiel Julian. Er fühlte sich, als würde er einer Prüfung unterzogen, wusste aber nicht warum.
„Jamal hat einen schlechten Tag. Seine Mutter hat ihren Job verloren, weil sie so viel Zeit hier bei ihm verbringt.“ Hannah ging mit ihnen den Flur entlang.
„Verdammt.“
„Außerdem jucken seine Hauttransplantationen unter dem Kompressionsverband. Der arme Junge ist heute also ein totales Wrack. Ich glaube, dich zu sehen, wird ihn aufmuntern.“
Zweifelhaft, dachte Julian, während er ihnen folgte.
„Was arbeitet seine Mutter?“, fragte er, als sie vor einer geschlossenen Zimmertür stehen blieben.
„Sie war Haushälterin bei einer Frau an der Upper Eastside. Als Sonia weiterhin freinehmen musste, hat die Frau sie einfach gefeuert.“
„So ein Miststück.“ Julian hörte Hannah kichern und merkte erst jetzt, dass er as laut ausgesprochen hatte.
„Das ist sie.“
„Wir werden sehen, was wir tun können. Danke, Hannah.“ Nick öffnete die Tür.
„Schön, Sie getroffen zu haben.“ Julian lächelte sie an.
„Sei gut zu ihm.“
Bevor er antworten konnte, war sie verschwunden. Warum sollte er nicht nett zu einem Kind sein? Als Julian Jamals Zimmer betrat, dachte er noch immer darüber nach.

Der junge Mann saß in einem dieser allgegenwärtigen beigen Plastikstühle mit Holzarmlehnen. Alles in diesem Raum war irgendwie beige: Wände, Vorhänge, Bettzeug und Mobiliar. Julian konnte sich nicht vorstellen hier Zeit zu verbringen, ohne vor Langeweile verrückt zu werden.
Jamal war in der Phase des Erwachsenwerdens, in der er seine Größe noch nicht ausfüllte. Seine Beine waren lang und schlaksig, wie die eines Fohlens, und sein Oberkörper leicht muskulös. Sein Haar war von seiner Kopfhaut an zu festen Zopfreihen geflochten, außer auf einer großen rasierten Fläche auf der rechten Seite seines Kopfes. Julian konnte die rosafarbene Haut einer verheilenden Verbrennung sehen.
Nick setzte sich auf das Bett und die beiden unterhielten sich leise, während Julian an der Tür verharrte. Er war sich plötzlich unsicher, ob er wirklich hierher gehörte. Warum hatte Nick ihn hergebracht?
Jamal warf Julian einen Blick zu und Julian war von dem guten Aussehen des jungen Mannes überrascht. Seine helle braune Haut betonte große haselnussbraune Augen, die gleichermaßen vor Intelligenz, Schmerz und Angst leuchteten. Dieser junge Mann könnte bei jeder Show über den Laufsteg gehen und ein Star sein.
„Hi." Julian trat einen Schritt nach vorn. „Ich bin Julian. Ein Freund von Nick." Als er ihm die Hand geben wollte, bemerkte Julian die riesigen Verbände, die Jamals rechten Arm umhüllten. Sie begannen an seinen Fingerspitzen und verschwanden im halblangen Ärmel des beigen Krankenhauskittels.
Scheiße. Wie furchtbar.

„Jamal.“ Der Junge leckte sich über die Lippen, lehnte sich im Stuhl zurück und bewegte sein rechtes Bein, das, wie Julian feststellte, ebenfalls verbunden war.
„Du bist ein Freund von Nick?“
Julian packte ein kleines Notizbuch mit Baumwolleinband und einen Stift aus. „Ja. Wir kennen uns, seit wir Kinder waren.“ Er begann zu zeichnen, während er sprach, ungeachtet der Neugier von Jamal und Nick, die beobachteten, was er da gerade tat. Nach ein paar Minuten war er fertig.
„Was denkst du?“ Er zeigte Jamal sein Notizbuch, der es mit vor Erstaunen geweiteten Augen anstarrte.
„Heilige Scheiße. Bin das ich?“
„Ja. Was hältst du von dem Outfit?“
„Das ist verdammt geil.“ Jamals Blick wanderte von dem Bild zu Julian. „Du bist echt gut.“ Er machte ein langes Gesicht. „Ich stand auch auf Klamotten. Früher.“ Er schaute runter auf seinen bandagierten Arm und das Bein.
„Das ist doch kein Grund. Du kannst das immer noch, wenn du wieder zur Schule gehst.“ Julian nahm einige kleine Änderungen an der Skizze vor, sein Stift flog förmlich über das Papier.
„Verdammt. Du bist wirklich gut.“ Jamal streckte seinen Hals und versuchte zu sehen, was Julian zeichnete.
„Ich hoffe doch.“ Julian lachte leise. „Immerhin verdiene ich damit meine Brötchen.“
„Julian ist Designer für Männermode.“ Nick fuhr sich mit seiner Hand durch die kurzen Haare. „Du hast vielleicht schon mal von ihm gehört. Julian Cornell.“
Jamal klappte die Kinnlade herunter und wie ihm Augen beinahe aus dem Gesicht fielen, war schon fast komisch.

„Du bist Julian Cornell? Scheiße! Ich hab dich letzten Monat in der GQ gesehen. Die Frau, für die meine Mom gearbeitet hat, gab ihr immer ihre alten Hefte, wenn sie sie nicht mehr brauchte. Dann konnte ich sie haben." Er machte wieder ein trauriges Gesicht. „Mom hat ihren Job wegen mir verloren."
Julian, der seit Jahren schon nicht mehr an diese Seite des Lebens gedacht hat, fühlte plötzlich brennende Scham in sich aufsteigen. Nun verstand er, warum Nick ihn hierher gebracht hatte. Das war das wahre Leben. Nicht der Mist, mit dem er sich jeden Tag befasste wie die Innennaht eines Hosenbeins. Nick sagte die Wahrheit. Nicht nur, dass sein Geschäft den Bach runterging, sein ganzes verdammtes Leben war oberflächlich und eine Verschwendung.
„Ich wette, dass sie bald etwas Neues findet."
Jamal presste seine Kiefer zusammen und seine Augen verdunkelten sich. „Was auch immer. Sie muss aufhören, sich um mich und meine kleine Schwester Sorgen zu machen." Er hob seinen bandagierten Arm. „Ich werde niemals wieder normal oder wie jeder andere sein. Ich werde vernarbt und hässlich sein. Der Doktor sagt, ich muss diesen Verband zwei Jahre lang tragen." In seine Stimme mischte sich ein Schluchzen. „Zwei Jahre mit diesem hässlichen Scheiß auf meinem Arm und meinem Bein. Jeder sagt, dass alles wieder gut wird, aber ich schaff das nicht."
Verdammt. Julian stand hilflos daneben, als Nick sich neben Jamals Stuhl kniete, seinen Arm um die Schultern des jungen Mannes legte und mit ruhiger und tröstender Stimme auf ihn einredete. Um ihnen ein wenig Privatsphäre zu geben, drehte sich Julian um und ging auf die gegen-

überliegende Seite des Raumes, sein Notizbuch in der Hand. Träge blätterte er es durch, bis er eine leere Seite fand, auf die er einen Arm und ein Bein zeichnete. Er hatte den Verband, den Jamal trug, gesehen und er lag fest am Körper an, wahrscheinlich bestand er aus einem neopren-ähnlichen Stoff. Und obwohl er an den Fingern auftrug, lag der Stoff dicht auf der Haut, ähnlich dem Material, das Models trugen, um die Unebenheiten auf ihrer Haut auszugleichen. *Was wäre wenn …*

In seinem Kopf entstand eine Idee und bevor er sie fassen konnte, flog sein Stift über das Blatt und er hatte ein halbes Dutzend verschiedene Kompressionsbeinkleider und Ärmel entworfen. Vor seinem inneren Auge sah er die unterschiedlichen Farben und Muster. Er kehrte zu den beiden Männern zurück und Nick warf ihm einen neugierigen Blick zu.

„Was hast du da drüben gemacht? Du warst ja total vertieft."

Julian entschied sich, ihn für den Moment zu ignorieren und wandte sich an Jamal. „Was hältst du davon?", fragte er und reichte Jamal die Skizze.

Der junge Mann legte die Stirn in Falten. „Was ist das? … Wart mal kurz." Angestrengt sah er auf den Block in seiner Hand und dann zu Julian, der ihn breit angrinste.

„Sind das solche Verbände, wie ich sie tragen muss, nur mit Mustern?"

Julian nickte. „Ich glaube, wenn du so etwas tragen würdest, sähe es aus wie ein Tattoo-Ärmel oder eben ein Bein. Und ich könnte es so entwerfen, wie du willst. Wir könnten es sogar in den Farben deiner Lieblingssportmannschaft gestalten.“

Jamal konnte nicht aufhören, die Entwürfe anzustarren. „Das ist großartig. Ich kann gar nicht glauben, dass du das gerade eben in meinem Beisein gemacht hast.“

Nick zog ihn beiseite, während Jamal sich die anderen Entwürfe von Julian anschaute. „So begeistert hab ich ihn bisher noch nie gesehen. Wie hast du das gemacht? Das ist eine brillante Idee.“ Nicks Augen strahlten ebenso wie sein ganzes Gesicht vor Freude. Es kostete Julians ganze Selbstbeherrschung, ihn nicht an sich zu ziehen und zu küssen.

„Das ist, was ich tue.“

Nick schüttelte den Kopf. „Nein, das ist nicht, was du tust. Nicht das, was ich gesehen habe. Das war nicht Julian Cornell, der in trendigen Clubs rumhängt und sich nur um die Meinung von beschissenen Idioten kümmert.“ Seine Augen brannten vor unerwarteter Leidenschaft und Julian dachte an die Vergangenheit zurück, wurde von diesem Mann erneut völlig verzaubert. „Das ist, womit du einen Unterschied machen kannst. Mach dir keinen Kopf darüber, berühmt zu sein, Julian. Du solltest dich lieber fragen, ob dein Leben von Bedeutung ist.“

Die Intensität zwischen beiden loderte. „Ich will das auch. Aber ich habe Angst.“ Julian schluckte mühsam. „Ich bin fast pleite, Nick.“ Die Scham dieses Zugeständnisses, besonders jetzt, wo er es Nick gegenüber laut ausgesprochen hatte, war größer als jedes Gefühl, das Julian je hatte.

„Lass uns heute Abend darüber reden, okay?“ Nick hielt seinem Blick stand und Julian verlor sich in den Tiefen seiner blauen Augen.

„Ja.“

Es würde ihm vielleicht das Herz brechen, aber Julian hatte Nick noch nie widerstehen können.

Kapitel 8

Nick verbrachte noch eine weitere Stunde mit Julian und Jamal im Krankenhaus. Zu seiner Verwunderung half Julian auch bei Jamals Hand- und Bein-Übungen. Widerwillig gestand sich Nick selbst ein, dass Julian ihn komplett überraschte. Vor Kurzem hatte er noch gedacht, dass der Mann ein egozentrisches, oberflächliches Arschloch geworden war, stattdessen musste er nun feststellen, dass Julians Mitgefühl für Jamal seine eigenen negativen Vorurteile völlig zerstreut hatte.

Nachdem Julian versprochen hatte, bald wiederzukommen, um Jamal weitere Entwürfe zu zeigen, begleitete Nick ihn aus dem Zimmer. Sie verabschiedeten sich von Hannah und verließen das Krankenhaus. Julian war ungewohnt aufgekratzt und Nick hatte zum ersten Mal das Gefühl, den echten Mann hinter den schicken Anzügen zu sehen. Der ihm vertraute Julian kam allmählich zum Vorschein.

Es war spät geworden, als sie in das Parkhaus gegenüber von Julians Wohnhaus einbogen. Nick übergab den Schlüssel dem Parkservice und sie gingen über die Straße zu Julians Loft auf der Lower East Side.

Er hatte sich vorgestellt, dass Julian in einem Luxushochhaus in einer der angesagteren und eleganteren Gegenden der Stadt lebte. Deshalb war es für ihn eine Überraschung festzustellen, dass Julian hier lebte und nicht in einem schickeren Viertel wie SoHo oder Tribeca. Obwohl sich in den letzten Jahren einige trendige Restaurants und Clubs hier angesiedelt hatten, war die Lower East Side eine der

bodenständigeren Gegenden der Stadt mit einer bunt gemischten Bevölkerung.
„Ich muss dir dafür danken, dass du mich heute Abend mitgenommen hast. Jamal ist ein wundervoller Junge und ich werde mein Bestes geben, um ihm zu helfen." Julian zog seine Schlüssel aus der Tasche, um die Haustür aufzuschließen. „Das heißt, falls ich nächsten Monat noch im Geschäft bin."
Nicks Atem stockte. Er hatte gehofft, dass Julian in der ersten oder zweiten Etage wohnte, dann hätte er vorgeschlagen, die Treppe zu nehmen, aber Julian ging Richtung Aufzug. *Fuck.*
Stell dich deinen Dämonen, sagte sein Therapeut. Außer im Krankenhaus war Nick bisher nicht in der Lage gewesen, Aufzug zu fahren. Er ertrug es nicht, in einem geschlossenen Raum wie diesem zu sein. So sehr ihm der Gedanke in einem Metallkäfig nach oben zu schießen den Hals zuschnürte, die Scham über seine Angst hinderte ihn daran, es Julian zu erzählen. Deshalb kniff er die Augen zu, versuchte die wilde Panik, die durch seinen Körper raste, zu bändigen und folgte Julian in den großräumigen Lastenaufzug.
Mit einem Klirren schlossen sich die Türen und Nick stellte sich vor, dass so die Pforten zur Hölle klangen, die sich hinter einem Sünder schlossen, damit er nie wieder entkommen könnte.
Öffne deine Augen. Wenn du ausflippst, weiß er, dass etwas nicht stimmt.

Seine Angst herunterschluckend, zwang er sich Julian anzusehen, der aufgehört hatte zu reden und ihn besorgt anstarrte.
„Was stimmt nicht? Du bist blass und zitterst."
Nick öffnete seinen Mund, um zu antworten, aber er bekam kein Wort heraus. Sein Körper war ein zitterndes und schwitzendes Wrack.
Wann würde diese verfluchte Fahrt enden? Sie mussten mittlerweile schon eine halbe Stunde in dieser ratternden und ächzenden Todesmaschine sein.
Es wackelte und der Fahrstuhl stoppte. Julian öffnete die Türen, die direkt in sein Apartment führten.
„Komm mit."
Ohne Einwände gestattete Nick ihm, ihn zum Sofa zu führen. Julian setzte sich neben ihn, deckte ihn zu und nahm seine Hand, die er zwischen seinen Handflächen rieb. Nick war eiskalt und Julian so angenehm warm.
Schmerz stieg in ihm auf, schnürte ihm Brust und Hals zu, sodass er nur schwer atmen konnte. Er wollte sich unter der Decke zusammenrollen und hierbleiben, auf diesem Sofa bei Julian, der für immer seine Hand hielt.
„Nick", Julians Stimme klang zaghaft. „Sprich mit mir."
Aber Nick wollte nicht reden. Er sprach schon seit Ewigkeiten mit seinem Therapeuten. Die Kälte ließ einfach nicht nach und es zerriss ihn fast hier zu sitzen, neben Julian. Nick wollte wieder normal sein, umherlaufen und die Schönheit des Lebens sehen und frei sein von dieser erstickenden Angst, der Schuld und der Einsamkeit.
Sein Blick traf Julians. Er sah die Hitze und das brennende Verlangen in seinen grünen Augen, die ihn in seinen

Träumen verfolgten. Ohne nachzudenken umfasste Nick Julians Genick und zog ihn an sich. Ihre Lippen berührten sich fast. „Nicht reden." Ohne auf eine Antwort zu warten, drückte er seine Lippen auf die von Julian.
Dieser stöhnte zustimmend und presste seinen Mund stärker gegen Nicks, öffnete seine Lippen und gewährte Nicks Zunge Einlass. Nick tauchte in seinen Mund ein und spielte mit Julians samtweicher Zunge, saugte seine feuchte Hitze ein. Lange verdrängte Gefühle rasten durch Nick und ließen sein Blut kochen. Liebevoll berührte er Julians Gesicht, fuhr mit seinen Fingerspitzen über seine Wangenknochen und seine Augenbraue, während sein Mund fordernder und fester gegen Julians drängte.
„Verdammt. Du schmeckst großartig." Nick brach ab, keuchte und positionierte Julian unter sich auf der Couch, spreizte seine Beine und setzte sich auf ihn, um erneut über seinen Mund herzufallen. Nick küsste und leckte eine feuchte Spur an Julians Hals entlang, knabberte an seiner Kehle und lutschte an der zarten Haut hinter Julians Ohr. Julian wand sich unter ihm, sein Stöhnen erfüllte den ganzen Raum.
„Halt still", flüsterte Nick. Er nuckelte an seinem Ohrläppchen und biss sanft hinein. Julians Lustschrei ließ Nicks Schwanz hart werden. Seine Hände wanderten über Julians Oberkörper, berührten ihn zärtlich, spürten die Härte seiner Muskeln und die Weichheit seiner Haut. Es war wie ein Wunder für ihn nach all den Jahren diesen Mann in seinen Armen zu halten. Seine Finger umkreisten Julians Nippel und zwickten leicht hinein.

Julian quietschte unter ihm und krächzte mit ungläubiger Stimme: „Still halten? Willst du mich veraschen?“
Nick grinste. Sein Herz fühlte sich leichter, als es seit Jahren gewesen war. Er stützte sich auf seinem Armen ab und bewegte seine Hüften, rieb die harte Beule in seinen Jeans an Julians Erektion. Der Schmerz und das Verlangen in Julians großen grünen Augen nahmen Nick beinahe den Atem.
„Du hast verdammt noch mal mein Herz gebrochen, als du mich damals verlassen hast, Nick. Wag es ja nicht, noch mal zu verschwinden.“
Das laute Klopfen seines Herzes hämmerte in Nicks Ohren. Jeden einzelnen Tag hatte er dahinvegetiert, hatte die Stunden abgesessen und versucht zu überleben. Es gab keine Zukunft mit Julian, kein Happy End und Julian musste das erfahren. Es war das Mindeste, was er tun konnte.
Mit mehr Bedauern und Schmerz, als er für möglich gehalten hatte, küsste Nick ihn verzweifelt, im Wissen, dass es das letzte Mal sein würde. Er prägte sich die Form von Julians warmen Lippen ein, die Süße seines Mundes, seinen heißen Atem. Nick atmete Julians Duft ein, ertrank in seiner Wärme und wünschte sich diesen Moment einfangen und für den Rest seines Lebens bewahren zu können.
Mit dem letzten schwindenden Rest an Beherrschung stand Nick auf und sah hinunter auf den wunderschönen Mann, der keuchend auf der Couch lag. All der Mist, den er bis jetzt in Schach halten konnte, ging ihm durch den Kopf. Das Monster erwachte und flüsterte ihm zu, dass er diese zweite Chance auf Glück nicht verdiente. Er hätte die

Stufen der Türme hochrennen müssen, um nach Menschen zu suchen. Er war Anfänger. Er hatte keine Familie und würde nie eine haben. Er hatte nichts zu verlieren gehabt.

„Nein.“ Er schüttelte den Kopf, hoffte, dass der Albtraum nicht jetzt über ihn herfallen würde, aber er spürte, wie er sich heimtückisch in seinem Körper ausbreitete. Wie kam er dazu, zu denken, dass er sein Leben genießen sollte, wenn diese Männer, seine Kumpel, gestorben waren? Die Schuld übermannte ihn und er rang nach Luft, brach auf dem Boden zusammen.

Von weit weg hörte er jemanden seinen Namen rufen, aber er konnte nicht antworten. Alles was er vor sich sehen konnte, waren die Trümmer; er roch das Feuer. Er lag stundenlang eingeklemmt unter einem verbogenen Pfeiler und brennendem Schutt. Er dachte, dass er sterben würde und wünschte sich ein schnelles Ende, damit der Schmerz endlich aufhörte.

Starke Hände zogen ihn schließlich heraus, riefen seinen Namen und spendeten ihm Trost. Schamlos vergoss er Tränen der Dankbarkeit und Erleichterung. Er war gerettet. Dann erfuhr er von der Katastrophe und dem Gemetzel. Keiner der Männer aus seiner Feuerwache, der an diesem Tag die Türme betreten hatte, hatte überlebt. So viele waren tot; 343 Leben, 343 Brüder waren für immer verloren.

Warum er? Er hatte keine Frau, die ihn vermissen würde oder ihn liebte, keine Kinder, die er zurückließ. Warum hatte er – ein schwuler Mann, der Angst hatte sein Leben zu leben – es nach Hause geschafft? Die anderen hatten so

viel mehr Gründe zum Leben, so viele Menschen, die sie liebten, und würden nie wieder nach Hause kommen.
„Es hätte mich treffen sollen.“ Er streckte sich und ergriff die ihm entgegengestreckten Hände.
„Nick, sshh. Nein, komm her.“
Das erste Mal seit Jahren erlaubte er sich selbst, in den Arm genommen zu werden. Warme Arme, starke Arme umschlossen ihn, hielten ihn wie ein Kind. Sein Zittern hörte auf und er blinzelte, seine Umgebung rückte wieder in sein Blickfeld – der entfernte Straßenlärm und das Brummen des Kühlschranks, schockierend normale Geräusche in Anbetracht seiner Gefühle. Nick verkrampfte sich, weil er sich plötzlich bewusst war, dass er in Julians Armen lag. Er versuchte sich aufzusetzen, aber Julian hielt ihn fest.
„Bleib liegen und entspann dich. Ich lass dich nicht gehen. Noch nicht.“
Beschämt nickte er und schwieg, verharrte schweißgebadet in Julians Armen und fragte sich, wie er zulassen konnte, dass sein Leben in einem schwarzen Abgrund versank.
Einige Minuten vergingen, bevor er seufzte und gegen Julians Brust drückte. „Lass mich bitte aufstehen. Es geht mir gut. Versprochen.“
Nach einem kurzen Zögern gab Julian ihn frei. Verlegen stand Nick auf wackligen Beinen und ließ seinen Blick im Loft umherschweifen – ein großer offener Raum mit hohen Decken und moderner Ausstattung.
Überall hin, nur nicht zu Julian.
Es gab keinen Raum, in den er flüchten oder sich verstecken konnte.

„Das Badezimmer ist hinter der Küche. Ich hol dir ein frisches T-Shirt.“ Julian stand auf und ging zur anderen Seite des Apartments, ließ Nick zurück, der ihm hinterherstarrte. Er eilte in die Richtung, in die Julian gezeigt hatte, und schloss die Tür hinter sich. Dankbar für einen Moment allein zu sein, stützte Nick seine Hände auf der Marmorplatte des Waschtischs ab und sog tiefe, befreiende Atemzüge ein, wie sie ihm sein Therapeut nach solchen Attacken empfohlen hatte. Sein rasendes Herz beruhigte sich nach einigen Minuten. Als er aufsah und in den Spiegel blickte, erkannte er die verheerende Auswirkung seiner Angst; seine Haut war blass und tiefe Falten umgaben seinen Mund. Seine Augen starrten ihn an, tief in die Augenhöhlen eingesunken, mit dunklen Schatten unterlegt, das rechte zuckte ein wenig.

„Du bist ein verdammtes Wrack. Wie konntest du nur denken, dass du das tun kannst?“

Er zuckte zusammen, als es an der Tür klopfte.

„Nick? Kann ich kurz hereinkommen?“

Er öffnete Julian die Tür, der ihm ein Sweatshirt hinhielt.

„Hier. Falls du duschen willst, kannst du das gerne tun.“

„Danke“, sagte er leise. Er sah die unausgesprochenen Fragen in Julians Augen, ignorierte sie aber. Er wusste, dass er – wie schon einmal – den einzigen Mann, der ihm je etwas bedeutet hatte, verletzten würde. „Mir geht’s gut. Ich zieh das nur schnell an und bin in einer Minute verschwunden.“

Julian schloss die Tür und Nick atmete aus, dankbar dafür, dass Julian nicht darauf bestand zu bleiben. Nach einem kurzen Zögern zog er das feuchte Oberteil über seinen

Kopf und sah in den Spiegel. Eine Unmenge an Narben zog sich über seine Brust, einige dicker als andere, die meisten waren hellrosa, verblassten zu Weiß.
Die Hauttransplantationen hatten ihre Aufgabe zu einem Großteil erfüllt. Aber sogar vierzehn Jahre später war seine Brust taub und fühlte sich fremd an, wenn er sie berührte. Die Haare waren an den verbrannten und transplantierten Stellen nicht nachgewachsen. Das war ihm egal. Er lebte und vermutete, dass er dafür dankbar sein sollte. Er konnte sich selbst kaum ansehen und zerrte das Sweatshirt über seinen Kopf, als er genug hatte.
Julian war in der Küche, saß auf einem der Hocker an der Theke. Vor ihm stand ein Glas, das, wie Nick vermutete, mit Wodka gefüllt war. Er hatte die Grey Goose-Flasche entdeckt.
„Willst du einen Drink? Ich habe Bier, Wein … alles was du möchtest."
Nick schüttelte den Kopf. Kummer durchbohrte sein Herz, als er die Hoffnung aus Julians Augen verschwinden sah.
„Ich glaube nicht. Ich werde nach Hause gehen. Ich möchte, dass du weißt, wie sehr ich es schätze, was du heute für Jamal getan hast."
Julian stand abrupt auf und kickte den Hocker von sich.
„Behandel mich nicht wie irgendeinen verdammten Fremden, Nicky. Das schuldest du mir. Es ist achtzehn Jahre her – denkst du, dass ich dich einfach verschwinden lasse, wie du es damals getan hast? Nachdem was gerade zwischen uns passiert ist? Nachdem du zusammengebrochen bist? Niemals. Ich bin nicht mehr der gleiche Mensch wie damals und du offensichtlich auch nicht."

Von Julians Wut überrascht, schwieg Nick.
„Was zur Hölle ist los mit dir? In einem Moment fällst du über mich her und im nächsten Moment drehst du durch. Ich weiß, dass ich ein verdammt guter Küsser bin, aber das war nicht wegen uns, oder? Es hat nichts mit unserer Vergangenheit zu tun, sondern mit dem Scheiß, der dir im Kopf rumspukt.“
Julian trat einen Schritt auf Nick zu, der es normalerweise nicht ausstehen konnte, wenn ihm Menschen zu nahe kamen. Aber jetzt blieb er wie angewurzelt stehen, unfähig sich zu bewegen.
„Sprich mit mir, Nicky. Sag mir, was dir passiert ist.“
Er war es so müde, sich zusammenzureißen und fühlte sich, als ob er im nächsten Augenblick in Millionen winziger Scherben zerbrechen würde, sodass nichts außer einem Häufchen Staub übrig blieb.
Asche zu Asche, Staub zu Staub.
Die Worte sprudelten dieses Mal einfach ungebremst aus ihm heraus. „Es hätte mich treffen sollen. Wir sind alle zu den Türmen gefahren, um sie zu retten. Es war mein freier Tag, aber ich ging trotzdem. Ich hatte davon gehört und konnte nicht zuhause bleiben. Ich hatte die Pflicht zu helfen, weißt du? Aber ich habe überlebt und sie sind alle gestorben. Warum, Julian? Warum habe ich überlebt und sie nicht?“
„Oh, Nick.“ Julian hielt ihn fest. „Diese Antworten kann ich dir nicht geben. Niemand kann das. Aber ich bin so selbstsüchtig und dankbar dafür, dass du überlebt hast und wir nach all den Jahren hier zusammen sind.“

Entschlossene grüne Augen schauten ihn an. Schlaue, schöne Augen von denen Nick nicht aufhören konnte zu träumen. Augen, die ihm einst die Ewigkeit versprochen hatten, bis Nick alles mit seiner Scham und Feigheit ruiniert hatte. Unfähig Julians prüfendem Blick standzuhalten, riss sich Nick los und rannte zum Fahrstuhl. Seine Brust bebte und seine Augen füllten sich mit Tränen.
„Lass mich raus. Ich muss hier weg. JETZT!“

Kapitel 9

Julians Herz schien zu zerbrechen, er konnte kaum atmen. Das lag aber nicht an dem leidenschaftlichen Kuss von eben, sondern nur an dem totalen Zusammenbruch des Mannes vor ihm.
„Nick." Julian wollte seine Arme um ihn legen, doch er hatte Angst, dass Nick das nicht zulassen würde. Aber Julian konnte ihn nicht einfach gehen lassen. „Nick, bitte. Leg dich hin. Du bist total ausgebrannt und nicht in der Lage irgendwohin zu fahren."
Vorsichtig näherte er sich dem zitternden Mann, verunsichert von dessen mentaler und physischer Verfassung. Julian hatte zwar mit neurotischen Models gearbeitet, aber das war kein Vergleich dazu: Er überlegte, ob er einen Arzt oder vielleicht Katie anrufen sollte.
Als er Nick direkt gegenüberstand, konnte er erkennen, dass dessen Gedanken schon wieder woanders waren. Vorsichtig legte er eine Hand auf Nicks Arm und als dieser nicht reagierte, legte er seinen Arm um Nicks Schulter und zog ihn an sich. Nick stieß heftig den Atem aus und sackte in Julians Armen zusammen.
Unvorbereitet auf das plötzliche Gewicht in seinen Armen schwankte Julian, fing sich aber wieder und hielt den schweren Körper fest.
„Lass uns gehen."
Gemeinsam schafften sie es langsam aber sicher zurück in die Wohnung. Nick steuerte auf die Couch zu, doch Julian lenkte ihn geschickt in sein Schlafzimmer. Er hielt an der Bettkante an und beabsichtigte, Nick mit ruhigen, freundli-

chen Worten dazu zu bewegen, sich für ein paar Stunden auszuruhen, bevor er nach Hause ging.
Doch Nick packte ihn und drückte ihn auf das Bett, bedeckte Julians Körper mit seinem. Mit beinahe brutaler Verzweiflung drückte er seinen Mund auf Julians. Dieser rang immer noch nach Luft und ging zuerst ganz automatisch auf den Kuss ein. Er schlang seine Arme um Nick und versank in seinem Kuss und der Umarmung. Er genoss das raue Verlangen von Nicks Mund, bis er die Feuchtigkeit auf seinen Wangen bemerkte. Julian öffnete die Augen und entdeckte, dass in Nicks Augenwinkeln Tränen glänzten und seine Stirn in Falten lag, als hätte er Schmerzen.
Julian stieß gegen Nicks Schultern und versuchte, sich aus dessen gieriger Umarmung zu befreien. Es war nicht so, dass er Nick nicht küssen wollte. Weiß Gott, sein Körper pulsierte und sein Schwanz pochte. Doch Julian war sich bewusst, dass er nur benutzt wurde. Im Moment konnte jeder beliebige warme Körper Nick Halt geben. Und das wollte Julian nicht. Nick brauchte Hilfe, er ertrank in einem Meer aus Schuldgefühlen, weil er überlebt hatte. Julian wollte gern sein Fels in der Brandung sein, auf den er sich verlassen konnte. Er würde Nicks Schutz vor dem Sturm sein. Er wollte, dass Nick ihn aus den richtigen Gründen wollte und nicht, weil er gerade als Einziger da war.
Nick griff wieder nach ihm, aber Julian rollte sich weg, richtete sich auf der anderen Seite des Bettes auf und kam auf die Füße. Im Apartment herrschte Stille, die nur durch Nicks heftige Atemzüge unterbrochen wurde. Mit

Bedauern sah Julian auf Nicks dunkle Gestalt, ausgestreckt auf seinen weißen Laken, das Gesicht ein Bild der Trauer.
„Das ist nicht richtig, Nick. Ich würde lügen, würde ich sagen, dass ich dich nicht will, aber ich wäre ein lausiger Freund, wenn ich dich jetzt ausnutzen würde. Und mehr als alles andere denke ich, dass wir wieder Freunde sein müssen, oder?"
Julian beobachtete Nicks Gesicht, hätte sein unmerkliches Nicken fast übersehen. Erleichterung machte sich in ihm breit, Muskeln, die er nicht bewusst angespannt hatte, lösten sich und der Würgegriff um seine Brust ließ nach.
„Versuch zu schlafen. Am Morgen können wir reden. Klingt das gut?"
Noch einmal nickte Nick zustimmend, trat sich die Schuhe von den Füßen, zog – ohne sich auszuziehen – das Kissen unter seinen Kopf und schloss die Augen. Am stetigen Heben und Senken seiner Brust konnte Julian den genauen Zeitpunkt bestimmen, an dem Nick einschlief. Julian entkleidete sich bis auf seine Unterhose und zog ein T-Shirt aus seiner Kommode. Er ging in das Badezimmer, putzte sich die Zähne und ließ die Ereignisse des Tages Revue passieren.
Dieser Tag, der mit seinem Besuch bei der Bank wegen seines Kredits so unglaublich schlecht begonnen hatte, endete zwar nicht glücklich, aber immerhin besser, als Julian erwartet hatte. Er spülte seinen Mund, wusch sein Gesicht und kämmte seine Haare. Das Treffen mit Jamal hatte etwas in ihm geweckt. Nicht das übliche Mitgefühl für die schlimme Situation des jungen Mannes, sondern das

Bedürfnis, etwas Neues und Innovatives zu entwickeln. Etwas Bedeutungsvolles.
Nachdem er das Licht gelöscht hatte, kroch er zu Nick unter die Bettdecke und lauschte seinem Atem. Es war eine friedvolle Szene und Julian genoss es, nach so vielen Jahren mit jemandem das Bett zu teilen. Er drehte sich auf die Seite und schaute aus dem Fenster, beobachtete die blinkenden Lichter der Stadt, die sich vor ihm erstreckte. Müdigkeit überfiel ihn und bevor er seine Augen schloss, überlegte er, wo er und Nick in der Nähe frühstücken und darüber reden könnten, wie sie wieder zusammen fänden. Es würde nicht so wie früher werden, aber vielleicht sogar besser.

***

Julian erwachte und sah auf die Uhr neben seinem Bett. „Zehn? Gott, war ich müde." Er gähnte und streckte sich. Er hoffte, dass er und Nick beim Frühstück Gelegenheit hätten, mit ihrer Arbeit an ihrem schwachen Fundament zu beginnen. Julian fuhr sich mit der Hand durch die Haare, wischte sich die verhedderten Strähnen aus den Augen und freute sich darauf, Nick am Morgen zu erleben, verschlafen und stoppelig.
Er drehte sich um, um Nick zu wecken, fand stattdessen aber ein leeres Bett vor.
Fuck.
Julian sprang aus dem Bett und rannte ins Badezimmer, obwohl er im tiefsten Inneren wusste, dass Nick nicht dort sein würde. Der leere Raum bestätigte seine Vorahnung.

„Wo zur Hölle bist du hin, Nick? Gott verdammt." Der Gedanke, dass sein Freund irgendwo da draußen unter den Folgen ihrer gemeinsamen Nacht litt, machte ihn fast wahnsinnig. Er schaute sich im Loft um, hielt an der unwirklichen Hoffnung fest, dass Nick eine Notiz hinterlassen hätte. Und dann erspähte er einen Zettel, der an der Obstschale auf der Theke lehnte.

Entschuldige, ich war letzte Nacht voll fertig. Danke für alles. – Nick.

Was zur Hölle? *Danke für alles?*

Julian rannte zu seinem Telefon, um Nick anzurufen und zu hören, was in dessen Kopf vorging, als ihm klar wurde, dass er Nicks Nummer gar nicht hatte. Er hatte keine Möglichkeit mit ihm Kontakt aufzunehmen, um herauszufinden, ob es ihm gut ging oder ob er heil nach Hause gekommen war.

„Verdammt." Er warf das Telefon auf die Couch. Dann nahm er es wieder auf und schrieb an Marcus und Zach.

Bist du beschäftigt? Können wir frühstücken? Ich brauch Rat.

Wie immer waren sie beide für ihn da.

Marcus antwortete zuerst.

Der übliche Ort im Village?

Er stimmte zu, genau wie Zach einige Sekunden später. Die Panik in seiner Brust ließ nach, sein Herzschlag kehrte zu seinem üblichen ruhigen Rhythmus zurück, sodass er in der Lage war zu duschen, sich anzuziehen und es innerhalb einer Stunde zum Restaurant zu schaffen. Es war ziemlich voll, doch er entdeckte Marcus winkend im hinteren Teil und eilte zu seinen Freunden.

„Juli, ich hab dir Kaffee und einen Mimosa bestellt."

Drei Sektgläser standen auf dem Tisch, gefüllt mit der blassorangefarbenen, sprudelnden Flüssigkeit. Julian kippte allerdings zuerst seinen Kaffee hinunter. Er wartete, bis der ihn aufwärmte, bevor er sich in der gepolsterten Sitzecke zurecht setzte. Die Geräuschkulisse durch die anderen Gäste war laut genug, dass sich Julian sicher fühlte, um offen zu sprechen.

„Danke, Jungs." Nun nahm er einen Schluck von seinem Mimosa und genoss die auf seiner Zunge prickelnden Blasen. „Ich muss euch was erzählen. Ihr dürft mich aber nicht unterbrechen." Ein kurzer Blick zu Marcus verleitete diesen zu unmittelbarem Protest.

„Hey. Ich kann die Klappe halten."

Zach prustete in seinen Kaffee und Lachfältchen zeichneten sich um seine großen blauen Augen ab. Zach war ein paar Jahre als Julian und Marcus und besaß einen Hauch von Sanftheit, der verhinderte, dass weder Julian noch Marcus je böse auf ihn sein konnten.

„Ja, ich stimme Zach zu." Doch Julian wusste, dass, wenn es um persönliche Angelegenheiten ging, Marcus extrem diskret war.

„Gestern Abend hab ich Nick getroffen und …"

„Nick?" ertönte Marcus' Stimme begeistert. „Der umwerfende Nick? Der attraktive Feuerwehrmann Nick? Juli, du Schweinehund. Und uns hinhalten, ja?"

„Marcus …" Julian versuchte seinen Freund zu unterbrechen, aber Marcus, der annahm, dass sie über sexuelle Vorlieben oder etwas Ähnliches diskutieren würden, fuhr unbeirrt fort.

„Ich wusste, du hast etwas für ihn übrig. Hmm, diese blauen Augen und diese breiten Schultern. Was für ein köstliches Exemplar von einem Mann."

„Marc, halt doch mal für einen Moment deine Klappe. Ich hab gestern Nick getroffen und er hat mich mit ins Krankenhaus genommen, wo er ehrenamtlich Kindern auf der Verbrennungsstation hilft." Das Bild von Jamals gequältem Gesicht, als er seine verletzten Finger und seine Hand bewegen musste, flackerte in Julians Gedanken auf. „Wir haben miteinander geredet und er kam mit mir ins Loft."

„Hast du ihn abgeschleppt? Fühlst du dich deswegen jetzt schuldig?" Marcus kippte seinen Champagner hinunter und hob sein Glas als Zeichen für den Kellner, der am Nebentisch stand, ihm ein neues zu bringen. „Das musst du nicht. Das weißt du. Auch wenn er nicht schwul ist, konnte ich auf der Party erkennen, dass er auf dich steht. Er hat dich den ganzen Abend lang beobachtet."

„So ist das nicht." Julian wartete, bis der Kellner seine Bestellung aufgenommen und Marcus' Glas aufgefüllt hatte, bevor er weitersprach. Er hatte seinen Freunden nie von Nick und was in ihrer Jugend zwischen ihnen passiert war, erzählt. Jetzt waren sie erwachsen und es schien so albern von früher, von der Highschool zu erzählen, auch wenn er wusste, dass ihn diese Erlebnisse zu dem Mann gemacht hatten, der er heute war.

„Nick und ich …" Er biss sich auf die Lippe, bedachte seine Worte sorgfältig und fing erneut an. „Nick und ich kennen uns. Aus der Highschool. Wir waren sowas wie ein Paar, er brachte es aber nicht fertig zuzugeben, dass er schwul ist, deshalb haben wir uns getrennt. Ich habe die

Schule gewechselt und wir brachen den Kontakt ab. Bis zu dem Abend im Sparks hatten wir uns achtzehn Jahre lang nicht mehr gesehen.“

Zu Julians großer Überraschung war es Zach, der zuerst etwas sagte. „Du hast ihn aber nie vergessen, oder? Die Verbindung zwischen euch beiden ist immer noch da, richtig?“

Zach kommunizierte zwar die meiste Zeit online mit Menschen, trotzdem besaß er ein intuitives Verständnis für das menschliche Verhalten. Julian wusste wie schüchtern Zach war, doch seine Beobachtungen waren so präzise, als hätte er jahrelang Beziehungen studiert.

„Ich war so verletzt, als er sich damals von mir getrennt hat“, fing Julian an. „Es war, als hätte die Zeit, die wir gemeinsam verbracht hatten, ihm nichts bedeutet. Von jetzt auf gleich machte er Schluss. Den einen Tag waren wir noch zusammen, lachten und hingen zusammen rum, den nächsten Tag sagte er mir, er könnte das nicht mehr und er wolle ‚normal‘ sein, wie er es ausdrückte.“ Er trank einen Schluck Kaffee. „Ich wollte ihn hassen. Jahrelang habe ich es geschafft, ihn in einem gewissen Maß aus meinen Gedanken zu verdrängen. Ich hätte niemals gedacht, dass ich ihn wiedersehen würde und dann begegneten wir uns im Sparks. Ich weiß nicht …“ Er spielte mit seinem Messer, drehte es auf dem Tisch im Kreis.

„Es war, als wäre es gestern gewesen“, erklärte Zach einfühlsam. „Und du warst wieder genau da, wo alles angefangen hatte.“

„Ja“, bestätigte Julian mit einem traurigen Lächeln, „genau.“

Marcus blieb stumm, er starrte auf sein Champagnerglas. Julian ließ sich nicht täuschen, er erkannte, dass ihm etwas im Kopf herumging. Marcus würde das Wort ergreifen, wenn er bereit war. Julian trank seinen Kaffee und wartete.
„Und was macht dich so sicher, dass er bereit ist, dich mit offenen Armen zu empfangen?“ Marcus fixierte ihn mit einem finsteren Blick. „Er trägt eine Uniform und du weißt, wie die über Schwule denken. Ich geb einen Scheiß auf das, was sie über Vielfältigkeit und den ganzen Mist sagen.“
Julian erinnerte sich an den Kuss von letzter Nacht. Den Geschmack von Nicks Zunge und das Gefühl seiner Lippen, das das Verlangen nach mehr in ihm entfacht hatte. „Ich … ich weiß.“
„Du Mistkerl. Du hast ihn gefickt, oder?“ Marcus starrte ihn an.
„Nein, absolut nicht.“ Auch wenn es ihm nicht an sexuellem Verlangen gemangelt hatte. „Nick wurde am 11. September verletzt. Irgendwie hat er es überlebt, aber die Kollegen von seiner Feuerwache nicht. Auf ihm lastet eine riesige Schuld. Die Schuld überlebt zu haben, die Schuld schwul zu sein und zu leben, während diese Männer Familien hatten und starben.“ Er schüttelte den Kopf und nahm seinen Teller vom Kellner entgegen. „Es ist ein verdammtes Chaos.“
„Aber was hat das mit dir zu tun? Ich versteh das nicht. Außer, wenn du ihn wieder ficken willst. Und bedenke, wenn du das tust, wirst du sein kleines Geheimnis sein, denn ich bezweifle, dass er sich nach all den Jahren für einen schwulen Modedesigner als Partner outen wird.“

Marcus stocherte wütend mit der Gabel in seinen Eiern herum.

„Unsere Beziehung in der Highschool ging nie so weit. Es war bis zu einem bestimmten Maß körperlich, aber es war überwiegend emotionaler Natur. Ich fühle mit ihm, Marc. Kannst du das nicht verstehen? Es ist für mich und jeden anderen unmöglich, sich vorzustellen, was er durchmachen musste. Ich möchte ihm helfen, so gut ich kann. Ich glaube auch, dass ich etwas gefunden habe, aber ich hätte gern eure Meinung dazu."

„Dann erzähl's uns." Zach schnitt sein Steak.

Er erzählte ihnen alles über Jamal und dessen Verletzungen. Wie niedergeschlagen der junge Mann war und dass er das Leben aufgegeben hatte, bis ihm Julian seine Zeichnungen gezeigt hatte.

„Ich glaube, es ist machbar." Er holte den Block aus seiner Tasche und zeigte Zach und Marcus seine Entwürfe. „Ich muss einige Nachforschungen bei den Stoffen und den Anforderungen für die Kompression anstellen."

Marcus blätterte die Seiten durch, schaute zu ihm und reichte Zach den Block. „Das ist ein gewaltiger Unterschied zu deinen Seidenhosen und Glitzerpullovern. So wie ich das sehe, wird das einen Großteil deiner Zeit beanspruchen."

Julians Finger legten sich fester um seine Gabel. „Und?" Er versuchte mit ruhiger Stimme zu sprechen. „Es ist ja nicht so, dass man mir mit Bestellungen die Tür einrennt. Wenn da nicht ein paar Vorbestellungen meiner Kollektion vor der Show wären, hätte ich schon schließen müssen."

„Ich finde es großartig, dass du das machen willst. Ich bin so stolz auf dich", sagte Zach. „So viele Designer befassen sich mit immer gleichen Düften oder Einrichtungsartikeln, aber das hier kommt von Herzen, das kann ich sehen." Er schenkte Julian ein breites Lächeln. „Ich finde es wunderbar."
Wärme breitete sich bei Zachs Lobeshymne in Julian aus.
„Wie willst du das hinkriegen? Hast du das Geld dafür? Hat Nick es?" Marcus sah ihn neugierig an und Julian wurde rot.
„Ich habe noch nicht mit ihm darüber gesprochen. Nachdem er letzte Nacht so ausgeflippt ist, habe ich ihn bei mir übernachten lassen. Ich wollte nicht, dass er allein nach Hause fährt." Die Eier schmeckten wie Sägespäne und das Toastbrot wie Styropor. Er machte sich solche Sorgen um Nick, wusste aber nicht, was er dagegen tun sollte.
„Also, wo ist er? Oder gibt es für ihn einen wichtigeren Ort, an dem er sein muss?", fragte Marcus.
„Das ist es eben." Frustriert warf Julian seine Serviette auf den Tisch. Das bisschen Appetit, das er gehabt hatte, war verschwunden. „Als ich aufwachte, war er weg. Er hat einen Zettel dagelassen. Ich habe aber keine Ahnung, wie er sich fühlt, oder wo er ist."
„Wenn er wollte, dass du weißt, wo er ist, hätte er dich das wissen lassen. Meinst du nicht auch?"
Julian warf Marcus einen bösen Blick zu. „Ich weiß nicht, ob er in der richtigen Verfassung für irgendwas war. Und ich habe keine Möglichkeit, mit ihm Kontakt aufzunehmen, um wenigstens zu hören, dass es ihm gut geht, weil ich seine Nummer nicht habe."

„Ist deine kleine Assistentin nicht mit seiner Schwester befreundet?“, fragte Marcus, bevor er sein zweites Glas Champagner leerte. Als ob der Kellner darauf gewartet hätte, tauchte er sofort auf, um es wieder zu füllen. Wieder einmal sah es so aus, als hätte Marcus eine Eroberung gemacht. Julian beobachtete, wie Marcus seine Hand auf die des Kellners legte und mit einem leichten Lächeln auf den Lippen sagte: „Perfektes Timing, danke. Ich steh auf Männer, die so um meine Bedürfnisse bemüht sind.“ Der Kellner errötete und verließ den Tisch, nicht ohne einen Blick zurück über seine Schulter zu werfen. Marcus widmete sich wieder Julian. „Sie kann dir die Nummer von ihr beschaffen.“

Julian warf seinem Freund einen finsteren Blick zu und holte sein Telefon hervor. „Du hast recht. Aber warum nennst du Melanie so? Sie ist nicht meine ‚kleine Assistentin‘ – sie ist ein verdammt guter Designer und hat alle Schwierigkeiten dieser Show mit mir durchgestanden.“

„Sie mag mich nicht.“ Marcus kratzte mit den Fingernägeln über die Tischdecke, ein finsterer Blick legte sich auf sein Gesicht. „Ich habe ihr nie etwas getan, aber ich werde das Gefühl nicht los, dass sie versucht, dich vor mir zu beschützen und das ist Mist.“

Julian wusste, dass Melanie Marcus nicht leiden konnte, weil sie dachte, dass er ein Playboy war (was ja auch stimmte) und Julian ins Bett kriegen wollte (was nicht stimmte). „Versuch doch einfach, ein bisschen weniger ein Arschloch zu sein, vielleicht kommst du dann mit ihr klar. Ihr seid beide wichtig für mich.“

Er fragte Melanie per SMS nach Nicks Nummer und sie antwortete ihm sofort.
Warum brauchst du seine Nummer?
Er gab ihr eine kurze Zusammenfassung der gestrigen Ereignisse.
Ich treff mich mit Katie zum Brunch. Soll ich sie fragen?
Augenblicklich wurde ihm bewusst, wie blöd er war.
Vergiss es, danke.
„Hier." Zach gab Julian sein Telefon. „Ich schätze mal, du hast noch nicht daran gedacht, ihn zu googeln."
„Du weißt, es würde mir nie in den Sinn kommen im Internet nach ihm zu suchen. In dieser Hinsicht bin ich ein hoffnungsloser Fall." Julian nahm das Telefon und gab die Informationen ein. Verdammt. Nick lebte immer noch in demselben Haus, in dem er aufgewachsen war. Nicht dass er jemals dort gewesen wäre. Julian war nie eingeladen worden, hatte nie seine Eltern kennengelernt, weil Nick zu viel Angst hatte, dass sie sie zusammen erwischen könnten. Julians Vater war vor seiner Geburt abgehauen und seine Mutter hatte als Sekretärin eines Rechtsanwalts gearbeitet, deshalb war sie meistens nicht da. Sie hatten das Haus für sich allein gehabt und hatten das in vollen Zügen ausgenutzt.
„Ich brauch seine Nummer nicht." Er leerte seinen Kaffee und stand auf. „Ich besuche ihn zu Hause."
„Bist du sicher, dass das eine gute Idee ist?" Zach blickte ängstlich zu ihm herüber. „Was ist, wenn er wieder sauer wird?"

„Mach dir keine Sorgen.“ Julian klopfte Zach beschwichtigend auf die Schulter. „Ich bin ein großer Junge. Ich krieg das schon geregelt.“
Marcus war damit beschäftigt, sein viertes Glas Champagner und die Telefonnummer des Kellners zu bekommen. „Denk dran, dass du ein Geschäft hast, an das du zuerst denken musst. Das steht an allererster Stelle, vor allem anderen.“ Er zwinkerte dem Kellner zu. „Okay, nicht vor allem.“
Julian wusste, dass Marcus abgesehen von seinem Geschäft, nur an seinen Schwanz Penis dachte und das war der Punkt, an dem die beiden immer verschiedener Meinung waren. Marcus behauptete, dass er alle Männer, mit denen er im Bett war, liebte und verstand nicht, warum jemand mit nur einem Partner sesshaft werden und den Rest seines Lebens mit diesem verbringen wollte.
Julian täuschte seinen Liebhabern nie etwas vor. Sie wussten von Anfang an, dass es nur um eine rein körperliche Beziehung ging. Julians Herz gehörte immer ihm selbst; er hatte keinerlei Verlangen danach, es erneut an irgendjemanden zu verlieren. Er nahm einige Scheine aus seinem Portemonnaie und schob sie über den Tisch. Marcus schob sie zurück.
„Das geht auf meine Rechnung, Juli.“
Julians Kiefer verkrampfte sich. Er wusste, dass es nur ein Gefallen war, um einem Freund in einer finanziellen Notlage zu helfen. Normalerweise hätte er jetzt widersprochen, aber dazu hatte er dieses Mal keine Zeit.
„Danke, Marc.“

Aber Marcus war schon damit beschäftigt, den Kellner zu befummeln und ihm Gott weiß was ins Ohr zu flüstern. Zach errötete und verdrehte die Augen. Mit anderen Worten: Es war wie immer, wenn die drei zusammen waren.

„Ich erzähl euch später alles, Jungs.“ Julian ging. Es würde ihn knapp eine Stunde kosten, um zu Nicks Haus in Brooklyn zu kommen und er wollte keine weitere Zeit verlieren.

Kapitel 10

Nick hatte nicht vor, an diesem Tag nochmals aus dem Haus zu gehen. Irgendwie hatte er es von Julians Wohnung nach Hause geschafft, sich bis auf die Unterhose ausgezogen, sich in seinem Schlafzimmer eingeschlossen und starrte seitdem die Decke über seinem Bett an. Glücklicherweise waren seine Eltern heute den ganzen Tag bei einer Heimwerkermesse in Long Island. Sie würden also nicht erwarten, dass er sich oben blicken ließ.

Was zur Hölle hatte er sich nur dabei gedacht, Julian zu küssen? Sogar jetzt noch reagierte sein Schwanz auf die Erinnerung an die heißen, feuchten Küsse, die sie in Julians Bett ausgetauscht hatten. Gedanken, die er sich nie erlaubt hatte, überfielen ihn aus allen Richtungen.

Was wäre, wenn er seinen Eltern sagen würde, dass er schwul war – würden sie ihn dann immer noch lieben? Das war noch nie ein Thema gewesen in der Familie – Schwulenrechte, *schwul zu sein* … das war neben den Ergebnissen im letzten Baseballspiel der Mets oder ob sein Vater das Haus neu streichen sollte oder nicht nie zur Sprache gekommen.

Nick hatte auf der Feuerwache und in dem Team, mit dem er trainierte, genug gehört, um zu wissen, dass das Department in Bezug auf den Umgang mit Schwulen und ihren Rechten noch viel Arbeit vor sich hatte. Wie sich Jensen letztens verhalten hatte, als er einige der Auszubildenden Weicheier oder Schwuchteln nannte, war nur ein Beispiel dafür, was er sich schon seit Jahren hatte anhören müssen.

Es gab eine Menge Männer und Frauen, die sich für die mutigen Einzelpersonen stark machten, die sich outeten. Nick erinnerte sich an einen seiner Akademiekollegen, ein großer, bulliger Typ namens Paul, mit dem er trainiert hatte. Bei einem Bier hatte er ihm eines Abends anvertraut, dass er schwul war. Paul hatte im buchstäblich gezittert, als er Nick die Wahrheit erzählte.

Und Nick saß bloß da und sagte „*Das ist keine große Sache*", anstatt den Mut aufzubringen und zu antworten „*Hey, ich auch. Komm, wir zeigen es diesen Idioten*". Vielleicht hätte er sich dann jetzt nicht so verloren und einsam gefühlt. Er hätte gewusst, wie er es seinen Eltern und Katie hätte beibringen können.

In der dunkelsten Ecke seiner Erinnerung hatte er nie die Zeit mit Julian vergessen. Er konnte nicht abstreiten, dass er seit diesen süßen Jahren des Experimentierens ein leeres Leben führte, eingeengt durch Scham und Zweifel. Was er mit den Männern in Hinterzimmern und seinem Auto tat, wenn die Einsamkeit ihn zu ersticken drohte, war nur eine körperliche Erleichterung. Er nahm, was er kriegen konnte und gab nichts. Und es gab immer jemanden, der sich ihm anbot.

Julian war anders und das erschreckte ihn beinahe zu Tode. Wenn er tief in sich hineinschaute, wie es ihm sein Therapeut immer wieder geraten hatte, kam alles, was er wollte, in Julian zusammen. Nick wollte von Julian gehalten und genommen werden. Ihm würde er sich komplett hingeben. Er würde geben und geben, bis nicht mehr zu erkennen war, wo einer endete und der andere anfing.

Was zum Teufel war los mit ihm?

Nicks Magen knurrte. Er stellte fest, dass es mittlerweile nach zwei Uhr war und er noch nichts gegessen hatte. Er rollte sich aus dem Bett, zog eine Jogginghose und ein Sweatshirt an, schlurfte in die Küche, wo er sich aus bereits fragwürdigem Fleisch und einem Bagel ein Sandwich machte. Er kippte eine Flasche Wasser in sich hinein und die kalte Flüssigkeit weckte ihn ein wenig auf.
Julian als erwachsener Mann schockierte ihn. Als Teenager hatten sie über ihre Träume gesprochen und Nick war zusammengezuckt, als Julian überlegte, dass er Modedesigner werden wollte. Er hatte diese Männer immer als das Klischee eines Schwulen vor Augen: feminin, perfekt angezogen, immer gestyltes Haar. Für Nick waren genau das schwule Männer. In der Zeit hatte Nick sich selbst nie als schwul gesehen. Er beruhigte sich damit, dass er neugierig und experimentierfreudig sei. Dass es nicht bedeuten musste, dass er mal so enden würde.
Aber es hatte damals so verdammt wehgetan, als Julian ging. Es gab niemals mehr jemanden, der ihn so verstanden hatte, nie jemandem, mit dem er so hatte lachen können. Ihre Nähe hatte Nick beeinflusst, ihr Fummeln und Küssen erschien ihm realer als jeder Sex, den er seitdem gehabt hatte. Es dauerte Jahre, bis Nick sich selbst eingestehen konnte, dass er schwul war und er verstand, dass er Julian liebte und ihn aus Dummheit und Selbsthass verloren hatte. Er hatte versucht sich selbst in ein Bild von Normalität zu zwingen, indem er vorgab nicht schwul zu sein. Dass er mit Frauen ausging, mit denen er von Katie oder anderen gutmeinenden Freunden verkuppelt wurde, führte zu nichts außer endlosen Abenden mit unangenehmen Gesprächen.

Doch er brachte es bis heute nicht über sich, es auszusprechen.

Als ob er nicht schwul wäre, weil er es nicht aussprach.

Julian zu treffen, zu sehen, was für ein Mann er geworden war, den Menschen zu sehen, der er war, verursachte überwältigende Scham in Nick. Julian lebte mit hocherhobenem Kopf, während er sich immer noch versteckte.

Er hörte, wie eine Autotür vor dem Haus zugeworfen wurde. Seine Eltern mussten zurück sein. Nick warf sein halb aufgegessenes Sandwich in den Müll und ging ins Bad, um sich die Zähne zu putzen. Er machte sich nicht erst die Mühe, einen Blick in den Spiegel werfen, er wusste, dass er eine Rasur nötig hatte, brachte aber die dafür nötige Energie nicht auf. Vor dem Abendessen würde er noch duschen müssen.

Als es wie erwartet klopfte, seufzte er und raffte sich mental dazu auf, seinen Eltern unter die Augen zu treten. Mit einem fest in seinem Gesicht verankerten Lächeln öffnete Nick die Tür.

„Hi, Mom …"

Er schnappte nach Luft, als er sah, wer vor ihm stand. Julian Cornell auf seiner Schwelle, sein blondes Haar vom Wind zerstrubbelt, verwuschelte Strähnen lagen willkürlich auf seiner Stirn. Sonst funkelte in seinen grünen Augen immer der Anflug eines Lachens, doch jetzt sah er müde aus, verzagt und so wunderschön wie nie zuvor in seinem Leben.

„Ich wurde schon vieles genannt, aber ‚Mom' war bisher nicht dabei", sagte Julian mit einem schiefen Lächeln.

Nick nahm den kalten Wind gar nicht wahr, er starrte Julian an, bis der sich räusperte. „Ähm, darf ich reinkommen?“
Nick schrak aus seiner Versunkenheit auf und trat einen Schritt zur Seite. „Ja, klar, sicher. Entschuldige.“ Er schloss die Tür hinter Julian, sog dessen männlichen Geruch ein. Nicks Mund wurde trocken, als Julian seinen Ledermantel auszog und über einen Stuhl warf.
Verfluchte Lederhosen. Julians Arsch, dieser perfekte runde Arsch, den Nick letzte Nacht gestreichelt hatte, war umhüllt von engem schwarzem Leder, das seine leckeren Kurven und seine festen Oberschenkel umschloss. Jeder einzelne Tropfen von Nicks Blut rauschte nach Süden und sammelte sich in seiner Leistengegend. Es war unmöglich zu verbergen, was der Anblick dieses wunderschönen Mannes für eine Auswirkung auf ihn hatte.
„Nick?“
Er blinzelte, riss sich von dem Gedanken los, Julian auf das Bett zu werfen, ihm diese Hose vom Leib zu reißen, um seinen fantastischen Körper zu enthüllen.
„Ja?“ Er hatte einen Frosch im Hals und rieb sich mit den Händen über das Gesicht. „Komm rein.“ Nick drehte sich auf dem Absatz um und ging mit langen Schritten in sein Schlafzimmer, in der Hoffnung, dass Julian seine Erektion nicht bemerken würde. Für einen Moment blieb er stehen, holte tief Luft, bis er sich beruhigt hatte und ohne Schmerzen laufen konnte.
Während Nick sich mit verrückten Gedanken herumschlug, wie sie beide gemeinsam zu Abend aßen und Filme schauten wie jedes andere Paar auch, hatte Julian auf der Couch Platz genommen. Ja, verrückt, das war er. All diese

kranken Ideen, dass er ein normales Leben haben könnte. Schon dafür, dass er nur daran dachte, hatte er eine Tracht Prügel verdient. Er hatte es nicht verdient zu leben! Nicht, wenn andere ihr Leben so selbstlos gegeben hatten.

„Warum bist du hier?“ Nick blieb vorsichtshalber stehen, anstatt sich neben Julian zu setzen.

„Ich habe mir Sorgen um dich gemacht. Überrascht dich das?“ Julian hielt seinem Blick stand, sodass Nick die Wahrheit, die schon immer da gewesen war, erkennen konnte. Die Wahrheit, vor der er sich versteckt und die er immer geleugnet hatte.

„Mir geht's gut.“

„Gut?“ Julians Stimme wurde lauter, als er sich von der Couch erhob. „Du denkst, dass es dir gut geht? Du bist in meinem Apartment fast zusammengebrochen und hast dich am Morgen rausgeschlichen, ohne mich zu wecken und dich zu verabschieden. Und du denkst, dass es dir gut geht?“

„Ich bin dir nichts schuldig.“ Doch das war er. Er verdankte Julian das bisschen Liebe, das er je in seinem Leben gehabt hatte. Ihre kurze gemeinsame Zeit war, als hätte er die Sterne berührt. Aber es war nicht richtig, so zu empfinden. Er hatte nichts Normales verdient.

„Ich habe nie gesagt, dass du das tust.“ Julian schaute ihn bekümmert an. „Ich bin nicht hier, um Schulden einzufordern. Ich mach mir einfach Sorgen um dich.“

Auf einmal wirkte das Apartment zu klein, Nicks Atmung beschleunigte sich. „Dazu gibt es keinen Grund.“ Er machte einen Schritt zur Seite, weg von Julian und seinen

Lederhosen, und ging in die Küche. „Ich wollte mir gerade einen Kaffee machen. Willst du auch einen?"
„Gern." Natürlich folgte Julian ihm und wartete nicht, wie Nick gehofft hatte, im Wohnzimmer. „Kann ich dich etwas fragen?"
Er füllte das Wasser in die Kaffeemaschine und maß das Kaffeepulver ab. *Nein*, wollte Nick schreien. *Nein, geh weg und lass mich allein. Alles war in Ordnung mit meinem Leben, bis du wieder aufgetaucht bist. Dich wiederzusehen, dich gestern Abend zu küssen – du machst, dass ich mehr will. Dich will.*
„Was?" Nick spuckte die Frage förmlich aus. Ja, er klang gereizt, aber im Moment war es das Beste, was er fertigbrachte.
„Sei nicht sauer auf mich, aber gehst du zu jemandem? Einem Profi, mein ich."
Der Kaffee spritzte, als er in die Tasse tropfte. Nick mochte diese einzeln gebrühten Tassen nicht. Der Kaffee schmeckte für ihn nie nach Kaffee.
„Du meinst einen Seelenklempner?" Sein Lachen hallte von den Wänden wider, aber es lag kein Humor darin. „Ja, ich habe Psychologen, Psychiater, Trauerbegleiter besucht; was auch immer du vorschlagen willst, ich war schon dort." Um Julian nicht ansehen zu müssen, öffnete er geschäftig den Kühlschrak und nahm die Milch heraus. Doch als er sich umdrehte, stand Julian genau vor ihm.
„Und?" Julian lehnte sich mit der Hüfte an die Theke und stellte sich so Nick in den Weg.
„Und was?" Er machte einen Bogen um Julian, darauf bedacht, ihn nicht zu berühren. „Ich bin ein Wrack, siehst du das nicht?"

„Was ist dir passiert? Ich hab gemerkt, dass du im Fahrstuhl in meinem Haus ausgeflippt bist. Warst du während des Feuers in einem gefangen oder so ähnlich?“
„Oder so ähnlich.“ Er presste ein Lachen hervor und fuhr sich mit den Fingern durch die Haare.
„Bitte“, bettelte Julian und hinderte Nick daran ihn zu ignorieren, indem er sich wieder direkt vor ihn stellte. „Warum willst du es mir nicht erzählen? Nur wir zwei sind hier. Ich werde niemandem jemals ein Wort verraten. Du weißt, dass ich ein Geheimnis für mich behalten kann.“
Nick hob seinen Blick vom Fußboden zu Julians Augen. Er wusste das und Julian hatte es nicht verdient, wie ein One-Night-Stand abgespeist zu werden, den Nick in einer Bar aufgerissen hatte. So beschissen, wie er Julian behandelt hatte, als er das letzte Mal an der Highschool mit ihm gesprochen hatte, ihm gesagt hatte, dass er normal sein wollte … so wie Julian jetzt in seiner Küche stand, so verdammt umwerfend, dass Nick allein von seinem Anblick in diesen verfluchten Lederhosen kommen könnte … Nick war es Julian schuldig.
„Ich weiß.“ Er griff nach unten und bevor er zu lange darüber nachdenken konnte, was er tat, zog er sein Oberteil über den Kopf und entblößte seine Brust.
„Das“, er deutete auf seine Brust, „das ist passiert. Ich war stundenlang unter einem Stützpfeiler aus Metall gefangen, der über mir zusammengebrochen war. Ich habe am 11. September nicht gearbeitet. Doch als ich hörte, was passiert war, eilte ich natürlich zu den anderen Feuerwehrmännern, um ihnen zu helfen. Ich holte meine Kollegen ein und sie haben mich ausgelacht, weil ich noch Anfänger war. Sie

sagten, ich sollte zurückbleiben." Er berührte seine Brust mit den Fingerspitzen und ließ sie über seinem Herz liegen.
„Sie haben auf dich aufgepasst, Nick."
„Sie haben mein Leben gerettet. Ich hätte bei ihnen sein sollen. Sie gingen hoch und ich blieb unten und half den Leuten, die die Treppen herunterkamen, führte sie zu den Krankenwagen und Ärzten. Aber dann rumpelte es in den Türmen und sie begannen zu implodieren."
„Oh, Nicky."
Die Erinnerungen dieses Tages holten ihn ein. Er hatte nie mit jemandem darüber gesprochen, nicht mal mit seinen Ärzten. Irgendwie schien es jedoch richtig zu sein, Julian davon zu erzählen.
„Ich versuchte hineinzurennen, aber alle liefen raus, deshalb schlug ich einen Bogen. Dann begriff ich, dass es zu gefährlich war und dass ich nicht bereit war zu sterben. Also rannte ich weg und ließ sie sterben." Er brach zusammen und Julian nahm ihn in die Arme. „Ich wollte nicht sterben, Julian. Ich hätte bei ihnen sein müssen, aber ich hatte Angst."
„Natürlich hattest du das. Jeder hätte Angst gehabt."
„Nein, ich bin dazu ausgebildet worden zu helfen, aber ich rannte weg. Und danach, nachdem die Türme eingestürzt waren, ging ich zurück und begann mit der Suche. Aber alles war instabil und ich wurde unter einigen brennenden Metallpfeilern eingeklemmt."
„Kommen daher die Narben auf deiner Brust?"
Es war eine Erleichterung nach all den Jahren darüber zu reden. Julian versuchte weder zu erreichen, dass er sich besser fühlte noch zu analysieren, warum Nick an jenem

Tag so verängstigt war. Er akzeptierte es als einen Fakt. Als ein Gefühl, das jeder empfinden könnte. Vielleicht war es nicht falsch, dass er weggerannt war. Das hatte Dr. Landau, der Psychiater der New Yorker Feuerwehr, jahrelang versucht ihm klarzumachen, aber Nick hatte sich dagegen gewehrt und sich geweigert, das als die Wahrheit zu akzeptieren.

„Ja, das sind Verbrennungen dritten Grades. Ich bekam Hauttransplantationen und musste Kompressionsverbände tragen, wie du sie bei Jamal letztens gesehen hast.“ Monate voller Schmerzen und Physiotherapie. Die Einsamkeit nachts im Krankenhaus, als Nick nichts mehr hatte bis auf seine Schuldgefühle. Die Tage mit geheuchelt fröhlichen Besuchen seiner Familie.

„Hast du deshalb angefangen, ehrenamtlich auf der Verbrennungsstation zu helfen?“ Ohne dass Nick es bemerkt hatte, hatte Julian ihn zurück zur Couch manövriert, wo sie sich nebeneinander setzten. „Du wolltest etwas zurückgeben?“

„Die Kids … ich weiß, wie furchtbar sie sich fühlen.“ Nick starrte mit leerem Blick auf den Boden.

Julian legte seine Hände auf Nicks, die Rauheit seiner streichelnden Finger war seltsam tröstlich.

„Du bewirkst etwas in Jamals Leben. Das kann ich sehen. Er sieht zu dir auf.“

Nick zuckte mit den Achseln. „Ich weiß es nicht. Ich bin niemand, zu dem man aufsehen kann.“ Er beobachtete Julians lange Finger, die über seine Hand strichen, jede Berührung brannte wie ein kleines Feuer auf seiner Haut.

„Erinnerst du dich daran, wie ich sagte, ich wolle normal sein?“
Julian nickte.
Verschwendete, einsame Jahre der Heuchelei, in denen es niemand schaffte, dass er sich so fühlte wie in genau diesem Moment, nur durch die Berührung einer Hand.
„Ich weiß schon gar nicht mehr, was das heißt. Ist es normal, eine Lüge zu leben, weil man die Wahrheit zu sehr fürchtet?“
„Wovor hast du eigentlich Angst? Deiner Familie? Deinen Kollegen? Ich versteh es nicht, Nick.“
„Das kannst du auch nicht. Du warst dir immer sicher, wer du bist.“
Julian umfasste Nicks Kinn und dieser genoss die Berührung. „Sieh dich doch mal an, Nick. Fühl es. Du bist dir ebenso sicher. Sag es nur einmal laut. Gib es zu, nur wir beide sind hier.“
Nick atmete Julians Duft ein und drehte sein Gesicht in Julians Handfläche, seine Lippen strichen über die warme Haut.
„Ich will dich.“
„Nicht das, Nick. Ich weiß, dass du das willst. Ich habe deinen Kuss von gestern Nacht nicht vergessen. Sag es laut, wenn schon nicht zu jemandem außerhalb des Raumes, dann wenigstens zu mir. Sei ehrlich zu mir. Ich mach es dir vor.“
Julian nahm Nicks Gesicht in beide Hände. „Ich bin schwul. Ich bin ein schwuler Mann.“
In Julians Augen loderten die Gefühle, Stolz, Wut und Angst, während er darauf wartete, dass Nick sich aufraffte

und die Kontrolle über sein Leben übernahm. Es hatte ihn fast achtzehn Jahre gekostet, um an diesen Punkt zu kommen – mehr als sein halbes Leben. Er hatte unvorstellbaren Verlust und Schmerz durchlebt. All die Zeit hatte er den wichtigsten Teil von sich selbst vor allen anderen versteckt. Trotz der Wärme im Apartment fröstelte Nick.

Er war die ganze Zeit dem falschen Traum hinterhergejagt, hatte nach dem Topf voll Gold am Ende des Regenbogens gesucht, der nicht existierte. Manchmal liegen die Reichtümer, die dich glücklich machen direkt vor dir, du musst nur den Mut aufbringen, dir das zu nehmen, was dir das Leben schenkt. Sonst verschwindet es, so wie der Regenbogen, für immer aus deinem Leben.

„Ich bin schwul."

Julian atmete tief aus und lehnte seine Stirn gegen Nicks. „Gott sei Dank." Dann küsste er Nick, ein weicher, zärtlicher Hauch wie ein Flügelschlag. „Das ist der erste Schritt. Ich bin so stolz auf dich."

Nick erwiderte Julians Kuss und wusste im selben Moment, dass er endlich angekommen war.

Kapitel 11

Es gab nicht besonders viel, was er hätte erwarten können, dachte Julian verwirrt, als Nicks Zunge in seinen Mund eindrang. Er ließ zu, dass Nick ihn auf die Couch drückte, sodass er zwischen Nicks kräftigen Schenkeln gefangen war. Seit letzter Nacht war es Julian nicht gelungen, diese aus seinem Kopf zu kriegen. Als Nick Julians Schwanz massierte, bis der sich beinahe wie ein Junge in seine Hose ergoss, waren alle Gedanken, bis auf den, Nick in sich zu spüren, wie weggeblasen.
Nicks Blick hinterließ auf Julians Körper eine Spur heißer Erregung. Gänsehaut überzog seinen Körper. „Zieh das Sweatshirt aus, aber lass ja diese verdammten Lederhosen an."
„Herrischer Mistkerl, hm?", beschwerte Julian sich, doch er zog sein Shirt aus und warf es auf den Boden. Mit einem breiten Grinsen begann Julian ebenfalls seinen Schwanz zu streicheln. Als sich ihre Finger berührten, schlug Nick Julians Hand weg und fuhr sehr bedächtig mit einem Finger die Konturen von Julians Erektion unter dem weichen anschmiegsamen Leder nach.
Julian bog sich Nick entgegen, hob seinen Hintern um härter in Nicks Hand zu stoßen, doch dieser Bastard behielt genau den Druck bei, bis Julian vor Verlangen fast den Verstand verlor.
„Verdammt, Nick! Bitte." Julian bat nie um etwas, doch jetzt wimmerte er beinahe, in seiner Not, mehr Druck auf seinen Schwanz zu bekommen. Doch Nick ließ sich Zeit,

fuhr fort, Julian mit diesen unerträglich sanften Berührungen zu reizen, bevor er endlich dessen Hose öffnete.
„Hintern hoch“, flüsterte Nick, als seine Hände über Julians Bauch strichen. Seine blauen Augen waren dunkel und hungrig. Julians Penis lugte aus seiner Unterhose hervor und Nick strich mit seinem Daumen über dessen geschwollene Kuppe, verteilte die Lusttropfen, die bereits einen feuchten Fleck in Julians Pants hinterlassen hatten.
Lust breitete sich in Julians Magengegend aus, als er Nick diesen Wunsch erfüllte und im nächsten Moment war sein Hintern nackt. Nick hatte seine Unterhose gleichzeitig mit seiner Lederhose heruntergezogen. Er stand auf und reichte Julian seine Hand.
„Wollen wir im Bett weitermachen?“
Julian bemerkte die Frage in Nicks Stimme und verstand seine Unsicherheit. Er brauchte von Nick nicht zu hören, dass kein anderer Mann je zuvor in seiner Wohnung oder seinem Bett gewesen war. Nick erlebte heute so viele erste Male – er hatte Julian seine Narben gezeigt, zugegeben, dass er schwul war. Jetzt mit Julian zu schlafen, könnte Nick überfordern, aber Julian ging es damit ähnlich. Er hatte über 18 Jahre darauf gewartet mit Nick zu schlafen. Es war ein Traum, den Julian vor langer Zeit aufgegeben hatte und von dem er nur schwerlich glauben konnte, dass er nun in Erfüllung ging.
Julian erhob sich und zog Nick an sich, ohne sich seiner Nacktheit zu schämen und flüsterte: „Wir müssen nichts überstürzen.“
Nick zog ihn näher an sich und vergrub seine Lippen in Julians Haaren. „Ich habe mein ganzes verdammtes Leben

auf diesen Moment gewartet – seit ich dich weggestoßen habe. Du kannst darauf wetten, dass wir hier nichts überstürzen. Komm mit ins Bett."
Nick stieg aus seinen Jogginghosen, sodass er ebenfalls nackt war. So lädiert Nicks Körper auch war, sah Julian dennoch nur Schönheit in seiner Kraft. Die breiten Schultern waren gestärkt durch das jahrelange Tragen der Ausrüstung, seine Arme waren sehr muskulös durch das Training mit Gewichten. Nicks starke Beine und sein flacher Bauch ließen Julian das Wasser im Mund zusammenlaufen. Er konnte es nicht lassen, darüber zu streichen, obwohl er darauf achtete die verbrannten Stellen auf seiner Brust zu vermeiden. Er war unsicher, wie Nick auf seine Berührung reagieren würde.
Nick nahm seine Hand, gemeinsam gingen sie ins Schlafzimmer und setzten sich auf das Bett. „Du hast Angst mich zu berühren."
Julian nickte. „Ich will dir nicht wehtun. Ich weiß nicht, wo deine Grenzen sind."
Nick riss ihn an sich und küsste ihn so heftig, dass es fast eine Bestrafung war. Jedes Mal wenn Nick ihn berührte, schien es, als würde Julian seine Selbstbeherrschung, auf die er sonst so stolz war, einbüßen. Schon als sie noch jung waren, hatte er Nick nicht widerstehen können, und daran hatte sich seitdem nichts geändert. Er grub seine Finger in Nicks dickes, kurzes Haar und drückte sich verzweifelt und verlangend gegen ihn, als ihre Lippen und Zungen aufeinandertrafen.
Nick zog sich zurück und hielt ihn auf Armlänge entfernt. Sein Ausdruck war düster und streng. „Mit dir gibt es für

mich keine Grenzen. Das ist es ja, was mir so eine Heidenangst einjagt. Ich will alles."
Diese Worte brachten Julians Blut zum Kochen. „Verdammt, Nick. Ich will dich so unbedingt. Ich halte es nicht mehr aus. Mein ganzes verdammtes Leben …" Seine Stimme brach.
Ohne ein weiteres Wort nahm Nick die Kondome und das Gleitgel vom Tisch und warf sie aufs Bett. Er beugte sich über Julian, seine starken Hände strichen über Julians Brust, seine Finger folgten zärtlich den bebenden Muskeln. Julian zitterte und schmiegte sich in Nicks Berührung, stöhnte als Nick seine Nippel zwirbelte. Der Lustschmerz fuhr durch seinen ganzen Körper, direkt in seinen harten Schwanz. Nick kitzelte mit seinen Daumen Julians Hüftknochen, sodass dessen Penis zuckte und noch mehr anschwoll.
„Fass mich an, um Himmels willen", flehte Julian ohne einen Funken Scham. „Komm schon."
Ein verruchtes Lächeln erhellte Nicks normalerweise ernstes Gesicht, er beugte sich herunter und nahm Julians Schwanz in den Mund. Jeder Nerv in Julians Körper schien augenblicklich unter Strom zu stehen. Unfähig einen vernünftigen Gedanken zu fassen, während Nick an seiner Erektion saugte, stöhnte Julian und stieß seinen Penis tiefer in Nicks Mund. Dieser nahm ihn vollständig auf und bewegte seine Hand währenddessen auf und ab. Seine Zunge umkreiste die Spitze von Julians Schwanz, gleichzeitig folgten seine Finger seiner gesamten Länge.
Das feuchte Saugen, die Hitze und die Gewissheit, dass es Nick war, endlich Nick, der ihn berührte, an seinem

Schwanz saugte, ihn liebte, ließ Julian die Beherrschung verlieren. Sein gesamter Körper spannte sich an, als sein Orgasmus ihn durchfuhr und er sich in Nicks Mund ergoss.
„Oh, Gott!“ Julian schrie auf, als er kam und die Gefühle den Wunsch besiegten, noch länger durchzuhalten. Er verlor die Kontrolle, gab dem Feuer nach, das durch seinen Körper raste. Es verbrannte alle Zweifel darüber, wie viel Nick ihm bedeutete. Er hatte nie aufgehört ihn zu lieben.
Nick schluckte, zögerte keinen Augenblick Julians Saft bis auf den letzten Tropfen aufzulecken. Schließlich gaben seine Lippen Julians weicher werdenden Penis mit einem feuchten „Plop“ frei. Nick lehnte sich zurück, seine Augen glänzten im Halbdunkel des Schlafzimmers. Julians Blick wurde von seiner Erektion angezogen, so schön, erhitzt und geschwollen. Mit begierigen Augen beobachtete Julian, wie Nick seinen Penis mit der Hand umschloss und diese auf und ab bewegte. Sein Daumen verteilte die aus dem Schlitz sickernde Flüssigkeit auf seiner Eichel. Julian wurde schwindelig vor Verlangen, sein Körper spannte sich an bei dem Gedanken daran, Nick in sich zu spüren.
Julian hielt Nicks Blick, legte sich zurück und bot sich ihm an, sein Herz raste. Nach achtzehn Jahren würde sich ihre Geschichte vollenden. All die Männer, die er über die Jahre im Bett hatte, waren nur ein Ersatz für Nick gewesen; er war der einzige Mann, den Julian nie vergessen konnte.
Mit einem glitschigen, kühlen Finger eroberte Nick ihn, drang erst mit einem, dann einem zweiten Finger ganz tief in ihn ein. Er zögerte.
„Ist das okay? Fühlt sich das gut an?“

Und Julian begriff, dass es sicher nicht viel Zärtlichkeit gegeben hatte, wenn Nick mit anderen Männern zusammen gewesen war. Nicht, wenn alles im Geheimen geschah, hastig und überstürzt, in Toiletten von Clubs oder auf Parkplätzen. Nick tat ihm leid, denn wahrscheinlich hatte er, obwohl er bereits über dreißig war, noch nie die Berührung eines richtigen Liebhabers gespürt, nie liebevolle Worte gehört.

Julian presste sich gegen Nicks Hand. Er schämte sich nicht für sein Verlangen, diesen wunderbaren Mann in sich zu spüren und wollte dieses Erlebnis für Nick so schön wie möglich machen, damit er es nie wieder vergaß.

„Tu es. Komm schon." Julian feuerte Nick an und glitt zurück auf das Bett. „Gott, ja. Ich will dich. Jetzt."

Nick schwieg, bewegte nur seine Finger und Julian fühlte, wie sich diese Wahnsinnsfinger in ihm drehten und immer weiter in ihn drangen. Julian war selten Bottom, er übernahm gern die Kontrolle und gab das Tempo vor, aber jetzt würde er sich nicht rechtfertigen für sein Verlangen, von Nick über die Klippe der Realität gejagt zu werden.

Nick zog seine Finger aus Julian heraus und dieser fühlte, wie der Kopf von Nicks verpacktem Schwanz gegen sein Loch stieß. Julian streckte sich und fasste nach Nicks Oberschenkel, drückte ihn eindringlich an sich und spießte sich selbst auf Nicks steifen Schwanz auf. Das anfängliche Stechen und Brennen verebbte und wurde durch das unglaubliche Gefühl, vollständig ausgefüllt zu sein, ersetzt; dieses fabelhafte, allumfassende Gefühl von Nicks dickem Schwanz, der in ihn eindrang und sich wieder zurückzog.

Julian hob seine Beine und zog sie dicht an seine Brust, um Nick zu ermöglichen, noch tiefer in ihn einzudringen. Er beobachtete Nick und liebte die tiefe Intensität in dessen ernstem Gesicht, als er in ihn glitt. Julian wusste genau, wann der Zeitpunkt erreicht war, an dem es auch für Nick kein Zurück mehr gab. Als er ihn so hart nahm, dass das Bett quietschte. Noch nie zuvor hatte er einen so maskulinen Mann gehabt und Julian genoss diese Erfahrung. Nick warf den Kopf zurück, streckte den Nacken, packte mit geschlossenen Augen Julians Schultern und grub seine Finger in dessen Muskeln.
„Julian, Julian. Oh, Gott." Nicks erstickter Schrei hallte von den Wänden wider.
Ein paar weitere Stöße, dann füllte Wärme das Kondom, als Nick hart und explosiv kam. Er brach mit einem Stöhnen auf Julian zusammen und Julian umarmte ihn fest, ignorierte den Schweiß, der von Nicks Rücken lief. Er wollte ihn nach all den Jahren endlich festhalten.
Sie lagen für eine Minute beieinander, Julian hörte Nicks Atem an seinem Ohr. Dann verlagerte Nick sein Gewicht und zog sich aus Julian zurück; er entfernte das Kondom und warf es in den Müll. Anstatt sich wieder neben Julian zu legen, setzte er sich auf den Bettrand und starrte auf den Boden.
Julian setzte sich hinter ihm auf und schlang seine Arme um Nicks Hals, wieder bemüht, seine Brust nicht zu berühren. „Was stimmt nicht?" Er küsste Nicks Wange, die nachmittäglichen Stoppeln kratzten an seinen Lippen.
Für einen Moment verharrte Nick bewegungslos, legte seine Hand auf Julians. „Ich weiß es nicht."

„Was weißt du nicht?“ Julian drückte seine Brust an Nicks Rücken. „Sprich mit mir.“
Nick warf ihm einen Seitenblick zu. „Keiner von uns beiden war noch Jungfrau. Aber immer, wenn ich flachgelegt werden wollte, bin ich in einen Club gegangen und habe mir jemanden zum Ficken gesucht. Und dann war die Sache erledigt.“
Julian konnte sich das sehr gut vorstellen. Nick war ein umwerfender Mann. Alles was er in einer Schwulenbar machen musste, war, sich blicken lassen. Er musste sich nur aussuchen, wen er wollte und schon lagen sie auf den Knien vor ihm.
„Weiter?“
„Es ist einfach für dich, weil du immer wusstest, wer du bist.“
Obwohl Julian Mitleid für Nick empfand, gab es ein paar Missverständnisse, die geklärt werden mussten. Und er würde sich nicht zurückhalten, nur um Nick zu schonen.
„Du denkst, dass es für mich leicht war, weil ich wusste, dass ich schwul bin und dazu gestanden habe? Unter welchem Stein bist du denn herausgekrochen??“ Er rutschte zurück ans Kopfende und lehnte sich an. „Du hast mich für Jahre ausgeschaltet. Nachdem du mich nicht mehr sehen wolltest, hatte ich niemanden mehr. Ich konnte niemandem vertrauen, dass er mir nicht wehtun würde. Bis ich Marcus und Zach traf, war ich allein.“
„Warum vertraust du ihnen?“ Nick legte sich hin und stützte sein Kinn auf seiner Hand ab.
Julian zuckte mit den Schultern. „Manchmal trifft man Fremde und man weiß, dass sie die wichtigsten Menschen

in deinem Leben werden. Das kann man nicht erklären; es ist, wie es ist. Zach ist der süßeste Junge auf der Welt und ich würde alles für ihn tun. Und Marcus …“ Er lachte. „Du hast ihn ja erlebt. Er hat einen sehr eigenen Charakter, aber er ist bedingungslos loyal und ein leidenschaftlicher Beschützer seiner Freunde. Wir passen einfach zusammen.“

Die tiefen Furchen um Nicks Mund glätteten sich. „Ich denke, wir passen auch zusammen, du nicht?“

Fall nicht darauf rein. Er wird sich nicht outen, nur weil er dich gefickt und dir im Vertrauen gesagt hat, dass er schwul ist.

„Ich glaube, das haben wir bewiesen.“ Julians Stimme klang absichtlich lässig. „Darf ich duschen? Du hast mich ganz schön gefordert und ich bin total verschwitzt.“

„Ja, klar. Nimm dir, was immer du brauchst.“

Nick streckte sich nackt auf dem Bett aus und Julian musste sich beherrschen, nicht über seinen harten, muskulösen Körper herzufallen. Seine Narben waren verheerend, aber Julian, der selten hinter eine schöne Fassade blickte, störte es nicht. Er sah nur den Mut, den es brauchte, um den Schmerz auszuhalten, den Nick erdulden musste, das Opfer, das er gebracht hatte.

„Danke.“ Julian stand auf, nahm seine Sachen und ging ins Bad. „Ich brauche nicht lange.“

„Nimm dir alle Zeit, die du brauchst. Ich trinke solange einen Kaffee.“

Julian stellte die Dusche an und ließ das warme Wasser über seinen Körper laufen, während er überlegte, was dieser bemerkenswerte Tag wohl noch bringen mochte.

Kapitel 12

Als Nick in seinem Bett lag und dem fließenden Wasser in seiner Dusche lauschte, überkam ihn ein ungewohnter Frieden. Die paar Mal, die er versucht hatte mit einer Frau zu schlafen, endeten so furchtbar – er hatte Entschuldigungen für seine traurige Leistung oder sein mangelndes Interesse gemurmelt – dass er aufgehört hatte, es weiter zu versuchen.

Es hatte ihn Jahre gekostet, sich selbst einzugestehen, dass er sich nicht nach Brüsten und weicher, parfümierter Haut sehnte, sondern nach harten Muskeln, an denen er sich festhalten konnte, und stoppeliger Haut, die er küssen und an der er lecken wollte. Es gab für ihn nichts Besseres, als in die feste, samtige Hitze eines Mannes einzutauchen. Das Problem war nur, dass er sich nicht vorstellen konnte, das jemandem zu erzählen.

Er rollte sich vom Bett, streifte sich ein T-Shirt und eine Trainingshose über und schloss die Schlafzimmertür hinter sich, als er es verließ. Julian würde bestimmt ein wenig Privatsphäre wollen, wenn er aus der Dusche kam.

Nick dehnte sich und genoss den ungewohnten Schmerz in den Muskeln, die er seit einer Weile nicht mehr benutzt hatte. Der Sex mit Julian hatte seine Vorstellung mehr als erfüllt: verrückt, wahnsinnig heiß, besser als er je gedacht hätte, dass es sein könnte.

Aber konnte er das? Konnte er seiner Familie, seinen Kollegen, aller Welt gestehen, dass er schwul war? Der Gedanke daran, dieses Gespräch mit seinen Eltern und seiner Schwester zu führen, ließ seinen Magen vor Nervo-

sität und Angst verkrampfen. Es war nicht, dass er dachte, sie würden ihn dann nicht mehr lieben; besonders Katie, das spürte er, würde damit klarkommen. Wahrscheinlich.
Seine Eltern waren so altmodisch in ihrer Meinung hinsichtlich Ehe und Familie und sein Vater war so enttäuscht gewesen, als er unfähig war, weiter als Feuerwehrmann im aktiven Dienst zu arbeiten … Nicks Angstlevel stieg exponentiell, während er nur darüber nachdachte. Momentan sollte er die Dinge ruhen lassen.
Außerdem gab es keine Anzeichen dafür, dass das hier mehr als eine einmalige Sache zwischen ihm und Julian war. Nick trank seinen Kaffee. Vielleicht hatten sie nur miteinander schlafen müssen; jetzt wo sie das aus der Welt geschafft hatten, konnten sie es hinter sich lassen und Freunde sein. Ein Neustart.
Nick erschrak, als es klopfte. Er ging zur Wohnungstür und riss sie auf. Vor ihm stand Katie.
„Hi." Sie sauste an ihm vorbei, wie sie es immer tat, und steuerte auf den Küchentisch zu. „Ich habe die Gelegenheit genutzt, dass du da bist und dir Donuts aus dem Laden bei mir um die Ecke mitgebracht." Im selben Augenblick erreichte ihn der zuckersüße Geruch und er konnte nicht anders, als seine Schwester anzulächeln. Egal wie beschäftigt sie war, sie nahm sich immer Zeit für ihn.
„Ich wollte wissen, was passiert ist, nachdem du und Julian mich gestern so plötzlich sitzen gelassen habt, um Jamal zu besuchen. Was hat Julian gedacht?"
Nick nahm sich einen Donut aus der Schachtel. Die Glasur schmolz in seinem Mund und der Geschmack von Zimt und Vanille explodierte auf seiner Zunge.

„Verdammt, sind die gut.“ Nachdem er sie mit etwas Kaffee hinuntergespült hatte, wischte er sich den Mund ab. „Alles lief gut. Überraschenderweise haben sich die beiden prima verstanden. Julian denkt sogar darüber nach, dass er Kompressionsverbände designen kann, die modischer aussehen.“

Katies Augen glänzten. „Oh, das wäre großartig. Ich bin überzeugt, dass sie ihm aus den Händen gerissen werden. Aber ist er sich wirklich sicher, dass er das tun will, nach all den Problemen, die er erst kürzlich hatte?“ Sie hielt ihm die Kaffeetasse hin, die Nick eigentlich für Julian rausgestellt hatte. „Machst du mir bitte auch einen?“

„Ich glaube schon.“ Nick holte die Milch aus dem Kühlschrank. „Ich wusste allerdings nicht, dass seine finanzielle Lage so ernst ist.“ Und das nur, weil Julian nicht über sich sprach, sondern sich nur auf Nicks Probleme konzentrierte. Aber Katie achtete gar nicht auf ihn; sie hob den Kopf, als würde sie etwas hören. „Ist jemand hier? Ich dachte, ich hätte etwas im Schlafzimmer gehört.“ Ihre blauen Augen weiteten sich und ein entzücktes Lächeln trat in ihr Gesicht. „Nicky. Hast du eine Frau hier? Wer ist sie? Warum hältst du sie geheim?“

Katie stellte ihre leere Tasse ab. „Erzähl mir alles. Wie lang triffst du dich schon mit ihr?“

Vielleicht würde Julian die Zeit nutzen, um sich anzuziehen und im Schlafzimmer bleiben, bis er Katie überreden könnte zu gehen.

Doch so viel Glück hatte er nicht. Nick hörte, wie die Schlafzimmertür aufschwang. „Hey, der Kaffee riecht toll.“ Julian kam in die Küche, ein Handtuch um seinen Hals geschlungen, nur mit seiner Unterhose bekleidet. Seine Haut glühte vom heißen Wasser, seine Haare lagen in feuchten Wellen an seinem Kopf und kringelten sich in seinem Nacken. Als er Katie neben dem Tisch stehen sah, versteinerte sein Gesichtsausdruck, wurde zurückhaltend und misstrauisch.

„Katie."

Nick, der wie festgefroren auf seinem Stuhl saß, warf einen vorsichtigen Blick zu Katie. Nicht unerwartet, war es Katies fassungsloser Ausdruck, der Nicks Herz zum Flattern brachte. Sie kaute auf ihrer vollen Unterlippe und ließ ihren Blick zwischen Nick und Julian hin und her wandern. Da sie klüger war als jeder andere, den er kannte, hatte Nick keinen Zweifel daran, dass sie nicht lange brauchen würde, um zu begreifen, was hier vor sich ging.

„Julian."

Nick sagte nichts. Julian, der mittlerweile wahrscheinlich die Spannung fühlte, murmelte etwas davon, sich anzuziehen und verschwand wieder im Schlafzimmer.

Nick benötigte ein paar Sekunden, bis er in Katies verwirrtes Gesicht sehen konnte. „Julian kam heute Nachmittag, um mich zu besuchen. Ich hatte gestern so etwas wie einen kleinen Zusammenbruch und Julian hat sich Sorgen gemacht. Ich glaube, er wollte sehen, ob es mir gut geht."

Alles, was er sagte, war wahr.

„Und dann hat er sich dazu entschieden zu duschen?" Katies wissender Blick hielt seinem stand, doch es war nicht der richtige Zeitpunkt dafür. Nick war nicht darauf

vorbereitet, dieses Gespräch mit seiner Schwester oder irgendjemand anderem zu führen, also blieb er still.
„Geht es dir jetzt wieder gut?“, fragte Katie. „Warum hast du mich nicht angerufen?“
Das nervte ihn unendlich. Er war kein hoffnungsloser Fall, der dazu verdammt war, immer umsorgt und verhätschelt zu werden. Nick hatte sich selbst bewiesen, dass er ein wenig Kontrolle über sein Leben zurückgewonnen hatte und es war an der Zeit für seine Familie, das zu erfahren und zu begreifen, dass er es schaffte. Sie mussten aufhören sich Sorgen zu machen. Nach seinem Unfall und der Zeit seiner Genesung hatte es keine Grenzen oder Einschränkungen gegeben zwischen sich und seinen Eltern oder seiner Schwester. Sie waren immer für ihn da. Vielleicht war es an der Zeit, auch diesen Teil seines Lebens zu überdenken.
„Alles war gut. Ich habe es mit Julians Hilfe durchgestanden.“
In diesem Moment betrat Julian erneut das Zimmer – dieses Mal komplett angezogen – und setzte sich schweigend neben ihn.
„Wirklich?“ Katie widmete ihre Aufmerksamkeit jetzt Julian, während Nick sich für ihre Befragung wappnete. „Es ist schwer für mich zu verstehen, dass jemand, den du kaum kennst, dir helfen kann, wenn deine Familie es jahrelang versucht und nicht geschafft hat.“
Nick hätte sich keine Sorgen um Julian machen müssen. Er war nicht mehr der schüchterne Junge, der in der Highschool herumgeschubst worden war. Julian war ein

Geschäftsmann mit einem eigenen Unternehmen und schwamm täglich mit den anderen Haien.
„Du weißt es nicht?" Julians Ausdruck war undurchschaubar. „Nick und ich kennen uns aus der Highschool. Wir waren eine Weile befreundet."
„Wart ihr?" Katie konnte den Schock in ihrer Stimme nicht verbergen und warf Nick einen verwirrten Blick zu, bevor sie Julian wieder fixierte. „Warum weiß ich davon nichts? Ich weiß, ich bin jünger, aber ich erinnere mich nicht daran, dich jemals hier im Haus gesehen zu haben. Wart ihr zusammen im Baseballteam?"
Das brachte Julian zum Kichern. „Du machst Scherze! Ich war ein dürres Kind; ein bisschen zu anders, um in den üblichen sozialen Kreisen zu verkehren. Damals akzeptierten Kinder schwule Kinder nicht so, wie sie es möglicherweise heute tun. Sie haben mich nicht tyrannisiert, aber ignoriert zu werden und dass über einen in den Schulfluren geflüstert wurde, war auch schlimm. Ich habe nicht die besten Erfahrungen an der Highschool gemacht."
Mitgefühl legte sich über Katies Gesicht. „Das kann ich mir nur vorstellen. Das hier war nicht gerade die toleranteste Nachbarschaft, ist es immer noch nicht."
„Ich weiß."
„Also, du und Nick – ihr wart Freunde …?" Katie stellte die Frage nicht zu Ende. Nick wusste, dass ihre Neugier nicht nachlassen würde, bis sie einige befriedigende Antworten bekommen hätte. Und Katie war nicht einfach zufrieden zu stellen.
„Wir haben nach der Schule zusammen gelernt, bis ich in der 11. Klasse die Schule gewechselt hab."

Er hätte sich vermutlich besser fühlen sollen, weil Julian sein Geheimnis bewahrt hatte, dennoch zerriss es ihm das Herz, als Nick die Kurzversion ihrer Freundschaft aus Julians Mund hörte. Die Leute dachten, dass Nick ein Held war, aber er war nur ein verdammter Feigling. Julian war noch ein Kind gewesen, als er ihn wie Müll weggeworfen hatte, ihn dazu gezwungen hatte, den schweren Weg zu gehen, und das hatte Julian getan, mit hoch erhobenem Kopf, stolz und ohne sich dafür zu schämen, wer er war. Währenddessen gab Nick vor jemand zu sein, der er nicht war, versteckte sich vor der Wahrheit und starb innerlich jeden Tag ein kleines bisschen mehr.

Sie würde nicht lange brauchen, um die Einzelteile zu verbinden und herauszufinden, dass Julian und Nick mehr als nur Schulkollegen gewesen waren. Nick war das alles so leid. Katie war seine Schwester, sie liebte ihn und würde wollen, dass er glücklich war. *Scheiße.* Er hatte nicht mehr solche Angst gehabt, seit er gedacht hatte, dass er sterben würde. War er wirklich dazu bereit es laut auszusprechen? Er konnte es nicht mehr zurücknehmen, wenn die Worte einmal ausgesprochen waren. Aber Nick wusste, dass es an der Zeit war. Das hatte nichts mit Julian zu tun, sondern nur mit ihm selbst und damit, mit sich selbst ins Reine zu kommen und seiner Familie, seinen Freunden und in gewisser Weise auch gegenüber sich selbst, zuzugeben, wer er war.

„Jeder Tag meines Lebens war wie ein Kampf für mich", fing Nick an.

Julian war gerade im Begriff, sich eine Kaffeetasse zu nehmen und stoppte mitten in der Bewegung, seine Finger

ballten sich zu einer Faust, die er auf den Tisch legte. Im Zimmer war es totenstill, von draußen war nicht einmal das Geschrei der normalerweise lauten Kinder zu hören.
„Ich habe mich meine ganze Kindheit über nur verstellt, mich davor versteckt, wer ich war und wer ich sein wollte. Die Angst hat alle wichtigen Entscheidungen in meinem Leben bestimmt. Ich habe damit nicht nur mich verletzt, sondern auch meine Freunde", Nick wandte sich zu Julian, sein Herz schlug wie verrückt. „Diesen Menschen, der nichts falsch gemacht hat, außer mich zu lieben, als ich verdammt nochmal zu feige war, um einzugestehen, dass ich ihn ebenfalls liebe."
Als er Katie seine Aufmerksamkeit schenkte, waren ihre Augen mit Tränen gefüllt. „Nicky. Sag es mir. Sprich es endlich aus."
„Ich bin schwul. Ich war immer schwul. Es tut mir leid, wenn ich dich enttäusche."
Der Stuhl kratzte über den Boden, als sie ihn zurückschob, um den Tisch rannte und sich neben ihn setzte. Katie nahm seine beiden Hände und drückte sie fest. „Sei kein Idiot. Du denkst, ich würde dich nicht lieben? Was habe ich nur getan, dass du denkst, dass du mir so etwas nicht erzählen kannst?" Tränen liefen über ihr Gesicht.
„Ich bin so kaputt im Kopf. Ich dachte nicht, dass du mich nicht lieben könntest; ich wollte das so nicht. Ich wollte ein normales Leben – Ehefrau, Kinder, Familie. So wurden wir von Mom und Dad und von allen anderen erzogen. Aber schon in der Highschool wusste ich, dass diese Gleichung für mich nicht aufgehen würde."

„Also, du und Julian?" Ihr Blick flog wieder zwischen beiden hin und her.
„Wir waren uns sehr nah, aber ich habe ihn weggestoßen, als ich merkte, wie ernst es zwischen uns wurde. Ich wusste, dass ich nicht so mutig wie er sein und es zugeben konnte. Außerdem dachte ich, wenn ich es nur genug versuchen würde, könnte ich vielleicht auf Mädchen stehen und normal sein." Er blinzelte gegen das Brennen in seinen Augen an. „Es hat aber nicht funktioniert. Einige Kerle können das vortäuschen, ich dachte aber, das wäre nicht fair. Weder mir noch einer Frau gegenüber. Also habe ich mich dagegen entschieden."
„Und all die Jahre hast du das niemanden erzählt? Nicht mal deinem Psychiater? Vielleicht hätte das geholfen, obwohl ich zugeben muss, dass es mich doch sehr verletzt, dass du dachtest, dass du mir nicht vertrauen könntest." Ihr unerschütterlicher Blick traf auf den seinen. „Es gibt nichts, was du tun könntest, das meine Gefühle für dich ändert, außer vielleicht ein Mord. Und selbst dann …" Sie lächelte ihn mit Tränen in den Augen an. „Es ist mir egal, wen du liebst, Nicky. Mir ist nur wichtig, dass dich jemand liebt, der zu schätzen weiß, was für ein wundervoller Mensch du bist."
Sie fiel in seine Arme und er hielt ihren schlanken Körper und küsste ihr duftendes Haar. Ihre herzliche Zustimmung durchdrang ihn und löste den Würgegriff der Einschränkungen, die er sich selbst auferlegt hatte.
„Es hatte nichts mit dir zu tun, sondern nur mit mir und meinem Weltbild. Ich liebe dich und vertraue dir und ich weiß, dass du das Gleiche für mich empfindest. Aber bevor

ich nicht gelernt hatte, mir selbst zu vertrauen und zu akzeptieren, wer ich wirklich war, konnte ich es weder dir noch irgendjemandem sonst erzählen."
Katie trocknete ihre Augen und putzte sich die Nase mit einer Serviette. „Ich verstehe das." Sie setzte sich wieder auf ihren Stuhl, ihr Lächeln liebevoll und zärtlich. „Und ich habe auf den Tag gewartet, an dem du endlich sagen kannst, dass du dir selbst vertraust. Du hast dich so gut entwickelt und wenn Julian dir dabei geholfen hatt, dann bin ich dazu bereit, ihn auch zu lieben."
Nick warf einen kurzen Blick zu Julian, der seinen Blick mit einem beruhigenden Lächeln erwiderte. „Aaah, Katie …" Er wusste nicht, was er dazu sagen sollte. Er und Julian waren nicht verliebt, sie hatten lediglich Sex, das war aber ein bisschen mehr Information, als Nick ihr geben wollte.
Wieder einmal rettete Julian seinen Arsch. „Danke, das bedeutet mir sehr viel. Ich kann nicht für Nick sprechen, aber ich weiß, dass ich mich freuen würde, wenn wir wieder Freunde wären. Das ist für mich momentan das Wichtigste."
Das Geräusch einer zugeworfenen Autotür unterbrach die Stille. Nick hörte die Stimme seiner Mutter und verkrampfte sich sofort. „Bitte Katie, sag ihnen nichts", flehte er. „Ich kann nicht alles auf einmal machen."
Julian drückte kurz seine Schulter und Nick entspannte sich unter seiner Berührung. Das blieb von Katie nicht unbemerkt. „Ich verspreche es, aber sie werden wissen wollen, wer Julian ist und wenn ihr euch nicht verstellt, werden sie die Verbindung zwischen euch bemerken." Sie stand auf und ging zur Tür. „Ich werde den beiden helfen. Ich seh

dich später. Bye Julian." Und mit einem Winken war sie verschwunden.
Das erstaunte ihn. Verbindung? Sie standen am zaghaften Beginn einer Freundschaft, nicht mehr. Julian nahm seine Hand von Nicks Schulter, aber nicht ohne sie vorher noch einmal zu drücken.
„Mach dir keine Sorgen. Ich behalte meine Hände bei mir."
Seine Lippen streiften Nicks Ohr und trotz der Hitze in der Wohnung zitterte er, erinnerte sich an den Geschmack und die Berührung Julians. Der köstliche Duft dieses Mannes lag immer noch auf ihm, wie eine zweite Haut, und er hatte nicht das Verlangen ihn abzuwaschen.
Nick drehte sich um und küsste Julian auf den Mundwinkel, fühlte, wie seine Lippen nachgaben. „Ich habe nicht vor, dich als mein kleines, schmutziges Geheimnis zu verstecken. Hast du das verstanden?"
Julian sagte nichts. Er griff nach Nicks Schultern, um ihm einen festen, leidenschaftlichen Kuss zu geben, der sie beide atemlos und Nick zitternd zurückließ, als sie sich trennten.
„Ich hoffe, das hilft dir bei deinen Eltern."
Ohne Nachzudenken platzte Nick heraus: „Kommst du mit hoch, um sie kennenzulernen?" Er schloss sofort seinen Mund, als Julian sich in seinem Stuhl zurücklehnte und eine Augenbraue hob.
Scheiße. Hatte er das wirklich gesagt?

Kapitel 13

Was für ein Tag voller Überraschungen. Zuerst der unglaublich leidenschaftliche Sex, der dafür sorgte, dass Julian mehr wollte, als ihre Geschichte jetzt zu beenden und weiterzumachen. Er schob das von sich. Er hatte im Moment keinen Platz in seinem Leben für Verwicklungen, die ihm nicht dabei halfen, sein Geschäft wieder zum Laufen zu bringen.

Sich Katie gegenüber zu outen hatte Nicks ganzen Mut gebraucht, das reichte aber nicht, um seine emotionalen Probleme vollständig zu lösen. Katie war in dieser Hinsicht unkompliziert. Da würden noch ganz andere Auswirkungen auf Nick zukommen, denen er sich in der Zukunft stellen müsste, wenn er sich dazu entscheiden sollte, seine Sexualität seinen Eltern und Kollegen darzulegen. Nick hatte ihm schon erzählt, dass er einen Kollegen hatte, der schwulenfeindliche Bemerkungen machte. Diese haiverseuchten Gewässer mussten vorsichtig durchschwommen werden.

„Also, du musst das nicht tun. Ich weiß, dass du alle Hände voll zu tun hast mit den Problemen in deiner Firma." Nick errötete und Julians Rücken versteifte sich. „Verdammt. Es tut mir leid. Das kam nicht so rüber, wie ich wollte."

Julian schenkte ihm ein zurückhaltendes Lächeln. Es ging doch nichts darüber, auf den Boden der Tatsachen zurückgeholt zu werden. „Mach dir keine Sorgen darüber", winkte er locker ab. Er schob seinen Stuhl zurück, stand auf und ging zur Wohnungstür. „Wenn du willst, dass ich eben hallo sage, mach ich das. Aber ich kann nicht bleiben; ich muss zuhause einige Dinge regeln, wie du gesagt hast."

„Julian. Ich hab doch gesagt, dass es mir leidtut." Nick umrundete den Tisch und griff nach Julians Arm, zwang ihn, ihm in die Augen zu sehen. „Ich wollte dich damit nicht verletzen. Ich dachte nur, dass du deine Zeit nicht damit vergeuden willst, weil ich weiß, dass du viel um die Ohren hast."

Es war nicht Nicks Schuld, dass Julian sein Unternehmen um die Ohren flog. Er war heute so von Nick in Anspruch genommen worden, dass er beinahe vergessen hatte, wie sein eigenes Leben und sein Geschäft vor die Hunde gingen.

„Ist schon in Ordnung." Julian ließ sich von Nick umarmen und ausnahmsweise fühlte es sich gut an, von jemandem in den Arm genommen zu werden und aus keinem anderen Grund gehalten zu werden als Trost zu bekommen. Der Geruch von Sex, Schweiß und Nick waren für Julians ausgehungerte Sinne ein berauschender Duft, sodass er sich selbst erlaubte, seine Lippen in Nicks festen, seidigen Haaren zu vergraben. „Das ist nicht dein Problem, sondern meins."

„Ich würde dir aber gern helfen."

Niemand konnte das. Doch Jamal gestern kennenzulernen hatte ein Feuer in ihm entfacht; eines, das er seit seiner ersten Show nicht mehr gespürt hatte. Es juckte ihn in den Fingern, etwas für diesen traurigen jungen Mann und all die anderen Menschen, die in der gleichen Situation waren, zu entwerfen.

Er musste gehen, bevor es Nick gelang ihn in den Ablauf eines normalen Lebens, hineinzuziehen. Das war kein Platz für Julian, das hatte er vor Jahren hinter sich gelassen und wollte nicht wieder dahin zurück. „Ich komm mit hoch und treff deine Eltern, dann fahre ich zurück in die Stadt."
Nick warf ihm einen seltsamen Blick zu. „Dann lass uns gehen."
Julian folgte ihm durch die Tür, die schmale Treppe zu der darüber liegenden Wohnung hinauf. Fotos säumten die Wand entlang der steilen Stufen. Er blieb nicht stehen, um sich jedes genau anzusehen, aber flüchtig nahm er eine lächelnde, glückliche unzertrennliche Einheit wahr. Menschen, die einander bei verschiedenen wichtigen Gelegenheiten in den Armen hielten: Nicks und Katies jeweiliger Abschluss, Baseball-Meisterschaftsspiele, Gartenpartys.
Der Treppenaufgang führte in ein Wohnzimmer mit einem großen Erkerfenster mit Blickrichtung zur Straße. Sonnenstrahlen wurden auf den Teppich geworfen, Staubpartikel tanzten und erhellten den glänzenden Esszimmertisch. Der warme Geruch von gebratenem Fleisch und anderen Köstlichkeiten schlug ihm entgegen. Das Haus erzählte von Zeiten mit der Familie, Gesprächen am Küchentisch, und nachmittäglichen Snacks. Dinge, die Julian nie hatte, weil seine Mutter lange arbeiten musste, um den Lebensunterhalt für sie beide zu verdienen. Er war ein richtiges „Schlüsselkind"; auf sich alleingestellt, seit er denken konnte.
Das war es wohl, was Nick wollte, als er vor all den Jahren davon sprach, eine Familie zu gründen, normal zu sein.

Julian war nicht im Stande, von Nick zu verlangen, das aufzugeben.
Eine Frau mittleren Alters, ihr braunes Haar legte sich in weichen Wellen um ihren Kopf, unterhielt sich angeregt mit Katie auf dem Sofa. Ein ernster Mann, der ein bisschen aussah wie eine ältere Version von Nick, saß mit hochgelegten Füßen in einem abgewetzten Ledersessel, las Zeitung und trank ein Bier.
Nicks Mutter unterbrach ihr Gespräch mit Katie und blickte erwartungsvoll zwischen Nick und Julian hin und her. Nicks Vater legte die Zeitung ab und schaute über den Rand seiner Lesebrille.
„Hallo, Sohn. Ich habe eine neue Tür für den Hintereingang mitgebracht."
„Toll." Nick blickte mit einem leichten Lächeln über seine Schulter und sah dann wieder seine Familie an. „Mom, Dad. Ich möchte euch einen Freund von mir vorstellen."
Julian hob seinen Kopf und positionierte sich direkt neben Nick. Sein Herz schlug ein wenig schneller, beinahe so, wie wenn er hinter der Bühne auf den Beginn der Show wartete, darauf dass die Models losgingen.
„Mr. und Mrs. Fletcher, es ist schön Sie kennenzulernen." Er lächelte Nicks Mutter mit all seinem Charme an, den er sonst für besondere Kunden reservierte. „Ich bin Julian Cornell."
„Julian ist ein alter Freund von der Highschool. Ich habe ihn letztens zufällig getroffen. Er ist Modedesigner, Mom. Er entwirft Männermode."

Die Augen von Nicks Mutter leuchteten. „Wirklich? Das ist so aufregend, von all diesen attraktiven Models und schönen Sachen umgeben zu sein.“
Julian lachte. „Es ist nicht so glamourös, wie Sie vielleicht denken. Zwischen dem Entwerfen und dem Vorbereiten für die Präsentationen, nicht zu vergessen die Arbeit mit den Models und ihren Launen, würden die meisten Leute verrückt werden.“
„Julian hatte erst vor Kurzem eine Show und seine Sachen waren wundervoll, Mom. Er ist außergewöhnlich begabt“, sprudelte es aus Katie heraus.
Wärme breitete sich in Julian bei diesem unerwarteten Lob aus. Nick legte ihm seine Hand auf die Schulter. „Komm und setz dich neben meine Mom. Sie möchte sehr gern ein paar Geschichten hören, wenn du Zeit hast.“
Katie war zur Seite gerutscht und bevor ihm bewusst wurde, was er tat, saß Julian zwischen Nick und seiner Mutter auf dem dick gepolsterten, geblümten Sofa. Es gab so viele Geschichten hinter den Kulissen eines Modeshootings oder einer Präsentation, die er erzählen konnte, aber Julian dachte, dass Nicks Eltern die Heldengeschichten dem schmutzigen Klatsch und Tratsch vorziehen würden. Besonders wenn Julian darin involviert war. Einige jugendfreie, mittlerweile lustige Geschichten, die ihm als angemessen erschienen, fielen ihm ein, als Nicks Vater die Zeitung zusammenfaltete. Sein überraschter Blick wanderte über Julians Lederhose. Spott oder eine Beleidigung vorausahnend, biss Julian die Zähne zusammen.
In einem neugierigen Tonfall fragte Nicks Vater: „Seit wann magst du solches Zeug, Nick? Ich kann mich nicht

daran erinnern, wann ich dich das letzte Mal mit etwas anderem, als Jeans und T-Shirt gesehen hab."

Nicks Bein, das Julians berührte, verkrampfte sich. „Ich habe nie gesagt, dass ich solches Zeug mag, Dad. Ich sagte, Julian ist ein alter Freund und er ist Designer."

„Na gut, mich kriegst du auf jeden Fall nicht in solche Hosen und ich kenne auch nicht viele Männer, die das tragen würden", grummelte er.

„Gott sei Dank", flüsterte Katie und Julian musste sich auf die Zunge beißen, um nicht laut loszulachen.

„Brian, das ist nicht nett." Nicks Mutter funkelte seinen Vater an, wandte sich dann lächelnd wieder an Julian und tätschelte sein Knie. „Sprechen Sie weiter. Ich sterbe vor Neugier."

Schon bald lachten Nick, Katie und ihre Mutter über seinen ersten Versuch, einem Model Kleidung anzupassen, der direkt auf dem Körper des Mannes stattfand. Die strategisch platzierten Nadeln hatten sich gelöst, und die Klamotten waren während der Präsentation für einen Kunden vom Körper des Models heruntergerutscht.

„Alles hat sich dennoch zum Guten gewendet. Der Käufer fragte das Model nach einem Date und sie sind seitdem ein Paar." Julian lachte, als er die Geschichte erzählte. „Es war nämlich so, dass der Kunde sich in das Model verknallt hatte, aber zu ängstlich war, um ein Date zu bitten, während das Model mir später gestand, dass er absichtlich die Nadeln verloren hatte, um die Aufmerksamkeit des Kunden zu bekommen."

„Das ist so süß", sagte Katie. „Es ist als ob wahre Liebe alles überwinden kann."

Nicks Vater schnaubte und starrte sie über seine Brillengläser hinweg an. „Ach bitte. Diese Typen wechseln ihre Partner häufiger als ich meine Socken."
Julian wollte sich nicht mit dem Mann streiten, vor allem, weil er Nicks Vater war, aber darüber hätte er sich keine Sorgen machen müssen.
„Was redest du da, Dad? Was meinst du mit ‚diese Typen'?"
Julian hörte wie Nicks Atmung sich beschleunigte. Die Anspannung, die sich in seinem ganzen Körper ausbreitete, war beinahe greifbar.
„Ist schon gut. Das ist nichts, was ich nicht schon vorher gehört habe", murmelte er an Nick gewandt. Jetzt verstand er die verborgene Feindseligkeit, mit der Nick konfrontiert war, ein bisschen besser. Die unterschwelligen Sticheleien waren fast genauso schmerzlich wie die direkten groben, dummen Kommentare.
„Du weißt schon, die Schwulen." Brian Fletcher rutschte auf seinem Stuhl herum. „Sie sagen, dass sie die Ehe wollen, aber sie rennen dauernd ohne Oberteil herum, küssen und umarmen sich in der Öffentlichkeit." Er schüttelte sich. „Das machen normale Männer nicht."
„Was meinen Sie mit ‚normal'? Ich sehe massenhaft Männer und Frauen, die sich auf den Straßen küssen und umarmen. Warum ist es weniger normal, wenn das Menschen mit dem gleichen Geschlecht tun?" Julian ohrfeigte sich mental selbst. Er wollte sich nicht mit Nicks Vater oder jemand anderem auf eine Diskussion über die Rechte der Schwulen einlassen. „Menschen sollten ihr Leben so

leben dürfen, wie sie möchten, so lange niemand dabei verletzt wird."

„Nun, die Heiligkeit der Ehe wird verletzt. Und ich habe ein Problem damit." Fletchers Kiefer schob sich als Zeichen seiner Streitlust hervor.

„Brian, bitte." Nicks Mutter legte ihre Hand auf Julians Arm. „Es tut mir leid. Sie sind ein Gast in unserem Haus und ich möchte nicht, dass Sie beleidigt werden. Das ist eine neue Welt, in der wir leben und einigen von uns …", sie machte ein finsteres Gesicht in Richtung ihres Ehemannes, „… fällt es schwerer, das zu akzeptieren als anderen. Ich finde das wundervoll." Sie drückte seinen Arm. „Gibt es in Ihrem Leben einen besonderen Menschen?"

„Nein. Ich habe momentan genug mit meinem Geschäft zu tun."

„Oh, das ist schrecklich. Sie müssen sich Zeit für Ihr Privatleben nehmen. Wenn Sie nicht auf Ihr Inneres achten, wird es Ihnen schwer fallen schöne Dinge zu entwerfen. All Ihre Energie wird blockiert."

„Mom liest viele Selbsthilfebücher", erklärte Nick grinsend.

„Ich weiß, dass du mich veralberst, aber es stimmt. Du musst dich selbst öffnen, um Glück zu finden und wenn du es am wenigsten erwartest, wird es passieren. Nehmen Sie nur sich und meinen Sohn."

Julian erstarrte und Nick sprudelte hervor: „Wovon redest du da?"

„Nach all den Jahren habt ihr euch wiedergefunden und jetzt könnt ihr wieder Freunde sein."

„Ja, richtig", sagte Nick zustimmend. „Freunde."

„Gott, Marilyn! Ich dachte, du sagst Nick solle was mit dem Jungen anfangen." Fletcher warf ihr einen angewiderten Blick zu.
Julian wusste, dass es nun an der Zeit war zu gehen.

***

Später an diesem Abend, als er zurück in seiner Wohnung war, trank Julian allein ein Glas Wein, dachte über sein Leben nach und was die Zukunft nach dem Debakel seiner Show für ihn bereithielt. Alles was er je gewollt hatte, war, ein Topdesigner zu sein, eine Möglichkeit zu beweisen, dass er der Beste sein konnte, dass er jemand war, der es wert war, dass sich Menschen an ihn erinnerten.
Nick zu treffen, hatte ihn aus der Welt gerissen, in die er eingetaucht war. Eine Welt, die von außen glitzernd und schön war, im Innern aber hässlich und verdorben. Julian fand sich in dem Krankenhauszimmer wieder, wie er das gequälte Gesicht Jamals betrachtete, während dieser etwas so Einfaches versuchte, wie seine Finger und seinen Ellbogen zu beugen.
Wie konnte er sich nach dieser Erfahrung darüber Gedanken machen, ob Seide oder Leinen für den Sommer besser wäre, wenn das wirklich Wichtige war, ob ein junges Mädchen eine Einladung zum Abschlussball bekam. Ein Mädchen, dessen Arm so stark verbrannt war, dass er vielleicht nie wieder seine vollständige Funktion zurückerlangte.
Er sollte eigentlich im Atelier sein und Käufer und Boutiquen anrufen, alles und jeden, den er kannte, um seine

Entwürfe in die Läden zu bekommen. Doch das alles wirkte so unbedeutend im Vergleich dazu, herauszufinden, wie er den Stoff der Kompressionsverbände vernähen musste, um die Ärmel, die er für Jamal entworfen hatte, zu produzieren.

Julian kippte den Rest seines Weins hinunter und griff nach seinem Skizzenblock. Seit Monaten hatte er nicht diese beflügelnde Begeisterung empfunden, etwas Bedeutsames zu erschaffen, statt etwas, das einfach nur hübsch aussah. Wie in Jamals Krankenzimmer ging ihm die Arbeit mühelos von der Hand.

Als er das nächste Mal aufblickte, war es draußen stockdunkel und die Uhr über seinem Ofen zeigte 1:02 Uhr an.

Er streckte sich und warf seinen Stift beiseite. Das war eine Arbeit, auf die er stolz sein konnte, weil sie jemandem helfen würde. Für einen kurzen Moment wünschte er, Nick wäre hier, um sie ihm zeigen zu können. Er bat Melanie per SMS, ihn am Morgen im Atelier zu treffen und sich darauf einzustellen, dass sie den ganzen Tag arbeiten würden.

Danach ging er ins Bett und fühlte sich lebendiger als seit Jahren.

Kapitel 14

„Gute Arbeit heute, Barton. Du hast aufgepasst", sagte Nick und lächelte anerkennend. Er klopfte dem Mann auf die Schulter. „Du hast deine Geschicklichkeit und Suchtechnik wirklich verbessert."

„Danke." Bartons Gesicht strahlte vor Freude. „Ich bin ins Fitnessstudio gegangen, um meine Kraft zu trainieren. Du bist ein toller Ausbilder, du zeigst uns so anschaulich, wie man alles machen muss."

„Okay. Arbeite weiter so fleißig. Du und die Jungs macht das super." Er drehte sich um, um die Trainingsausrüstung wegzuräumen. Möwen flogen über ihn hinweg und die frische, kalte Luft vom Fluss ließ ihn leicht frösteln. Als Barton nicht verschwand, sah Nick ihn fragend an. „Sonst noch was?"

Der Mann lief rot an. Die Röte kroch seinen Hals hinauf und breitete sich bis auf seine blassen Wangen aus. „Hmmm, nun ja." Sein Blick glitt hin und her.

„Spuck es aus, Barton. Gibt es ein Problem?" Nick richtete sich auf und lehnte sich gegen den Baumstamm neben ihm.

„Nein, nicht wirklich." Der Mann atmete tief ein und dann flogen die Worte nur so aus ihm heraus: „Einige von den Jungs gehen nachher noch weg und ich habe überlegt, ob du vielleicht mitkommen willst."

Adam Bartons zögerliches und hoffnungsvolles Lächeln ließ keinen Zweifel bei Nick zu, dass Jensen mit seiner Vermutung, dass Barton schwul war, wahrscheinlich recht hatte. Nick bemerkte seinen interessierten Blick und wollte

sicher sein, dass Barton verstand, dass Nicks Grund nicht mitzugehen, nichts damit zu tun hatte, dass er schwul war.
„Barton." Jensens laute, dröhnende Stimme hinderte Nick daran zu antworten. „Fletcher den Arsch zu küssen wird dir nicht helfen, auch wenn ich gehört habe, dass euch Jungs das gefällt. Jetzt verschwinde zu deinem Team." Sein raues Gelächter erfüllte die Luft, als er wegging.
Nick zuckte zusammen und wünschte sich, dass er dem Typen eins in seine blöde Fresse hauen könnte.
Barton, der nun komplett rot angelaufen war und schwer atmete, starrte mit blankem Hass Jensens Rücken an. Nick kannte das Gefühl. Es war eine Mischung aus Hilflosigkeit und dem inneren Verlangen, den denjenigen, der einen so beleidigt hatte, in Stücke zu reißen.
„Es tut mir leid, Adam. Ich kann heute Abend nicht."
Barton blinzelte und zuckte dann mit den Schultern, als hätte er die Antwort bereits erwartet. „Ja, klar, was auch immer." Er nahm seine Sporttasche und eilte davon, ohne sich zu verabschieden.
Du bist so ein verfluchter Feigling, schimpfte Nick mit sich selbst, als er die Trainingsausrüstung weggeräumte. Während er zu dem gedrungenen grauen Steingebäude zurückkehrte, in dem sich die Umkleiden befanden, kämpfte Nick mit seiner Scham. Er hätte etwas zu Jensen sagen sollen; er hatte genug Bemerkungen in den letzten Jahren gehört, um zu wissen, dass der Kerl ein homophober, rassistischer Idiot war. Nick hätte die Eier haben sollen, sich gegen Jensen aufzulehnen und ihm zu sagen, dass er verdammt nochmal die Fresse halten sollte.

Julian hätte das getan. Es war mittlerweile eine Woche her, seit er etwas von ihm gehört oder ihn gesehen hatte. Nick vermisste ihn und seine ehrliche, klare Sichtweise auf das Leben. Julian schämte sich nicht und hatte keine Angst, ein Leben als offen schwuler Mann zu führen. Er sah es beinahe vor sich, wie er Jensen mit seinem sarkastischen Mundwerk in Grund und Boden diskutierte. Er hatte gehofft, ihm zu begegnen, wenn er Jamal im Krankenhaus besuchte und kam sogar an Tagen vorbei, an denen er ihn normalerweise nicht besuchte, aber ohne Erfolg. Kein Julian. Um Jamals Hoffnungen nicht noch mehr zu bestärken, brachte Nick weder Julian noch die Idee der Designer-Kompressionsverbände zur Sprache. Da es so aussah, als hätte Julian das Projekt aufgegebe..

Nur ein paar Leute befanden sich noch im Gebäude, hingen auf den Sofas im Aufenthaltsraum herum, sahen fern und tranken einen schnellen Kaffee, bevor sie nach Hause gingen. Er nickte ihnen auf seinem Weg zur Umkleide zu, blieb aber nicht stehen. Er hörte Geflüster und Gelächter und überlegte, worum es ging. Allerdings hatte er keine Lust sich den Klatsch und Tratsch aus der Feuerwache anzuhören. Als er die Tür zur Umkleide aufdrückte, sah er Adam Barton mit gekränkter Miene vor seinem Spind stehen.

Kondome in allen möglichen Farben baumelten an seiner Spindtür, bedeckten sie von oben bis unten. Einige waren noch eingepackt, die meisten aber hingen lose und schlaff wie leere Luftballons herunter. Es war ein irgendwie obszöner Anblick und Nick wusste, dass er schockieren und provozieren sollte. Darüber klebte ein Plakat, auf dem in ungelenken Buchstaben zu lesen war: „FDNY-Schwuchteln geht nach Hause."

Mindestens zehn Männer, Männer, die ihm den Rücken freihalten sollten, Männer, die in seinem Team waren, standen herum und unternahmen nichts. Einige lachten, verstummten aber schnell, als Nick hinüberstürmte. Einige hatten zumindest den Anstand, unbehaglich auszusehen. Nur einer stand neben Barton und legte ihm tröstend die Hand auf die Schulter.

„Was zur Hölle geht hier vor?" Vor unterdrückter Wut bebend, zeigte Nick auf den Spind. „Wer war das?" Es war schlimmer, als er gedacht hatte. Sie sollten eine Einheit sein, Kameraden. Eine Familie. Erinnerten sie sich nicht daran, was die Feuerwehr vor über einem Jahrzehnt hatte durchmachen müssen?

„Wie ich sehe, hat keiner von euch die Eier in der Hose, dafür die Verantwortung zu übernehmen." Er holte sein Telefon aus der Tasche und fotografierte das Schließfach. „Am 11. September starben die Jungs aus meiner Feuerwache für die Freiheit unseres Landes. Für die Freiheit von *allen*. Wer oder was gibt euch das verdammte Recht, Barton oder irgendjemandem sonst so etwas anzutun?"

Totenstille herrschte, nur die Geräusche der sich unruhig bewegenden Männer waren zu vernehmen. „Ich werde das melden. Jeder Einzelne von euch wird den EEO-Kurs wiederholen. Offensichtlich habt ihr das letzte Mal alle geschlafen. Und jetzt verschwindet."

Die Männer hasteten davon, alle außer Barton und seinem Freund. Der Mann war nicht in Nicks Gruppe von Auszubildenden, aber er hatte ihn schon gesehen und meinte,

dass sein Name Gentry war. Zuerst musste er sichergehen, dass es Barton gut ging.
„Bist du okay?“ Er begann, die Kondome vom Schrank zu pflücken.
Barton ließ sich auf die Bank hinter ihm fallen. „Ja, danke. Ich habe denen nie etwas getan. Warum behandeln die mich, als wäre etwas mit mir nicht in Ordnung? Ich habe nie gesagt, dass ich schwul bin oder so etwas.“
Ohne dass er etwas dagegen tun konnte, sprudelte es aus Nick heraus: „Bist du es?“ Sofort wollte er es zurücknehmen. „Tut mir leid, Mann. Das geht mich nichts an. Vergiss, dass ich gefragt hab.“
Skepsis breitete sich auf Bartons Gesicht aus. „Ja, bin ich.“ Seine Stimme war trotzig und Nicks Bewunderung für den Mann stieg. Adam Barton hatte mehr Rückgrat als er. „Aber ich habe nie etwas zu denen gesagt oder über mein Leben erzählt.“ Er strich sich mit der Hand durch sein Haar. „Was gibt denen das Recht, das zu tun und zu denken, dass es in Ordnung ist?“
„Ich werde sie nicht damit davonkommen lassen. Niemand sollte so behandelt werden. Ich verspreche dir, dass es nicht nochmal passieren wird.“
„Wie kommst du damit klar?“ Bartons blaue Augen fingen seinen Blick ein. „Die haben solchen Respekt vor dir.“
„Ich weiß nicht, wovon du sprichst“, sagte Nick und wandte seinen Blick ab. „Hör mal, ich habe alle Bilder, die ich brauche. Ich werde das melden.“ Er stand auf und steckte sein Telefon zurück in seine Tasche.
„Nein.“ Barton erhob sich ebenfalls. „Wenn ich mit diesen Kerlen klarkommen will, muss ich lernen, wie ich mit ihnen

umzugehen habe. Es wird immer Leute geben, die dich hassen. Denkst du wirklich, dass ein dummer Kurs reicht, um ein ganzes Leben voller Vorurteile zu ändern?“ Sein Blick hielt Nicks stand. „Nur wenn genug Menschen zeigen, dass es nicht falsch oder schlimm ist, schwul zu sein, werden sie anfangen es als normal zu akzeptieren.“

Dieser Junge hatte mehr Rückgrat als Nick, das war schon mal klar. „Ich muss es melden. Das ist Vorschrift.“

Barton zuckte mit den Schultern. „Wie auch immer.“ Er fischte seine Jacke aus dem Spind und zog sie an. „Ich gehe jetzt und treffe mich mit meinen Freunden.“ Seine Augen verdunkelten sich. „Man sieht sich.“ Mit dieser Verabschiedung ließ Barton ihn stehen und verließ die Umkleide.

„Mach das nicht, Nick.“

Er wirbelte herum und sah Jensen grinsend und mit verschränkten Armen am Türrahmen lehnen.

„Wovon redest du? Du weißt, dass ich es melden muss.“

„Der Junge ist ’ne Schwuchtel. Wenn er damit nicht klarkommt, soll er sein Tutu anziehen und das FDNY den echten Männern überlassen.“

Es schien so, als könnte man sich nie sicher sein, jemanden wirklich zu kennen. All die Jahre, die er mit Jensen arbeitete, hatte Nick seinem Geschwafel nie viel Beachtung geschenkt. Er war der Typ Mann, der andere für seine eigenen Unzulänglichkeiten im Leben bestrafte. Ein verbitterter, unsicherer Mann.

Speichel sprühte von Jensens Lippen, während er sich weiter über Barton ereiferte. Nick kannte niemanden, der jemals solchen Hass gegen einen anderen Menschen geäußert hatte. Es war schon komisch, Nick hätte nie damit

gerechnet mal in der Position zu sein, einen schwulen Kollegen verteidigen zu müssen, aber er konnte nicht einfach wegsehen und dieses Arschloch gewinnen lassen. Er war vielleicht noch nicht bereit sich zu outen, aber er war sich todsicher, dass er Barton unterstützen würde.
„Halt die Klappe, Jensen. Ich bin kein Anfänger, den du rumschubsen kannst. Du musst deinen Mund halten und lernen, dich wie ein menschliches Wesen zu verhalten.“ Mit diesen Worten drehte er sich um und ließ einen geschockten Jensen mit hochrotem Gesicht in der Umkleide stehen. Sein Herz wurde leichter, aber sein Verstand ließ ihn sich schuldig fühlen.
Nick benötigte nur ein paar Minuten, um in der Personalabteilung anzurufen und einen Termin für den nächsten Tag zu vereinbaren, um den Papierkram auszufüllen. Vielleicht würde er nicht die Welt verändern, doch Nick wollte daran glauben, dass dieser kleine Schritt helfen würde, den Grundstein für diese Veränderung zu legen.
Es war bereits dunkel, als Nick Randalls Island verließ und er hatte keine Pläne für den Abend. Das war für ihn nichts Neues; er mochte sein geordnetes Leben. Er hätte mit Adam gehen können, aber er hatte keine Lust neue Leute kennenzulernen und mit einer Gruppe von Menschen herumzuhängen, die seine Geschichte hören wollten. Außerdem wollte er Adam nicht ermutigen, wenn es keine Chance gab, dass sie jemals ein Paar würden.
Nick wusste, was er wollte. Was er nicht wusste, war, wie er es bekommen konnte. Wahrscheinlich war es für ihn und Julian schon zu spät. Außerdem war Julian nicht der Typ, der sich im Hintergrund hielt. Er wollte, dass jeder wusste,

dass sie zusammen waren und dafür war Nick noch nicht bereit. Trotz allem hielt ihn das nicht davon ab in Richtung Lower East Side, zu Julians Apartment, zu fahren, anstatt über die Brooklyn Bridge nach Hause.

Was er Julian sagen wollte, war eine andere Sache. Er hatte keinen blassen Schimmer, was er tun sollte. Er hatte noch nie in seinem Leben eine Beziehung gehabt. Wenn er Sex brauchte, war er in eine Bar gegangen. Das hier ging jedoch über das rein Körperliche hinaus; das hatte er gefühlt, als Julian an diesem Nachmittag bei ihm gewesen war. Die Verbindung, die sie als junge Männer gehabt hatten, war nie verschwunden. Sie hatte in ihnen geschlummert, aber ein Blick von Julian genügte, um sein Blut zum Kochen zu bringen, das Feuer wiederaufflodern zu lassen, das Nick nie ganz hatte löschen können.

Wundersamerweise fand Nick einen Parkplatz direkt gegenüber von Julians Haus. Im fünften Stock war Licht im Fenster zu sehen. Er war zumindest zuhause. Möglicherweise war er heute Nacht nicht allein; dieser Gedanke war Nick bisher nicht in den Sinn gekommen. Julian war ein sehr gutaussehender und begehrenswerter Mann mit einem Leben, über das Nick nichts wusste. Sicher hatte er die Auswahl unter den schönsten Männern – das brachte sein Geschäft sich. Man wurde nicht immun gegen den Anblick atemberaubender Models, die halbnackt um einen herumscharwenzelten. Nicks Mut sank. Mit Perfektion konnte er sich nicht messen.

Was hatte er sich dabei gedacht, hierher zu kommen und Julian zu besuchen? Er konnte ja nicht mal im Fahrstuhl nach oben fahren, ohne zu zittern. Ein Jahr hatte er gebraucht, um den Mut aufzubringen und in den Krankenhausfahrstuhl zu steigen; jetzt musste er es mit diesem versuchen. Irgendwie hatte er es an dem Morgen geschafft, als er Julian verlassen hatte, also zählte er darauf dieses verschwindend kleine bisschen Mut, das tief in seiner Brust vergraben war, zu finden. Damit er diesen Käfig betreten konnte.

Er stieg aus dem Auto und wandte sich Richtung Gebäude. Das alles konnte natürlich überflüssig sein, wenn Julian ihn heute Abend gar nicht sehen wollte; er könnte einen anderen Mann bei sich haben. Anstatt sich den Kopf vorher darüber zu zerbrechen, war es besser, das jetzt herauszufinden. An der Hauswand des Gebäudes war eine Klingelanlage mit allen Mieternamen und Nick drückte den Knopf bei „Cornell“ und wartete.

„Ja?“ Julians Stimme klang blechern aus dem kleinen Lautsprecher.

„Julian. Hier ist Nick.“

Es gab kein Geräusch und Nick war ernüchtert. *Zu spät*, dachte er und seine Schultern sanken hinab, er drehte sich um und wollte gehen.

„Nick. Oh Gott. Ja, komm hoch.“ Der Summer ertönte und Nick schob die Tür auf. Beklommen erreichte er den großen Fahrstuhl und überlegte wieder einmal, was er in seinem früheren Leben verbrochen hatte, um diese Hölle auf Erden zu verdienen. Er drückte den Knopf und zuckte zusammen, als er hörte, wie der Fahrstuhl zum Leben erwachte und nach unten fuhr.

Er wartete, verschränkte seine Arme und öffnete sie wieder, wippte auf den Füßen auf und ab, unter seinen

Achseln sammelte sich der Schweiß und durchnässte auch die Rückseite seines Oberteils. Mit einem schleifenden, kehligen Geräusch kam der Aufzug zum Stehen. Nick unternahm keinen Versuch ihn zu öffnen, stattdessen beäugte er ihn wie ein hungriges Biest, das ihn verschlingen wollte.

Dr. Landau hatte ihm gesagt, dass die einzige Möglichkeit seine Ängste zu überwinden, die war, sich ihnen zu stellen. Vom Verstand her wusste Nick, dass das stimmte. Als er noch jung war, hatte er nie Probleme mit Fahrstühlen gehabt. Es ging auch nicht um den Aufzug an sich, sagte Nick zu sich selbst, als er den Arm ausstreckte, um die Tür zu öffnen. Es war die Angst vor der Enge und der Dunkelheit; davor, in einem Raum eingesperrt zu sein, aus dem er nicht entkommen konnte. Wenn Nick sorgfältig darüber nachdachte, konnte er seine Angst aufarbeiten und ein Stück von sich zurückerlangen.

Bevor er es sich noch anders überlegen konnte, öffnete sich die Fahrstuhltür und Julian trat mit einem sorgenvollen Gesicht heraus.

„Was ist los? Geht es dir gut?“ Sein Blick flog über Nicks Körper und wühlte ihn noch mehr auf.

„Ja, mir geht's gut. Ich wollte dich sehen. Wir haben seit einer Woche nicht mit einander gesprochen und …“ Er brach ab, war sich nicht sicher, ob er sein Verlangen Julian zu sehen, in Worte fassen konnte. Es war, als ob die Anwesenheit dieses Mannes sein eigenes Leben irgendwie erträglicher machte.

Die Falten zwischen Julians Augenbrauen glätteten sich und sein Gesicht entspannte sich. „Hey, das ist schön zu hören. Noch nie zuvor hat mir jemand gesagt, dass er mich vermisst.“ Er zögerte für einen Moment. „Willst du, hm, mit hinaufkommen? Ich bin nur heruntergekommen, weil ich weiß, dass du vielleicht nicht allein mit dem Aufzug hochfahren willst.“

Nick bestätigte seine Vermutung mit einem kurzen Nicken und Julian öffnete die Tür. „Dann komm. Ich will dir etwas zeigen.“

Nick schmunzelte, sein Herz war plötzlich leichter. „Deine Briefmarkensammlung? Versuchst du es auf die altmodische Art bei mir?“

Julians Lächeln breitete sich auf seinem ganzen Gesicht aus. „Schon komisch, dass du gerade davon anfängst.“ Da war wieder das gewohnte Lachen in seinen Augen, eine Leichtigkeit, die Nick an die Zeit vor vielen Jahren erinnerte.

Die Tür schloss sich mit einem dumpfen Schlag und Nick war sich nicht ganz sicher, ob sein Herz vor Angst oder in Erwartung der Nacht, die vor ihm lag, zu rasen begann.

Kapitel 15

Julian hatte nie an Gott, Schicksal, Mystik oder wie man es auch nennen wollte, geglaubt. Er war ein zu pragmatischer Mensch, der öfter, als er sich erinnern wollte, im Leben verloren hatte. Falls es sowas wie Schicksal gab, hätte irgendetwas oder irgendjemand seiner Mom erlauben können, einen Moment ihres Lebens zu genießen, anstatt sie mit 45 Jahren an einem Herzinfarkt sterben zu lassen. Spindeldürr durch den Stress, ihre Rechnungen bezahlen zu können, ihre Fingerspitzen gelb vom Nikotin der stets gegenwärtigen Zigarette, hatte Emma Cornell nie die Gelegenheit gehabt zu sehen, wie er seinen Abschluss an der Highschool machte.

Obwohl sie kaum Zeit gehabt hatte, bei ihm zu sein, verstand er warum und wusste, dass sie ihn sehr geliebt hatte und unglaublich stolz auf ihn war. Bei den seltenen Gelegenheiten, wenn sie einen Abend frei hatte und sie Popcorn machten und einen Film gemeinsam ansahen, sagte sie ihm immer das Gleiche.

„Was auch immer du machst, pass auf, dass du nicht so endest wie ich. Sorg dafür, dass dein Leben bedeutsam ist, Baby. Hinterlass deine Spuren, so dass, wenn du mal nicht mehr bist, sie sich immer an dich erinnern.“

„Für mich bist du was Besonderes, Mom.“

Sie hatte sich über die Augen gewischt und ihm einen Kuss gegeben.

Julian hatte seit Jahren nicht mehr an diese Tage gedacht. Er hatte so viel Zeit damit verbracht, sich seinen Weg an die Spitze zu bahnen. An die Spitze von etwas, was sich als

Misthaufen der oberflächlichsten und schlimmsten Menschen, die er sich je vorstellen konnte, herausgestellt hatte.
Nach der zufälligen Begegnung mit Nick und nachdem er von dessen persönlichem Leidensweg und seiner heldenhaften und selbstlosen Arbeit mit den Kindern auf der Verbrennungsstation erfahren hatte, hatte sich Julian eine Woche Zeit genommen, um sein Leben und das, was ihm wichtig war, neu zu bewerten und sich zu überlegen, welche Richtung er einschlagen wollte.
Er könnte weitermachen und hoffen, dass er mit seiner nächsten Kollektion genug Interesse erregen konnte, sichergehen, dass diesmal niemand außer seinen engsten Vertrauten Zugriff auf seine Ideen, sein Apartment oder sein Leben hätte. Er müsste bei der Bank einen Kredit aufnehmen, wenn die das überhaupt genehmigen würden, zu einem lächerlich hohen Zinssatz, den er jahrelang zurückzahlen müsste. Das würde bedeuten, dass er endlose Nächte damit verbringen müsste, Menschen in den Arsch zu kriechen, die er hasste, auf die er aber angewiesen war, um die Karriere voranzubringen, die er sein ganzes Leben angestrebt hatte.
Oder er könnte das alles ruhen lassen und die Begeisterung ausleben, die er bei der Entwicklung der Kreationen für die Menschen, die er auf der Verbrennungsstation besucht hatte, empfand. Er plante seine Besuche dort so, dass er davon ausgehen konnte, dass Nick nicht da war. Denn er musste seine Arbeit dort aus den richtigen Gründen tun, nicht, weil er Nick nahe sein wollte. Jamal war sein persönlicher Assistent geworden, seine Verbindung zu den anderen Menschen im Krankenhaus. Dieser junge Mann

hatte ein unglaubliches Gespür für Stil und Julian war erstaunt, als er ihm die groben Entwürfe seiner Ideen gezeigt und Jamal die perfekten Vorschläge hatte, was zu tun war.
Julian war ein Risiko eingegangen: Er hatte eine alte Freundin, Helena Weinstock, um ein Treffen gebeten. Sie war eine Stilikone, die er kennengelernt hatte, als er in Italien bei Lorenzo in die Lehre gegangen war. Er gab ihr eine kurze Zusammenfassung seiner Pläne und als er seine Ausführungen beendet hatte, betrachtete sie ihn für einen Moment, küsste ihn und versprach ihm, dass, was immer er brauchte, er von ihr bekommen würde. Benommen von dem Schock verließ er ihr prachtvolles Upper East Side Stadthaus mit ihrem Versprechen für ein Darlehen.
Nach einem Treffen mit Jamal und einer jungen Frau, die Kayla hieß und schreckliche Verbrennungen auf der Brust und am Arm hatte, hatte Julian einige Quadratmeter Stoff in unterschiedlichen Farben, Materialien und Stärken gekauft. Heute Abend wollte er die Stoffe auf die Bandagen zunähen. Morgen würde er die Prototypen ins Krankenhaus bringen und Jamal und Kayla anprobieren lassen.
Obwohl Julian noch nicht bereit war, alles, was er bereits fertiggestellt hatte, und die Entscheidungen, die er getroffen hatte, zu verraten, war Nicks unerwartetes Auftauchen die Gelegenheit, seine bisherige Arbeit zu präsentieren. Jetzt konnte er Nick beweisen, dass da mehr war als der erste oberflächliche Eindruck, den er von ihm hatte.
Die Fahrstuhlfahrt endete und Nick, dessen Kiefer sich während der Fahrt immer wieder verkrampft und ent-

spannt hatte, wischte sich den glänzenden Schweiß von der Stirn und räusperte sich.
„Kannst du die Tür öffnen? Ich brauche ein bisschen frische Luft."
Es musste furchtbar für Nick sein, seit so langer Zeit gegen diese Dämonen zu kämpfen. Julian litt mit Nick, wusste aber, dass sein Stolz der Bitte um Hilfe oder Annahme derselben im Weg stand. „Lass uns reingehen und ich hole dir ein kaltes Getränk."
Er nahm Nicks Hand, führte ihn in die Küche und reichte ihm eine Flasche Wasser. Nachdem er die Hälfte hinuntergekippt hatte, wischte Nick sich mit seinem Ärmel über den Mund und wirkte viel entspannter. Er blickte auf und lächelte Julian an. „Danke."
Julians Herz machte einen lustigen Satz; einen trägen Purzelbaum, der seinen Puls zum Rasen und sein Blut in Wallung brachte. Mit seinem Beharren darauf, dass Liebe eine Farce wäre und er kein Teil davon sein wollte, hatte Julian sich jahrelang selbst belogen. Er brauchte nur in Nicks nachtblaue Augen zu sehen und die tiefen Lachfältchen in seinen Augenwinkeln – das genügte, um Julian zu schockieren wie eine Dusche mit Eiswasser.
Er war in Nick verliebt, Hals über Kopf. Julian trank sein eigenes Wasser und war überrascht, dass er es trotz seines zugeschnürten Halses schluckten konnte. Er tat genau das, was er sich geschworen hatte, was nie passieren durfte: Er verliebte sich. Und zwar in den einzigen Mann, dem er je sein Herz geschenkt und der es gebrochen hatte.
Diese Erfahrung hatte er gerade so überstanden und daraus gelernt. Der Fehler, den Julian vor Jahren begangen hatte,

bestand darin, Nick zu sagen, was er fühlte, dass er seine Gefühle über seinen Verstand gestellt hatte. Das würde nicht wieder passieren; er würde nicht wieder mit seinem Schwanz denken. Julian hatte nicht das Bedürfnis seine Homosexualität zu verstecken, auch nicht, für den super sexy Feuerwehrmann Nick. Er würde nicht jemandes schmutziges Geheimnis werden. Was sie vor Jahren gehabt hatten, war Vergangenheit.

Julian wappnete sich gegen Nicks maskuline Gegenwart, die die Atmosphäre im Loft sexuell auflud. Zuerst musste Julian herausfinden, welche unerwarteten Umstände Nick zu ihm geführt hatten.

„Ist alles in Ordnung? Du wirkst ein bisschen nervös.“

Nick kratzte sich am Kopf, seine Finger glitten durch seine kurzen Haare. „Seit Jahren macht mein Trainingspartner schwulenfeindliche Bemerkungen, die ich immer ignoriert habe. Ich habe es nie an mich rangelassen und hoffte, dass es aufhören würde. Ich hätte es besser wissen müssen.“

Julian war nicht überrascht. Weder von der Tatsache, dass solche Bemerkungen gemacht wurden, noch davon, dass Nick nichts gesagt hatte. Er war nicht wütend, nur eben nicht überrascht.

Nick schlich unruhig im Loft umher. „Ich hatte nie die Eier, Jensen zu sagen, dass er die Klappe halten soll, dass diese Sprüche zu weit gehen und beleidigend sind. Aber das weißt du ja schon über mich. Ich bin egoistisch und lasse lieber andere Menschen leiden, als mich zu outen und den Preis dafür zu bezahlen.“

„Ach, Nick. Hör auf, so hart zu dir selber zu sein.“ Es gab nicht viel, das Julian tun konnte, um Nicks Bild von sich selbst zu ändern. Das ging nur mit harter Arbeit, Therapie und dem Willen, etwas zu ändern.

„Hart zu mir selbst? Das ist nicht, weil Jensen fies zu mir war. Heute hat er einen meiner Auszubildenden, Adam Barton, beleidigt. Ein guter Junge und ein fleißiger Schüler, der sich selbst an seine Grenzen treibt. Als wir zurück in die Umkleide kamen, war Bartons Spind mit Kondomen und einem beschissenen Schild mit einer Beleidigung darauf, dekoriert. Anstatt mir beizustehen und herauszufinden, was passiert war, hat Jensen sich nur darauf fokussiert, dass Barton schwul ist und ihn niedergemacht. Jensen ließ sogar noch einen weiteren Kommentar fallen, dass Barton sein Tutu anziehen solle, wenn er mit dem Job nicht klar käme."

„Und was hast du gemacht, als Jensen das gesagt hat?" Ein Teil in Julian wünschte sich, dass Nick jetzt gehen würde. Wenn Nick nämlich gestattete, dass so etwas ohne Konsequenzen blieb, könnte Julian das nicht hinnehmen.

„Ich sagte ihm, er solle die Klappe halten. Ich sagte, dass ich das melden würde und dass er besser seine Einstellung ändern sollte. Barton wollte nicht, dass ich das tue, aber wie hätte ich guten Gewissens dabeistehen können und ihn weitermachen lassen?"

Gott sei Dank. Auch wenn Nick nicht zu seiner eigenen Sexualität stehen konnte, hatte er zumindest die Eier, sich gegen tyrannische Schwulenhasser zu erheben.

„Und hast du?"

„Ja, habe ich. Ich habe direkt im Büro angerufen und einen Termin für morgen mit der Personalabteilung vereinbart, um den Papierkram auszufüllen."

„Ich bin stolz auf dich.“
Nick schüttelte den Kopf. „Sag das nicht. Ich habe nicht mal den Mut mich zu outen und zuzugeben, wer ich bin. Dieser Junge, Barton, hat mich gefragt, ob ich mit ihm und seinen Kumpels weggehen will und ich habe Nein gesagt. Daraufhin hat er mir erklärt, dass solche Wichser wie Jensen nur keine Macht über einen haben können, wenn man stolz darauf ist, wer man ist.“ Gequälte Augen blickten in seine und Julian konnte das emotionale Durcheinander auf Nicks Gesicht erkennen.
„Siehst du denn nicht, Julian? Ich lebe immer noch eine Lüge, nach all den Jahren. Ich war ein verdammter Feigling am 11. September und bin heute noch ein verdammter Feigling.“
„Genug.“
Nick schaute ihn überrascht an.
„Vielleicht liegt es daran, dass ich dich seit Jahren nicht mehr gesehen habe, aber der Nick, den ich kenne, würde nie in Selbstmitleid baden. Du hast vielleicht Angst davor dich zu outen – ob es nun deine Familie ist, von der du denkst, dass sie dich nicht unterstützen wird, oder die Reaktionen auf der Arbeit. Was auch immer der Grund ist, es ist legitim, echt und nicht feige.“
Nick schwieg. Ermutigt von seinem Schweigen fuhr Julian fort. „Was du dort im Verbrennungszentrum machst, sollte dich heilen und dir einen neuen Blickwinkel geben. Diese Leute sind der lebende Beweis, dass wahrer Mut nicht immer in großen Taten zu sehen ist, sondern auch im alltäglichen Leben. Jamal, der lernt seine Finger wieder zu beugen oder Kayla, die sich traut, in der Öffentlichkeit mit

einem ärmellosen Top herumzulaufen und ihre Verbände zu zeigen. Das ist Tapferkeit."

Nick sank auf das Sofa. „Du hast recht. Ich weiß."

„Und du?"

„Ich?" Nicks Stimme klang ungläubig. „Ich habe nichts getan."

„Du bist so streng zu dir. Du bist nicht dafür verantwortlich, was mit den Männern von deiner Feuerwache geschehen ist. Sie haben das getan, wozu sie ausgebildet waren." Julian setzte sich neben Nick, vorsichtig, um ihm nicht zu nahe zu kommen.

„Ich war ebenso dazu ausgebildet."

„Aber dir wurde gesagt, dass du nicht hineingehen solltest. Du warst neu und dazu ausgebildet, Befehle zu befolgen. Das hat nichts damit zu tun, wie viele Jahre du schon den Job machst oder ob du verheiratet bist und Kinder hast. Wenn dein Vorgesetzter dir sagt, dass du etwas nicht tun sollst, befolgst du seine Anweisungen, richtig?" Julian stieß hier womöglich an Nicks Grenzen, aber es war das, woran er arbeiten musste und er glaubte, dass es Sinn machte.

Nach einigen Sekunden des Zögerns stimmte Nick Julian mit einem widerwilligen Nicken zu.

„Dann sieh es aus diesem Blickwinkel. Konzentrier dich auf das Gute, das du tust: die Verbrennungsstation und die Kinder. Vielleicht willst du auch in einem Zentrum für ausgerissene LGBT-Kinder ehrenamtlich helfen, wie das, wofür Marcus die Wohltätigkeitsveranstaltung gegeben hat."

Da war immer noch so viel Schmerz in Nicks Gesicht, aber Julian konnte einen Hoffnungsschimmer in seinen Augen erkennen.
„Willst du wissen, was ich die ganze Zeit gemacht habe?"
Nick rutschte herüber, um näher bei ihm auf dem Sofa zu sitzen. „Versucht, dein Geschäft wieder ans Laufen zu bringen?"
„So ähnlich." Julian stand auf. „Komm mit."
Er ging zur Rückseite des Lofts und schaltete seine Schreibtischlampe an. Das Licht traf auf die verschiedenen Farben des weichen gestrickten Trikots, er hatte mit einer Mischung aus Seide und Baumwolle gearbeitet, um sicherzustellen, dass es leicht und bequem über die Verbände passte. Es hatte ihn lange Tage und einsame Nächte sowie einige Treffen mit Jamal gekostet, die Ärmel und Beine an seine Verbände anzupassen.
Julian hatte festgestellt, dass er gern mit dem jungen Mann arbeitete; Jamal vertraute Julian an, dass er immer davon geträumt hatte, ein Model zu sein und er hatte Julian den wundervollen Vorschlag unterbreitet, abnehmbare Klettverschlüsse für die Verbände zu verwenden, so würden sie wie ein normales Oberteil mit Manschetten aussehen. Julian hatte versucht, den Stoff leicht und atmungsaktiv zu machen, damit kein zusätzliches Gewicht entstand, und er musste sich einfach an die Bewegungen der Extremitäten anpassen.
„Was denkst du?" Unsicher trat Julian einen Schritt zurück, um Nick einen direkten Blick auf die Proben zu gewähren, die er ihm präsentierte.

Nach einigen Momenten ohne eine Reaktion stieg Julians Nervosität. „Hm. Sind sie so schlecht? Ich meine, das sind nur erste Versuche und sie können verändert werden, wenn du denkst, dass …“

„Nein.“ Das Wort klang weich und hinderte Julian doch daran weiterzureden. Zu seiner großen Überraschung wirbelte Nick herum und packte ihn an den Schultern, so fest, dass sich seine Finger fast schmerzhaft in seine Arme gruben. „Ich dachte, du hättest es schon wieder vergessen oder dich entschieden, es nicht zu tun. Ich bin sprachlos von dem, was du vollbracht hast.“

Wärme durchflutete Julian. Das Lob von Nick bedeutete ihm mehr als irgendwelche Kritiken seiner Show.

„Ich habe mit Jamal und auch mit Kayla gearbeitet. Sie sind so inspirierend.“ Er hatte beinahe Angst sich zu bewegen, denn er wollte nichts sehnlicher, als weiterhin so nah bei Nick zu sein. Es war nicht nur, weil er Nick geliebt hatte und ihn in seiner Nähe haben wollte. Wenn Julian wirklich ehrlich zu sich sein wollte, musste er sich eingestehen, dass er wahrscheinlich nie aufgehört hatte, Nick zu lieben.

Er erinnerte sich, wie Nick zurückgeschreckt war, wenn andere ihm zu nah gekommen waren, als er ihn im Club getroffen hatte und dass er nicht berührt werden wollte. War das jetzt derselbe Nick, der ihn berührte? Ja, Julian mochte das sehr und wollte, dass Nick ihn weiter berührte. Zaghaft begegnete er dem Blick aus Nicks ernsten blauen Augen und legte seine Hand auf Nicks Schulter. Er spürte ein leichtes Zucken unter seinen Fingern, aber es war ein kleiner Sieg, dass Nick sich Julians Berührung nicht entzog, sondern zu Julians Überraschung sagte: „Ich glaube, du hast sie mehr inspiriert, als ich es je konnte. Sie denken über den Schmerz von heute hinaus und blicken auf morgen und noch weiter."

„Ist das nicht das, was wir alle tun sollten?" Als er sprach, glitt Julians Hand über Nicks Schlüsselbein, er achtete aber bewusst darauf, dass die Berührung leicht blieb. „Nach vorne sehen?"

Nicks Blick verdunkelte sich und in seine Augen trat ein Ausdruck von Hunger. „Ich denke an heute." Er kam noch näher, sein Atem streifte Julians Wange. „Und wie sehr ich dich will. Genau jetzt."

Kapitel 16

Sie hatten nie eine andere Wahl gehabt, dachte Nick, als er Julian das Oberteil über den Kopf zog und es auf den Boden fallen ließ. Seine Hände glitten über Julians warme, muskulöse Brust und er wusste, dass er niemals vorgeben könnte, dass er einen anderen Mann mehr wollte als diesen. Ruhig stand Julian vor ihm, sah ihn offen an.

Es war Julian, der ihn kannte und der die Dämonen verstand, die in ihm hausten. Er besaß die verblüffende Fähigkeit, hinter den Mist und die Nebelwand zu blicken, die Nick um sich herum errichtet hatte. Damit hatte Julian nicht zugelassen, dass Nick der Herr über seinen eigenen Untergang war, sondern hatte ihn stattdessen dazu gezwungen, sich nicht nur mit seinem Trauma aus der Vergangenheit, sondern auch mit seiner Zukunft auseinanderzusetzen.

Nick wusste in diesem Moment, dass er diesen Raum nie verlassen wollte, solange Julian hier war. Wahrscheinlich spürte Julian Nicks inneren Konflikt, fuhr mit seinen Fingerspitzen dessen Lippen nach.

„Wir müssen heute Abend nicht alles entscheiden. Das Heute gehört uns. Du und ich … das ist alles, was zählt."

Er folgte Julian zum Bett und sie legten sich zusammen hin. Nick genoss die Konturen der harten Muskeln und die rauen, behaarten Beine, die seine eigenen berührten. Er liebte den Anblick von Julians Schwanz, der – unter Nicks Blick – in Julians Trainingshose immer stärker anschwoll. Julian rollte sich über ihn, setzte sich auf seine Hüften und

presste seine eigene Erektion gegen Nicks pochenden Penis.
„Ich werde es so langsam angehen, wie du magst. Aber ich will dich. In meinem Bett und in mir.“
Diese Worte brannten wie Feuer in Nicks Adern, er griff nach oben und zog Julian an sich. Sie waren sich so nah, dass ihr Atem sich vermischte und ihre Lippen sich berührten.
„Ich will dich auch. In mir. Ich will, dass du mich fickst, Julian.“
Er ließ keinen Interpretationsspielraum, keine Zweifel oder Unentschlossenheit zu. Das war, wo und bei wem er sein wollte. Bei einem Mann, ja. Aber nicht bei irgendeinem Mann, sondern bei Julian. Es konnte nur Julian sein. Nick eroberte seine Lippen mit einem harten, leidenschaftlichen Kuss. Seine Zunge drang tief in Julians Mund vor, ihre Zähne stießen aneinander. Nach einem Moment des Zögerns erwiderte Julian den Kuss. Seine Wildheit ließ Nicks Schwanz, der zwischen ihren Körpern gefangen war, sich sofort nach mehr Reibung sehnen.
„Fuck.“ Nick riss sich von Julian los, zerrte am Reißverschluss seiner Jeans und zog sie schneller aus als je zuvor in seinem Leben. Ebenso rasch hatte er die Unterhosen ausgezogen. Warum vorgeben, dass sie nicht beide binnen Sekunden nackt sein könnten?
Er stürzte sich wieder auf Julian und schob seine Finger unter den Gummizug von Julians Trainingshose. Nick zerrte sie herunter und sein Atem stockte, als er sah, dass Julian keine Unterwäsche darunter trug.

„Allzeit bereit, he?“, knurrte Nick und sein eigener Schwanz, dessen Spitze bereits feucht war, zuckte bei Julians Anblick, nackt unter ihm ausgestreckt . Julians dunkle Augen sahen Nick hungrig und wild an.
„Ja. Ich habe keinen Besuch erwartet.“ Er leckte seine Lippen. „Nicht, dass ich mich beschweren will.“ Er streckte sich, um Nicks Schwanz mit einem festen Griff zu bearbeiten. Nick lehnte sich in die Berührung und stieß in Julians Handfläche.
„Ich meinte es ernst, was ich gerade gesagt habe.“ Nick biss die Zähne zusammen, als er darum kämpfte, dass seine Stimme nicht zitterte. Julians Hände bearbeiteten seinen kompletten Körper. Mit einer Hand holte er ihm einen runter und die andere, feucht von Nicks Lusttropfen, wanderte zu seinen schmerzenden, kribbelnden Eier, um diese zu liebkosen. „Ich will dich in mir.“
Für einen Moment blieb Julian still. „Und ist das etwas, was du sonst auch machst?“
„Nein“, gab er zu. „Aber ich will es mit dir.“
Julian ließ ihn los, legte eine Hand in Nicks Nacken und zog ihn an sich. „Das ist alles, was ich immer wollte.“
„Dann tu es, Julian. Mach, dass ich wieder etwas fühle.“
Julian küsste ihn aufreizend lang, langsam und tief, ihre Zungen spielten miteinander. Er unterbrach ihren Kuss und rutschte hinüber zum Nachttisch, um Kondome und Gleitgel zu holen. Nicks Herz hämmerte in seiner Brust und sein Gesicht schien seine Angst zu offenbaren, als Julian sich zu ihm herüberbeugte und ihm beruhigend eine Hand an sein Kinn legte.

„Wir müssen das nicht tun; *du* musst das nicht durchziehen." Er streichelte die zarte Haut unter Nicks Kinn und Gänsehaut breitete sich auf Nicks Arm aus. „Du musst mir nichts beweisen."

„Ich habe den größten Fehler meines Lebens gemacht, weil ich vor all den Jahren zu viel Angst hatte, um mit dir zusammen zu sein. Dann bin ich aus den Türmen geflüchtet und habe meine Kumpel nicht gerettet." Es schnürte ihm schmerzhaft den Hals zu. „Ich kann das nicht mehr. Ich will es … will dich." Er legte seine eigene Hand auf Julians. „Ich habe nie aufgehört, dich zu wollen. Ich habe mich nur selbst betrogen, weil ich dachte, dass ich jemand sein könnte, der ich nicht bin, um andere Menschen glücklich zu machen, während ich mich dabei die ganze Zeit nur elend fühlte."

„Dann ist es an der Zeit, dich glücklich zu machen."

Julians Kuss war jetzt nicht mehr liebevoll und süß. Er war rau, hart und fordernd. Nick fiel zurück auf das Bett und sah zu, wie Julian sich rittlings auf ihn setzte, seine Augen glitzerten wie Smaragde. Julian war nackt, Nick noch nicht. Kurzerhand zog sich Nick das Oberteil, das er immer noch trug, über den Kopf.

„Du bist so schön, Nicky."

„Das musst du nicht sagen. Ich weiß, wie es aussieht." Er blickte auf seine vernarbte Brust hinunter; er sah aus wie die Vogelscheuche aus dem *Zauberer von Oz*, mit all den Stichen an den Hauttransplantaten, mit denen er wieder zusammengeflickt worden war. Stück für Stück.

„Denkst du etwa immer noch, dass ich so oberflächlich bin? Selbst jetzt, wo du nackt neben mir liegst? Dich zu

sehen, wieder bei dir zu sein …" Julian schluckte kräftig, um seine Fassung zurückzuerlangen, während Nick ihn nur anstarren konnte und Hoffnung die straffen Bänder in seiner Brust löste. „Ich sehe, wie du wirklich bist, den Mann unter den Narben auf der Oberfläche. Die bedeuten mir gar nichts. Ich habe darunter gesehen. Der Körper eines Menschen ist lediglich eine Platzkarte für dessen Seele, sein Herz und seinen Verstand. Und in diesem Sinne …" Julian beugte sich hinunter und küsste ihn zärtlich. „… bist du der perfekteste Mann, den ich kenne."
„Bitte." Nick flüsterte an Julians Lippen. „Bitte."
Es brauchte keine weiteren Worte. Julian hielt seinem Blick stand und übersäte seinen bebenden Körper mit Küssen. Voller Zärtlichkeit küsste er jede einzelne seiner Narben, untermauerte seine Worte und zeigte Nick somit, dass ihn das vernarbte Gewebe nicht störte. Kuss für Kuss, den Julians Lippen auf Nicks Haut abwärts wanderten, raubte er Nick den Atem, bis dieser kaum noch Luft bekam.
Julian griff nach Nicks Hand, verschränkte ihre Finger ineinander und lächelte ihn an. Zärtlichkeit, während er Sex hatte, war völlig fremd für Nick und sein Herz schwoll an vor Emotionen, die er noch nicht in Worte fassen konnte.
„Wie fühlt sich das an? Ist das in Ordnung für dich?" Julians Atem blies feucht über Nicks glühenden Oberkörper.
„Ich fühle da nicht viel", gestand er. „Aber zu wissen und zu sehen, was du da tust, bringt mich verdammt nochmal fast um. Deswegen will ich dich noch mehr."
Julians Lippen formten ein Lächeln, als er seinen Bauch küsste. „Ich habe erst angefangen dich zu lieben." Und mit

diesen Worten nahm er Nicks Penisspitze in den Mund und legte seine Hand um den steifen Schaft. Er nahm ihn soweit er konnte in seinem Mund auf, während er weiterhin seine Hand mit festem Druck auf und ab bewegte.

Wenn es einen sinnlicheren Anblick gab, als Julians volle Lippen, die sich um seinen Schwanz schlossen, dann fiel Nick keiner ein. Er vergaß alles um sich herum, als Julian seine feuchte Fingerspitze in Nicks Loch versenkte. Zuerst fühlte es sich seltsam an, doch als er bis zum Anschlag in ihm steckte, schien es vollkommen normal zu sein.

„Oh Gott, Julian." Die Gefühle überrannten ihn und Nicks Gedanken wirbelten durcheinander, sodass er nicht wusste, was er mit sich anstellen sollte. Er stieß nach oben, in Julians warmen Mund, während er sich gleichzeitig unter ihm wand, sich nach etwas sehnte, das er nicht verstand. „Bitte", flehte er. „Mehr."

Julian saugte stärker, umspielte mit seiner flinken Zunge die sensible Spitze von Nicks Penis, während er seinen Finger in Nick vor und zurück bewegte. Eine Welle wuchs in Nick und für einen Moment wehrte er sich dagegen. Er verlor nicht gern die Kontrolle und jetzt war er auf dem besten Weg, vollkommen den Verstand zu verlieren.

Möglicherweise bemerkte Julian das, denn er führte einen zweiten Finger ein, drehte sie in Nick, drückte, suchte …

„Fuck!", schrie Nick und hob sein Becken ruckartig vom Bett. Er fühlte seinen Schwanz anschwellen und pulsieren, als er tief in Julians Mund kam. Sein warmer Saft lief in Julians Kehle. Julian stockte keine Sekunde, er schluckte alles hinunter, behielt ihn im Mund, bis Nick erschlaffte.

Nick bekam keine Luft und Tränen sammelten sich in seinen Augen. Als er sah, wie sich Julian mit einem befriedigten Lächeln im Gesicht aufsetzte, streckte er seine Hand nach ihm aus und Julian, mit seinem offenbar angeborenen Sinn dafür, zu wissen, wann Nick ihn brauchte, nahm seine Hand und drückte sie. Und in diesem Moment wusste Nick zweifelsfrei, dass er komplett den Verstand verloren hatte und hoffnungslos verliebt war.
„Alles wird gut." Julian streichelte mit seiner freien Hand über Nicks Oberschenkel und selbst diese Berührung brachte Nicks Puls zum Rasen.
Nein, wird es nicht, Nick wusste, dies war der Anfang vom Ende seines geordneten Lebens, wie er es kannte. Nach heute Nacht hatte er sich unwiderruflich verändert; Nick würde nie wieder der Mann sein, der er vorher gewesen war. Bevor Julian mit seinen Berührungen, seinem Mund und diesen cleveren, allwissenden Augen sein Leben auf den Kopf gestellt und seinen Plan, einfach nur zu existieren, über den Haufen geworfen hatte.
Nick antwortete nicht und beobachtete, wie Julian das Kondom über seine Erektion streifte und Gleitgel darauf verteilte. Er holte tief Luft, bereitete sich auf den Schmerz vor, aber Julian beugte sich über ihn und küsste ihn, sodass Nick nicht anders konnte, als aufzugeben, die Kontrolle, die ihn so lange Zeit fest im Griff gehabt hatte, dem einzigen Mann zu überlassen, der ihm jemals etwas bedeutet hatte.
„Entspann dich."
Nick konnte nur lächeln, selbst als sich sein Körper Julians tastendem Finger öffnete. „Das sagst du so leicht."

„Wenn ich mit dir fertig bin, wirst du dich nicht mehr bewegen können. Ich meine das im guten Sinne." Julians selbstgefälliges Grinsen war ansteckend. Nick hatte nie die Erfahrung gemacht, dass Sex Spaß machen konnte und dass dabei gelacht werden durfte.
„Du bist dir deiner sehr sicher." Nick wollte gerade weitersprechen, als er aufstöhnte. Das Gefühl von Julians Zähnen, die an dem zarten Fleisch seiner Ohrläppchen knabberten, verursachte ein dunkles Ziehen des Verlangens in seinem Körper.
„Mmm hmm." Julian summte und drückte sein Knie zwischen Nicks Oberschenkel, damit er sie spreizte. Nick öffnete sich ihm weit und Julians kühle Finger berührten ihn. „Ich kann es kaum erwarten, zu hören, wie du meinen Namen rufst."
Nick öffnete den Mund, um ihm zu antworten, als Julian in ihn eindrang. Die Spitze seines Schwanzes dehnte ihn weit und anstatt einen Witz zu machen, zischte Nick vor Schmerz. Obwohl sein erster Gedanke war, Julian von sich zu stoßen, zwang Nick sich, zu entspannen, sein Hintern war ausgefüllt und bis zum Äußersten gedehnt, als Julian sich nach und nach in ihn schob.
„Ich muss mich bewegen, Nick." Julians leidenschaftlicher Blick begegnete Nicks und er lehnte sich über ihn, fing Nicks Hände ein und presste sie auf das Bett. Nicks Blut schien zu kochen.
„Tu es", grunzte Nick und drückte sich gegen die leichte Bewegung.
Julian zog sich halb heraus, nur um wieder in ihn zu stoßen. Er fand einen Rhythmus, der Nick bald dazu brachte, sich

lustvoll unter ihm zu winden. Sie bewegten sich im Einklang und Julian fand einen Winkel, der ihn zielsicher Nicks Lustpunkt treffen ließ. Immer und immer wieder stieß er in ihn und ihre Hände hielten einander fest. Julian lehnte sich vor, strich mit seiner Nase Nicks Wange entlang und streifte mit seinen Lippen über Nicks, bevor er ihm einen leidenschaftlichen Kuss stahl.

Nick hatte nicht gewusst, dass Sex so sein konnte, so intensiv, dass er beinahe seinen eigenen Namen vergaß. Sein ganzer Körper summte, als stünde er unter Strom; seine Hoden zogen sich zusammen und sein Schwanz versteifte sich an Julians Bauch. Julians Zunge drang in seinen Mund ein, während sein Schwanz wieder und wieder in Nick eindrang. Das Bett bebte im Rhythmus ihrer verschmelzenden Körper und eine lustvolle Welle nach der anderen rollte über Nick.

„Julian, Gott", schluchzte er, erhob sich, um Julian nah zu sein, Stoß um Stoß nahm er Julian in seinen Körper und sein Herz auf. Alle Bruchstücke von Nick fanden ihren Platz; nicht perfekt ausgerichtet, aber beruhigend passend. Julian pumpte hart und heiß in ihn und brach dann mit einem Schaudern zusammen. Er lag auf Nick, seine unregelmäßige Atmung und sein pochendes Herz bewiesen Nick, dass Julian ebenso fühlte wie er.

Julian murmelte etwas, das Nick nicht verstand, dann schmiegte er sich in die Kuhle zwischen Nicks Hals und Schulter und gab ein glückliches, zufriedenes Seufzen von sich. Sie lagen für einige Momente beieinander, bevor Julian sich zurückzog und das Kondom entsorgte, um dann zurück ins Bett zu kommen und sich neben Nick zu legen.

Endlich bekam Nick wieder Luft und drehte sich auf die Seite, um Julian anzusehen.
„Wie fühlst du dich?“ Julian zeichnete mit seinem Finger träge einen Kreis auf Nicks Bauch.
„Ist es immer so?“ Sein Körper vibrierte immer noch und Nick war nur dazu imstande in dem dunklen Raum zu flüstern.
„Wie?“ Julians Gesicht war ernst, aber immer noch wunderschön.
„So … intensiv? Allumfassend. Als ob eine Flutwelle einen von den Füßen reißt.“
Julian schüttelte den Kopf. „Nein. Nie. Das war komplett anders.“
Plötzlich unsicher, ob das nun gut oder schlecht war, fragte Nick: „Gut anders? Oder anders im Sinne von ‚nicht noch mal‘ anders?“
Julian legte seine Hand in Nicks Nacken und zog ihn an seine Brust. „Anders, weil es auch für mich noch nie zuvor so war, anders eben.“ Kühle Finger berührten Nicks Wangen, strichen über seinen Kiefer und folgten den Konturen seiner Lippen. „Atemberaubend und verflucht perfekt anders.“
Julian küsste Nick. Seine Lippen verweilten nah an Nicks Mund. „Anders, weil es du und ich sind.“ Er küsste ihn erneut und hielt ihn fest an seine Brust gedrückt. „Schlaf jetzt.“ Er kuschelte sich an Nicks Schulter und schloss seine Augen.
Für Nick, der noch nie zuvor mit einem anderen Mann geschlafen hatte, schien es das Beste zu sein, was er je getan hatte – Julian zu halten.

Seine Augen fielen zu.

Kapitel 17

Obwohl sie so früh ins Bett gegangen waren, schlief Julian die ganze Nacht durch. Er hätte das gerne auf seine nächtelange Arbeit an den Kompressionsärmeln zurückgeführt, aber als er an Nicks Brust gekuschelt aufwachte, wusste er, dass das der wahre Grund war. Er grub seine Nase in die Kuhle an Nicks Hals und inhalierte seinen Duft. Es hätte Julian nicht gewundert, wenn Nick fort gewesen wäre, doch zu seiner Überraschung hatte Nick ebenso friedlich geschlafen und sah mit seinem stoppligen Gesicht und vom Schlaf verwuschelten Haaren am Morgen noch besser aus.
Es überraschte ihn weniger, dass er beim Aufwachen dieses große Verlangen nach Nicks Körper spürte. Deshalb nutzte Julian den Vorteil aus, dass Nick im Tiefschlaf in seinem Bett lag und nahm Nicks Morgenlatte in den Mund, saugte daran und glitt mit seinen Fingern über den weichen Hodensack zu seinem zusammengezogenen Loch. Als er mit seinen Fingern hineinstupste, erwachte Nick mit einem Stöhnen und bäumte sich mit einem gequälten Schrei im Bett auf. Julian hielt ihn mit seinem Mund fest, bewegte seine Zunge um die Schwanzspitze herum, bis Nick sich hilflos unter ihm wand und mit einem Flehen den Kopf auf dem Kissen hin- und herwälzte.
„Julian. Verdammt. Nicht aufhören. Gott verdammt. Ja, verflucht, genau da. Ja. Gott. *Fuck*.“ Er kam mit einem scharfen, durchdringenden Schrei und pumpte seine dickflüssige Hitze Julians Hals hinunter.
Julian setzte sich auf und genoss einen Anblick, von dem er nie erwartet hatte, ihn je zu sehen: einen durch und durch

seligen Nick in seinem Bett, dessen Haut vor Schweiß glänzte, dessen Haare an seinem Kopf klebten, während seine Brust sich heftig hob und senkte. Er sah durchgefickt und wahnsinnig glücklich aus.
„Verdammt, du siehst momentan so verflucht umwerfend aus.“
Nick öffnete seine Augen, und sein Lächeln spiegelte sich darin. Ohne ein Wort zu sagen, hielt er ihm seine Hand hin und Julian nahm sie, verschränkte seine Finger mit Nicks. Dann legte er sich neben ihn und kuschelte sich an seine Brust. Für Julian war es der innigste, liebevollste und süßeste Augenblick seines Lebens. Einer, an den er sich sein Leben lang erinnern würde.
Sie blieben nah beieinander, kuschelten sich in den Arm des jeweils anderen. Julian war sich nicht sicher gewesen, ob Nick den Nachhall des Liebesspiels genießen würde. Es überraschte ihn und ließ ihn erschaudern, als Nick ihn an sich zog und ihn auf die Stirn küsste.
„Das war atemberaubend – du bist atemberaubend.“
Es war nie Julians Art gewesen, ein gieriger Liebhaber zu sein; für ihn zeugte das von einer emotionalen Bindung, die er nicht eingehen wollte. Aber als er Nicks rasenden Herzschlag hörte und die Stärke seiner Arme, die ihn festhielten, spürte, wusste Julian, dass er das jeden Morgen haben wollte. Jeder Widerstand war zwecklos; nur Nick hatte diese Macht über ihn. Jetzt musste er sichergehen, dass Nick dasselbe wollte.
Nach einem weiteren Kuss auf seine Schläfe stöhnte Nick. „Ich muss aufstehen. Ich muss nach Hause, mich umziehen und dann zur Arbeit.“ Er setzte sich auf und rieb sich über

das Gesicht. „Verdammt, ich wünschte …“ Mit einem Kopfschütteln kletterte er aus dem Bett und ging ins Badezimmer.
Julian hörte, wie er die Dusche aufdrehte und wusste, dass der Tag offiziell begonnen hatte. Er schlüpfte in seine Trainingshose und lief Richtung Küche, um Kaffee zu kochen. Das Mindeste, was er tun konnte, war Nick ausreichend mit Koffein zu versorgen, bevor er ging.
Zehn Minuten später kam Nick angezogen aus dem Bad und Julian trank gerade seine zweite Tasse Kaffee.
„Ich werde nicht ‚Danke‘ sagen, denn für mich wäre das ein Zeichen dafür, dass wir uns nicht wiedersehen werden.“ Nick trank seinen Kaffee aus und trug die Tasse zum Spülbecken. Er biss sich auf die Lippe. „Ich mochte es, heute Morgen mit dir aufzuwachen.“ Julians beste Vorsätze diesen starken, verschlossenen Mann nicht zu lieben, waren mit diesem einfachen Satz ausgelöscht.
„Du hattest also noch nie einen Freund.“
„Nein, ich war immer allein.“
Ohne irgendetwas zu erwidern umarmte Julian ihn und vergrub das Gesicht in seinem immer noch feuchten Haar.
„Allein zu sein ist eine Wahl, einsam zu sein nicht. Du kannst mit jemandem zusammen und trotzdem der einsamste Mensch auf der Welt sein, wenn er nicht der richtige Mensch ist, um dich zu befreien. Manchmal mag ich es allein zu sein, und wenn ich designe, muss ich es sein, aber ich bin nie einsam.“
Nick umarmte fest, bevor er sich von ihm löste, seine Jacke nahm und sie anzog. Marcus hatte in einer Sache recht: Ein

Mann in einer Uniform, sogar nur in dieser Regenjacke, war höllisch heiß.
„Ich bin allein und einsam. Also bin ich doppelt erbärmlich, hm?“ Nick schob seine Schlüssel in die Tasche.
„Du bist vieles, Nick, aber erbärmlich nicht. Und ich glaube, das Problem mit der Einsamkeit haben wir von jetzt an aus der Welt geschafft, oder?“ Julian lehnte sich an die Theke. „Ich gedenke nicht, irgendwohin zu verschwinden. Du?“ Die Frage war gezielt und wohlüberlegt. Da er sich daran erinnerte, wie Nick ihn von sich gestoßen hatte und geflüchtet war, musste Julian es einfach wissen. Wenn diese Nacht nur eine einmalige Sache blieb, war das okay. Julian würde sich zurückziehen und ihn gehen lassen. Wenn es aber ein Ja war und Nick ihnen wirklich eine Chance geben wollte … Julians Herz schlug wie wild, während er auf Nicks Antwort wartete. Und er fragte sich, wann die Regeln seines Herzens sich geändert hatten und er beschlossen hatte, einen Mann für immer, für den Rest seines Lebens, zu wollen.
Liebe.
Die Antwort war klar. Es lag nur an Nick. Und jetzt war sich Julian nicht sicher, wo er stand.
„Ja. Ich will das mit uns. Aber ich brauche Zeit, um den ganzen Mist in meinem Kopf zu sortieren und es meiner Familie zu erzählen. Und ich will es auch den Kollegen erzählen. Bist du dazu bereit mir das zu geben? Zeit? Die Zeit, die ich brauche?“
Erleichterung machte sich in Julian breit. Muskeln, von denen er nicht einmal wusste, dass er sie angespannt hatte,

lösten sich jetzt wieder. „Ich habe sehr viel Zeit, solange du dieses Mal am Ende bleibst und nicht wieder flüchtest."
„Ich werde es nicht wieder versauen." Nick küsste ihn. „Vielleicht wäre mein Leben anders verlaufen, wenn ich das erste Mal geblieben wäre. Das werde ich wohl nie erfahren."
„Wir haben eine zweite Chance bekommen. Manche Menschen bekommen nicht mal eine erste. Weißt du eigentlich, was wir für ein Glück haben?" Diese Frage war Julian so wichtig, dass er die Luft anhielt, bis Nick diese bejahte.
Ein letzter Kuss, dann ging Nick. Es war abscheulich früh, um schon wach zu sein, aber Julian konnte nicht mehr schlafen. Die Entwürfe, an denen er gestern Abend gearbeitet hatte, benötigten noch einen letzten Feinschliff. Heute wollte er sie Helena zeigen, um ihre Meinung dazu zu hören und um mit ihrer Hilfe einige Kontakte zu Leuten aus der Produktion zu knüpfen, denen er zeigen konnte, was er kreiert hatte.
In der letzten Woche hatte er nicht mehr an seine reguläre Kollektion gedacht. Melanie wusste, woran er arbeitete und hatte das Entwerfen und Stylen für Julian Cornell Designs übernommen; er war glücklich, ihr eine Gelegenheit zu geben, ihr Talent unter Beweis zu stellen. Anhand dessen, was sie ihm gezeigt hatte, wusste er, dass ihre Arbeit ausgezeichnet war, deshalb ließ er ihr freie Hand mit den paar Ressourcen, die sie noch hatten.
Nicht nur dank Helenas Darlehen, sondern auch durch eine befreundete Einkäuferin, die den Hintergrund der Devon Chambers-Geschichte kannte und ihren Laden dazu überredet hatte, Julians Kollektion zu übernehmen, hatte er eine

Gnadenfrist erhalten. Seine Kollektion war ein voller Erfolg und wurde das zweite Mal bestellt. Es war nur ein Tropfe auf den heißen Stein, aber er war in der Lage, die dringendsten Zahlungen für seine Kreditkarten und das Bankdarlehen zu tätigen.

Sein Telefon vibrierte, als er seinen Arbeitsplatz aufräumte.

„Hey, was ist los? Ist es nicht ein bisschen zu früh für dich?" Er stellte den Lautsprecher an, so konnte er gleichzeitig reden und arbeiten.

Marcus' Stimme plärrte durch das Loft. „Was ist los mit dir? Es ist Frühstückszeit, elf Uhr am üblichen Platz am Broadway. Wir haben dich letzte Woche vermisst, deswegen machen wir ein zweites unplanmäßiges Frühstück und dieses Mal wirst du da sein, klar? Wir haben uns dazu entschlossen, es Downtown zu veranstalten, anstatt in Brooklyn, um es dir das Kommen zu erleichtern."

Der besorgte Klang von Marcus' Stimme traf Julian. „Ja, klar. Ich will euch Jungs sowieso erzählen, was ich vor habe." Er nahm zwei der Ärmel, die in den Farben beider New Yorker Basketball Mannschaften gehalten waren. Vielleicht sollte er darüber nachdenken, deren Konzernzentralen zu kontaktieren, um zu sehen, ob er die Erlaubnis dafür bekommen konnte, Logos aufzunähen. Er notierte sich das schnell für die Zukunft.

„Ja, Zach und ich haben darüber gesprochen, dass du dich in deinem Loft versteckt hast und überlegt, ob du eine Art Sexsklaven am Start hast." Marcus kicherte. „Und ich war sauer, weil du ihn nicht teilst."

„Hast du nicht genug hübsche Jungs um dich herum, Marcus?" Julian verdrehte die Augen. Die Erinnerung an

die vergangene Nacht war auf seiner ganzen Haut verteilt, Nicks Duft erfüllte noch immer das Apartment. Julian hatte keine Lust darauf sich mit den Jungs aus Marcus' Club abzugeben. Nicht mehr.
„Abwechslung, Baby, sorgt für die richtige Würze, weißt du?"
Julian hörte eine Stimme im Hintergrund. „Wo bist du?"
„In meinem Bett." Marcus konnte das Grinsen in seiner Stimme nicht unterdrücken.
„Ist jemand bei dir? Oder ist das eine dumme Frage von mir?"
„Ich glaube, du hast sie dir eben selbst beantwortet. Jetzt muss ich mich noch um ein paar andere Dinge kümmern, bevor wir uns treffen. Bis später." Die Leitung war tot.
Julian konnte nur mit dem Kopf schütteln und über die Eskapaden seines Freundes lachen. Es gab nur wenige Dinge im Leben, die sicher waren: Tod, Steuern und dass Marcus Feldman sich niemals an einen einzigen Mann binden würde. Er ging unter die Dusche.

***

Fünf Minuten nach elf drückte er die Tür zum Restaurant am Broadway in SoHo auf und entdeckte seine Freunde sofort. Zach war wie immer damit beschäftigt, Gott weiß was in sein Telefon zu tippen und Marcus unterhielt sich mit irgendeinem gutaussehenden Mann.
„Hey, Jungs."
Zach blickte hoch und lächelte ihn an. „Hi. Ich bin froh, dass du es geschafft hast. Wir haben dich letzte Woche

vermisst.“ Seine Augen funkelten vor Freude. „Du schuldest mir was dafür, dass du mich mit ihm und seiner Aufreißermasche allein gelassen hast.“ Er deutete mit seinem Kinn in Richtung Marcus und lachte diesen an.
Marcus drückte die Schulter des Fremden, stand auf und kam zu ihnen herüber. „Aufreißermasche?“ Er tat, als wäre er außer sich. „Ich muss Männer nicht aufreißen, sie umkreisen mich. Es ist, als wäre ich ihre Bienenkönigin.“
„Oh Gott, ich glaube, ich habe keinen Appetit mehr“, sagte Julian und stöhnte. Zach rollte mit den Augen und schüttelte den Kopf.
„Juli, du siehst heute anders aus.“ Marcus musterte ihn mit zusammengekniffenen Augen. „Du bist glücklich und ausgeglichen.“ Ein schlitzohriges Grinsen huschte über seine Lippen. „Ich wette, du wurdest letzte Nacht flachgelegt. Wer war es? Enthältst du uns etwas vor?“
Eher würde die Hölle zufrieren, als dass er Marcus von seinen Gefühlen für Nick erzählte. Er hörte schon förmlich seine spitzen Bemerkungen und Sticheleien.
„Sei kein Arsch. Hast du uns schon bei Steph angemeldet?“ Er deutete Richtung Theke, an der die gestresste Empfangsdame stand. Sogar zur Frühstückszeit war das Lokal überfüllt.
„Jep. Wir haben auf dich gewartet.“ Marcus winkte der jungen Frau, die sie mit einem Handzeichen aufforderte, zu ihr zu kommen.
„Folgen Sie mir bitte, meine Herren. Ich habe einen Tisch im hinteren Teil für Sie.“

Sie folgten ihrer schlanken Gestalt, während sie sich durch das Labyrinth an Tischen zu einer ruhigen Ecke schlängelte, wo der Hilfskellner gerade eindeckte.
„Bitte schön, Jungs. Viel Spaß."
„Danke, Steph." Er lächelte die junge Frau an. Sie kamen oft hierher und soweit Julian wusste, hatte sie sich nie von den Menschenmassen aus dem Konzept bringen lassen.
„Ich habe deine Show im Fernsehen gesehen. Ich liebe die Kollektion." Sie lächelte ihn unter dem Rand ihres Ponys hervor an, bevor sie wieder davoneilte.
„Danke." Zumindest waren ein paar mehr Bestellungen eingetroffen, er war also nicht obdachlos. Für diesen Monat.
Julian rutschte in die Ecke und dachte daran, dass er die Kontaktpersonen, die Helena ihm empfohlen hatte, später noch anrufen musste. Er musste das Geld irgendwie zusammenkriegen, um seinen Traum wahr werden zu lassen. Er weigerte sich, diese Kinder zu enttäuschen.
„Was geht da in deinem Kopf vor?" Marcus stieß ihm seinen Ellbogen in die Seite. „Ich kenne dich zu lange, um nicht zu erkennen, wenn du über etwas nachdenkst."
Julian nippte an seinem Wasser. „Ich ändere meinen Kurs ein wenig."
Er begann seine Idee darzulegen, ließ dabei natürlich seine persönliche Beziehung zu Nick außen vor. Aber er zeigte seinen Freunden die Fotos, die er von Jamal und Kayla gemacht hatte, als sie die Prototypen seiner „Designer"-Kompressionsverbände trugen.
Nachdem der Kellner ihre Essens- und Getränkebestellungen aufgenommen hatte, lehnte sich Julian zurück und

wartete auf die Reaktionen seiner Freunde bezüglich seines Vorhabens. Als keiner der beiden etwas sagte, wurde er nervös und begann sich zu verteidigen.
„Okay, ihr mögt es also nicht. Ich weiß, es ist nicht das, wovon ich immer sagte, dass ich es machen wollte, aber ich habe diese Kinder getroffen und sie sind …"
„Stop." Marcus legte seine Hand auf Julians Handgelenk. „Halt mal für einen Moment deinen Mund und lass mich reden."
Der Kellner brachte ihre Getränke und den Brotkorb, und Julian, der nervös darauf wartete, was Marcus zu sagen hatte, trank einen großen Schluck Wodka. Es war nicht nötig, dass seine Freunde ihn dabei unterstützten, was er tat, aber er hatte ihre Meinung immer geschätzt.
„Das ist eine 180-Grad-Wendung weg von dem, was du immer tun wolltest. Heißt deine Linie nicht ‚Schöne Kleidung für schöne Menschen'?"
Als Julian diesen Slogan jetzt laut ausgesprochen hörte, zuckte er bei dessen Oberflächlichkeit zusammen. Der Gedanke daran, dass Jamal, Kayla und die anderen auf der Verbrennungsstation beim Blättern durch die Zeitschriften seinen Namen in Verbindung mit diesem Satz sahen – was sollten sie denken, außer dass er nur an der äußeren Erscheinung eines Menschen interessiert war? Und bis vor ein paar Wochen hätten sie damit recht gehabt. Nick wollte ihm vielleicht dafür danken, dass er ihn zurück ins Leben geholt hatte, aber im Gegenzug schuldete er ihm ebenso viel, wenn nicht sogar noch mehr, weil er ihm die Augen dafür geöffnet hatte, was echt und wichtig war.

„Ja, aber vielleicht hatte ich einen Sinneswandel. Menschen können sich ändern, weißt du."
„Warum verteidigst du dich?", murmelte Marcus. „Du verstehst mich falsch. Ich sage nicht, dass ich es nicht gut finde, was du machst. Sondern genau das Gegenteil. Ich persönlich denke, dass es verflucht großartig ist." Er lehnte sich an die Rückwand der Sitzecke. „Wo kann ich mich anmelden?"
Verwirrt starrte Julian Marcus an. „Anmelden? Die sind für Verbrennungsopfer, nicht für die Allgemeinheit."
Marcus hob seine schwarze Augenbraue. „Ohne Scheiß?" Er lehnte sich wieder vor und griff nach Julians Hand. „Juli, wie blöd bist du eigentlich? Ich versuch dir zu sagen, dass ich es toll finde, was du da machst. Ich bin so verdammt stolz auf dich."
Mit seinem üblichen ruhigen, bedachten Tonfall unterbrach ihn Zach. „Wenn nicht jedes zweite Wort von dir ein Kraftausdruck wäre, würden die Menschen dir vielleicht mehr zuhören."
„Ach, leck mich. Ich bin gebildet." Marcus grinste. „Du liebst mich trotzdem, Zach."
„Ja, aber es macht jedes Treffen in der Öffentlichkeit mit dir zu einer Qual."
Alle drei lachten und plötzlich wurde Julian bewusst, dass Nick nie die Liebe und Freundschaft von Männern kennengelernt hatte, die ihn verstanden und ihn in- und auswendig kannten.
Das wünschte er sich für Nick: Freunde, die ihm immer beistanden, egal welche Scheiße das Leben ihm bringen würde. Julian wusste, dass er es nie geschafft hätte, hätte er

diese Männer nicht an seiner Seite gehabt. Niemand sollte allein durchs Leben gehen und Angst davor haben müssen, der zu sein, der er im Inneren war. Nicks einziges Verbrechen war Angst. Angst, es seiner Familie zu sagen, zu denken, dass sie ihn zurückweisen würden. Angst, dass die Leute, mit denen er zusammenarbeitete, ihn weniger für einen Mann halten würden, weil er schwul ist. Und vielleicht, tief drinnen, auch Angst davor, seine lebenslange Lüge aufzugeben und es vor sich selbst zuzugeben.

„Was ich meinte", fuhr Marcus fort, „war, dass ich denke, dass deine Idee verf… ähm, absolut genial ist. Und ich will darin investieren."

Julian verschluckte sich an seinem Drink. „Du willst was?" Sein Blick wurde starr. „Ich will nicht, dass du das aus Mitleid machst. Ich meine das ernst."

„Sei kein Arsch", konterte Marcus. „Ich vermische Freundschaft nie mit dem Geschäft. Das ist nicht, wie Klamotten bei dir zu kaufen, um sie im Club zu tragen. Wenn du vorhast das zu vermarkten, will ich mich beteiligen. Ich kenne dich und ich weiß, was passiert, wenn du etwas mit Leidenschaft machst."

„Marcus hat recht. Ich bin auch dabei." Zach nahm seine Brille ab und polierte sie mit einer Serviette. „Das Haus meiner Mutter ist abbezahlt und ich habe einige Apps an große Software-Entwickler verkauft, wodurch ich finanziell gut gestellt bin. Ich brauche im Grunde nicht mehr zu arbeiten, wenn ich nicht will." Er zwinkerte. „Nie mehr. Ich habe also genug Geld, um zu investieren, in was auch immer ich möchte."

Er sprach das so lässig aus, dass es einige Minuten dauerte, bis die Botschaft angekommen war. – Zach war reich?
„Ich … Ich wollte euch nicht um Geld bitten." Julian leckte sich nervös über die Lippen. „Meine Geschäftsprobleme sind allein meine Sache."
„Erinnerst du dich daran, als ich mit dem Sparks angefangen hab?" Marcus starrte auf den Tisch, drehte die Gabel immer wieder im Kreis. „Ich hatte fast nichts. Ich bettelte und lieh mir Geld bei allen, die ich kannte."
„Klar, ich erinnere mich." Julian lachte. „Ich habe alle Outfits für die Barkeeper und Kellner produziert. Drei Garnituren für jeden, wenn ich mich nicht irre."
„Genau. Habe ich dich darum gebeten, das für mich zu tun?"
„Nein, natürlich nicht, aber …"
„Kein aber, Juli." Marcus schnitt ihm das Wort ab. „Das machen Freunde nun mal. Sie helfen, wenn sie können, auch ohne gefragt zu werden. Du hast das für mich getan und jetzt will ich mich bei dir revanchieren. Ich gebe dir kein Geld und ich habe auch nicht gehört, dass Zach das vorhat. Aber wenn wir in deine Firma, in dich investieren wollen, warum nicht?"
Warum eigentlich nicht? Julian hatte darauf keine Antwort und war im Moment auch nicht in der Lage, zu sprechen. Heiße Tränen brannten in seinen Augen und seine Gefühle schnürten ihm den Hals zu und machten es ihm unmöglich zu reden.
„Danke", flüsterte er. „Ihr wisst nicht, wie viel mir das bedeutet."

„Wir drei sind eine Familie. Und in einer Familie hilft man sich. So ist das nun mal.“ Marcus’ Augen leuchteten. „Nachdem wir da jetzt geklärt haben, erzähl uns von dir und Nick.“

Er hatte jetzt noch nicht darüber sprechen wollen. Es war so ungewohnt und neu und es könnte lichterloh brennen und dann verpuffen. Es war für sie beide lange her. Aber wie Marcus sagte: Sie waren eine Familie.

„Okay …“

„Ha! Ich wusste es. Ich hab’s dir gesagt, Zach Oder?“ Marcus drehte sich zu Zach, der nickte und runzelte die Stirn.

„Warum wehrst du dich so dagegen, über ihn zu sprechen, Julian? Ist zwischen euch beiden alles okay?“

„Das kann ich noch nicht sagen. Ihr wisst, dass er seine Homosexualität noch geheimhält. Er hat niemandem erzählt, dass er schwul ist, außer seiner Schwester. Die Umgebung, in der er arbeitet, ist nicht wirklich schwulenfreundlich.“

„Das ist mir doch egal. Was ist mit euch beiden?“, fragte Marcus. „Mit allem anderen kann man sich arrangieren. Hat er dich gern?“

Das war der Haken an der Sache. Julian hatte noch nie über so etwas nachdenken müssen, weil er nie jemanden so sehr gemocht hatte, dass es von Bedeutung gewesen wäre. Einer war wie der andere gewesen. Letztendlich lag es daran, dass er sie alle mit dem verglich, was er für Nick empfunden hatte. Es war egal, dass sie Teenager waren und nie miteinander geschlafen hatten. Zwischen ihnen bestand eine

Verbindung, die Julian zu keinem anderen Menschen empfunden hatte.
„Ich glaube, ja. Ich will aber nichts überstürzen. Nick musste viel durchstehen und das ist alles, was ich dazu zu sagen habe." Er schnitt Marcus, der gerade seinen Mund öffnete, um etwas zu erwidern, das Wort ab. „Nein. Ich werde nicht darauf eingehen. Das ist nichts, was man auf die leichte Schulter nehmen und behaupten kann, dass er einfach so darüber hinwegkommt. Was Nick widerfahren ist und wie er damit zurechtkommt, ist seine persönliche Angelegenheit. Eine über die ich nicht reden will und kann."
„Du magst ihn wirklich?" Zach hielt seinem Blick mit einem Lächeln stand.
„Ist das so offensichtlich, ja?" Julian versuchte sein leichtes Lachen zu verbergen, indem er einen großen Schluck von seinem Drink nahm.
„Gib ihm nicht alles, Juli. Behalte noch ein bisschen für dich, bis du sicher bist, dass es dieses Mal echt ist." Marcus war ungewöhnlich ernst.
Zu spät, wollte Julian antworten. Aber alles, was er tun konnte, war nicken und hoffen, dass sich alles zum Guten wenden würde.

Kapitel 18

Die Fahrt nach Hause, um sich umzuziehen, war wohl die längste in der Geschichte der Menschheit. Unfälle, Straßenbauarbeiten und der allgemeine Verkehr waren für Nick zum Haareraufen. Erst als er auf die Zufahrt zur Brooklyn Bridge fuhr, traf es ihn wie der Blitz: Er war allein mit dem Fahrstuhl in Julians Gebäude nach unten gefahren, ohne eine Sekunde darüber nachzudenken.

Für jeden anderen war das keine große Sache. Für Nick bedeutete es alles. Wenn er das schaffte, ohne Aufpasser, Alkohol und Zeit, um sich davon zu erholen, hatte der Heilungsprozess vielleicht schon eingesetzt. Er drückte den Knopf an seiner Freisprechanlage, um Dr. Landau anzurufen.

„Sprechzimmer Dr. Landau. Kann ich Ihnen helfen?"

„Hey, Shena. Hier ist Nick. Hat er eine Minute für mich?"

„Einen Moment, ich schau mal nach. Ja, sein nächster Klient hat sich verspätet. Bleib dran."

Nach nur einer kurzen Pause erklang die weiche Stimme Dr. Landaus in Nicks Auto.

„Hallo, Nick. Was gibt's? Ist alles in Ordnung?"

„Mehr als okay." Er erzählte Dr. Landau, dass er glaubte einen Durchbruch erzielt zu haben. Als er fertig war und der Arzt nichts sagte, wurde Nick nervös.

„Ich weiß, es nicht viel, aber für mich bedeutet das eine Menge."

„Nick. Denk nicht sowas. Ich habe versucht, meine Gedanken zu sortieren, um dir zu sagen, wie unglaublich stolz ich auf dich bin."

Landaus angenehme Stimme wärmte Nicks Herz. Es war schön, mal von jemandem gelobt zu werden. Es war ein emotionaler Moment für Nick, als er begriff, dass er die Angst besiegen konnte, so klein, wie sie auch für jeden anderen zu sein schien. Es bewies, dass er die Dunkelheit und den Schmerz überwinden konnte, die ihn seit dem 11. September umgaben. Einige, aber nicht alle, Fortschritte resultierten daraus, dass Julian wieder in sein Leben getreten war und aus den Gesprächen, die sie über Vergebung und Genesung geführt hatten. Er wusste, dass es nicht der richtige Moment war, seinem Therapeuten davon zu erzählen, nicht am Telefon.

„Ich würde gern einen Termin vereinbaren, um dir von einigen Dingen zu berichten, die mir in der letzten Woche passiert sind." Seine Termine hatten sich von anfänglichen zwei Sitzungen pro Woche nach ein paar Jahren auf einmal wöchentlich reduziert. Das letzte Jahr war er einmal im Monat hingegangen, aber Nick wollte mit Dr. Landau speziell über Julian sprechen. Und er hoffte, dass Julian mit ihm hingehen würde.

„Sicher. Ich habe deinen Dienstplan. Shena soll was vereinbaren und dir per Mail bestätigen. Wie klingt das?"

„Perfekt. Danke."

„Danke, dass du mich angerufen und mir die guten Nachrichten erzählt hast. Solche Gespräche nehme ich gern an."

Beide lachten und Nick legte auf. Er verließ die Brücke und reihte sich in die Schlange der Autos ein, die darauf warteten, auf die Schnellstraße zu fahren, welche er nach zwanzig Minuten in Richtung Stadt verließ. Er fuhr durch die ihm bekannte Nachbarschaft, in der die Fahnen in Vorbereitung auf den Gedenktag zum Ende des 1. Weltkrieges gehisst wurden. Das war ein sehr konservativer Arbeiterbezirk in Brooklyn und Nicks Magen verkrampfte sich bei dem Gedanken an das unausweichliche Gespräch mit seinen Eltern.

Allerdings nicht heute, da er sah, dass ihr Auto nicht in der Einfahrt stand, als er parkte. Obwohl er schon bei Julian geduscht hatte, duschte er erneut, um sich zu entspannen und zog dann frische Kleidung an, hörte nebenbei den Nachrichten zu und ging seine Mails durch. Sein Telefon klingelte und zeigte eine fremde Nummer an.

„Fletcher."

„Mr. Fletcher, hier spricht Ms. Cruz von der Personalabteilung. Ich würde gerne mit Ihnen über die Formulare sprechen, die Sie gestern ausgefüllt haben."

„Ja. Ich wollte Sie schon anrufen, um über das weitere Vorgehen zu sprechen."

„Können Sie heute vorbeikommen?"

Er sah auf seine Uhr und stellte überrascht fest, dass es erst zehn Uhr war. Er war schon so lange auf den Beinen, dass er dachte, der halbe Tag sei bereits vorüber. Dann erinnerte er sich daran, wie Julian ihn geweckt hatte und Hitze durchströmte seinen Körper.

„Ähm, ja. Wie wäre es in einer Stunde?" Nick rückte seinen Ständer zurecht, den er anscheinend jedes Mal bekam, wenn Julian in der Nähe war. Nun reichte der bloße Gedanke an diesen Mann und seine Eier zogen sich schmerzhaft zusammen. Verdammt, er war in großen Schwierigkeiten.

„Das passt. Danke."

Nick legte auf und sah herunter auf die Beule in seiner Hose. „Komm wieder runter, Junge. Du hattest heute schon deinen Spaß." Aber er drückte ihn noch einmal und schob den unschönen Gedanken beiseite, dass er Julian mehr vermisste, als er für möglich gehalten hatte.

Eine Stunde und zehn Minuten später betrat er das Büro von Ms. Ana Cruz, Senior-Ermittlerin des FDNY Büros für berufliche Chancengleichheit. Ms. Cruz war Mitte vierzig, sie trug einen strengen Dutt und ein noch strengeres Lächeln.

„Mr. Fletcher, was ich hier in diesen Papieren lese, ist eine wirklich schwere Anschuldigung. So schwer, dass, wenn das Department nicht sofort darauf reagiert, es in einem Rechtsstreit enden könnte, der sich nicht nur gegen die Stadt, sondern auch gegen mehrere hochrangige Mitglieder der Feuerwehr richten würde."

Verdammt. Er war ohne Probe auf die Bühne getreten. Doch alles was Nick brauchte, um zu wissen, dass er das Richtige tat, war die Erinnerung an den Kummer in Bartons Gesicht, als er auf den Spind starrte. Leuten wie Jensen durfte man nicht erlauben, sich ihren Weg durchs Leben zu mobben. Und wenn das bedeutete, dass Nick sich outen müsste, dann war es eben so.

„Was auch immer ich tun muss, Ms. Cruz. Sagen Sie mir, was ich tun soll."

Nach einer Stunde mit unzähligen Fragen, dem Ausfüllen weiterer Formulare und nachdem er einen weiteren, detaillierteren Bericht verfasst hatte, war Nick fertig. Ms. Cruz versprach, mit ihm in Verbindung zu bleiben und bat ihn, alles, was sie besprochen hatten, vertraulich zu behandeln.

Er dankte ihr und ging, komplett erschöpft. Als er schließlich draußen stand und tief einatmete, dachte er darüber nach, wie schnell sich sein Leben verändert hatte. Plötzlich verspürte er den Drang mit Julian zu sprechen und ohne nachzudenken nahm er sein Telefon und rief ihn an.
„Nick? Ist alles in Ordnung?" Im Hintergrund war Lärm zu hören.
„Stör ich dich gerade?" Nick fiel auf, dass er nicht wirklich viel über Julians Leben wusste.
„Nein, du störst nicht. Ich bin gerade fertig mit Frühstücken und dann werde ich ein paar Anrufe tätigen und an den Prototypen weiterarbeiten. Ich hoffe, dass ich es nachher noch in Verbrennungscenter schaffe." Seine Stimme wurde tiefer, klang wärmer und vertrauter. „Sehen wir uns dort oder muss ich bis später am Abend warten?"
In Julians Stimme schwang ein Versprechen mit, das Nick nach Luft ringen ließ und sein Blut heiß und schnell durch seine Venen pumpte. Lag es daran, dass die Sache mit Julian so frisch war oder würde er künftig jedesmal, wenn er mit ihm zusammen war, nackt sein wollen?
„Ich werde im Center sein, es kann aber spät werden." Er erzählte, wie er den Vormittag verbracht hatte.
„Ich bin so stolz auf dich. Das braucht Mut."
Obwohl das Lob Nick mit dem Gefühl von Erfolg flutete, fühlte er sich, als hätte er immer noch nichts getan. „Ich habe es immer noch niemandem erzählt."
„Du meinst, dass du schwul bist?"
„Ja." Nick stieg in sein Auto und atmete laut aus. „Es war in diesem Zusammenhang nicht nötig."

„Was wirst du unternehmen, wenn Barton wieder etwas passiert?"
„Ich weiß es nicht, okay? Warum ist es so wichtig, allen gleich zu sagen, dass ich schwul bin? Wozu soll das gut sein? Ich dachte, der Hauptgrund ist, dass die Schikanen aufhören."
Julian seufzte schwer ins Telefon. „Natürlich ist es das. Aber wenn andere Menschen sehen, was Homosexuelle erreichen können, gibt es ihnen Hoffnung. Verstehst du? Und du bist ein Feuerwehrmann, wenn du dich outest, hat das mehr Einfluss, als wenn ich das als schwuler Modedesigner mache."
Bei der leichten Verurteilung in Julians Stimme streckte Nick seinen Rücken. „Ich habe mich nicht als das Aushängeschild der Feuerwehr gemeldet. Das geht alles so schnell; ich muss an meine Familie und an meinen Job denken."
„Was ist mit uns, Nick?" Die müde Resignation in Julians Stimme brach beinahe Nicks Herz. „Hast du auch an uns gedacht oder ging dir das auch wieder zu schnell?"
In seinem Kopf schrie eine Stimme: *Sag ihm, dass er falsch liegt. Sag ihm, dass du es ihnen sagen wirst, wenn du auf der Arbeit bist und deinen Eltern, wenn du nach Hause kommst.*
Stattdessen sagte Nick nichts in dieser Art. „Es ist nicht so einfach."
„Ich verstehe." Julians kalte, distanzierte Stimme deutete an, dass er Nick kein Wort glaubte. „Also ist das alles nur ein Spiel für dich?"
„Wovon redest du? Du weißt …"
„Ich weiß einen Scheiß", fluchte Julian wütend. „Ich weiß, dass wir uns letzte Nacht gegenseitig das Hirn rausgevögelt

haben und ich dachte, dass das etwas bedeutet. Stattdessen verschwindest du für zwei Stunden und plötzlich hast du Angst. Bereust du das mit uns? Bereust du letzte Nacht?"
Gegen seine eigene Wut ankämpfend, keuchte Nick: „Nein, natürlich nicht. Es war perfekt. Es ist nur, dass ich … du und ich …" Er lehnte seinen Kopf gegen das Lenkrad. „Ich bin so durcheinander, Julian", flüsterte er. „Ich erkenne mich selbst nicht wieder."
Es war so lange still am anderen Ende der Leitung, dass Nick schon dachte, Julian hätte aufgelegt.
„Ich versteh schon, Nick. Ich will nicht, dass du mich für ein totales Arschloch hältst – ich bin keins."
„Aber du hast Angst. Vor mir."
„Nicht vor dir, aber davor, dass du mich wieder in dein Leben ziehst und dann verschwindest."
Angesichts dessen, was früher zwischen ihnen passiert war, verstand Nick seine Bedenken. „Ich verspreche dir, dass ich nirgendwo hingehen werde. Es mag vielleicht eine Weile dauern und alles, was ich kenne, ausradieren, aber am Ende werde ich nicht verschwinden. Ich komme zu dir zurück."
„Das ist alles, was ich hören musste", sagte Julian mit sanfter Stimme. „Ich sehe dich dann später?"
„Ja."
Nick legte erschöpft und ausgelaugt auf, doch es war an der Zeit, zur Arbeit zu gehen und die Jungs auszubilden. Er fuhr Richtung Randalls Island und dachte über sein Leben nach – was er wollte und wen er darin haben wollte. In jeder Version stand Julian an seiner Seite, stolz und ohne Angst davor, wer er war.

Als er auf den Parkplatz einbog, war Nick bereits zehn Minuten zu spät dran. Er eilte in die Umkleide, zog seine Ausrüstung an und fand sein Team, das die Bergung eines bewusstlosen Feuerwehrmannes übte, als er zu ihnen stieß. Bei diesen Übungen übernahm er normalerweise nur Nebenaufgaben und überließ Jensen und Carlos die Führung. In Anbetracht der heutigen Entwicklungen wollte er sehen, wie weit er gehen konnte.

Er schloss sich der Gruppe an und beobachtete, wie die zwei Mannschaften das Gebäude betraten und anfingen nach den lebensgroßen Dummies, die an strategisch gewählten Stellen platziert worden waren, zu suchen und sie herauszutragen. Seine Augen verengten sich, als er sah, wie Jensen flüsterte und Richtung Barton grinste, der als Letzter das Gebäude betrat. Nick hatte ein ungutes Gefühl und er stürmte zu den beiden Männern hinüber.

„Meinst du nicht auch, dass es Zeit ist der Tunte eine kleine Lektion zu erteilen?“ Jensen gab ein Zeichen und einer der anderen Trainer warf etwas hinein, das wie eine Blendgranate explodierte und Rauchwolken ausstieß. Nick beobachtete schockiert und entsetzt, wie der Trainer die Tür verriegelte, ungeachtet Bartons Funkspruch, der fragte, was passiert sei.

„Ihr Bastarde, was zur Hölle macht ihr da?“

„Komm wieder runter, Nick. Wir erteilen dem Schwulen nur eine Lehre. Wir lassen ihn nach einer Weile wieder raus.“

„Hör mir zu, du Arschloch und hör gut zu. Entweder öffnest du sofort die Tür, damit ich Barton da rausholen kann,

oder ich ruf die Cops und lass sie deinen Arsch ins Gefängnis sperren. Hast du das verstanden?“
Ihre Nasen berührten sich, so dicht standen sie voreinander. Nick konnte kaum sehen, so rasend war er vor Wut.
„Du hast die Wahl.“
„Was hast du denn, Nicky? Hast du was für den Jungen übrig? Erzähl mir nicht, dass du auch auf Ärsche stehst.“
Unfähig und nicht willens sich länger zu beherrschen, griff Nick nach Jensens Oberteil, drehte es in seiner Hand und brachte so das erschrockene Gesicht des Mannes unmittelbar vor sein eigenes.
„Und was wäre wenn, du Wichser? Was willst du dagegen tun?“

Kapitel 19

Dieser Tag war wohl der beste in Julians Leben. Nach dem Frühstück mit seinen Freunden kehrte er zurück in sein Loft und beendete die Prototypen der Ärmel. Die Telefonate, von denen er dachte, dass sie stressig und problematisch würden, endeten mit Unterstützung, Geld und Hilfsmitteln. Sobald die Geschäftsführer gehört hatten, dass es um Brandopfer ging, waren sie wild entschlossen, ihre Geldbeutel und Herzen zu öffnen und boten ihm nicht nur Geld, sondern versprachen ihm auch Räumlichkeiten, in denen er die fertige Kollektion präsentieren konnte. Eine Catering-Firma würde die Gäste, die er einlud, verköstigen und eine Werbefirma bot ebenfalls ihre Dienste an.

Bevor er auch nur einmal auf die Uhr gesehen hatte, war es es schon halb vier. Verdammt. Er hatte den ganzen Nachmittag damit verbracht und außer dem Omelette zum Frühstück nichts weiter gegessen. Nachdem er sich einen Proteinshake gemacht hatte, checkte er seine Mails und schaltete sein Telefon an. Eine als dringend markierte Nachricht von Melanie wurde angezeigt.

Devon Chambers verbreitet das Gerücht, dass du deinen Laden schließen wirst.

Wie willst du darauf reagieren?

Ich werde diesen Mistkerl umbringen, war Julians erster Gedanke. Er betätigte die Kurzwahl und Melanies Stimme erfüllte das Loft. Julian hatte den Lautsprecher angeschaltet, weil er nicht stillsitzen konnte und herumlaufen musste, während er schimpfte.

„Was hat der Wichser gesagt, Mel? Erzähl mir alles."

„Er hat mindestens drei Käufern, von denen ich weiß, erzählt, dass du dich von deiner Show nicht erholt hättest und du das Geschäft schließen wirst."
Die Wut in ihrer Stimme war untypisch für Melanie, die normalerweise das Gute in allem sah. „Ich muss sagen, Julian, die Tatsache, dass du dich seit der Show in deinen üblichen Kreisen weder blicken noch von dir hören lässt, macht das nicht wirklich besser."
Julian fuhr sich mit den Händen durch sein Haar, während er auf- und abging. „Ich habe den ganzen Nachmittag mit Investoren und Interessenten telefoniert, die mir bei meinem neuen Projekt helfen wollen. Je mehr ich darüber nachdenke, in dieses Umfeld von Haien und Verrätern zurückzukehren, umso weniger Lust habe ich dazu."
„Also gibst du auf?" Mels Ungläubigkeit ließ ihre Stimme schrill klingen. „Du lässt Devon Chambers gewinnen? Ich glaub es nicht."
Julian ließ sich auf sein Sofa fallen. „Das ist es nicht. Ich bin so fokussiert auf diese Sache, Mel. Es bedeutet etwas, nicht nur für mich, sondern auch für diese Menschen. Wenn ich nächsten Herbst keine neue Kollektion herausbringe, merkt das niemand. Aber wenn ich dieses Projekt aus irgendeinem Grund auf Eis lege, enttäusche ich die Kinder, Männer und Frauen, denen ich zu helfen versuche. Und das will ich nicht; ich kann es nicht. Sie fühlen sich verloren und im Stich gelassen so wie es jetzt ist."
„Aber was ist mit mir, Julian? Wie passe ich in deine Pläne?" Melanies weiche, traurige Stimme fühlte sich an wie ein Schlag in Julians Magengrube. „Lässt du mich zurück?"

„Scheiße, nein. Natürlich nicht.“ Das Letzte, was er wollte, war, Melanie zu verlieren. Sie war einer seiner besten Freunde. Vielleicht hatte er ihr nicht klar genug gemacht, wie sehr er sie brauchte. Er hasste es, dass sie das nicht wusste.

„Süße, ohne dich würde ich das alles nicht schaffen. Es tut mir leid, dass ich dich in den letzten Wochen nicht mehr in mein Leben integriert habe. Aber ich habe eine Idee.“

„Welche?“

„Triff mich in einer Stunde in meiner Wohnung. Ich will dich an einen bestimmten Ort bringen.“

„Wohin?“ Da war kein Zögern, nur Neugier. Melanie würde nicht versuchen, ihn von seinen Träumen abzubringen. Wenn er mit diesen Kindern Erfolg hatte, würde es ihnen allen eine Zukunft eröffnen, mit der niemand gerechnet hätte.

„Ich will, dass du ein paar Leute kennenlernst.“ Es war zwingend erforderlich, dass Melanie begriff, dass sie zwar kein Teil der kreativen Entwicklung dieses Projekts war, aber immer noch Teil seines Teams. Ohne ihre Arbeit für Julian Cornell Designs könnte er sich nicht vollständig auf sein Projekt konzentrieren. Er schuldete ihr alles.

„Wirklich?“

Er hörte die Aufregung in ihrer Stimme und bereute, dass er das nicht schon früher getan hatte.

„Mel, es tut mir leid, dass ich dich nicht mehr mit einbezogen habe. Ich war so in das Projekt vertieft, dass ich das Wichtigste vergessen habe. Aber ich will, dass du nie wieder denkst, dass ich dich nicht brauche. Falls du mich jemals verlässt, weiß ich, dass ich nie wieder jemanden wie dich finden werde."

Sie schniefte ins Telefon und Julian lächelte. Sie war schon immer ein Softie gewesen.

„Ich verlasse dich nicht, Julian. Egal was passiert. Ich werde immer bei dir sein."

Nachdem er das Gespräch mit Melanie beendet hatte, wünschte er, dass er sich seiner Beziehung zu Nick ebenso sicher sein könnte, wie der zu Melanie. Er sollte nicht mehr Vertrauen zu seiner Assistentin haben als zu seinem Freund, sinnierte Julian, während er alle Unternehmen und Personen, die er zuvor kontaktiert hatte, notierte und festhielt, was sie versprochen hatten beizusteuern, zu spenden oder womit sie ihm helfen wollten. Während er auf Melanie wartete, verschickte er E-Mails an alle, in denen er ihre Gespräche bestätigte.

Sein Telefon klingelte, er sah, dass es Marcus war und nahm ab.

„Was ist los?"

„Du machst nicht dicht, oder?"

Julian seufzte. „Scheiße, nein. Du nicht auch noch. Natürlich nicht. Ich bin erst vor ein paar Stunden gegangen, denkst du nicht, dass ich dir das gesagt hätte?"

„Es steht in der *Post.* Hör zu."

Julian hörte das Rascheln der Zeitung, als Marcus die Seite aufblätterte. „Hier steht's: *Hat Julian Cornell seine letzte Modenschau präsentiert? Quellen, die dem trendsetzenden Designer, dessen letzte Show zu aller Überraschung ein Reinfall war, nahestehen, berichteten uns, dass der Designer keine neuen Shows plant und vielleicht für immer schließt.*"

Julian war so wütend, dass er am liebsten Devon Chambers finden und ihm das Herz herausreißen wollte. „Das ist dieser Wichser, Chambers. Er versucht mein ganzes Unternehmen zu sabotieren."

„Warum hasst er dich so sehr?"

Es erschreckte Julian, dass Devon nach all den Jahren immer noch einen Groll gegen ihn hegte. „Wir waren in der gleichen Klasse am FIT. Wir sind ein paar Mal ausgegangen, aber nichts Ernstes." Obwohl es zu der Zeit bereits einige Jahre her war, hatte Julian immer noch Nicks Verlust betrauert und sich geschworen, sich einzig und allein auf sein Studium zu konzentrieren. „Er hat das alles ernster genommen als ich und war so beharrlich, dass ich, als uns ein gemeinsames Projekt zugeteilt wurde, den Professor bat, mich mit jemand anderem in ein Team zu stecken. Seitdem hat er nichts anderes getan, als mich schlechtzureden und runterzumachen."

„Was für ein Drecksack. Er selber hat kein Talent und stiehlt deswegen deines."

„Eh." Julian wechselte das Telefon an das andere Ohr. „Das ist ja das Seltsame daran: Der Typ hat Talent. Er ist ein schlechter Mensch."

„Ich werde also Folgendes tun." Julian konnte das Grinsen in Marcus' Stimme hören. Er liebte seine Freunde wirklich. „Ich habe Beziehungen zur Seite 6 der *Post.* Wenn der passende Zeitpunkt kommt, sagst du es mir und ich werde sicherstellen, dass sie Bilder von dir und den Kindern machen und von was auch immer du für eine Veranstaltung planst, um dein Projekt vorzustellen. Außerdem werde ich

eine Wohltätigkeitsveranstaltung dafür und für das Verbrennungszentrum im Sparks ausrichten.“
Julian sank sprachlos auf das Sofa.
„Was … Wovon redest du da, Marc? Warum machst du das alles?“
„Weil ich so verdammt stolz darauf bin, was du tust. Es wird Zeit für dich zu glänzen, im Rampenlicht zu stehen und zu präsentieren, was du geschafft hast.“
„Marcus“, stöhnte Julian. „Es geht nicht um mich. Es geht um die Kinder.“
„Das ist ja, was ich meine, Juli. In letzter Zeit warst du das Opfer der brutalen Presse und ich will sichergehen, dass dieses Projekt die Aufmerksamkeit erhält, die es verdient.“
Nichts hätte Julian auf die Wirkung von Marcus’ Worten vorbereiten können. Es war, als würde eine Mauer in ihm einstürzen und all die Emotionen freilegen, die er in den letzten Jahren eingesperrt hatte. Julian fehlten die Worte und er kämpfte, weil er Marcus so gern gesagt hätte, wieviel ihm das bedeutete. Es war nicht Julians Art, seine Gefühle zu zeigen.
„Ich weiß das zu schätzen. Danke.“
„Ich mach das nicht wegen dem Dank. Ich mag es nicht, mit anzusehen, wie Leute, die das Beste verdienen, gefickt werden.“ Das Grinsen in Marcus’ Stimme war typisch für ihn. „Dann ist es meine Aufgabe die Ficker zu ficken.“
Wer konnte dem widersprechen? „Solltest du deine Flüche nicht einschränken?“
„Scheiß drauf“, sagte Marcus. „Das mach ich nur, wenn wir mit Zach ausgehen. Er ist der Einzige, für den ich das jemals machen würde. Ansonsten weigere ich mich, mich

selbst zu zensieren. Jeder, der das nicht mag, kann mich mal."
Julian versprach Marcus Bescheid zu geben, wenn er bereit war, an die Öffentlichkeit zu gehen.
Da klingelte es.
„Ich muss los. Wir sprechen uns später."
Julian legte auf und ließ Melanie herein.

***

„Oh, Mann. Das ist unglaublich." Das erste Mal, seit sie sich kannten, leuchteten Jamals Augen. Julian hatte ihm die Ärmel gezeigt, die er über seine Bandagen ziehen konnte und wie Julian vermutet hatte, wählte Jamal das Model mit den Nadelstreifen, das aussah wie die Yankees-Uniform. Er erlaubte Melanie sie ihm anzuziehen und bewunderte seine Arme im Spiegel. Sogar in Julians perfektionistischen Augen sah es verdammt gut aus. Vielleicht sollte er darüber nachdenken, die Bandagen mit diesen Designs bedrucken zu lassen, bevor er sie verarbeitete. Er holte sein Telefon heraus und machte sich einen Vermerk.
„Oh Julian, was für eine großartige Idee." Melanie wischte sich über die Augen. „Ich kann nicht fassen, was du in so kurzer Zeit erreicht hast." Sie umarmte ihn heftig. „Du solltest stolz auf dich sein."
Julian war wirklich begeistert. Nicht nur von den Ergebnissen seiner harten Arbeit, sondern auch davon, wie die Bandagen Jamal und Kayla verzauberten. Sie sprachen davon, anderen Menschen ihre Verbände zu zeigen und sich nicht mehr in dunklen Räumen verstecken zu müssen.

Er schaute auf seine Uhr und war überrascht, dass er seit ihrem letzten Gespräch nichts von Nick gehört hatte. Es war nicht so, dass Julian sich Sorgen machte, aber tief in seinem Innern fragte er sich, ob jedes Mal, wenn er ihm auf Wiedersehen sagte, es das letzte Mal sein würde, dass er ihn sah. Alte Wunden heilten nur langsam und Julian traute seinem Herzen nicht, dass es das seinige blieb.
Der Schmerz, den er empfand, jetzt, wo Nick nicht bei ihm war und er nicht wusste, ob Nick wieder davonlaufen und sich verstecken würde, machte ihm klar, dass er komplett am Arsch war.
„Ich habe den Tag damit verbracht mit Investoren zu sprechen und habe Termine vereinbart, um ihnen die Prototypen zu präsentieren.“ Die Zufriedenheit und pure Freude in Jamals Gesicht, als er seinen Arm im Spiegel bewunderte, brachte Julian zu dem zurück, was wichtig war. Jamal und all die anderen Menschen, denen er mit seinen Entwürfen zu helfen hoffte, steigerten seine Begeisterung noch einmal. „Tatsache ist, dass Jamal hier mich begleiten wird, wenn ich sie den Investoren vorstelle.“
Das Lächeln des jungen Mannes erstarrte. „Ich?“
„Natürlich du.“ Julians Lächeln wurde breiter, als er die Verwunderung in Jamals Gesicht sah. „Wer sonst könnte sie präsentieren, wenn nicht der Mensch, der mich zu diesem Projekt inspiriert hat?“
Hätte Julian ihm erzählt, dass er in der Lotterie gewonnen hätte, der junge Mann hätte nicht überraschter aussehen können. „Ich? Du willst, dass ich modele?“
Als Julian nickte, verdunkelten sich Jamals Augen. „Aber ich bin kein Model und ich bin übersät mit Narben.“

Es gab so vieles, das die echte Welt nicht über die Scheinwelt des Modelns wusste. Wie zum Beispiel Unvollkommenheit mit Licht und Photoshop versteckt wurden. Was so mühelos perfekt aussah, war oft das Ergebnis stundenlanger harter Arbeit und das Glück eines guten Kamerawinkels.
„Vertrau mir, wenn ich dir sage: Du bist der *Einzige,* den ich in Erwägung ziehe. Ohne dich, Jamal, wäre es nie dazu gekommen."
Sie wechselten einen Blick, und Julian konnte sehen, wie der junge Mann mit sich kämpfte, sein Herz zu öffnen und Julian zu vertrauen. Da war Weisheit und so viel Schmerz in den Tiefen dieser haselnussbraunen Augen. Gefühle, die kein Siebzehnjähriger haben sollte. Obwohl Julian ihm nicht das Leben zurückgeben konnte, das er vorher hatte, konnte ihm das vielleicht bei der Heilung helfen.
„Das ist keine Laune von mir, Jamal. Du musst verstehen, dass ich voll dabei bin."
Jamal nahm sich seine Worte zu Herzen. „Ich wollte immer ein Model sein." Sein Grinsen strahlte vor purem Vergnügen, als er mit den Fingerspitzen über seinen bandagierten Arm fuhr. „Warte nur, bis die Mädchen davon erfahren."
Obwohl Julian begeistert war, wie sich alles entwickelte, machte er sich doch Sorgen um Nick, als er erneut sein Telefon überprüfte und immer noch keine Nachricht von ihm hatte. Mittlerweile war es spät genug, dass er hier sein sollte; er war sicher schon fertig mit der Arbeit. Immer noch hatte Julian keine SMS und keinen Anruf erhalten.
Wo war Nick?

Kapitel 20

Alles hatte so kommen müssen. Nick war nur wenige Zentimeter von dem spöttischen Gesicht eines Mannes entfernt, mit dem er seit Jahren zusammenarbeitete und der nun wie ein Fremder wirkte.

„Ich muss dir einen Scheiß erzählen. Ich hoffe für dich, dass Barton okay ist, wenn ich die Tür öffne."

Etwas Dunkles und Wildes glänzte in Jensens Augen. „Das ist noch nicht vorbei."

„Sag mir wann und wo." Nick stieß gegen Jensens Brust. „Entscheide du. Aber zuerst mache ich das, wozu ich ausgebildet wurde."

Er ließ Jensen stehen und beeilte sich die Tür zu öffnen und das verrauchte Gebäude zu betreten.

„Barton, wo bist du?" Er hustete aufgrund der Rauchentwicklung und kniete sich auf den Boden. Ohne Maske würde er nicht weiter hineingehen können. Dank einer frischen Brise, die vom Fluss durch die offene Tür strich, löste sich der rauchige Nebel auf und er erkannte Barton, der mit seiner Schutzmaske über dem Gesicht, auf ihn zu kam..

Nick stand auf und griff nach dem Arm des Mannes. „Lass uns gehen."

Barton folgte ihm nach draußen, blieb stumm, bis sie einige Hundert Meter von dem Gebäude entfernt waren. An diesem Punkt riss Barton seine Maske herunter und enthüllte sein verrußtes Gesicht und rot geränderte Augen. Er hustete und einer der Männer näherte sich mit einem grimmigen Gesichtsausdruck und reichte ihm eine Wasser-

flasche. Barton leerte sie zur Hälfte und kippte sich den Rest über den Kopf, um sein Gesicht zu waschen und wahrscheinlich seine Augen vom Rauch zu befreien.
Es war schmerzhaft dazustehen und zu beobachten, wie Barton versuchte zu begreifen, was Nick bereits wusste. Jensen war bereit gewesen, einem angehenden Feuerwehrmann, *einem Bruder*, möglicherweise Schaden zuzufügen, aus dem einfachen Grund, weil er schwul war. Nick konnte das nicht verstehen; der blanke Hass war ihm unbegreiflich.
Ein paar Minuten vergingen, bis Barton sich ihm zuwandte, immer noch blass, aber mit einem Gesicht, das älter aussah als noch vor ein paar Tagen.
„Was zur Hölle ist passiert?"
Es kostete Nicks ganze Selbstbeherrschung, Jensen keines Blickes zu würdigen, den er im Hintergrund immer noch sorglos Witze reißen hörte. Aber Adam Barton war nicht dumm.
„Sie haben versucht mich zu verarschen, oder?" Diese ehrlichen blauen Augen waren erfüllt von Schmerz und etwas Neuem. Wütender Entschlossenheit.
„Die werden nicht damit davonkommen, Barton."
„Du hast verdammt recht. Das werden sie nicht!", schrie Barton. Das richtete sich über Nicks Schulter hinweg an Jensen und die anderen Männer, die bei ihm standen. „Ich lasse mir weder von denen oder dir, noch sonst irgendwem sagen, dass ich es nicht verdiene hier zu sein." Rote Flecken breiteten sich auf seinen sommersprossigen Wangen aus. „Ich habe mir meinen Platz hier verdient, wie jeder andere auch und ich will verflucht sein, sollte ich mich von irgendeinem fanatischen Arschloch hier rausekeln lassen." Er

warf seine Ausrüstung zu Boden und stürmte zum Hauptgebäude.
Ein spöttisches Gelächter durschnitt die Stille. „Er wird besser nichts sagen, wenn er weiß, was gut für ihn ist."
Bei Jensens Bemerkung fuhr Nick herum. Das Lächeln in seinem Gesicht ließ Nick kaum eine andere Wahl. Er konnte entweder ein Mann sein und für sich selbst und wer er war einstehen, oder sich dafür entscheiden sich zu verstecken. Bei der Erinnerung an diesen Morgen, als er mit seinem Schwanz in Julians dreistem Mund aufgewacht war und Julian ihn direkt ins Nirwana befördert hatte, wusste Nick, er konnte nie wieder der Mann sein, der er all die Jahre vorgegeben hatte zu sein. Nicht, wenn er Julian in seinem Leben haben wollte.
Und er wusste ohne jeden Zweifel, dass er Julian wollte.
Das Grinsen in Jensens Gesicht fiel in sich zusammen. Mit jedem Schritt, den Nick auf ihn zu ging, machte Jensen einen nach hinten, bis er mit dem Rücken an einem Zaun stand. Nicks Atem traf auf Jensens Gesicht.
„Du willst wissen, ob ich schwul bin? Warum? Warum musst du wissen, mit wem ich ins Bett gehe? Wen ich ficke?"
Ein fieser Ausdruck trat in Jensens Augen. „Du bist auch einer, Nick? Habe ich dich deshalb nie mit einem Mädchen gesehen?"
„Lass gut sein, Jensen. Nick, komm schon. Lass uns hier verschwinden, Mann."
Carlos stand neben ihm, aber Nick ignorierte seine Bitte.
„Ich sag es dir zum letzten Mal: Es geht dich verdammt nochmal einen Scheißdreck an, mit wem ich ins Bett gehe.

Du hast größere Probleme, um die du dir Sorgen machen solltest, als mein oder Bartons Sexleben."

Sein Blick flog über Jensen und er empfand nichts als Ekel für den Mann. Er sollte verdammt sein, wenn er sich vor diesem Stück Dreck outen würde, bevor er Gelegenheit hatte mit seinen Eltern zu sprechen. Und wenn das geschah? Nick wusste, dass er Julian an seiner Seite haben wollte, nein, *nusste.* Nicht, weil Nick es ohne ihn nicht schaffen würde, sondern weil Julian es verdiente, dabei zu sein.

Ein Grinsen breitete sich auf seinen Lippen aus und er schubste Jensen gegen die Brust. „Ich habe dich gemeldet, Jensen. Ich habe jede unsaubere Kleinigkeit, die du gesagt oder getan hast, seit ich mit dir zusammenarbeite, gemeldet. Willst du einen Rat?" Nick richtete sich auf und tätschelte Jensens Wange. „Du solltest vielleicht mal über deinen Ruhestand nachdenken." Ohne auf eine Antwort zu warten, wirbelte Nick auf dem Absatz herum und ging weg, Barton hinterher.

Als er Barton in der Umkleide fand, hatte der seine Zivilkleidung angezogen. Es war sicher am besten, die ganze Sache behutsam anzugehen, beschloss Nick, als er Bartons steife Haltung und seinen grimmigen Gesichtsausdruck registrierte.

„Ich meinte es so, wie ich es gesagt habe. Ich habe ihn bei der EEO gemeldet."

Interesse flackerte in Bartons Gesicht auf, er sagte aber nichts. Nur die Anspannung seiner Kiefermuskulatur gab einen Hinweis auf seine wahren Gefühle.

„Ich dachte, es würde dich vielleicht interessieren."

Bartons Augen strahlten Wut aus. „Ja? Große Sache. Du hast also deine Pflicht getan. Jetzt kannst du behaupten, dass du dem schwulen Typen geholfen hast.“ Er warf seine Tasche über die Schulter und huschte an Nick vorbei.

„Adam, komm schon.“

Als er seinen Namen hörte, stoppte er und wirbelte herum. „Komm schon was, *Nick*?“ Der nachäffende Tonfall in Bartons Stimme betrübte, aber überraschte ihn nicht. „Ich habe gehört, was du gesagt hast. Du hast ihn gemeldet. Wenn du es für mich getan hast, dann habe ich eine Überraschung für dich. Du denkst, dass das Leute wie ihn davon abhält sich über mich lustig zu machen? Was denkst du, wie fühlt es sich an, zu wissen, dass Menschen sich wünschen, ich sollte tot sein, weil ich schwul bin? Du hast keine Ahnung davon, was ich durchmache. Also ja, tolle Neuigkeiten. Jetzt muss ich in einem Büro antanzen und irgendwelchen Fremden Dinge erzählen, die sie nichts angehen. Meine Sexualität und mit wem ich gerne schlafe.“ In seinen Augen loderte Wut. „Stell dir vor, du müsstest das machen, he?“

Damit eilte Barton aus der Umkleide. Nick versuchte nicht ihm zu folgen – welchen Sinn hätte das gehabt?

***

Nick erinnerte sich nicht, wie er nach Hause gekommen war; sein Verstand hatte auf Autopilot geschaltet und das Nächste, das er wusste, war, wie er in die Auffahrt am Haus seiner Eltern fuhr. Vage erinnerte er sich daran, dass er Julian versprochen hatte, ihn auf der Verbrennungsstation zu treffen, aber bei seiner jetzigen geistigen Verfassung, wäre das keine kluge Idee. Die Autotür warf er so hart zu, dass er hoffte, dass sie nicht aus den Angeln fiel. Er brauchte mehrere Anläufe, bis er es schaffte, mit seinen zitternden Händen die Haustür zu öffnen. Ohne sich damit aufzuhalten seine Jacke auszuziehen, trat er die Tür hinter sich zu und ging zielstrebig zum Kühlschrank, aus dem er das komplette Sixpack Bier herausholte. Bevor Nick die Küche verlassen hatte, hatte er bereits eine halbe Flasche geleert und nahm schon die zweite ins Visier.

Er zog sich bis auf sein Unterhemd und seine Unterhose aus und legte sich auf das Sofa, stützte seine Füße auf die Rückenlehne und schob sich ein Kissen unter seinen Kopf. Eine Schüssel mit Chips und kaltes Bier standen in Reichweite. Im Fernsehen lief eine Krimiserie und Nick hatte sein drittes Bier halbleer. In seinen Adern machte sich ein angenehmes Summen breit, als er dachte, ein Klopfen an der Haustür zu hören.

Nick hob den Kopf und lauschte dem nachdrücklicher werdenden Klopfgeräusch. Als er sich aufrappelte, um zu sehen, wer ihn nervte, rutschte die Decke, in die er sich gehüllt hatte, auf den Boden. Da er mit Katie rechnete, öffnete er die Tür nur halb, verdeckte damit seinen Unterkörper, damit sie ihn nicht in Unterwäsche sah. Zu seiner Überraschung war es Julian und nicht seine Schwester.

„Oh. Hi."

Es war ein komplett anderer Julian als der, den er sonst kannte. Er schob sich an Nick vorbei und ging hinein. Nick roch sein leichtes Eau de Cologne. Das Grün des Schals um seinen Hals ließ seine Augen smaragdgrün wirken und sein normalerweise glatt gestyltes Haar hing ihm verwuschelt ins Gesicht und verlieh ihm einen sexieren und raueren Look. Als Nick heute Morgen gegangen war, hatte Julian in einer Jogginghose gefaulenzt, jetzt trug er unter seinem schwarzen Trenchcoat einen schicken dunkelgrauen Anzug, der sich seiner schlanken und muskulösen Statur anpasste, als wäre er ihm auf den Leib geschneidert. Was er höchstwahrscheinlich auch war, dachte Nick, und zwar von Julian selbst. Nick mochte diesen Look. Sehr sogar.

Das enggeschnittene Hemd war grün, blau und weiß gestreift und Julian hatte es mit einer leuchtend grünen Krawatte kombiniert. Er sah hervorragend aus und ließ Nick das Wasser im Munde zusammenlaufen. Julian sah so verführerisch aus wie eine laufende Werbung für Sex auf langen, muskulösen Beinen.

Beine, die er lieber früher als später um seinen Körper geschlungen haben wollte, dachte Nick. Er nahm Julians Mantel und legte ihn auf den Küchenstuhl und hob seine eigene Jacke auf, die zusammengeknüllt auf dem Boden lag, wo sie gelandet war, nachdem sie vom Tisch gefallen war.

„Ist das alles, was du mir zu sagen hast?" Schmerz, Wut und Überraschung schwangen in Julians Frage mit; sein Stirnrunzeln grub tiefe Falten in seine Augenbrauen. „‚Oh, hi?' – Wo warst du? Ich habe dich mindestens zehn Mal angerufen."

Scheiße. Nick fuhr sich mit der Hand über sein Gesicht und drückte seine Finger in die müden, dunklen Augen. Er war es leid, das wieder durchzukauen. „Auf der Arbeit ist was Blödes passiert, aber ich will wirklich nicht darüber reden."

Nick ging auf ihn zu, strich mit der Nase an Julians weicher

Wange entlang und inhalierte seinen Duft. Dieser Mann roch immer so wundervoll nach Sonnenschein und Nicks innere Unruhe legte sich. „Eigentlich will ich gar nicht reden.“ Er legte seine Arme um Julian um ihm zu umarmen und an sich zu ziehen.

Die Stille wurde unerträglich, als Julian keine Anstalten machte sich zu bewegen, ihn zu berühren oder zu küssen. Sein Körper blieb hart und unnachgiebig unter Nicks Berührungen. „Was ist los?“

Ein fassungsloses Lachen brach aus Julian hervor, er entzog sich Nicks Umarmung und ging in das Wohnzimmer. „Was los ist? Du denkst, dass es in Ordnung ist, wenn du den Tag über verschwindest und dann abends nicht ins Krankenhaus kommst, wie du gesagt hattest? Kein Anruf, keine SMS? Ich verlange nicht, dass du dich bei mir abmeldest, aber …“ Julian zuckte mit den Schultern und setzte sich auf das Sofa. „Aber du könntest verdammt nochmal ein wenig mehr Verbindlichkeit an den Tag legen.“

„Warum bist du so sauer auf mich?“ Das angenehme Kribbeln von vorhin war wie weggeblasen und jetzt fühlte Nick seinen schmerzenden Kopf und sein leeres Herz. „Wir haben doch heute Nachmittag darüber gesprochen und ich habe dir gesagt, wie ich zu uns stehe. Ich gehe nirgendwo hin.“

„Das ist der Punkt. Du gehst nirgendwo hin. Du weigerst dich zuzugeben, dass du schwul bist und doch sagst du Dinge zu mir, die mich denken lassen, dass …“ Mit einer fließenden Bewegung erhob sich Julian und ging zurück in

die Küche. „Ich mach das nicht mehr. Ich gehe.“ Er nahm seinen Mantel von der Stuhllehne.
Wenn er Julian dieses Mal gehen ließ, wusste Nick, dass er ihn für immer verlieren würde. Es fühlte sich an, als würde er das letzte Mal atmen. Nick würgte hervor: „Warte, bitte!“
Mit seiner Hand auf dem Türknauf zögerte Julian. „Warum, Nick? Damit du mich davon überzeugen kannst, dass du mich willst? Ich weiß, dass du mich willst. Ich will dich auch. Aber Wollen und Brauchen sind zwei unterschiedliche Sachen.“
Das war es, wozu er schon vor Jahren die Eier hätte haben sollen. „Was ist mit Lieben, Julian? Macht es einen Unterschied, wenn ich dir sage, dass ich dich liebe?“

Kapitel 21

Für seine Erinnerung wollte Julian sich jedes Detail dieses Momentes einprägen, von der Kleidung, die er trug, bis hin zum exakten Zeitpunkt, als Nick es aussprach. Seit so vielen Jahren hatte er jeden aus seinem Leben ausgeschlossen, weil Nick nicht dazu in der Lage war, damit klar zu kommen, wer er war. Jetzt zu hören, wie er sagte „Ich liebe dich" sollte ihn mit einem Gefühl des Glücks erfüllen. Warum fragte er sich dann, ob es echt war?

Als er Nick ansah, konnte Julian nicht anders, als sich ihm zu nähern; wie der Verdurstende das Wasser brauchte, so sehnte sich Julian danach, Nick zu berühren. Er strich mit seiner Hand über Nicks Brust und folgte der Bewegung mit seinen Lippen, in der Hoffnung, dass er ihm wieder einmal beweisen konnte, dass ihn die Narben nicht störten. Sie waren zu weit gekommen und zu tief gefallen, um ein oberflächliches Leben zu führen.

„Sag es noch mal", flüsterte Julian, während er seine Lippen auf die starken Muskeln an Nicks Hals drückte.

„Bist ganz schön fordernd, findest du nicht?" Aber da war Freude in Nicks Stimme, eine Leichtigkeit, die Julian noch nie zuvor wahrgenommen hatte. Das Lächeln in Nicks Augen versprach ihm eine Welt, die er noch kennenlernen musste.

„Sag es mir", beharrte Julian. „Sag es noch mal."

Liebevolle Hände umrahmten Julians Gesicht und verrieten eine Zärtlichkeit, die er von diesem ruppigen und ernsten Nick gar nicht erwartet hatte. Diese dunkelblauen Augen

blickten ihn an, während ein zögerliches Lächeln seine Lippen umspielte.
„Ich liebe dich, Julian. Als ich eben dachte, dass du mich verlassen würdest und ich ein schreckliches Leben ohne dich führen müsste, wusste ich, dass sich alles verändert hat. Ich bin es leid, allein und einsam zu sein. Ich will ein wichtiger Teil deines Lebens, für die Kinder und in meinem Job sein. Ich will kein Nichts mehr sein."
In einer für Nick untypischen Gefühlsäußerung zog er Julian nah an sich und dieser umklammerte ihn, als würde er ertrinken. Die Kraft, die Nick gebraucht haben musste, um seine verletzliche Seite zu zeigen, brach Julian fast das Herz.
„Du könntest niemals ein Nichts sein. Um Gottes willen weißt du nicht, dass du alles für mich bist?"
Nick stöhnte, sein Atem flog über Julians Haut. „Du siehst so verflucht lässig und durchgestylt aus in deinem Anzug und der Krawatte. Aber ich kenne dein wahres Ich unter all diesem Mist."
Nick zog Julians Hemd aus seiner Hose, während Julian es mit zitternden Fingern aufknöpfte. Aber als er seine Hose öffnen wollte, schlug Nick ihm auf die Finger. „Ich kenne all die heißen und sexy Dinge, die du gerne tust. Und die du gerne *mit* dir machen lässt. Wärme breitete sich in seinem Unterleib aus, als Nicks Hände seine Haut berührten. „Heute gehörst du mir und ich werde das alles mit dir machen."
Leidenschaft loderte zwischen ihnen, Julian bäumte sich auf und presste sich gegen Nicks Schwanz. Dieser kleine besitzergreifende Ausbruch ließ ihn unglaublich hart

werden. Was auch heute passierte, würde ihn und Nick zweifellos zusammenschweißen. Das Risiko war enorm für Julian. Obwohl er sich geschworen hatte, Nick nicht zu verfallen, hatte Julian den Kampf schon verloren, bevor er überhaupt wusste, dass der Krieg begonnen hatte.

Aber das Leben war dazu da, um Risiken einzugehen. Durch seine halbgeschlossenen Augen beobachtete Julian wie Nick aus seiner Unterhose stieg und sich sein dicker Schwanz stolz erhob. Bei Nick zu sein war ein Risiko, das er gerne einging. Nicks Finger drückten sich gegen Julians Erektion, die noch immer in seiner Anzughose gefangen war.

„Ich will den in meinem Mund haben."

„Dann nimm ihn dir endlich", krächzte Julian. Er war gefährlich kurz davor, in seiner Hose zu kommen und keuchte unter der Anstrengung stillzuhalten. „Tu es jetzt, bevor ich meinen besten Anzug ruiniere."

„Wenn du dir mehr Sorgen über deine Klamotten machst, als darüber, was ich mit dir anstelle, wenn ich sie dir ausgezogen habe, mache ich irgendwas falsch." Ein verführerisches, teuflisches Lachen entfloh Nicks Mund und eine Woge der Erregung jagte durch Julians Unterleib. Ohne Vorwarnung zog Nick ihm seine Anzug- und Unterhose herunter und griff nach Julians schon feuchtem Schwanz.

„Ich habe meine Meinung geändert. Steig aus deiner Hose."

Verlangen rauschte durch Julians fiebriges Gehirn. Unfähig sich zu wehren, tat er, was Nick befohlen hatte. Unverzüglich stand er nackt bis auf sein offenes Hemd in Nicks Küche.

„Spreiz deine Beine."

Heilige Scheiße, Nick würde ihn auf dem Küchentisch nehmen. Das war verflucht heiß. Julian legte seine Arme auf die glatte Holzoberfläche. Er wartete und fragte sich, wo Nick sein Gleitgel aufbewahrte und ob es nicht zu früh für sie war, es ohne Kondom zu tun, wenn …

„Fuuuuck." Die Feuchtigkeit von Nicks Zunge zwischen seinen Pobacken sandte einen elektrischen Schlag direkt zu Julians Schwanz. Seine Eier zogen sich zusammen und seine Wirbelsäule prickelte. „Nick." Julian schrie auf und hielt mit einer Hand seine anschwellende Erektion umklammert. Fast wäre er auf Nicks schönen, sauberen Tisch explodiert.

„Verkneif es dir", brummte Nick, während er Julians Arsch küsste und an seinen Backen knabberte, bis Julian sich unter ihm krümmte und mit zuckenden Hüften seinen Schwanz immer wieder in seine Faust drängte.

„Ich versuch's", presste Julian hervor.

„Versuch's weiter." Nick spreizte Julians Pobacken und versenkte seine Zunge direkt in Julians Loch. Tief und grob erforschte er es, ignorierte die Flüche und Schreie aus Julians Mund.

„Fick. Mich. Nick, Gott. Da. Genau, da." Julian drückte sich nach hinten gegen die feuchte und sündhafte Zunge, während er daran arbeitete, seinen Orgasmus zurückzuhalten, an dessen Rand er sich befand. Julian wusste ohne jeden Zweifel, wenn er diesen Genuss überstehen sollte, wäre das eine Art Wunder.

Er sah weiße Punkte am Rand seines Blickfeldes und schrie auf, als Nick noch einmal sein Loch leckte und ihn mit allem liebte, was er hatte.

„Fuck, Julian. Ich muss in dir sein. Jetzt. Aber ich habe kein Kondom.“ Nick keuchte, lehnte seinen Oberkörper gegen Julian. „Das Department testet uns monatlich …“

„Dann tu es.“ Seine Stimme brach vor Gier. „Ich wurde bei meiner letzten ärztlichen Untersuchung vor drei Monaten getestet. Jetzt fick mich.“

„Du kleiner Diktator.“ Nick griff über ihn und nahm das Öl vom Tisch. „Das muss jetzt erst mal reichen, weil der Anblick, wie du über meinem Tisch gebeugt bist, einfach zu heiß ist. Wir gehen später ins Schlafzimmer.“ Er verteilte das Öl auf seinem Schwanz und tröpfelte etwas davon zwischen Julians Pobacken.

„Halt die Klappe und fick mich.“ Julian biss die Zähne zusammen. „Ich explodiere hier gleich.“

Nick brachte die dicke Spitze seines Schwanzes auf eine Höhe mit Julians Loch und drückte sich hinein, seine Brust fest an Julians Rücken gepresst. Mit seiner großen Hand hielt er Julians Schulter, während die andere die Kontrolle über Julians Schwanz übernahm. Die Rauheit von Nicks Hand verstärkte die Berührung, nach der Julian sich verzehrte. Er drängte sich der Reibung entgegen und schrie in vollkommener Hingabe auf, als der Lustschmerz ihn überschwemmte.

Es brauchte nur zwei, drei Stöße von Nicks Schwanz, um Julian über den Rand seines Orgasmus zu schubsen. Sein Blick verschwamm und ein Kaleidoskop von Farben zersprang vor seinen Augen. Bevor er komplett zusammenbrach, spritzte er seine Sahne auf Nicks Tisch. Sein eigener Schrei war so laut, dass seine Ohren klingelten.

„Oh Scheiße. Das ist gut. Das ist so verdammt gut." Nick drang tief in ihn ein und entleerte sich heiß in Julian. Er bedeckte Julian mit seinem schweren Körper und griff nach Julians Kinn, um einen feuchten, verruchten Kuss auf dessen Mundwinkel zu platzieren.

Beide rangen nach Luft. Ihre Körper bebten unter den Nachwehen. Nick drückte sein Gesicht in die Kuhle von Julians Genick, die Tränen in seinen Wimpern vermischten sich mit dessen Schweiß. Zutiefst berührt hielt Julian Nicks klebrige Hand und drückte seine Finger.

„Als wir sechzehn waren und du mich verlassen hast, dachte ich, ich würde sterben. Ich habe mich aufgerappelt und weitergelebt, aber erst jetzt, mit dir in mir, mit deinem Geschmack auf meinen Lippen, spüre ich, dass ich lebe."

Ein rauer Atemzug entfleuchte Nicks Mund. „Du warst schon immer klüger als ich. Ich weiß nicht, wie man so schöne Worte finden kann. Alles was ich dir sagen kann, ist, dass das Leben Sinn ergibt, wenn ich bei dir bin. Mir wurde immer erzählt, dass ein halbes Leben besser ist als gar keins, aber du gibst mir alles, was ich bisher vermisst habe. Dich zu lieben, hat mich wieder vollständig gemacht."

Julians Hoffnung war nun, dass Nick die Mauer der Scham durchbrochen hatte, die ihn gefangen hielt, weil er dachte, einen Mann zu lieben wäre falsch. Wenn sie nur zu zweit waren, passte alles. Wie er sich in der Öffentlichkeit als schwuler Mann bewegen würde, war etwas anderes. Heute Nacht, mit Nick, der sich noch immer in ihm befand und ihren verschwitzten Körpern, die aneinander klebten, war das genug für Julian.

Nick zog sich aus Julian zurück und küsste seine Schulter. „Ich bin gleich wieder da." Er ging ins Badezimmer und Julian säuberte sich und begann sich anzuziehen. Er hatte seine Hose bereits hochgezogen, aber noch nicht den Reißverschluss geschlossen, als die Wohnungstür geöffnet wurde. Julian erstarrte und sah mit wachsender Furcht, wie ein bewaffneter Mann das Apartment betrat.
„Keine Bewegung."
Es war Nicks Vater. Sie starrten einander an und Julian konnte den Schock des Mannes sehen, einen halbnackten Mann in der Wohnung seines Sohnes zu finden mit dem unmissverständlichen Geruch von Schweiß und Sex, der in der Luft hing.
„Ähm, hallo, Mr. Fletcher. Ich bin es, Julian Cornell. Erinnern Sie sich an mich?"
Der Schock war unübersehbar in Brian Fletchers Augen, als er sich im Zimmer umsah: auf den Boden, wo die Kleidungsstücke verstreut waren und dann zurück zu dem zerzausten Julian.
„Was zur Hölle geht hier vor?"

Kapitel 22

Glück war kein Gefühl, das Nick mit Leichtigkeit empfinden konnte. Wenn man die meiste Zeit seines Lebens eine Lüge lebte, war es schwer, die Energie aufzubringen, um das Leben zu genießen. Der Grund für das Lächeln, das er im Badezimmerspiegel sah, konnte nur Julian sein. Nick verstand jetzt, was es bedeutete, jemanden in seinem Leben zu haben, dessen Wohlergehen einem mehr bedeutete als das eigene. Nach all den Jahren, in denen sich jeder auf ihn und seine Bedürfnisse konzentriert hatte, wollte Nick einige Zeit damit verbringen, für Julian da zu sein.

Beruhigt und zufrieden schlüpfte Nick in seine Trainingshose und plante die Nacht damit zu verbringen, Julian so lange zu lieben, bis der Mann sich nicht mehr aus Nicks Bett bewegen konnte. Sex auf dem Küchentisch war spontan und heiß, aber schlecht für seinen Rücken.

Er lachte leise in sich hinein und kehrte ins Wohnzimmer zurück. „Hey, denk nicht, dass wir für heute schon fertig …“ Er verstummte, als er seinen Vater in der Küche stehen sah mit seiner verdammten Waffe in der Hand.

„Dad. Was zur Hölle geht hier vor?“

Man musste Julian zugutehalten, dass obwohl sein Gesicht leichenblass war, seine Stimme fest und ohne einen Hinweis auf Angst war.

„Ähm, dein Vater möchte gern wissen, was hier vorgeht.“

Der direkte Blick von Julian sagte alles. Er wusste, was Julian von ihm erwartete. Eine Erklärung und Bestätigung von Nick für seinen Vater. Und mehr als alles andere wollte er diese auch abgeben. Aber für Nick war das Hier und

Jetzt wichtig. Dieses Gespräch war zu wichtig und er und Julian waren nur halb angezogen.
„Was tust du hier, Dad? Wie kommst du dazu, in meine Wohnung einzubrechen?“ Wütend über diese Verletzung seiner Privatsphäre feuerte Nick Blicke wie Dolche auf seinen Vater ab.
Schließlich drehte sein Vater Julian den Rücken zu und wandte sich an Nick. „Deine Mutter und ich kamen nach Hause und haben hier drin Schreie gehört. Sie hatte Angst, dass wieder Albträume haben könntest oder dass du ausgeraubt wirst.“ Ein höhnisches Grinsen umspielte seine Lippen. „Gut, dass ich sie nach oben geschickt habe, sonst hätte sie das hier mit ansehen müssen.“ Er zeigte hinter sich zu Julian und auf die noch immer auf dem Boden verstreuten Kleidungsstücke.
Nur für einen Moment empfand Nick Scham; nicht über das, was Julian und er getan hatten, sondern weil sich seine Mutter Sorgen um ihn machte.
„Wir werden darüber reden, aber ich bevorzuge es, das zu tun, wenn wir beide vollständig angezogen sind. Wir kommen gleich hoch.“ Nick stellte sich neben Julian, der ein knappes Lächeln zustande brachte, das aber nicht seine Augen erreichte.
„Du willst das mit deiner Mutter zu besprechen?“ Die Stimme seines Vaters klang ungläubig. „Ich will ihn nicht im Haus haben.“ Mit einer knappen Geste seines Kinns deutete er in Richtung Julian.
Damit warf er Nick den Fehdehandschuh vor die Füße. Wenn sein Vater dachte, dass er davor zurückscheute, würde Nick sein Weltbild auf den Kopf stellen.

„*Er* hat einen Namen – Julian. Benutz ihn.“ Zu seiner eigenen Überraschung nahm er Julians Hand in seine und fühlte keine Scham dabei, vor den Augen seines Vaters die Hand eines Mannes zu halten. „Und wenn Julian oben nicht willkommen ist, bin ich es auch nicht.“

Julian drückte seine Hand fest. „Können wir kurz miteinander reden?“ Er deutete zum Wohnzimmer. „Da drüben?“

Mit einem knappen Nicken und immer noch Julians Hand haltend, drehte Nick seinem Vater den Rücken zu und verließ ohne ein weiteres Wort die Küche. Tränen drohten seine wacklige Selbstbeherrschung zu brechen. Die einzige Konstante in seinem Leben, die Stärke, an die er sich jeden Tag klammerte, war immer die Liebe und Unterstützung seiner Familie gewesen. Diese zu verlieren wäre ein verheerender Schlag für ihn.

Julian sah ihm ins Gesicht, Sorge und Zärtlichkeit leuchteten in seinen wunderschönen Augen. „Tu das nicht.“

Verwirrt starrte Nick Julian an. „Hä? Was tun?“

Julian bedeutete Nick, sich neben ihn auf das Sofa zu setzen. „Stell unsere Beziehung nicht über die Liebe und Akzeptanz deiner Eltern.“ Er liebkoste die Innenseite von Nicks Handgelenk mit der Spitze seines Daumens, dann küsste er es.

Julians Lippen ruhten weich und warm auf Nicks Handgelenk. „Unsere Liebe ist kein Ausschlusskriterium – wir gegen sie. Ich bin vollkommen damit zufrieden, hier unten zu warten und dich das Gespräch darüber führen zu lassen, wer du bist und es davon zu trennen, was wir einander bedeuten.“

„Ich will nicht, dass du denkst, dass ich jetzt kneife und mich entschuldige. Ich will, dass du hörst, wie ich ihnen sage, dass ich dich liebe."
Julians süffisantes Grinsen tauchte wieder auf. „Ich habe nicht gesagt, dass ich *das* nicht hören möchte. Ich will es dich noch viele Male sagen hören. Im Grunde jeden Tag." Seine grünen Augen wurden ernst. „Wir haben lange darauf gewartet; ich zumindest. Mach es auf die richtige Weise und du kannst alles haben: deine Familie und mich, nicht nur eines von beidem."
„Und ich dachte, du hättest nur ein hübsches Gesicht."
Julian lachte und seine Augen strahlten. „Ich bin nicht hübsch. Ich glaube, man nennt mich ‚umwerfend gutaussehend', zumindest sagte das ein Fashionblogger."
„Besser, das war eine Frau", grummelte Nick, überrascht von seiner Eifersucht. Der Gedanke, dass irgendjemand anderes außer ihm Julian berührte oder die gleichen verbotenen Gedanken über diesen weichen Körper und diesen wahnsinnig heißen Mund haben könnte, ließ in Nick mörderische Absichten entstehen, die er bei sich niemals vernutet hätte. „Niemand legt mehr Hand an dich. Nur ich."
„Geh hoch und rede mit deinen Eltern. Ich bin hier, wenn du mich brauchst." Julians Fingerspitzen streiften über Nicks Wangen. „Ich werde immer da sein. Ich habe dich niemals verlassen."
Mit einem tiefen Seufzer stand Nick auf. „Ja, du hast recht." Er schleppte sich wie ein müder Soldat, der zurück zum Kampf beordert wurde, Richtung Tür. Bevor er wieder zu seinem Vater ging, griff er sich ein T-Shirt, das am Türknauf hing und zog es über den Kopf. Es war keine

Überraschung, dass sein Vater noch genau dort stand, wo er ihn verlassen hatte: mittlerweile mit verschränkten Armen und sein Kiefer war so angespannt, dass er mit seinen Zähnen Walnüsse hätte knacken können.
„Lass uns zu Mom gehen.“ Nick schob sich weiter in Richtung Tür.
„Was ist mit ihm?“
Nick blieb stehen und sah seinen Vater so lange an, bis er nachgab. „Was ist mit Julian?“
„Er bleibt hier, bis ich ihn rufe.“
Sein Vater öffnete den Mund und Nick unterbrach sofort: „Das ist nicht verhandelbar.“
Der Weg nach oben fühlte sich an wie ein Trauermarsch; Nick fürchtete, dass es für seine Eltern sehr schmerzhaft sein würde, das alles zu verstehen. Als er am oberen Ende der Treppe ankam, sprang seine Mutter von ihrem Platz auf dem Sofa auf und eilte zu ihm.
„Ist mit dir alles in Ordnung? Ich habe mir solche Sorgen gemacht und dann war dein Vater eine Weile weg …“ Ihre Stimme erstarb, als sie über Nicks Schulter blickte. „Brian, was ist los? Nick geht es doch gut.“
„Mom, komm wir setzen uns.“
Er hasste es, dass sich ihr Gesicht vor unmittelbarer Sorge verzog. „Alles ist in Ordnung, oder nicht? Ich habe mit Katie gesprochen und sie ist auf dem Weg hierher, obwohl ich ihr gesagt habe, dass das nicht notwendig ist.“
Fan-fucking-tastisch. Dann kamen ihm Julians Worte in den Sinn. *„Mach es auf die richtige Weise und du kannst alles haben; deine Familie und mich, nicht nur eines von beidem.“*

Sein Vater steuerte direkt die Hausbar an. Nick beobachtete, wie er sich einen doppelten Scotch eingoss, das bebende Glas war ein Zeichen seiner Nervosität. Zu sehen, wie die Besorgnis seines Vaters zunahm, beruhigte ihn hingegen ein wenig. Mit Nervosität konnte er umgehen; mit irrationalem Hass und Wut nicht. Nick liebte seinen Vater. Der Mann war ihm nicht einmal von der Seite gewichen, während er sich von seinen Verletzungen erholt hatte. Würde dieser Mann wirklich seinem Sohn den Rücken zukehren?

Er weigerte sich, das zu glauben.

„Kannst du mir auch einen einschenken, Dad?“

Sein Vater schaute über die Schulter und blickte ihn aus traurigen blauen Augen an. Nick wollte ihn schütteln und rufen: *„Sieh mich an. Ich bin der gleiche Mensch, den du heute Morgen geliebt hast; der gleiche Mann, den du gestern Abend umarmt hast. Warum ist es wichtig, wen ich liebe?“*

Aber er blieb stumm, nahm seinen Drink entgegen und ließ sich auf den alten Clubsessel plumpsen.

„Vorsichtig. Die alten Federn können jeden Moment nachgeben und du bist kein Leichtgewicht mehr.“ Seine Mutter sah ihn liebevoll an. „Du bist wieder der gleiche Nicholas wie früher.“

Seinem Vater verschluckte sich an seinem Drink und Nick stellte seinen unberührt auf dem Tisch ab. „Mom, ich bin mit Dad hochgekommen, weil ich mit euch reden muss.“ Sein Herz sprang fast aus seiner Brust und sein Mund wurde trocken. Vielleicht brauchte er den Drink doch.

„Du machst mir Angst, Nick. Du bist doch nicht krank, oder?“ Alle Farbe wich aus ihrem Gesicht und ihre Augen

füllten sich mit Tränen. „Bitte. Wir haben dich doch erst zurückbekommen.“
„Nein, Mom. Mir geht’s gut. Ich verspreche es dir.“ Hilfesuchend blickte er zu seinem Vater, der seine Kiefermuskeln anspannte, seinen Drink hinunterkippte und sich neben seine Frau stellte.
„Marilyn, körperlich geht es Nick gut.“ Er legte ihr den Arm um die Schulter und führte sie zum Sofa, wo er sich mit ihr setzte. Unfähig stillzusitzen, erhob Nick sich wieder und wippte auf den Füßen.
Verwirrt wanderte ihr Blick von Nick zu seinem Vater. „Was meinst du mit körperlich? Brian, du machst mir Angst.“
Sprachlos über die Worte seines Vaters starrte Nick diesen an. „Ist es das, was du denkst? Eine geistige Krankheit?“
„Würde mal bitte jemand aufhören in Rätseln zu sprechen und mich aufklären?“
Nick kniete sich vor sie und nahm ihre Hand, sein Herz hämmerte in seiner Brust. „Der Grund, warum ich nicht verheiratet bin oder es genossen habe mit den Frauen auszugehen, die du mir aufgedrängt hast, Mom, ist, dass ich schwul bin. Ich habe es immer gewusst. Ich wollte es nur nicht zugeben, wegen genau dieser Reaktion, die ich von ihm bekomme.“ Er deutete mit einem Zucken seines Kinns auf seinen Vater. „Aber du weißt, dass ich immer noch der gleiche Mensch bin, der ich immer war. Der gleiche Sohn, den du immer geliebt hast. Bitte stoß mich nicht weg und hör nicht auf, mich zu lieben.“
Einige Momente verstrichen und mit jedem Herzschlag starb ein kleiner Teil in Nick.

„Als du geboren warst und sie dich mir gaben, komplett eingewickelt und nur dein perfektes kleines Gesicht war zu sehen, war alles, was ich denken konnte ‚Gott sei Dank ist er gesund'. Du warst so wunderschön, Nicholas; ein hübscher, fröhlicher kleiner Junge."

Tränen liefen ihr über die Wangen, doch sie achtete nicht darauf. Er liebte seine Mutter so sehr und wusste nicht, was er tun würde, wenn sie sich von ihm abwenden würde.

„Es war immer mein Traum dich verheiratet zu sehen, mit einer Frau und Kindern und jetzt sagst du mir, dass das nie passieren wird."

„Nein, Mom. Es wird keine Frau geben."

„Aber weißt du, was für mich schlimmer ist, als dass du keine Frau und Kinder haben wirst?" Sie wischte sich über die Augen, aber die Tränen kullerten weiter. Nick streckte seine Hand aus, strich über ihre feuchten Wangen und ließ seine Fingerspitzen dort liegen.

„Was, Mommy?"

Auf ihrem Gesicht breitete sich ein Lächeln aus, seit seiner Kindheit hatte er diesen Kosenamen nicht mehr verwendet. „Dich nicht mehr zu haben. Verstehst du, ich weiß, wie es sich anfühlt, dass wir dich beinahe verloren haben. Vier Tage lang saßen wir an deinem Bett ohne zu wissen, ob du es schaffen würdest. Und als die Ärzte uns sagten, dass du aus dem Koma aufgewacht bist, war es, als hätte ich dich ein zweites Mal geboren."

„Mom." Der Schmerz, unter dem er gelitten hatte, konnte nicht schlimmer sein als das, was seine Eltern damals seinetwegen durchmachen mussten. „Es tut mir leid. Ich weiß, dass ich eine Enttäuschung bin …"

„Wer sagt so etwas?" Marilyn Fletcher erhob nicht oft ihre Stimme, aber wenn sie es tat, würde nur ein Idiot es wagen, sie zu ignorieren. Ihr Zorn brannte hell und erbittert wie der von Jeanne d'Arc, die in den Kampf zog. „Du bist mein Sohn. Du könntest niemals eine Enttäuschung für mich sein. Wenn du das denkst, habe ich als Mutter versagt."

„Ich liebe dich, Mom. Und ich weiß, dass es dauern wird, sich daran zu gewöhnen, aber ich bin immer noch der gleiche Mensch, der ich immer war. Ich habe gehofft, dass es für dich okay sein würde, auch wenn Dad es nicht akzeptiert."

Der vernichtende Blick, den seine Mutter seinem Vater zuwarf, prophezeite einen großen Haufen an Unannehmlichkeiten. „Tut er nicht? Sag mir, Brian, was akzeptierst du nicht – dass dein Sohn glücklich ist? Wäre es dir lieber, wenn er unglücklich wäre?"

Sorgenfalten gruben sich in das verwitterte Gesicht seines Vaters; innerhalb einer Nacht war sein Vater für Nick ein Fremder geworden, anstatt der Mann, den er sein ganzes Leben lang vergöttert hatte. „Natürlich nicht. Ich denke praktisch. Der Junge ist ein Feuerwehrmann. Denkst du, dass noch irgendjemand mit ihm arbeiten will, wenn sie wissen, dass er auf Männer steht? Die werden nicht mal mehr mit ihm auf die Toilette wollen." Sein Vater war so gnädig und schaute höchst unbehaglich drein, aber Nick wollte es nicht so hinnehmen.

„Ich verstehe. Deiner verdrehten Logik folgend steht jeder schwule Mann auf jeden Hetero? In Analogie dazu stehst du auf jede Frau, die du siehst. Sollte Mom sich Sorgen machen?“

Verlegenheit färbte seine Wangen rot, aber sein Vater beharrte auf seinem Argument. „Sei nicht albern. Du weißt es besser. Deine Mutter hat keinen Grund jemals zu denken, dass ich einer anderen Frau nachschaue. Ich bin an niemanden anderem interessiert.“

„Warum sollte sich dann ein schwuler Mann für jeden Mann interessieren, den er sieht? Wenn ich verheiratet wäre oder in einer Beziehung, warum würdest du vermuten, dass ich meinem Partner weniger verbunden bin als du Mom?“

Dieses Mal blieb die Hand seines Vaters ruhig, als er den Scotch austrank, sich ein weiteres Glas einschenkte und die Flasche leerte. Er bot Nick nicht an, ihm nachzuschenken.

„Das ist nicht dasselbe.“

Da war nichts mehr von dem freundlichen und liebevollen Vater, dem Nick als Kind nachgerannt war und den er darum gebeten hatte, neben ihm auf dem Feuerwehrtruck mitfahren zu dürfen oder Wasser mit dem Feuerlöschschlauch zu spritzen. Brian Fletcher strahlte beinahe sichtbar seine Missbilligung aus; seine traurigen Augen und sein eigensinnig nach vorn geschobener Kiefer waren unmöglich mit den Erinnerungen des liebevollen Mannes in seiner Kindheit in Einklang zu bringen.

„Gibt es jemand Besonderen in deinem Leben, Nick?“ Neugier, keine Verachtung schwang in der Stimme seiner Mutter mit.

Nicks Hals war wie zugeschnürt, er konnte nur nicken und hoffen, dass er nicht anfangen würde zu weinen. Das würde seinem Vater nur noch mehr Munition liefern, die er gegen ihn verwenden konnte. Echte Männer weinten schließlich nicht.

„Wann können wir ihn kennenlernen? Wenn er dir wichtig ist, ist er auch mir wichtig."

Nick wusste, dass er zu den Glücklichen gehörte, weil er mit einer Mutter gesegnet war, die ein offenes und liebendes Herz besaß. Er schwor sich, für den Rest seines Lebens jeden Tag zu einem Muttertag zu machen.

„Bist du sicher? Er wartet unten darauf, dass ich ihn hochhole. Ich wollte, dass er von Anfang an dabei ist, aber er bestand darauf, dass wir zuerst als Familie darüber reden und sichergehen, dass zwischen uns alles in Ordnung ist." Er schluckte. „Ist das so? Ich meine, ist alles okay bei uns?" Instinktiv blickte er in die gequälten Augen seines Vaters. „Komm schon, Dad. Tu das nicht."

„Mein ganzes Leben habe ich davon geträumt, dass mein Sohn in meine Fußstapfen tritt." Die tiefen Emotionen, die in der Stimme seines Vaters mitschwangen, ließen Nick seinen normalerweise barschen Tonfall kaum wiedererkennen. Es war nur ein leises Flüstern in der Stille des Raumes. „Niemand hätte ein stolzerer Vater sein können als ich, als du deinen Akademie-Abschluss erhalten hast und deiner Feuerwache zugeteilt wurdest." Er spielte mit seinem leeren Glas, stellte es dann auf den Tisch und fuhr sich mit der Hand durch sein dichtes Haar. Seit Kurzem waren die grauen Strähnen mehr geworden und Nick gab sich auch daran die Schuld, weil er wusste, dass sie von seinen Sorgen um Nicks Gesundheit herrührten.

„Bevor du verletzt wurdest, dachte ich, dass du sogar Lieutenant oder etwas Höheres werden könntest. Du warst so

ein guter Feuerwehrmann, Nick. Du bist der geborene Anführer."
„Ich habe mich nicht verändert, Dad. Vielleicht kann ich nicht der Feuerwehrmann sein, den du dir gewünscht hast. Das bedeutet aber nicht, dass ich im Inneren nicht mehr derselbe Mann bin wie vorher. Ich habe es so sehr versucht, aber dich und Mom zu belügen, und nicht zuletzt auch mich selbst, hat mich fast umgebracht." Wenn es ihm nicht gelang seinen Vater zu überzeugen, war sich Nick nicht sicher, ob er die Kraft hatte, seine Beziehung mit Julian weiterzuführen. Für ihn gab es keine andere annehmbare Option. Er brauchte beide in seinem Leben, beide an seiner Seite.
„Du redest davon, dass ich ein Feuerwehrmann bin, als wäre das alles, was zählt. Ich liebe das Department, das weißt du. Aber das ist mein Job. Ein Feuerwehrmann zu sein, ist nicht das, was mich definiert und wer ich bin."
Sein Vater atmete frustriert aus. „Ich mache alles falsch. Du weißt, dass ich nicht gut im Reden bin." Seine abgearbeiteten, rauen Finger bewegten sich in seinem Schoß. „Als du verletzt warst, habe ich gelernt, dass nicht immer alles nach Plan läuft im Leben. Ich habe dich immer nur als Feuerwehrmann gesehen, ich habe nie darüber nachgedacht, was du wolltest, oder daran gedacht, dich danach zu fragen. Es war einfach so. Du warst dabei, in meine Fußstapfen zu treten."
Zu sehen, wie sein Vater mit sich selbst rang, ließ Nick fast zusammenbrechen. Er hatte seinen Eltern bereits so viel Schmerz zugefügt und das war es, was er fürchtete. Er fürchtete, alles zu verlieren, was er in seinem Leben hatte.

Nur Monate zuvor hatte sich dieses Leben vor ihm ausgedehnt, gefüllt mit bedeutungslosen Begegnungen und einsamen Nächten; gewissermaßen eine emotionale Wüste. Jetzt, da es so viel Hoffnung und Versprechungen bereithielt, überkam Nick einen Moment die Angst, die wie ein Teufel in sein Ohr flüsterte und sein Glück verhöhnte. Nur Julian war in der Lage, den Teufel und die Angst auszurotten mit seinem schonungslosen Auftreten, seinen durchdachten Worten und seiner liebevollen Akzeptanz. Er konnte ihn nicht aufgeben, auch nicht, wenn er seinem Vater dadurch Kummer machte.

„Ich sehe immer noch zu dir auf, Dad. Du bist immer noch der beste Mann, den ich kenne."

„Nein, bin ich nicht."

Bei der knappen Aussage seines Vaters verkrampfte sich Nicks Magen. War das wirklich das Ende? Würde er dazu in der Lage sein, dieses Haus zu verlassen und seinen Vater nie wiederzusehen?

„Ich wollte, dass du wie ich bist. Ohne einen Gedanken daran zu verschwenden, was du vielleicht willst. Das waren meine Träume. Nie deine. Macht ein guter Vater so etwas?" Er seufzte und schüttelte den Kopf. „Das glaube ich nicht."

Vorsichtiger Optimismus pumpte bei diesen Worten Adrenalin durch seinen Körper, aber Nick behielt seine Nerven unter Kontrolle. Er wollte nicht glauben, dass er falsch lag mit der Vermutung, wie dieses Gespräch verlaufen könnte.

„Das war alles, was du kanntest, Dad, und du liegst falsch – ich wollte es auch. Du hast mich nie dazu gezwungen irgendetwas zu tun. Ich wollte immer so sein wie du, ein

Feuerwehrmann – der Beste. Ich habe vergessen mich dafür zu bedanken, dass du mich nie hast fallen lassen, dass du mich immer aufgefangen und mir beigebracht hast, auf eigenen Füßen zu stehen. Danke, dass du dein eigenes Leben aufgegeben hast, um mir während all den Jahren nach meiner Verletzung bei meinem zu helfen."

„Dank mir niemals dafür, dass ich dich liebe. Das ist die einfachste Aufgabe, die ich je hatte."

Aus seinem Augenwinkel sah er, wie Katie den Raum betrat und sich neben ihre Mutter setzte. Hand in Hand waren diese zwei Frauen seiner Familie seine Rettungsleine, aber Nick wollte alles. Er brauchte seinen Vater.

„Wenn das der Fall ist, dann hat sich der Mensch, der ich bin und immer war, nicht geändert." Nick nahm die Hand seines Vaters in seine. „Du liebst mich immer noch, auch wenn ich nicht dem folge, was andere als normal bezeichnen. Doch es kommt darauf an, was ich für normal halte, eine neue, andere Normalität. Eine Normalität, in der es keine Diskriminierung und keinen Hass gibt. Haben wir davon nicht schon genug gesehen? Sollte Liebe nicht die Normalität sein?"

„Du warst schon immer klüger als ich. Ich erzähle jedem, dass Nick auf mich einreden kann bis ich die ursprüngliche Frage vergessen habe."

Sie waren vielleicht zu viert in dem Raum, aber nicht mal das Geräusch ihres Atems durchdrang den Nebel der Unsicherheit in Nicks Kopf.

„Sind wir im Reinen miteinander, Dad? Oder wendest du dich von mir ab, und ich muss mich demnächst mit Katie und Mom ohne dich zum Dinner und zum Mittagessen treffen?“

Sie sahen sich an und Nick hielt die Luft an, ernsthaft unsicher darüber, wie sich sein Vater entscheiden würde.

„Ich bin ehrlich. Ich verstehe deine Wahl nicht. Ich weiß, dass man so nicht denken darf, aber ich bin noch von der alten Schule und langsam. Ich mag keine Veränderungen. Aber ich bin nicht willens dich aufzugeben, weil du mein Sohn bist und ich dich liebe. Wenn du mir versprechen kannst, dass du tolerierst, dass ich Dinge manchmal falsch verstehe und weißt, dass es wirklich nur ein Fehler ist, verspreche ich dir beizustehen.“

Beide, seine Mutter und Katie, umarmten ihn schniefend und unter Tränen. Obwohl er ihre Umarmung annahm, ließ er seinen Vater keinen einzigen Moment aus den Augen. Und schließlich trat das ein, worauf Nick gewartet hatte. Die tiefen Falten auf dem Gesicht seines Vaters lösten sich; in einer feinen Bewegung formten seine Lippen ein Lächeln, anstelle einer grimmigen Grimasse.

Nick wusste, alles würde gut werden, als er das zögerliche Lächeln seines Vaters erwiderte. Es würde zwar harte Arbeit und Zeit erfordern, aber das brauchten alle Dinge, die es wert waren, dafür zu kämpfen. Das hatte er gelernt, nachdem er im Krankenhaus aufwachte und die Hälfte seiner Brust verbrannt war.

„Ich bin sofort wieder da. Ist das in Ordnung für euch?“ Nick ging zur Treppe und wartete auf der obersten Stufe.

„Geh nur, Sohn.“ Die Wärme und Zuneigung in diesen drei Worten drangen direkt in Nicks Herz. Von diesem Moment an konnte es nur einfacher werden. Warum sollte es ihn einen Scheiß interessieren, was die Leute, mit denen er arbeitete, über sein Sexleben dachten? Er interessierte sich auch nicht für ihres.

Er gab seinem Vater das Daumen-hoch-Zeichen, dann stieg Nick die Treppe zu seinem Apartment hinunter. Da war ein anderes Gefühl, als er die Wohnung betrat, das Wissen, dass jemand auf ihn wartete. Dass er nicht allein und im Dunkeln war. Der Anblick Julians, ausgestreckt auf dem Sofa, mit geschlossenen Augen und einem leichten Lächeln auf den Lippen, vermittelte ihm ein Gefühl von Geborgenheit, Zuhause und Liebe. Vorsichtig, um ihn nicht zu wecken, achtete Nick darauf, die Tür leise hinter sich zu schließen.

„Ich bin wach."

Bei dem Klang von Julians gedämpfter Stimme stieg in Nick das heiße und verzweifelte Bedürfnis auf, Julian zu berühren und seine Lippen zu küssen, als ob er sich selbst davon überzeugen müsste, dass alles echt und in greifbare Nähe gerückt war. Der warme, zarte Geruch von Julians Haut erfüllte Nicks Sinne, während er bedächtig Julians Mund mit seinem eigenen erkundete. Ihre Zungen spielten heiß und feucht miteinander.

Sie verharrten so für kurze Zeit, genossen den Geschmack des anderen, bis Julian ihn mit einem Stöhnen von sich schob. Mit glasigen Augen und etwas unkoordiniertem Blick ging er auf Abstand, als Nick ihn erneut küssen wollte.

„Stop. Du musst mir erzählen, was oben passiert ist." Ein vorsichtiger Ausdruck legte sich auf sein Gesicht, alle Spuren von Verlangen waren wie weggewischt.

„Wie ist es gelaufen?“

Das Gefühl von Julians Handfläche auf seiner Wange wärmte Nick bis ins Herz. Wenn er sich nur einer Sache sicher sein konnte, dann war es das, dass er etwas Gutes getan haben musste, um eine zweite Chance mit Julian zu verdienen.

„Es tut mir leid, Julian.“

„Was, Baby?“

„Dass ich damals so ein Feigling war, als ich dich weggeschickt habe. Für all die verschwendeten Jahre, in denen wir getrennt waren, anstatt uns zu lieben. Dass ich es beinahe wieder getan hätte, bis du mir die Augen geöffnet und mir gezeigt hast, dass alles bedeutungslos ist, wenn du nicht an meiner Seite bist, mich ermutigst, mir hilfst und mich liebst.“

Er umrahmte Julians Gesicht mit seinen Händen. Etwas, das sich nie geändert hatte, war die allgegenwärtige, absolute Aufrichtigkeit in Julians Augen. Sie war genau in diesem Moment da und leuchtete hell und klar, direkt bis in Nicks Herz.

„Und deine Eltern? Kommen sie damit klar?“

„Warum kommst du nicht mit mir nach oben und findest es heraus?“

Julians Augen weiteten sich und Nick beantwortete die Frage, die zwischen ihnen im Raum stand, mit einem breiten Grinsen und einem Kuss.

„Ich freu mich ja so für dich“, sagte Julian und platzierte kleine, knabbernde Küsse an Nicks Kiefer entlang.

„Für uns.“ Widerwillig erhob sich Nick und zog Julian mit sich. „Es ist an der Zeit für mich, aus meinem Schneckenhaus zu kommen, aber mein Leben wäre nicht vollständig, wenn ich nicht dich als Partner und Liebhaber an meiner Seite habe." Er zog Julian fest an seine Brust und küsste ihn. „Bereit?"

Als Julian nickte, nahm Nick seine Hand und sie gingen gemeinsam nach oben.

Kapitel 23

Die schmale und schwach beleuchtete Treppe hinter Nick hochzugehen verursachte bei Julian größeres Lampenfieber, als er es jemals vor einer Show oder einem Interview gehabt hatte. Als er beobachtete, wie sich Nicks Muskeln unter seinem Oberteil bewegten, erinnerte er sich an ihre heimlichen Nachmittage während der Highschool und wie ihre verzweifelten Küsse und neckenden Berührungen ihn glauben ließen, dass sie verliebt waren.

Vielleicht war es der Anfang gewesen, das Erwachen einer aufblühenden Blume, oder ein frisch entfaltetes Blatt, die Liebe zu Tage gebracht hätten, wenn man sie gepflegt und ihr eine Möglichkeit gegeben hätte zu wachsen. Vielleicht hatte Julian ihn zu sehr und zu früh gedrängt; sie waren trotz allem noch Kinder gewesen. Hätten sie ihre Liebe so hell und heiß brennen lassen, wäre sie zweifellos in einem Funkenregen abgebrannt wie eine Wunderkerze am 4. Juli und hätte schließlich als qualmender Überrest vor ihnen gelegen. Was zur Hölle hatten sie schon von Liebe gewusst?

Zeit heilt alle Wunden, sagt ein Sprichwort und Julian widersprach diesem nicht unbedingt. Er hatte Liebe nie als eine Wunde angesehen; ja, sein Herz wurde gebrochen, aber es hatte die wundervolle Fähigkeit, sich selbst wieder zusammenzusetzen. Die Gefühle, die er für Nick empfand, gingen tiefer als Liebe, tiefer als die elektrische Spannung, die zwischen ihnen Funken schlug, wann immer sie zusammen waren.

Am oberen Ende der Treppe zögerte Nick, sah über seine Schulter und zwinkerte Julian mit einem Lächeln zu. „Alles wird gut", flüsterte er. „Ich liebe dich."
Das war „das Wahre". So nannte Julian es, wenn die Realität so viel authentischer und vollkommener war, als er erwartet hatte.
Er, Nick, Liebe – das Wahre.
An Nicks festen Rücken gepresst, inhalierte Julian tief seinen würzigen Duft. Er gab ihm die Kraft sich dem Kampf zu stellen, von dem er wusste, dass es der Kampf seines Lebens sein würde – ein Kampf *um* sein Leben; ein Leben, das er wollte. Mit Nick.
War es wirklich erst eine Woche her, dass er hier gesessen und mit Nicks Mutter und Schwester gescherzt hatte, während Nicks Vater ihn von seinem Platz aus finster ansah? Wer hätte geahnt, dass er jetzt zurückkehren würde, um auf das Urteil eines Mannes zu warten, von dem Julian wusste, dass er ihn nicht nur nicht leiden konnte, sondern ihn ablehnte. Ein Mann, der Julian nicht mal als vollwertigen Mann betrachtete.
Trotzdem konnte Julian nicht anders, als zu hoffen, eines Tages auch ein Mitglied dieser Familie zu sein, vielleicht sogar akzeptiert und geliebt zu werden. Deshalb schluckte er seine Bedenken hinunter und setzte ein Lächeln auf, um Nicks Eltern erneut zu treffen. Er war gut genug; gut genug, um ein Teil von Nicks Leben zu sein, gut genug, um sein Geschäft nicht nur am Laufen zu halten, sondern erfolgreich zu führen.
Nick trat einen Schritt zur Seite, sodass Julian mit ihm auf gleicher Höhe stand. „Hallo noch mal, Mrs. Fletcher, Mr.

Fletcher." Er nickte Nicks Vater zu und behielt einen neutralen Gesichtsausdruck bei. „Hi, Katie."

Das erschrockene Einatmen von Nicks Mutter und ihre geweiteten Augen zeigten deutlich, dass offensichtlich niemand ihr gesagt hatte, dass er der Mann im Leben ihres Sohnes war.

Katie machte Platz, damit er sich auf das bequeme geblümte Sofa setzen konnte. Julian entschied sich allerdings dafür stehen zu bleiben, weil er unsicher war, ob Mrs. Fletcher neben ihm sitzen wollte.

„Also …", sagte sie. Ihr Blick wanderte zwischen ihm und ihrem Sohn hin und her. „Das ist eine Nacht voller Überraschungen." Sie wies auf den Platz, den Katie neben ihr auf dem Sofa frei gemacht hatte. „Ich beiße nicht, Julian. Komm und setz dich. Lass uns reden."

Beruhigend drückte Nick seine Schulter und schob ihn vorwärts. „Geh schon. Alles ist gut." Ein Lächeln spielte um Nicks Lippen und Julian bemerkte, dass sich die Lachfältchen, die Julian nicht oft genug zu sehen bekam, in den Winkeln seiner wunderschönen blauen Augen bildeten. Wie hatte er es geschafft, diesen Mann all die Jahre auszusperren, wenn allein seine Gegenwart wie Wasser für sein vertrocknetes Herz war?

Nicks Vater saß auf seinem Platz in der Ecke, runzelte die Stirn, sah ihm angespannt und düster entgegen, begrüßte ihn nicht so herzlich wie seine Frau. Julian vermutete, dass er mit Nicks Schwulsein klarkam, solange sein Freund so weit entfernt wie möglich blieb. Immerhin könnte Julian als Modedesigner ebenso gut „schwul" auf seiner Stirn stehen haben. Okay, scheiß drauf. Er war schon sein ganzes Leben

geoutet und hatte sich nie versteckt oder sein Leben geheim gehalten, und er würde sich nicht im Schrank verstecken lassen, bis Papa Bär sich damit arrangieren könnte.
Julian kämpfte gegen seine Natur an, sich mit einer bissigen Bemerkung zur Wehr zu setzen, und hielt sich zurück. Wut und Arroganz würden weder seiner Beziehung mit Nick helfen noch würde es ihn vor Nicks Familie in ein gutes Licht setzen. Tief im Inneren wusste Julian, wenn er mit Nick leben wollte, sollte er diese Menschen weder verärgern noch ihnen beweisen, dass er ein Arschloch war. Vielmehr musste er ihnen zeigen, dass er ihren Sohn gern hatte und sich um ihn sorgte.
Mit sicheren Schritten ging Julian zuerst zu Nicks Vater hinüber und reichte ihm die Hand. „Mr. Fletcher. Vielleicht können wir unsere erste Begegnung am heutigen Abend vergessen und neu anfangen?“
Die gleichen blauen Augen, die er bei Nick so liebte, starrten ihn an und Julian hielt ihrem Blick stand, begegnete ihm mit einem Selbstvertrauen, das er gar nicht empfand. Julian konnte nur hoffen, dass die angeborene Güte in Nicks Vater, die tiefen Überzeugungen und Stärken, die ihn Nick zu einem so fürsorglichen Mann hatten erziehen lassen, an die Oberfläche kommen und ihm so gestatteten würden, eine Art Beziehung zu Nicks Vater aufzubauen.
Das kühle Lächeln in Brian Fletchers Gesicht veränderte sich zu einem, das man zwar nicht als warm und freundlich, aber zumindest als akzeptierend bezeichnen konnte. „Angesichts der Situation glaube ich, das wäre das Beste.“ Und mit dieser schockierenden Aussage ergriff Brian Fletcher Julians Hand. „Meine Familie ist das Wichtigste in

meinem Leben, junger Mann. Wie ich Nick sagte, ich verstehe es vielleicht nicht oder sage und tue nicht immer das Richtige, aber ich werde es versuchen. Zuerst mal: Nenn mich Brian. Mr. Fletcher macht mich zu einem alten Mann.“

Verdutzt nickte Julian, unfähig zu sprechen, als alle im Raum in erleichtertes Lachen ausbrachen.

„Dad, du hast das Unmögliche geschafft. Ich habe noch niemanden gesehen, der in der Lage war, Julian sprachlos zu machen.“

Es war auf eine Weise beinahe enttäuschend, dass das Treffen so einfach verlief. Er und Nicks Vater – *Brian* – schlossen aufgrund ihrer gemeinsamen Liebe zu Nick einen Waffenstillstand und Julian respektierte den Mann immens dafür, wie er mit der Situation umging. So schockiert wie Julian von Brian war, hatte er nicht bemerkt, dass Nicks Mutter zu ihm herübergekommen war, bis sie sich bei ihm unterhakte.

„Jetzt komm mit mir in die Küche. Das ist unser Familienplatz.“

Heiße Tränen traten ihm in die Augen und er blinzelte hektisch, um sie in Schach zu halten. Das Letzte, was er wollte, war vor Nicks Eltern, besonders seinem Vater, zu heulen wie ein Baby. Aber der Gedanke hinter dem, was Nicks Mutter zu ihm sagte, spendete seinem Herzen mehr Trost als irgendetwas, das irgendjemand sonst hätte tun können.

Ihr leicht faltiges, schönes Gesicht strahlte vor Liebe und Akzeptanz; kein Zögern oder Schatten lag in ihren Augen. Sein künstlerischer Sinn lief auf Hochtouren, und Julian entwarf in Gedanken einen Schal mit Wirbeln in Blau und

Lila für sie, Farben die perfekt zu ihren schieferblauen Augen und ihrer hellen Haut passten. Für Brian würde er eine Krawatte mit demselben Muster schneidern.

„Danke."

Sie lächelten einander an und gingen gemeinsam in den hinteren Teil des Hauses. Zu wissen, dass das Nicks Zuhause aus seiner Kindheit war, gewährte Julian einen Einblick, wie er aufgewachsen war. Julian wurde nie zu ihm nach Hause eingeladen und obwohl er das verstanden und ihm nie übelgenommen hatte, war ein Teil davon, wer Nick war, ein Mysterium geblieben.

Bis jetzt. Die Küche, die seit Nicks Kindheit offensichtlich runderneuert wurde, prahlte mit einem großen Edelstahlkühlschrank und einem dazu passenden Geschirrspüler. Die Arbeitsflächen waren in reinem Weiß gehalten und eine Reihe von roten und gelben Hähnen mit prächtigen Schwanzfedern verzierte den Fliesenspiegel. Passende Geschirrtücher und Topflappen mit Hahnmotiv hingen an hölzernen Haken. Duftige weiße Vorhänge hingen über dem großen Panoramafenster, das Julian den Blick auf den Garten ermöglichte.

Als Marilyn die Kaffeemaschine anstellte, flüsterte Julian Nick zu: „Jetzt weiß ich, woher deine Besessenheit stammt, was Schwänze angeht." Er deutete mit einem Nicken auf die vielen Hähne, die in der Küche versammelt waren. Er hatte Glück, dass niemand in Hörweite von Nicks gemurmelter Antwort war.

„Ich bin nur besessen von deinem. Und ich beabsichtige, genau den Schwanz heute Abend noch in mir zu haben, wenn wir in deinem Apartment sind."

Julian setzte sich, um Marilyn nicht damit zu schockieren, wie hart er nur durch diesen einen Satz von Nick geworden war. Mit einem aufgesetzten Lächeln nahm Julian seinen Kaffee von ihr entgegen und griff nach einem Keks von der Platte, die Brian vor ihm abgestellt hatte.
Alle saßen am Tisch und Julian stellte sich vor, dass Nick und Katie so aufgewachsen waren; eine intakte Familie, umgeben von Liebe, mit Abendessen am Tisch um sechs Uhr und Gute-Nacht-Umarmungen und -Küssen jede Nacht.
„Erzähl uns ein bisschen was über dich, Julian. Ich kann mich nicht erinnern, deine Mutter oder deinen Vater bei irgendwelchen Schulveranstaltungen getroffen zu haben."
Marilyn konnte nicht wissen, dass sie mit ihrer unverfänglichen Frage Julians alte Unsicherheiten heraufbeschwor. Er wollte nicht erklären, dass er keinen Vater hatte und seine Mutter gezwungen war, lange zu arbeiten, um gerade so über die Runden zu kommen. Sie hatte keine Zeit für außerschulische Verabredungen zum Spielen und für den Chor, oder um Julians Kunstwerke bei der Schulausstellung zu sehen. Bevor er antworten konnte, rutschte Nicks Hand auf seinen Oberschenkel und ruhte dort als beruhigendes Gewicht und als Erinnerung daran, dass er geliebt wurde.
„Ich habe meinen Vater nie kennengelernt. Meine Mutter musste arbeiten, um uns zu ernähren. Er hatte uns verlassen, noch bevor ich geboren wurde. Sie konnte sich nie freinehmen, um in die Schule zu kommen. Sie hatte immer Angst, ihren Job zu verlieren. In der 11. Klasse wechselte ich die Schule und meine Mutter starb, kurz bevor ich meinen Abschluss machte. Ich ging an die FIT, wo ich

einige College Kurse belegte und danach studierte ich in Europa. Und dann kam der 11. September.“
Nicks Hand auf Julians Bein verkrampfte sich und nun war er derjenige, der eine beruhigende Berührung anbieten konnte. Julian legte seine Hand auf die von Nick und verschränkte ihre Finger miteinander, beide brauchten die Verbindung.
„Ich wollte nach Hause kommen. Ich habe dich angerufen“, sagte Julian an Nick gewandt. „Ich habe jeden überprüft, von dem ich wusste, dass er noch hier lebte. Ich habe vier Tage lang versucht, diese Nummer zu erreichen, aber niemand antwortete, deshalb dachte ich, du wärst weggezogen.“
Niemand sagte etwas. Das gedämpfte Geräusch eines am Haus vorbeifahrenden Autos war zu hören, dann war es wieder ruhig.
„Als Nick verletzt wurde, blieben wir beide im Krankenhaus. Marilyn weigerte sich zu gehen, bevor er aufwachte und ich wollte keinen von beiden alleine lassen.“ Brian starrte gequält und mit leerem Blick auf den Holztisch. „Es hat vier Tage gedauert, bis er zu sich kam und einen weiteren bevor er uns erkannte.“
Marilyn nahm die Hand ihres Ehemannes und hielt sie fest. „Meine Familie bedeutet mir alles. Deshalb wollten wir nicht gehen, bevor wir nicht sicher waren, dass Nick wusste, wer wir sind und dass wir zu ihm zurückkommen würden.“
Die Stärke von Nicks Familie erstaunte Julian. Ihre Worte zeichneten ein klareres Bild der Folgen, als es die Kameras

und Nachrichten je konnten. „Ich kann mir nicht vorstellen, was ihr durchgemacht habt."
„Ich konnte nicht mehr auf der Feuerwache arbeiten. Ich hatte Albträume und der Stress war jenseits von Gut und Böse. Ich nahm drei Jahre lang eine Auszeit, aber nach mehr Therapie, als ich je zugeben möchte, musste ich wieder arbeiten." Mit jedem Wort gewann Nicks Stimme an Stärke und verdeutlichte für Julian seine Leidenschaft für das Leben und seinen Job. „Ich wollte wieder in den aktiven Dienst zurück, aber das Department meinte, dass ich am besten helfen könnte, wenn ich die Ausbildung und das taktische Training übernehmen würde."
„Aber du vermisst es? Die Feuerwache?"
„Julian …" Marilyn antwortete, aber überraschenderweise unterbrach Nick sie.
„Nein, Mom. Du meidest dieses Thema seit meinem Unfall. Natürlich vermisse ich es. Jeden gottverdammten Tag. Ich vermisse die Jungs und die Kameradschaft auf der Wache im Allgemeinen." Nicks Stimme blieb ihm im Hals stecken, die Worte verloren sich in einem zittrigen Schluchzen.
Fuck. Er hatte diese Scheiße, mit der Nick klarkommen musste, nicht wieder ans Licht holen wollen. Doch jetzt zählte nur Nicks Schmerz und Julian legte, ohne darüber nachzudenken, seinen Arm um den Mann, den er liebte und hielt ihn fest. Auch wenn er es vor den Augen von Nicks Familie tat. „Ist schon gut, Baby", murmelte er und streichelte Nicks Rücken. „Jetzt bist du stark. Du schaffst das."

Einige Minuten vergingen, und als Julian Nick los ließ, erstarrte er. Die ungewöhnliche Feststellung, dass er Nick vor seiner Familie umarmt hatte – besonders vor dessen Vater – schickte elektrische Schläge seine Wirbelsäule entlang. Julian bereitete sich mental darauf vor, dass er, wenn er nicht spöttisch belächelt wurde, er von der Familie eine Lektion darin erteilt bekäme, wie wenig sie mit solchen öffentlichen Zuneigungsbekundungen zu diesem Zeitpunkt klar kamen.

Zu seiner Überraschung war da nichts. Stattdessen leuchtete Marilyns Gesicht vor Zustimmung. Um Katie machte er sich keine Sorgen; sie war bereits wie eine Schwester für ihn. Er konzentrierte sich auf Brian – der Mann hob seine Augenbraue und schenkte ihm ein Lächeln, das Julian nur als seltsam bezeichnen konnte.

„Dachtest du, dass ich aufgebracht wäre, weil du ihn vor meinen Augen berührst? Du siehst aus wie ein Kerl, der dafür einsteht, was er glaubt und du sagst, du glaubst an meinen Sohn. All dieses Gerede auf der Welt ist nur das, Gerede. Ich muss etwas mit eigenen Augen sehen, bevor ich es glaube."

Julian merkte kaum, wie sich Nicks breite Schulter gegen seine drückte, oder dass ihre Finger immer noch ineinander verschlungen in seinem Schoß lagen, so konzentriert war er auf Brian.

„Du hast bewiesen, dass du einen Scheiß darauf gibst, was einer von uns denkt und dass es dir nur um Nick geht. So, wie meine einzige Sorge meine Frau und meine Kinder sind."

Bevor Nick wieder in sein Leben getreten war, hatte Julian nicht einmal über eine Familie oder ein „Für immer“ nachgedacht. Aber hier und jetzt, in dieser warmen Küche, umgeben von jahrelangen familiären Erinnerungen und so viel Liebe und Hingabe, dass man darin beinahe ertrinken könnte, hatte Julian sein Herz gefunden.

„Ich liebe Nick, seit ich denken kann und egal, wie sehr ich auch versucht habe, ihn zu vergessen, es hat nicht funktioniert. Etwas hat mich davon abgehalten. Ich glaube, tief in meinem Inneren habe ich immer nach ihm gesucht.“

„Oh, Julian“, schniefte Marilyn. Sie erhob sich aus ihrem Stuhl und schlang ihm ohne Vorbehalt ihre Arme um den Hals und küsste seine Wange. „Ich weiß, ich kann deine Mutter nicht ersetzen, aber falls du mich jemals brauchst, wäre ich mehr als froh, ein kleiner Ersatz zu sein.“

Er würde nicht weinen. *Nein, nein. Verdammt. Das wird nicht passieren.*

„Danke“, flüsterte er, da er seiner Stimme nicht traute.

„Sag mir, Nick, gedenkst du es dem Department zu sagen?“

Das war ein Stimmungskiller. Julian vermutete, dass Brian Fletcher kein Mann war, der über seine Gefühle sprach. Er würde alle Diskussionen über die neugefundene Sexualität seines Sohnes so schnell und reibungslos wie möglich hinter sich bringen wollen. Unglücklicherweise würde diese Sache nicht so sauber und klar über die Bühne gehen, das wusste Julian. Sie waren weit entfernt von einer perfekten Welt und Gott wusste, dass die Männer, mit denen Nick arbeitete, weit davon entfernt waren, Homosexuellen

gegenüber aufgeschlossen zu sein, geschweige denn, sie zu unterstützen.
„Ich habe eine Beschwerde gegen Jensen eingereicht. Er hätte Barton ernsthaft verletzen können mit dem Scheiß, den er heute abgezogen hat. Dieser Mann ist eine Schande für die Feuerwehr."
„Sei nur vorsichtig, Sohn. Ich kenne diesen Mann seit Jahren; er ist nicht mehr derselbe, seit er seinen Sohn in den Trümmern verloren hat."
Nick erhob sich aus seinem Stuhl, um sich eine weitere Tasse Kaffee einzugießen und brachte die Kanne mit zum Tisch, um auch den anderen nachzuschenken. „Das gibt ihm nicht das Recht andere zu tyrannisieren. Dieses Mal ist er zu weit gegangen und er muss aufgehalten werden."
Sie tranken schweigend ihren Kaffee aus und trotz des Koffeins gähnte Julian. Ein kurzer Blick auf seine Uhr ließ ihn aufschrecken – es war fast Mitternacht. Mit Bedauern stand er auf und brachte seine Tasse zur Spüle.
„Es tut mir leid, aber ich muss nach Hause. Ich habe morgen einige Termine, auf die ich mich bis jetzt noch nicht vorbereiten konnte."
Nachdem er Katie einen Gute-Nacht-Kuss gegeben und ihr versprochen hatte Melanie zu sagen, dass sie ihr wegen eines Abendessens schreiben sollte, brachten Nicks Eltern ihn zurück ins Wohnzimmer. Sie erreichten die Wohnungstür und nachdem Marilyn ihm einen Gute-Nacht-Kuss gegeben und Brian ihm die Hand geschüttelt hatte, nahm Julian an, dass Nick bei seinen Eltern bleiben würde, obwohl er sich wünschte, dass Nick mit nach unten kam, um sich allein von ihm zu verabschieden.

Nick wandte sich an seine Familie. „Wir reden morgen miteinander."
Julian sah Nick überrascht an, konnte ein erfreutes Lächeln nicht unterdrücken. „Kommst du mit mir runter? Ich finde den Weg auch allein."
„Ich glaube, wir müssen uns auch ein wenig unterhalten."

Kapitel 24

Mit Julians Hand fest in seinem Griff ging Nick die Stufen zu seinem Apartment hinunter. Der Abend war ein voller Erfolg – ein Wunder. Die mühelose Akzeptanz seiner Mutter war sowas wie eine Überraschung, obwohl er nie gedacht hätte, dass sie ihn im Stich lassen würde.
Seinen Vater mit Julian zu sehen, zu wissen, dass die beiden wichtigsten Männer in seinem Leben ihre Skepsis und Differenzen zur Seite schoben und zögerlich eine Verbindung eingingen, weil sie ihn beide liebten, ließ sein Herz vor Rührung fast überlaufen. In allen Szenarien, die er in Gedanken durchgegangen war, hatte er nie dieses Ergebnis in Betracht gezogen. Er wusste die tiefe Bindung, die seine Eltern ihm und Katie vermittelt hatten, hatte nicht nur dazu geführt, dass ihre Familie unversehrt blieb, sondern sogar stärker geworden war, weil sie einen Mann wie Julian aufgenommen hatten.
„Ich hasse es, dich zu verlassen, aber ich muss nach Hause und ein wenig arbeiten. Ich habe morgen ein paar Treffen mit Investoren …“
Nick unterbrach Julian mit einem Kuss, der rasch so leidenschaftlich wurde, dass er ihn besser beendete, damit er nicht noch im Treppenhaus seiner Eltern auf die Knie ging. Diese Vorstellung war ein absoluter Lustkiller und brachte ihn zur Besinnung. „Ich will mit zu dir fahren. Ich kann mein Zeug für morgen einpacken und von deinem Apartment aus zur Arbeit fahren.“
Julians Augen leuchteten vor Freude. „Das ist eine gute Idee“, hauchte er und legte seinen Arm um Nicks Hals.

„Ich mag es, am Morgen mit dir aufzuwachen. Und …“, sagte er grinsend und mit einem Zwinkern, „… dich komplett angezogen in deiner Uniform zu sehen – das ist der heißeste Anblick überhaupt.“

„Du spinnst.“ Nick stellte sicher, dass er auch kein Teil seiner Trainingsausrüstung vergaß, während er schnell seine Tasche packte.

In weniger als zehn Minuten waren sie in seinem Auto und auf dem Highway Richtung Stadt.

Julian entspannte sich auf dem Sitz neben ihm und starrte aus dem Fenster in die nächtliche Dunkelheit. „Ich hätte nie damit gerechnet, dass der heutige Abend so verlaufen würde. Verstehst du? Ich dachte, deine Mom würde irgendwann einlenken, sich ein wenig scheu verhalten, wenn sie mich sieht, aber wir würden freundlich und einigermaßen wohlwollend miteinander umgehen. Aber dein Vater?“ Seine Finger trommelten auf seinen Oberschenkel. „Das war verrückt.“

„Ja.“ Ein Lächeln breitete sich auf Nicks Gesicht aus. „Ich war fast ein bisschen schockiert, wie ihr zwei miteinander klar gekommen seid, als es raus war.“

„Er ist ein ziemlich erstaunlicher Mann. Ich verstehe, woher du deine Hingabe für deine Familie hast. Und das ist inspirierend.“

Nick löste seine Hand vom Lenkrad, um nach Julians zu greifen. „Willst du wissen, was inspirierend ist?“

„Mein Schwanz?“ Julian spreizte seine Beine und erlaubte Nick einen Blick auf die dicke Beule in seiner Hose. Absichtlich provozierend griff Julian in seinen Schritt und rieb darüber. „Weil ich dir sagen kann, dass ich steinhart bin, seit wir deine Wohnung verlassen haben. Und sobald du aufhörst wie eine Oma zu fahren und wir in meiner Wohnung sind, werde ich über deinen Hintern herfallen."

Es war möglicherweise ein neuer Rekord, doch Nick schaffte es vom Ende der Brücke bis zu Julians Loft in genau acht Minuten. Selbstverständlich hatte er dafür ein paar gelbe und rote Ampeln auf dem Weg überfahren, und er dachte nicht daran, kostbare Zeit mit der Suche nach einem Parkplatz zu verschwenden. Er fuhr in ein 24-Stunden-Parkhaus, warf dem Parkwächter die Schlüssel zu und dann lief er mit Julian in erwartungsvollem Schweigen zu dessen Apartment, das nur wenige Blocks entfernt war.

Das Klopfen und Ruckeln des großen Fahrstuhls störte ihn nicht länger und Nick notierte sich in Gedanken, auch das Dr. Landau in ihrer nächsten Sitzung zu berichten. Er fragte sich, ob Julian ihn wohl begleiten würde.

Julian öffnete die Tür und beide eilten ins Loft. Nick warf seine Tasche auf das Sofa, griff nach Julians Arm und zog ihn an seine Brust. Es war schon komisch, dass ihn nicht nicht mehr beunruhigte, wenn er Julian so dicht an sich presste, dass ihre Körper fas verschmolzen. Nick brauchte die Berührung dieses Mannes.

„Komm mit mir unter die Dusche. Ich hatte heute Nachmittag keine Zeit dafür und ich will dich feucht und tropfend, wenn ich in dich gleite." Julian lächelte und begann sich auszuziehen.

Mit vor Aufregung rasendem Herzen schlüpfte Nick aus seiner Trainingshose und zog sein Oberteil über den Kopf. Eine Bewegung, die für jeden anderen selbstverständlich war, aber für Nick zeigte sie, wie weit er gekommen war, dass er nicht ein Mal darüber nachdachte, nackt vor Julian zu stehen. Stattdessen genoss er die Intensität von Julians hungrigem smaragdgrünem Blick, der über seinen Körper wanderte und auf seinem schnell steif werdenden Schwanz verharrte.

Nick zwang sich zu einem lässigen Gang und steuerte mit einem Lächeln auf den Lippen auf das Badezimmer zu. Nicht einmal in seinen wildesten Träumen hätte er sich vorstellen können, ein normales Leben zu führen; in Liebe, mit seinem offenbarten Geheimnis und seiner Familie, die hinter ihm und Julian stand. Den Gedanken an seine Kollegen verscheuchte er in dem Moment, als Julian sich nackt und warm an ihn schmiegte.

„Ich weiß nicht, was ich mehr mag, deine harte Vorderseite oder den Anblick deines süßen runden Hinterns, wenn du vor mir gehst."

Nick griff hinter sich und führte Julians Hand zu seinem steifen Schwanz. „Du kannst beides haben, wenn du brav bist." Er zitterte und Julian knabberte an seinem Ohrläppchen, während er seine Penisspitze ein wenig drückte. Nick konnte das Stöhnen puren Verlangens nicht unterdrücken, das ihm entkam. Der beständige Schmerz seiner Erregung wanderte von seinen Leisten zu seiner Brust, während Julians Finger weiterhin seinen Schwanz malträtierten.

„Bist du dir sicher, dass ich brav sein soll?" Eine weitere sündhafte Bewegung und Julian liebkoste Nicks Genick und rieb seine rauen Stoppeln an seinem Schlüsselbein entlang. Er platzierte einen zarten Biss, dann leckte er mit seiner Zunge über die Stelle, die feuchte Hitze linderte den Reiz. „Ich bin besser, wenn ich böse bin."

Nick wusste, dass Julians Zähne einen Abdruck auf seiner Haut hinterlassen würden und es war ihm egal. Er liebte Julians unterschiedliche Facetten; der freundliche, gepflegte Geschäftsmann in seinen maßgeschneiderten Anzügen trat in der Öffentlichkeit auf und wurde im Privaten von dem geheimnisvollen, dekadenten Liebhaber abgelöst, der den sündigsten Mund besaß, den Nick jemals kosten durfte.
„Mmm. Das ist mir egal, so lange du weitermachst, was du gerade tust. Gut, böse – ich weiß nur, dass ich dich leider töten muss, wenn du aufhörst."
Julian lachte und schob ihn unter die Dusche. Er drehte den Wasserstrahl auf und warmes Wasser strömte über sie. Die dampfende Hitze verstärkte den angenehmen Nebel, der sie umgab, und bewirkte, dass Nick in Julians Arme sank.
„Komm und setz dich."
Nick erlaubte Julian, ihn zu der in der Ecke eingebauten Bank zu führen. Julian hatte wirklich an alles gedacht, sogar an das angenehm riechende Duschgel, das er nun auf Nicks Körper verteilte und zu einem Regenbogen aus Seifenblasen aufschäumte. Die feuchte Hitze und die schlüpfrigen Geräusche, die entstanden, als Julian seinen Körper wusch, ließen in Nick fiebrige Erregung aufsteigen. Seine Augen weiteten sich, als Julian ein dickes Handtuch auf den Boden fallen ließ und auf die Knie sank.
„Spreiz deine Beine."
Julians Lippen waren immer noch Zentimeter von Nicks Schwanz entfernt und dennoch konnte er beinahe fühlen, wie sie sich um seine Eichel schlossen. Ihm schoss das Blut in seine Leisten. In seinem ganzen Leben war Nick noch

nie so angeturnt gewesen wie in diesem Moment. Julian, tropfnass, die vollen Lippen geöffnet und mit seinen grünen Augen, die vor Erregung leuchteten, erfüllte Nick mit so rohem Verlangen, dass er am Rand seines Orgasmus stand und nur noch hätte berührt werden müssen. Er öffnete seine Beine weit.

„Fuck, blas mich endlich."

Julian brauchte keine zweite Einladung und Nick biss sich auf die Lippen, um einen Schrei zu unterdrücken, als Julians Mund sich um seinen Schwanz schloss und sich abwärts bewegte. Nick wusste, es würde nicht lange dauern, nicht mit Julians glitschigen Händen, die seine Eier massierten, während sein Mund und seine Zunge sich mit seinem Penis vergnügten.

Er grub seine Finger in Julians feuchtes Haar, wickelte sich die Strähnen um die Finger und drängte seinen Schwanz in Julians Mund. Er musste sich keine Sorgen machen, ob Julian seine Länge bewältigen könnte; die ermutigenden Geräusche, die er von sich gab, bewiesen, dass er ein mehr als williger Partner war.

„Fuck, jaaaa", zischte Nick.

Julian drückte Nicks Hoden, während er gleichzeitig mit den Zähnen seinen Schaft entlang fuhr – und Nick war verloren. Seine Hände umklammerten den Rand der Marmorbank und sein Hintern spannte sich an, als er sich heiß und heftig in Julians Mund ergoss. Sterne tanzten vor seinen Augen und ihm stockte der Atem als er total erledigt zusammensackte.

„Julian." Nicks Stimme war nur ein Seufzen. Er brauchte einige Zeit, um wieder zu Verstand zu kommen und seine

Augen zu öffnen. Julian hockte auf seinen Fersen, ein selbstgefälliges Grinsen im Gesicht. Er wischte eine Strähne seines feuchten Haares aus seinem Gesicht und erhob sich aus der Hocke.
„War das gut oder böse?“ Julians amüsierte Stimme durchdrang den Nebel, der immer noch in Nicks Kopf waberte. Julian nahm Nicks Hand und legte sie auf seine eigene Erektion. Ihre Hände glitten gemeinsam auf und ab, bis er zitternd Erlösung fand. Wie ein glücklicher Betrunkener ließ Julian seinen Kopf auf Nicks Schulter fallen, seine Finger gruben sich in seinen Bizeps.
„Gut.“ Nick küsste Julians durchnässten Kopf. „Sowas von sehr, sehr gut.“

***

Der Morgen kam zu schnell für Nick. Sein Hirn registrierte ein großes Bett und einen warmen Körper, der an seinen gekuschelt war; egal wie spät es war, er brachte es nicht fertig, sich zu bewegen und aufzustehen. Hätte er eine Wahl, würde er bleiben, wo er war, vergraben in Julians Kopfkissen, unter luxuriösen Laken. Sie waren erst eingeschlafen, als ihre Körper von ihrem Liebesspiel so gesättigt und ausgelaugt waren, dass sie sich nicht mehr bewegen konnten.
„Nick.“
Julians Lippen berührten seinen Rücken und Nick erschauerte.
„Nick, bist du wach?“

„Mmph." Nick wollte wirklich nicht aufstehen, aber der harte Widerstand, der gegen seinen Rücken stupste, versprach ihm Genuss, wenn er ganz aufwachte.
„Ich habe später noch einige Meetings, aber ich muss die Jungs zum Frühstück treffen. Sie wollen in mein Geschäft investieren und ich habe ihnen gesagt, dass ich ihnen ein Update gebe, bevor ich mich mit den anderen Investoren treffe, mit denen meine Freundin Helena mich bekannt gemacht hat." Julian küsste seine Schulter und folgte seiner Wirbelsäule mit seiner Zunge.
Sein eigener Schwanz war prall und hart, als Nick sich umdrehte, um Julian anzusehen und dessen Gesicht mit seinen Händen zu umschließen. Mit seinem verwuschelten Haar und den schweren Lidern über den noch müden Augen bot Julian einen fantastischen Anblick, um neben ihm aufzuwachen. Und Nick war nicht in der Stimmung, sich zu unterhalten. Er konnte sich eine viel bessere Verwendung für Julians talentierte Zunge vorstellen.
„Du kannst auch zu spät kommen." Er drückte seinen Mund auf Julians und schob seine Zunge hinein. Sie pressten ihre Becken aneinander und ihre harten Schäfte rieben aneinander. Die Reibung bewirkte ein angenehmes Ziehen, das sich verstärkte, als Nick zwischen sie griff, um ein paar der Lusttropfen auf seiner Handfläche zu verteilen, bevor er beide Schwänze in die Hand nahm. Während Julian leidenschaftlich in sein Ohr stöhnte, brachte Nick sie beide zu einem atemberaubenden Orgasmus.
Engumschlagen lagen sie unter der Daunendecke. Nick streckte sich und genoss Julians Anblick, wie er neben ihm lag und genauso selig aussah, wie er selbst sich fühlte.

„Was ich eigentlich sagen wollte, bevor du mich so unhöflich unterbrochen hast, um mich für dein sexuelles Vergnügen zu benutzen“, sagte Julian mit immer noch geschlossenen Augen, aber einem Lächeln auf seinen Lippen, „war, dass ich mich zwar mit den Jungs treffen muss, ich aber möchte, dass du mitkommst.“ Dann öffnete er seine Augen und drehte seinen Kopf auf dem Kissen, um Nick anzusehen. „Sie müssen den Mann in meinem Leben treffen und ich will, dass du sie auch kennenlernst.“
Es wäre das erste Mal, dass sie als Paar auftreten würden und sofort versteifte sich Nick. Er hasste es, dass er so empfand, wusste aber, dass es mehr brauchen würde, als die Unterstützung seiner Familie, um in der Öffentlichkeit mit seinem neuen Status entspannt aufzutreten. Julian spürte sein Zögern und stieg seufzend aus dem Bett.
„Ist schon okay. Es war nur eine Idee.“ Er ging Richtung Badezimmer.
Nick blieb im Bett, schämte sich für seine Feigheit und fragte sich, wovor er eigentlich Angst hatte.
Als Julian zurückkam, frischgeduscht und in einem Anzug, hatte Nick sich entschieden.
„Ich komme mit. Ich habe eine Brandsimulation heute in Brooklyn, aber erst heute Nachmittag, deshalb muss ich mich vor elf Uhr nicht vorbereiten.“ Er umfasste Julians Genick und zog ihn nah an sich, um ihn zu küssen, aber Julian drückte ihn weg und suchte seinen Blick mit einem ungewöhnlich ernsten Gesichtsausdruck.
„Ich will dich nicht zwingen. Wenn du noch nicht bereit bist, sag es mir. Ich habe nicht das Bedürfnis, dich zu Dingen zu drängen, mit denen du dich nicht wohl fühlst.“

„Das ist es nicht." Nick ließ ihn los und fuhr sich durch sein Haar. „Ich schäme mich nicht für uns, oder dafür, mit dir zusammen zu sein. Ich liebe dich. Es hat mein halbes Leben gedauert, um an diesen Punkt zu gelangen."

„Was ist es dann?" Julian runzelte verwirrt die Stirn, aber seine Augen ließen keinen Augenblick von Nick ab. „Habe ich etwas nicht mitbekommen?"

„Es liegt an mir. Ich habe mein ganzes Leben in meinem Versteck verbracht. Gib mir ein bisschen Zeit, um das alles zu begreifen. Aber nichts davon bedeutet, dass ich nicht mit dir zusammen sein möchte, oder dass ich mich für dich schäme. Ist das klar?"

Obwohl Julian zustimmte, konnte Nick den Schatten des Zweifels in seinen Augen sehen.

Kapitel 25

Er hatte den Jungs vorher nicht Bescheid gesagt, dass er Nick mitbringen würde. Julian ging davon aus, dass Marcus so weniger Gelegenheit dazu hätte, sich Streiche auszudenken, die er ihm und Nick spielen könnte, wie harmlos sie auch sein mochten. Womit er allerdings nicht gerechnet hatte, war Marcus' mürrische Laune. Julian entschied sich dazu diese lieber zu ignorieren, als darauf einzugehen. Marcus hatte nie ein Problem damit, seine Gefühle mitzuteilen, deshalb war sich Julian sicher, dass er sich anhören durfte, was auch immer seinen Freund beschäftigte, wenn dieser dazu bereit war.

„Zach, erinnerst du dich an Nick?" Sein Herz machte vor Freude einen Sprung, als Julian beobachtete, wie sein Liebhaber und einer seiner besten Freunde sich die Hand gaben, bevor sie sich in der üblichen Ecke niederließen. Kurz darauf erschien der Kellner, und Nick und er bestellten Kaffee und nahmen die Karten entgegen.

„Klar. Wir haben uns kurz im Sparks bei deiner Show getroffen." Zachs süßes Grinsen ließ sein sonst so ernstes Gesicht strahlen. „Ich weiß nicht, ob du dich auch noch an mich erinnerst."

Das war typisch für den immer bescheidenen Zach. Bevor Nick antworten konnte, fuhr Marcus dazwischen.

„Warum sollte er? Er ist am Ende des Abends wie ein geölter Blitz geflohen, wenn ich mich recht entsinne."

Zach errötete, setzte sich wieder auf seinen Platz und zog sich wie immer lieber zurück, anstatt Marcus zu antworten.

Julian scheute sich nicht vor einer Auseinandersetzung mit Marcus und er war wütend über Marcus' Bemerkung.
„Ist dir etwas in den Arsch gekrochen und dort gestorben?"
Der Kellner erschien und er bestellte seine Eier und wartete, bis Nick seine Bestellung aufgegeben hatte, bevor er seine Aufmerksamkeit wieder Marcus widmete. „Was ist denn in dich gefahren?"
„Was, oder sollte ich besser sagen, wer, ist in *dich* gefahren?", konterte Marcus. „Oder müssen wir noch raten, Juli?"
Nick lief rot an, aber Julian hatte nicht die Absicht, ihre Beziehung vor seinen Freunden geheim zu halten. Wenn er und Nick zusammen blieben, würde Nick mit seinen Freunden klarkommen müssen, so wie Julian mit dessen Eltern. Diese Männer waren Julians Familie.
„Nick und ich sind zusammen. Es gab einige ungelöste Probleme in unserer Vergangenheit, aber wir sind auf einem guten Weg."
„Das ist wundervoll. Ich freu mich für euch. Ich weiß, dass ihr eine gemeinsame Geschichte habt. Es gibt nichts Besseres, als der Liebe trotz allem eine zweite Chance zu geben." Zachs aufrichtige Begeisterung entfachte in Julian ein warmes Glühen der Freude, das unglücklicherweise von Marcus' kalten Augen getrübt wurde.
„Also gibst du jetzt vor schwul zu sein, oder kommst du endlich aus deinem Versteck heraus?" Der Spott in Marcus' Stimme wurmte Julian. Was zur Hölle ging hier vor? Marcus musste Nick weder lieben noch mögen, oder gar akzeptieren, aber er hatte respektvoll zu sein.

„Marc, was ist los mit dir? Nick hat genug durchgemacht. Er braucht deinen Scheiß nicht."
„Ich komm schon alleine klar." Nick stützte seine Ellbogen auf dem Tisch ab und verschränkte seine Finger unter dem Kinn. „Du denkst, dass ich ihm wehtun werde, richtig? Dass ich weglaufe, wenn es zu schwierig wird."
„Ja, das denke ich." Marcus ignorierte alle anderen und konzentrierte sich ausschließlich auf Nick. „Ich kenne Jungs wie dich. Zu viele."
„Okay, ich sag dir was. Ich habe mein ganzes verdammtes Leben damit verbracht wegzulaufen. Am Ende war ich nirgendwo. Ich war immer noch am Anfang und immer noch allein. Ich bin endlich lang genug stehengeblieben, um herauszufinden was und wen ich will." Er nahm Julians Hand und drückte sie fest. „Diesen Mann. Ich habe ihn enttäuscht und verletzt, also ja, du hast also recht damit, mir zu misstrauen. Aber ich verspreche, dass ich es wieder gutmachen und ihn lieben werde. Ich gehöre verdammt nochmal ihm."
Überraschung zeigte sich auf Marcus' Gesicht, zusammen mit einem anderen Gefühl, von dem Julian, wenn er seinen Freund nicht so gut kennen würde, schwören könnte, dass es Neid war. Julian verwarf diesen Gedanken, weil er ihn für albern hielt. Marcus Feldmann war der letzte Mensch, den er sich in einer monogamen Beziehung vorstellen konnte. Um Gottes willen, der Mann hatte sich in ein Kondom-Unternehmen eingekauft, weil er sichergehen wollte, dass er immer genug Vorrat hatte.
War das das Verhalten eines Mannes, der eine Beziehung wollte?

Unfähig zu sprechen und unsicher, wie Nick reagieren würde, wenn er ihn in der Öffentlichkeit küsste, platzierte Julian diskret eine Hand unter dem Tisch und drückte den starken Oberschenkel seines Liebsten. Niemand hatte je zuvor gesagt, wie sehr er ihn liebte und schon gar nicht in einer solch überzeugenden Art und Weise. Verlangen schoss durch Julians Körper, weil er wusste, dass Nick ihn so sehr begehrte.
Er räusperte sich, bevor er zu sprechen ansetzte: „Keiner von uns gibt alles preis. Wir behalten immer ein Stück zurück, nur für uns. Nick war das Stück von mir, das ich für mich behalten habe. Vielleicht war es mir deswegen unmöglich, ihn gehen zu lassen."
„Gott, das ist ja so süß, dass man davon Diabetes bekommt."
Das Lachen in Marcus' Augen signalisierte Julian, dass zwischen ihnen alles okay war.
„Ach, halt die Klappe. Ich versuche tiefgründig zu sein und offenbare dir meine Seele und das ist alles, was ich kriege?" Julian warf ein Zuckerpäckchen nach Marcus, der es zu Zach schnippte.
„Hey." Zach blies seine Strohhalmverpackung zu Marcus und alle begannen zu lachen, inklusive Nick. Wenn sie sich wieder wie Teenager benahmen, wusste Julian, dass die Welt in Ordnung war.
Er fing Nicks amüsierten Blick über ihre Eskapaden auf und zuckte mit den Achseln. „Seit ich aus Europa zurück bin, stellen wir sicher, dass wir uns ein Mal in der Woche zum Frühstück treffen, entweder in der City oder in Brooklyn. Wir drei haben immer darauf geachtet, dass

unsere Arbeit unsere Freundschaft nicht beeinträchtigt. Gewöhn dich also dran, weil du mich begleiten wirst, wenn du kannst."

„Es passt mir heute sehr gut, weil mein Training im Park auf der anderen Straßenseite stattfindet." Nick machte es sich bequem und legte einen Arm auf Julians Lehne.

„Oh, bedeutet das etwa, dass heiße Feuerwehrmänner zum Anschauen verfügbar sind?" Marcus nippte an seinem Kaffee und aß das letzte Stück von seinem Omelette. „Vielleicht bekomme ich ja Atemnot und sie müssen mich Mund-zu-Mund-beatmen."

Nicks Augen glänzten vor Schadenfreude. „Ich werde sicherstellen, dass Big Frank dir dann helfen wird."

„Big Frank?" Marcus' Augen leuchteten auf. „Aah, das klingt ganz nach meinem Typ Mann. Details, Mann. Worüber reden wir hier?"

„Oh, er ist ungefähr 55 Jahre alt, 1,77 Meter und wiegt 158 Kilo. Ein ganz süßer Kerl. Du wirst ihn lieben."

Kaffee spritzte aus Marcus' Mund, während Zach vor Lachen aufheulte.

Julian hörte sich das Hin und Her der harmlosen Neckereien zwischen den beiden Männern an und stieß leicht an Nicks Fuß. Als dieser seine Augenbraue hob, zwinkerte Julian ihm zu und drückte noch einmal seinen Oberschenkel.

„Danke", flüsterte er, sodass nur Nick es hören konnte. „Das bedeutet mir mehr als alles andere."

„Ich weiß." Nick drückte seinen Oberschenkel fest gegen Julians. „Deshalb bedeutet es auch mir so viel."

Sie beendeten relativ schweigsam ihr Frühstück und Julian ließ seine Eier kalt werden, weil er Nachrichten von verschiedenen Sponsoren beantwortete, die ihm zu seiner wachsenden Begeisterung nicht nur erlaubten, ihre Teamlogos zu benutzten, sondern auch wissen wollten, ob sie mit Tickets für die Familien noch helfen oder andere Wohltätigkeitsveranstaltungen unterstützen könnten. Weil er nicht in der Lage war, die Neuigkeiten für sich zu behalten, teilte er sie mit den Jungs und wie gewöhnlich, nahm sich Marcus, der Geschäftsmann, der Idee an und spann sie gleich weiter.

„Lass uns eine riesige Feiertags-Wohltätigkeitsveranstaltung im Sparks machen: ein Winter-Wunderland-Thema. Alle New Yorker Sportmannschaften können teilnehmen und ich kriege meine Getränkelieferanten dazu, uns auch zu unterstützen." Er tippte sich ans Kinn und Julian war wie immer von dem geschäftlichen Scharfsinn seines Freundes erstaunt. Wer ahnte schon, dass hinter diesem verführerischen Lächeln, mit dem er fast jeden Kerl ins Bett kriegte, ein Hirn steckte, das mit jedem Wallstreet Mogul mithalten konnte?

„Außerdem kannst du die Kids vom Center holen, damit sie die Prototypen präsentieren. Zu diesem Zeitpunkt solltest du schon ein paar zur Verfügung haben und wir laden nicht nur Leute aus der Medizinbranche ein, sondern auch diese Wichser, die vorgegeben haben, deine Freunde zu sein, während sie dich wie die Geier umkreist haben, bereit die Überreste deines Unternehmens zu stehlen."

„Marcus, du bist absolut umwerfend." Der Respekt, den er für seinen Freund empfand, stieg exponentiell mit jeder

Idee, die er vorbrachte. „Ich liebe jede einzelne Idee und ich weiß, dass die Kids ganz heiß darauf sind zu modeln."
Julian wandte sich an Nick. „Gestern habe ich Jamal gesagt, dass ich ihn als Model möchte und ich dachte, er hüpft aus dem Bett, so aufgeregt war er."
„Manchmal finden die Menschen durch die schlimmsten Erfahrungen das Beste in sich." Nick zog ihn an sich und umarmte ihn, ohne sich dafür zu schämen, seine Zuneigung in der Öffentlichkeit zu zeigen.
„Um Gottes willen! Muss ich mir das jetzt in Zukunft immer anschauen?" Marcus verdrehte die Augen und stieß Zach an. „Warn mich bitte, wenn sie anfangen sich zu küssen und ‚Ich liebe dich' zu sagen. Mir wird wahrscheinlich fürchterlich übel davon."
Zach zuckte mit den Schultern. „Ich finde es wundervoll, dass Julian und Nick nach all den Jahren zusammen sind. Das ist wie im Film."
„Das kommt davon, weil du zu viel von dem Mist auf Lifetime zusammen mit deiner Mutter guckst. Du musst dir mit mir ein paar gute altmodische Pornos reinziehen."
Zach wurde puterrot und murmelte etwas in seinen Kaffee, das klang wie: „Mir geht es gut." Er starrte weiter auf seinen Teller und aß methodisch den Rest seines Frühstücks in kleinen akkuraten Bissen. Julian beobachtete ihn nachdenklich und fragte sich nicht zum ersten Mal, was sein Freund nach ihrem wöchentlichen Frühstück tat. Zach war so verschwiegen, was sein Leben und seinen Job anging.
Nick flüsterte ihm ins Ohr: „Ich muss zur Arbeit, Babe."

Er rutschte aus der Sitzecke, verabschiedete sich von allen und versprach Marcus und Zach, ihnen FDNY-Shirts und Mützen mitzubringen, wenn sie sich das nächste Mal sahen. Julian brachte ihn nach draußen.

„Also, wie ist der Plan? Wirst du mit diesem Jensen reden und ihm sagen, dass er sich seinen Scheiß sonst wohin stecken kann?" Wenn die Entscheidung bei ihm läge, würde Julian zu dem Mann gehen und ihn vor versammelter Mannschaft zur Rede stellen. Nick allerdings fühlte sich in seiner Haut noch nicht wohl genug, um derart direkt zu sein.

Er trat von einem Fuß auf den anderen. „Ich würde es lieber darauf ankommen lassen, sehen, wie es heute läuft."

Wahrscheinlich war in Julians Augen die unterdrückte Skepsis zu sehen, da Nick das Gefühl hatte, sich verteidigen zu müssen. „Ich muss zuerst mit Adam Barton reden." Er atmete aus. „Ich habe das Gefühl, ich schulde dem Mann eine Erklärung, unabhängig davon, dass ich mit Jensen sprechen werde."

Das ergab Sinn. Julian hoffte, dass Nick nicht den Schwanz einziehen würde, wenn er mit Jensens Schandmaul und dessen Vorurteilen konfrontiert wurde. „Ich will dich nicht unter Druck setzen, irgendwelche Dinge zu tun, mit denen du dich unwohl fühlst. Alles was du wissen musst, ist, dass ich hinter dir stehe. Zu 100 Prozent, die ganze Zeit."

Als Julian ihm nachsah, wie er über die Straße in den Park ging, war er sich nicht sicher, was Nick tun würde. Er wusste nur, dass er Nick nicht wieder kampflos ziehen lassen würde.

Kapitel 26

Während Nick zum Park lief, plante er gedanklich, wie er Adam Barton ansprechen könnte. Er erwartete, dass der Mann ihm einige Feindseligkeit entgegenbringen würde und hoffte dennoch, dass Barton ihm und seinen Erklärungen zumindest zuhören würde.

Nick kam absichtlich früher zur Schicht; er hatte gehofft, ihn in der Umkleide zu treffen, doch dort war nichts von ihm zu sehen, auch im Aufenthaltsraum war er nicht zu finden. Stattdessen fand er Jensen und einige seiner Lakaien dort vor, wie sie Kaffee tranken und auf den Fernseher an der Wand starrten.

„Fühlst du dich heute besser, Nicky?“ Das Grinsen, das Jensens Lippen umspielte, verriet, dass er sich nicht wirklich um Nicks aktuelles Wohlbefinden sorgte.

„Ich war nicht der mit dem Problem. Lass mich in Ruhe, Jensen. Ich bin nicht in Stimmung.“ Kalte Luft strömte durch die geöffnete Haustür herein und Nick durchsuchte die hereinkommende Gruppe mit seinen Blicken. Als er Barton mit seinem Freund Gentry, an den sich Nick von dem Vorfall in der Umkleide erinnerte, entdeckte, ließ Nick Jensen und seine Leute ohne ein weiteres Wort stehen.

Als er Barton erreichte, verließ ihn kurz der Mut. Er war unsicher, wie er das Gespräch anfangen sollte. Barton allerdings löste das Problem ganz einfach.

„Entschuldige mich, Fletcher, ich muss mich umziehen.“ Ohne einen weiteren Blick ging er an Nick vorbei in die Umkleide. Nick folgte ihm und stoppte erst, als er eine

Hand auf seinem Arm spürte, die ihn zurückhielt. Gentry stand neben ihm und sah ihn finster an.

„Lass ihn in Ruhe. Er musste in seinem Leben schon genug durchmachen und wenn du dich einmischst, hilft das nicht wirklich."

„Ich wollte nur ..."

„Ja, ja", sagte Gentry, verschränkte seine Arme und funkelte Nick böse an. Gentrys Feuerwache war draußen in Queens und Nick hatte während der Übungen nur wenig mit ihm zu tun. Sie waren ungefähr im gleichen Alter, obwohl Gentry jünger aussah. Er war noch nicht so lange bei der Feuerwehr wie Nick, der bereits fünf Jahre länger dabei war. Mit seinem sandblonden Haar, dem sommersprossigen Gesicht und den großen blauen Augen sah er aus, als passte die Arbeit auf einem Kornfeld besser zu ihm, als die auf einem Feuerwehrtruck. Doch Nick hatte gehört, dass der Mann eine gute Arbeitsmoral hatte und ruhig und zuverlässig im Einsatz war.

„Ich weiß, was du sagen willst. Du versuchst nur ihm zu helfen und alles wird gut." Er stieß ein bitteres Lachen hervor. „Bla bla bla. Lass den Scheiß, bitte."

„Das ist kein Scheiß. Du hast keine Ahnung, was ich ihm sagen will, deshalb wäre ich dir dankbar, wenn du dich aus meinen Angelegenheiten raushältst." Nick schob Gentry zur Seite und ging Richtung Umkleide. Barton hatte bereits seine Trainingsuniform an und packte gerade seine Tasche, als er aufsah und in Nicks Augen blickte. Die Maske aus Wut und Schmerz, die sich über das Gesicht des Mannes gelegt hatte, schmerzte Nick ebenso wie das Wissen, dass seine eigene Feigheit sie errichtet hatte.

Nicht mehr. Bring es zu Ende.

Es war schon komisch, wie befreiend es sein konnte nach lebenslangem Versteckspiel plötzlich loszulassen und die Wahrheit zu sagen.

„Können wir reden, bitte? Oder …“, sagte er hastig, als er sah, wie sich Bartons Mund zu einer weißen Linie zusammenpresste, „… wenn du kein Interesse daran hast zu reden, würdest du mir wenigstens zuhören?“

Bartons Blick traf auf seinen und Nick seufzte erleichtert, als der jüngere Mann mit einem kurzen Nicken sein Einverständnis gab. Nick setzte sich auf das Ende der Bank, sammelte seine Gedanken und überlegte, wie er das Gespräch beginnen wollte. Barton hob eine Augenbraue.

„Hast du es dir anders überlegt?“

„Schau“, begann Nick und rieb sich nervös über den Kopf. „Ich bin bei solchem Zeug nicht gut.“

„Solches Zeug?“

„Über persönliche Dinge zu reden. Ich hatte genug Therapie in meinem Leben und habe genug Zeit damit verbracht, meinen Kopf untersuchen zu lassen, man sollte denken, es müsste mir mittlerweile leichter fallen. Aber das tut es nicht.“ Er atmete tief ein und sah Barton direkt in die Augen. „Besonders wenn es darum geht, wer ich bin und wie ich mein ganzes Leben lang Dinge verschwiegen habe – sogar vor mir selbst.“

Barton machte es Nick nicht gerade einfach. Das Aufblitzen von Interesse zeigte, dass Barton wusste, was Nick sagen wollte, ohne dass Nick sich outen musste. Ohne dass er es in eindeutigen Worten aussprechen musste.

Es wäre der Weg eines Feiglings, es so zu machen, aber er war kein verfluchter Feigling. Es hatte Nick lange Jahre der Therapie gekostet, zu akzeptieren, dass er zurecht überlebt hatte und sein Leben weiterführen durfte. Nur Gott wusste, dass er immer noch daran arbeiten musste. Aber Julian zu lieben und von ihm geliebt zu werden, hatte die verbliebenen Teile von Nicks kaputten Leben wieder zusammengesetzt.

„Was versuchst du mir zu sagen?" Barton stand auf und schloss den Reißverschluss seiner Tasche. „Ich habe nicht den ganzen Morgen Zeit und ich will nicht zu spät zum Training kommen und deswegen Ärger kriegen."

„Barton – Adam. Ich werde nicht zulassen, dass dich irgendjemand wieder tyrannisiert. Dass wir schwul sind, gibt niemandem das Recht, uns zu schikanieren oder zu bedrohen. Richtig?"

Bartons Augen weiteten sich bei Nicks Wortwahl. „Also willst du es endlich offen zugeben?"

Nick rieb sein Kinn und schenkte Barton einen reumütigen Blick. „Ich musste es dir sagen. Du wirst nicht eher in Ruhe gelassen, bevor ich mich nicht geoutet und es ausgesprochen habe. Ja, ich bin schwul. Ich habe mein ganzes Leben damit verbracht, es vor meinen Freunden, meiner Familie und sogar vor mir selbst zu verstecken."

„Du musst sehr einsam gewesen sein." Adam setzte sich zurück auf die Bank und stellte seine Trainingstasche auf den Boden. „Ich habe mich in der Highschool geoutet, aber meine Eltern sind cool damit umgegangen."

„Ich habe jemanden, der mir in der Highschool sehr viel bedeutet hat, verletzt, weil ich zu große Angst davor hatte, zuzugeben wer ich war." Nick stand auf und vergrub seine Hände in den Taschen. Nach all den Jahren wurde ihm immer noch schlecht, wenn er sich an Julians ungläubigen Gesichtsausdruck erinnerte bei seinem Verrat. „Nachdem er weg war, war mir alles egal. Ich dachte, ich könnte vortäuschen, dass ich auf Frauen stehe und vielleicht heiraten. Aber nach dem 11. September ging alles bergab." Er zuckte mit den Schultern. Er wollte sich von diesen Erinnerungen nicht mehr unterkriegen lassen. Jetzt hatte er Julian und seine Familie war intakt. Soweit es Nick betraf, hatte er die Welt erobert.

„Ist gar nicht so leicht, oder? Einige Zeit war alles in Ordnung hier, aber jetzt macht Jensen das Leben hier unmöglich."

Er sollte verdammt sein, wenn er zuließe, dass dieser Bastard Feuerwehrmänner verjagte. Nick war egal, was sein Vater gesagt hatte; jemanden verloren zu haben, gab Jensen nicht das Recht, andere Menschen unglücklich zu machen oder ihr Leben aufs Spiel zu setzen. Der Mann brauchte ernsthaft Hilfe, doch jetzt musste Nick ihn erst mal dazu bringen, Barton und ihn selbst in Ruhe zu lassen.

„Mach dir keine Sorgen wegen ihm", versicherte Nick. „Ich werde mich um Jensen kümmern."

„Wirst du, ja?" Jensen kam in die Umkleide, seine allgegenwärtige Gefolgschaft hinter ihm.

„Dein Verlust tut mir leid, Jensen, aber das gibt dir nicht das Recht Barton zu tyrannisieren. Oder mich." Nick stellte sich vor Jensen und sah ihm ohne mit der Wimper zu zucken in die Augen.

In Jensens Augen trat ein hinterlistiges Funkeln. „Also hatte ich recht."

Nick zuckte mit den Schultern. „Mit was? Dass ich schwul bin? Ja, und? Du bist hetero. Ist mir doch egal, mit wem du schläfst, solange du deinen Job machst."

Barton und nun auch Gentry standen neben ihm. Nicks Blick wanderte über die Gruppe und er sah Carlos, der ihn aus schmalen Augen anstarrte. Das war für ihn ein Stich ins Herz. Aus irgendeinem Grund hatte er gedacht, dass Carlos ihm den Rücken freihalten würde.

„Mir ist das wichtig. Ich will nicht mit jemandem arbeiten, der meinen Schwanz lutschen will."

Trotz der angespannten Situation brach Nick in Gelächter aus. „Bist du komplett durchgedreht? Du denkst, alle schwulen Männer wollen dich? Du bist nicht mein Typ."

Immer noch lachend drehte sich Nick herum, um zu seinem Spind zu gehen, als Jensen ihn an der Schulter festhielt.

„Lass mich nicht so einfach stehen. Ich bin noch nicht fertig mit dir. Vielleicht hast du vor all den Jahren eins auf den Kopf bekommen, dass du so dummes Zeug denkst. Was auch immer es ist – ich arbeite nicht mit einer Schwuchtel."

„Jensen, Mann, das ist Schnee von gestern. Lass Nick in Ruhe; niemand hat ein Problem mit ihm."

Endlich. Carlos' Blick traf Nicks und er nickte ihm zu.

Ungläubigkeit war in Jensens Worten zu hören. „Niemand hat ein Problem? Ich habe ein verdammtes Problem."

„Dann scher dich zum Teufel. Das ist deine Sache." Nick fummelte an seinem Spind und öffnete die Tür. Ohne

Vorwarnung ertönte ein Schrei; er fuhr herum, um zu sehen, woher dieser kam und sein Kopf knallte nach hinten und schlug gegen seinen Spind. Schmerz zuckte durch seinen Kiefer, als er auf den Boden sackte.

„Fuck." Heftig blinzelnd schüttelte er den Kopf in dem Versuch, seinen Blick zu klären und das Klingeln in seinen Ohren abzustellen. Als er seine Augen öffnete, stand Jensen über ihm, die Hände in die Hüften gestemmt und mit einem höhnischen Grinsen auf den Lippen.

„Steh auf, Pussy."

Carlos ging dazwischen, als Nick mit der Hilfe von Gentry und Barton schwankend auf die Beine kam.

„Tu das nicht, Mann. Wirf nicht deine ganze Karriere weg wegen so einem Scheiß. Lass Nick in Ruhe."

„Das ist nicht richtig. Es hätte ihn und nicht meinen Tommy treffen müssen!", schrie Jensen mit geballten Fäusten. „Mein Sohn ist tot und die … er … Tommy hatte es nicht verdient zu sterben. Er wollte heiraten. Jetzt habe ich nichts mehr."

Nick starrte Jensen entsetzt an, als der Mann auf die Schließfächer einschlug und dann auf der Holzbank zusammenbrach. Obwohl Jensen sich Sekunden zuvor noch komplett unter Kontrolle hatte, wusste Nick aus Erfahrung, dass der Mann nur eine Haaresbreite von einem totalen Nervenzusammenbruch entfernt war.

„Hol den Lieutenant", flüsterte er Barton zu, der dem Geschehen sprachlos folgte. „Und sag ihm, dass er einen Arzt rufen soll."

Das holte Barton aus seiner Trance. „Was? Warum?" Er blickte über seine Schulter zu dem gebrochenen Mann, der zusammengesunken auf der Bank saß. „Scheiß auf ihn. Du hast gehört, was er gesagt hat. Dass er sich wünscht, dass es dich und nicht seinen Sohn getroffen hätte. Wie kannst du nur daran denken ihm zu helfen?“

„Wie kann ich nicht?“ Eine unbeschreibliche Welle der Traurigkeit schwappte über Nick hinweg. Wie viel Schmerz trug Jensen seit Tommys Tod in sich? Er hatte Tommy Jensen gut gekannt. Sie waren zusammen an der Akademie gewesen. Er wusste, dass der Mann heiraten wollte; seine Freundin hatte erst kurz bevor er getötet wurde, herausgefunden, dass sie schwanger war. Die Nachricht von Tommys Tod war zu viel für sie gewesen und sie hatte kurz danach eine Fehlgeburt gehabt.

Jensen hatte nicht nur seinen Sohn verloren, sondern auch seine einzige Chance auf ein Enkelkind, da Tommy ein Einzelkind war. Er konnte sich solchen Kummer nicht vorstellen. Nick kannte Schmerz; alles durchdringenden, unvorstellbaren Schmerz, der sogar die kleinsten Bewegungen unmöglich machte. Wenn das Atmen so wehtat, dass man überlegte, ob man nicht für immer die Luft anhalten sollte. Alles nur um den Schmerz zu beenden.

„Ich kannte seinen Sohn, ich wusste aber nicht, dass Jensen immer noch Schwierigkeiten mit seinem Verlust hat.“ So, wie er diesen Mann kannte, war er wahrscheinlich zu stolz, um sich Hilfe vom Department zu holen. „Hätte ich das gewusst, wäre ich damit anders umgegangen.“

„Okay.“ Barton sah zu Jensen hinüber. „Ich gehe und hole den Lieutenant.“

Nick merkte nicht einmal, dass er blutete, bis Gentry mit einem feuchten Waschlappen zu ihm herüberkam. „Für

dein Gesicht“, erklärte Gentry und hielt ihm den Lappen hin.
Er sah den Waschlappen an, nachdem er ihn an seine geschwollene Lippe gedrückt hatte, und bemerkte das Blut. Mit seinen Fingerspitzen berührte er vorsichtig seinen Kiefer und seinen Mund, die Schwellung war der Beweis dafür, wo Jensens Faust gelandet war. Er hatte Glück, dass Jensen ihm keinen Zahn ausgeschlagen hatte, aber Nick wusste, dass er heute Abend einen höllisch großen blauen Fleck haben würde.
Es dauerte nur ein paar Minuten, bis Barton mit Lieutenant Delany zurückkehrte und Nick gefiel der Gedanke, ihm den Kampf und was dazu geführt hatte, erklären zu müssen, gar nicht.
„Fletcher.“
„Ja, Sir.“ Nick legte den Waschlappen zur Seite und näherte sich seinem Lieutenant, bis er vor ihm stand. Mit Anfang sechzig hatte Delany noch immer volles schwarzes Haar und stechend blaue Augen. Nick wusste, dass er direkt war und es auf den Punkt brachte.
„Erklär mir, was zur Hölle hier vorgeht.“
„Jensen und ich hatten eine Meinungsverschiedenheit.“ Er beugte sich näher zu Delany. „Ich glaube, er braucht eine Therapie, Sir. Er steht kurz vor einem Zusammenbruch.“
Delany widmete seine Aufmerksamkeit der Bank, auf der Jensen saß und Nick beobachtete, wie sich Jensen unter dem forschenden Blick seines Lieutenants zusammenriss. Zu seiner Überraschung stand der Mann auf und kam zu ihnen herüber.

„Ich entschuldige mich dafür, dass ich dich geschlagen habe, Fletcher." Keine andere Entschuldigung folgte und trotz seiner vorhergehenden Worte wurde Nick wütend. Niemand hatte das Recht, egal was in seinem Leben passiert war, ihn zu beschimpfen und zu schlagen.
„Ist das alles? Du versuchst, mir den Kiefer zu brechen, nennst mich ‚Schwuchtel' und denkst, dass alles unter den Teppich gekehrt wird?"
Delany warf ihm einen unergründlichen Blick zu, dann wandte er sich wieder an Jensen. „Ist das, was Nick sagt, korrekt?"
Jensen zögerte und Delany nutzte die Gelegenheit und gab zu bedenken: „Der Raum ist voller Zeugen. Lüg nicht, sonst wird noch schlimmer für dich."
„Ich hatte meine Gründe, Lieutenant. Ich kann mit ihm nicht arbeiten. Komm schon, Eddie." Er grinste Delany an, als wären sie zwei alte Freunde, die gemeinsam ein Bier tranken. „Wir kennen uns schon so lange. Du würdest auch nicht mit einer Schwuchtel arbeiten wollen."
Delany erwiderte Jensens Grinsen und Nicks Herz rutschte in seine Hose.
„Du hast recht, Stan. Wir kennen uns schon lange. Aber hier endet es. Willst du wissen warum?" Das Grinsen verschwand von Delanys Lippen und sie pressten sich zu einer grimmigen Linie in seinem Gesicht zusammen. „Weil mein Bruder schwul ist. Er hatte sein ganzes gottverdammtes Leben lang Angst, es jemandem zu sagen. Er hat gewartet, bis er 51 Jahre alt war, bevor er es seiner Familie sagte. Im letzten Jahr hat er endlich geheiratet. Und ich könnte nicht glücklicher für ihn und meinen neuen Schwager sein."

Jensen erbleichte. „Eddie …"
„So wird es jetzt weitergehen." Delany fuhr fort, als hätte Jensen nichts gesagt. „Mit sofortiger Wirkung bist du beurlaubt. In dieser Zeit wirst du dich psychologisch beraten lassen und einen Aggressionsbewältigungskurs machen, für den du eine Teilnahmebescheinigung vorlegen wirst. Nach dreißig Tagen werden wir sehen, ob du bereit bist wiederzukommen."
„Aber …" Jensen sah Delany an, der seinen Blick streng und unversöhnlich erwiderte.
Nicks Respekt für seinen Lieutenant hatte ein vollkommen neues Niveau erreicht. Der Mann erhob nicht einmal seine Stimme. Er hatte das nicht nötig. Delany sprach weiter in einem angemessenen, vernünftigen Tonfall. Als unterhielten sie sich darüber, wo sie frühstücken würden, oder ob sie sich das Eröffnungsspiel der Yankees ansehen sollten.
„Wenn du das nicht tust, wird das Department Strafanzeige gegen dich erstatten und dich feuern. Das wäre ein Schandfleck in deiner Personalakte." An diesem Punkt wurde seine Stimme weicher. „Willst du wirklich auf diese Weise deine Karriere bei der Feuerwehr nach über dreißig Jahren beenden?"
Es war, als würde man aus einem Ballon die Luft herauslassen. Ohne ein Wort zu sagen, sank Jensen in sich zusammen und benötigte die Hilfe eines anderen Feuerwehrmannes, um den Raum zu verlassen. Delany blieb still, bis sich die Tür hinter ihnen mit einem eindeutigen Knall geschlossen hatte. Dann sah er Nick mit einem ernsten Ausdruck auf seinen schroffen Gesichtszügen an.

Delany hatte es im Department nicht so weit nach oben geschafft, ohne ein Meister des bezwingenden Blicks zu werden. „Wollen Sie das erklären?"

Wahrscheinlich bemerkte er, dass Nick das nicht vor versammelter Mannschaft in der Umkleide diskutieren wollte, deshalb sah Delany auf seine Uhr. „Mein Büro in zehn Minuten. Hernandez?"

„Ja, Sir", antwortete Carlos.

„Sie übernehmen das Training heute."

„Ja, Sir."

Er drehte auf dem Absatz um und ließ Nick mit allen anderen im Raum zurück. Alle Augen starrten ihn an, wägten ab und beurteilten ihn. Nick hatte es getan.

„Ja, ich bin schwul. Nein, ich stehe nicht auf euch. Keinen von euch. Ich schaue euch nicht beim Duschen an und ich träume nicht von euren Ärschen. Fürs Protokoll, ich habe einen Freund und es ist was Ernsthaftes. Wenn ich will, dass ihr ihn kennenlernt, werdet ihr das tun." Seine verschwitzten Handflächen und sein rasendes Herz ignorierend, starrte er jeden Einzelnen in Grund und Boden. „Noch irgendwelche Fragen? Nein? Gut."

Er verließ den Raum in Richtung des Büros seines Lieutenants mit einem Lächeln auf den Lippen. Er konnte es nicht erwarten, mit Julian zu sprechen und ihm zu erzählen, was passiert war. Freiheit hatte noch nie so süß geschmeckt.

Kapitel 27

„Ich danke Ihnen, Ladies und Gentlemen. Wir bleiben in Verbindung.“ Julian kam um den Tisch im Sitzungssaal herum, um den Männern und Frauen, mit denen er fast den ganzen Nachmittag verbracht hatte, die Hände zu schütteln. Es war die ganze Arbeit wert gewesen, denn er hatte den Lizenzvertrag unterschrieben, der ihm erlaubte, die anerkannten Logos aller Sportteams – Baseball, Fußball, Basketball und Hockey – aus New York und Umgebung zu nutzen.

Der Betrag der gemeinschaftlichen Förderung, die sie ihm anboten, war astronomisch – es schien, als ob jeder diesen besonderen Opfern helfen wollte. Sie hatten ihre Teamärzte zur Beratung mitgebracht und alle waren begeistert davon, mit an Bord zu sein und wollten auf alle denkbaren Arten helfen. Julian hatte schon früher Verträge mit allen großen Ladenketten abgeschlossen, doch dieser Deal ließ ihm eine Gänsehaut über den Rücken laufen.

Er hatte die Büros in der Innenstadt verlassen und obwohl die Kälte auf seinen Wangen brannte, wenn der Wind um die Ecke und den Block abwärts pfiff, lief Julian ohne ein bestimmtes Ziel durch die Straßen. Aufregung zog ihn stadteinwärts, in Gedanken ging er die Ereignisse des Tages durch. Alles Gute hatte mit Nick begonnen: mit ihm aufzuwachen, früh am Morgen mit ihm Liebe zu machen und ihn seinen Freunden vorzustellen; alles hatte ihn zu den bemerkenswerten Geschäften mit den Großunternehmern geführt.

Nick zu finden hatte Julian auch seine Bestimmung finden lassen.

Im Verlauf der letzten Woche hatte sich Julian mit seinem Anwalt getroffen und die Übergabe von Julian Cornell Designs an Melanie in die Wege geleitet. Sie war geplättet und weigerte sich zuerst, weil sie darauf bestand, dass sie damit zufrieden war, ihm auf jede mögliche Art zu helfen.

„Mel. Ich habe kaum noch an Bekleidung gedacht, seit ich angefangen habe, mit den Kindern zu arbeiten. Sie haben mich in ihren Bann gezogen und ich kann mir nicht vorstellen in die Schlangengrube der Modeindustrie zurückzukehren."

Sie lachte. Ihre Augen strahlten vor Freude. „Ich habe dich seit Jahren nicht so enthusiastisch erlebt. Ich bin froh, wenn ich für dich die Stellung halten darf, weil ich nicht glaube, dass du mit dem Designen von Kleidung durch bist, egal was du sagst."

„Ich gebe es nicht auf, aber ich will, dass du gerecht beteiligt bist. In den nächsten Wochen werden wir uns mit meinem Anwalt treffen, um die Umstrukturierung des Unternehmens zu diskutieren."

Er hatte ihre Proteste einfach ignoriert.

Seinerseits gab es keine Bedenken. Er hatte alles Vertrauen der Welt in Melanie und wenn sie die Führung des Unternehmens übernahm, konnte Julian seiner Herzensangelegenheit nachgehen. Alle seine Probleme, die in der Nacht seiner Show begonnen hatten, waren wie ausradiert, hatten zu einem Leben geführt, das Julian nicht für möglich gehalten hätte.

„Julian Cornell kommt endlich aus seinem Versteck heraus."

Mit diesen Worten wurde er aus seinen Gedanken gerissen. Misstrauisch beäugte er Devon Chambers, der sich vor

Julian positioniert hatte und ihm den Weg versperrte. Als Julian ihm nicht mehr als ein dünnes, frostiges Lächeln entgegenbrachte und versuchte, um ihn herum zu gehen, stellte er sich ihm erneut in den Weg.

„Komm schon, Julian. Sei nicht so. Ich habe dich seit dem Abend meiner Show nicht mehr gesehen.“ Ein Grinsen breitete sich auf seinem Gesicht aus. „Ich meine unserer Shows. Hätte ich fast vergessen; es war so viel los seitdem. Ich war im *Esquire Magazine, WWD*, sogar in *Men's Health*.“ Er grinste. „Sie wollten das Geheimnis wissen, wie ich es schaffe, so muskulös zu bleiben.“

„Faszinierend“, kommentierte Julian in der Hoffnung, dass sein gelangweilter Tonfall ihm klarmachte, dass er in Wahrheit einen Scheiß auf dieses Gespräch gab.

„Ich konnte ihnen ja wohl kaum erzählen, dass der Grund eine Parade von Models in meinem Bett ist, die dafür sorgen, dass mein Arsch so schön fest bleibt.“ Devon lachte über seinen eigenen Witz. Seine weißen Zähne leuchteten in seinem sonnengebräunten Gesicht. Julian vermutete, dass Devon einige Zeit in der Karibik verbracht hatte und neue Werbefotos für die Sommerausgaben zu shooten. Er vermisste das alles absolut nicht, besonders nicht nach der letzten Nacht und dem heutigen Morgen mit Nick. Hoffentlich ging bei ihm auf der Arbeit alles gut und sie konnten heute Abend ein ruhiges Dinner in seiner Wohnung genießen. Es faszinierte ihn, dass er, der einst einer der größten Partylöwen der Stadt gewesen war, sich jetzt darauf freute zuhause zu bleiben.

„Schön für dich, Devon. Entschuldige, dass ich so kurz angebunden bin, aber ich bin spät dran.“ Nicht wirklich.

Aber er hatte nicht das Verlangen, an einer windigen Ecke zu stehen, wenn er woanders erwartet wurde. Zum Beispiel im Krankenhaus, um die guten Neuigkeiten über die Förderverträge zu überbringen. Er lächelte bei dem Gedanken an die Aufregung, die das bei allen, besonders aber bei Jamal, auslösen würde. Erst recht, wenn der Junge erfuhr, dass er einige seiner Sporthelden treffen würde.

„Ich habe gehört, dass du an etwas Brandneuem arbeitest, Julian."

Julian verlangsamte seine Schritte, blieb aber nicht stehen. Für einen Moment setzte sein Herz aus. „Nicht wirklich. Ich bewerte nur einige Dinge neu. Das ist alles."

„Hmm. Du bist so geheimnisvoll – vertraust du mir nicht?"

So sehr, wie einem Dieb meinen Geldbeutel anvertrauen würde.

„So ist es nicht. Ich muss nur los und darf nicht zu spät kommen." Als er ein Taxi mit beleuchtetem Schild ein Stück die Straße hinauf erblickte, streckte er seinen Arm aus, um es heranzuwinken. Es kam angeflitzt und hielt am Bordstein.

Mit einem breiten, falschen Lächeln öffnete Julian die Tür und sprang hinein, schlug die Tür hinter sich zu, um zu verhindern, dass Devon ihm in das Fahrzeug folgte.

„Auf Wiedersehen, Devon." Er lehnte sich vor, um dem Taxifahrer zu sagen, dass er ihn zum Krankenhaus fahren sollte. Dann lehnte er sich zurück und überprüfte sein Telefon. Bei der Nachricht von Nick konnte Julian sich ein Lächeln nicht verkneifen.

Glaub es oder nicht, aber ich war erfolgreich. Ich erzähl dir heute Abend alles beim Dinner. Bei dir?

Julian tippte seine Antwort.

Super. Ja, bei mir. Und plan ja nicht, nach Hause zu fahren, bring also Kleidung zum Wechseln mit.
Wenn Julians Plan aufging, würde Nick für eine sehr lange Zeit bleiben.

***

„Verarschst du … sorry, ich meine veralberst du mich?"
Wie Julian erwartet hatte, war Jamal total aus dem Häuschen und metaphorisch schon halb auf der Milchstraße, bei dem Gedanken seine Lieblingssportlegenden zu treffen. Er warnte den jungen Mann.
„Denk dran, dass du dort bist, um das Produkt und auch dich zu repräsentieren. Bis zur Show erwarten wir, dass du an deinen Schularbeiten und Übungen dranbleibst." Er hob kritisch seine Augenbraue. „Wie läuft die Krankengymnastik?"
Jamal nickte seiner Mutter zu, stand auf und ging einige Schritte. Obwohl er zusammenzuckte, wenn er sein geschädigtes Knie beugte, konnte Julian erkennen, wie weit er sich von dem niedergeschlagenen jungen Mann, der er bei ihrer ersten Begegnung gewesen war, entwickelt hatte.
„Jamal, das ist fantastisch. Wenn du soweit bist, über den Laufsteg zu gehen, wirst du sie umhauen."
Jamals Mutter, Sonia, biss sich auf die Lippe. „Ich bin von der ganzen Sache nicht so recht überzeugt."
„Ma", stöhnte Jamal mit verzweifelter Stimme.
„Lass sie ausreden. Sie ist deine Mutter und sie will nur, dass es dir gut geht." Julian klopfte Jamal auf die Schulter,

als er vorbeigang, um sich neben seine Mutter zu setzen. „Was sind Ihre Bedenken?"
Ihre dunklen Augen hielten seinem Blick stand und über ihren weichen Augenbrauen bildeten sich neue Sorgenfalten. „Er ist doch noch ein Junge, auch wenn er noch so darauf beharrt, erwachsen zu sein. Ich möchte nicht, dass er in diese ganzen Dinge verstrickt wird, die ich über diese Branche gehört habe."
„Was für Dinge?"
„Drogen", sagte sie freiheraus. „Ich habe genug über diesen Lebensstil gelesen, um über die Partys und die Trinkerei Bescheid zu wissen. Ich kann nicht zulassen, dass er damit in Berührung kommt. Doch ich kann ihm eine Chance wie diese auch nicht vorenthalten."
Er nahm ihre Hand. „Ich verspreche, dass ich auf ihn aufpassen werde. Ich würde ihm nie erlauben, das für mich zu tun, wenn ich glauben würde, dass er dadurch in Gefahr gerät."
Ihr zaghaftes Lächeln konnte den Schimmer des Zweifels in ihrem Blick nicht vertreiben. „Wie können Sie mir garantieren, dass er sicher ist? Sie können nicht immer bei ihm sein."
„Aber ich kann und ich werde."
Nick?
Bei dem Anblick seines Liebsten musste Julian breit grinsen. Bei dem Anblick seines geprellten Kiefers und dem Cut in seiner Lippe verflog es allerdings sofort und er eilte zu ihm.
„Was ist denn mit dir passiert?"

Liebevoll berührte er Nicks Kiefer, indem er vorgab, sein Gesicht zu untersuchen; wären sie nicht in der Öffentlichkeit, hätte er den Cut in seiner Lippe geküsst.
„Es war nichts. Wirklich." Nick lächelte Julian flüchtig an und begrüßte dann Jamal und dessen Mutter.
Julian konnte er damit nicht täuschen, aber er wusste, dass es weder die richtige Zeit noch der richtige Ort war, um darüber zu reden, was geschehen war.
„Ich habe gerade Jamals Mutter erklärt, wie ich ihren Sohn vor dem ausschweifenden Lebensstil der Modeindustrie beschützen werde."
„Vertrau mir, Sonia." Nick ließ sich auf den Stuhl neben ihr fallen. Während Jamals Genesung hatte Nick so viel Zeit mit ihm verbracht, dass Sonia sich auf Nicks Rat und Führung bei der Erziehung ihres Sohnes verließ. Stolz stieg in Julian auf. Er kannte Nick und jetzt würde er eine echte Veränderung im Leben von jemandem bewirken.
„Ich werde sicherstellen, dass ich bei jedem einzelnen Schritt dabei sein werde. Mach dir keine Sorgen." Er drückte ihre Hand und der vertrauensvolle Blick zwischen den beiden brach beinahe Julians Herz. „Ich werde dich nicht enttäuschen."
„Bitte, Ma?", flehte Jamal auf seinem Stuhl. „Ich verspreche meine Übungen zu verdoppeln, damit ich für die Show perfekt bin."
„Hey, Jamal", sagte Julian, „ich brauche keine Perfektion. Sei einfach du selbst und du wirst perfekt sein, okay?"
Jamals Augen fixierten weiter seine Mutter. „Ma?"
Mit einem letzten Blick zu Nick, der ihr ein beruhigendes Lächeln schenkte, nickte Sonia. „Viel Glück, Julian. Ich

hoffe, Sie wissen, worauf Sie sich mit diesen Kindern einlassen."
Die Stimmung im Raum wurde schlagartig besser; Jamal plauderte mit seiner Mutter darüber, wen er treffen würde und wie neidisch seine Schulkollegen auf ihn sein würden. Julian nutzte die Gelegenheit und zog Nick beiseite.
„Magst du mir verraten, woher deine neue Gesichtsverzierung stammt?" Er berührte die Verletzung an Nicks Lippe. „Kann ich den Tipp wagen, dass jemand dein Coming-out nicht so gut aufgenommen hat?"
Nick lehnte sich in Julians Berührung und Julian konnte nicht widerstehen, einen flüchtigen Kuss auf die Blutergüsse an Nicks Kiefer zu platzieren.
„Es sieht schlimmer aus, als es ist. Jensen und ich waren unterschiedlicher Meinung, als ich es ihm erzählte. Aber am Ende tat er mir leid."
„Du hast es getan?"
Nick warf einen kurzen Blick zu Jamal und seiner Mutter. „Vielleicht können wir das später diskutieren, zum Beispiel beim Abendessen." Seine blauen Augen verdunkelten sich. „Bei dir? Wir können einen Film ausleihen oder so etwas."
Obwohl er immer noch aufgebracht über Nicks Verletzung war, war Julian kein Dummkopf. Nick in seinem Apartment, hoffentlich für eine weitere komplette Nacht? Vorher würde die Hölle zufrieren, bevor er so eine Einladung ausschlagen würde.
„Ich bin für ‚oder so etwas'." Er küsste Nick auf die unverletzte Seite seines Mundes. „Lass uns gehen."

Kapitel 28

Sie legten einen Film ein und machten es sich auf dem Sofa mit ihrem Pad Thai und einem Bier bequem. Julian blickte ihn herausfordernd an.

„Sag mir, was passiert ist. Augenscheinlich hat dieser Wichser dich geschlagen."

Das Problem war, dass Nick das Ganze nicht noch einmal durchgehen wollte. Er wollte sein Pad Thai essen, ein bisschen angeheitert werden und atemberaubenden Sex haben.

„Mir geht es gut. Ehrlich. Wir haben gestritten, er hat mich geschlagen, aber am Ende tat er mir irgendwie leid."

Julian verschluckte sich beinahe an seinem Bier, dann sprudelte es aus ihm hervor. „Dir tut dieser Bastard leid? Er ist ein homophobes Arschloch, das dich geschlagen hat. Ich hoffe, er verliert seinen Job."

„Ich nicht." Nick starrte seine Bierflasche an, ohne sie wahrzunehmen. „Das verstehst du nicht."

„Dann erleuchte mich. Willst du wissen, wie ich das sehe?" Julian steckte seinen Fuß unter Nicks Hintern.

„Es ist unwahrscheinlich, dass du deine Meinung für dich behalten wirst."

Julian hob seine wohlgeformte Augenbraue und Nick fragte sich, ob er sie wachste. Er wäre nicht überrascht davon, wenn er an den Wahn der Modeindustrie zum Thema Aussehen dachte. Dann erinnerte er sich an Julians glatte Brust unter seinen Händen und es scherte ihn nicht im Geringsten, falls er auch seine Eier wachsen würde.

Julian wippte mit seinem Fuß unter Nicks Hintern und Nick knurrte: „Wenn du willst, dass ich zuhöre, hör damit auf."

„Du hattest die ganze Zeit Angst, diesen Männern zu sagen, dass du schwul bist. Das Nächste, was ich weiß, ist, dass du mit zerschlagenem Gesicht aufkreuzt und dann hast du auch noch Mitleid mit dem Kerl, der dich geschlagen hat?"

Nick wusste, dass es für Julian schwer war, das zu verstehen. Er stellte seine Flasche auf den Couchtisch. „Ich habe es Barton gesagt und Jensen hat uns gehört. Der Mann ging auf mich los und als ich mich wegdrehte, hat er mir eine reingehauen."

„Diese Vergebung, die ich deiner Meinung nach für Jensen empfinden soll …" Julian schüttelte seinen Kopf. „Die fühle ich nicht."

Nick lehnte sich zurück und starrte an die Decke. „Er ist durchgedreht, ist vollkommen zusammengebrochen. Versteh doch, Jensen hat seinen Sohn, Tommy, am 11. September verloren. Tommy Jensen und ich waren zusammen an der Akademie. Er war ein guter Mann, ein richtig guter Mann, Julian." Er schlug das Kissen neben sich. „Verflucht, ich hasse, was dieser Tag den Menschen angetan hat."

„Shh." Julian rutschte zu Nick und nahm ihn in den Arm. „Ich weiß. Ich weiß." Nick hielt ihn fest und wünschte sich, Julian wüsste es wirklich.

Es war schwer für Leute, die das nicht durchgemacht hatten, die tiefe Verzweiflung zu verstehen. Nur weil er Tag für Tag funktionierte, bedeutete das nicht, dass er nicht verletzt war. Julian zu lieben, hatte ihm sein Leben dahingehend zurückgegeben, dass er wieder lieben und über eine Zukunft nachdenken konnte, anstatt die Trümmer der Vergangenheit zu durchwühlen. Aber nichts konnte ihm die verlorene Unschuld zurückbringen, die Reinheit seines Herzens und die Schönheit des endlos blauen, sonnigen Himmels.

„Du brauchst nicht darüber reden, wenn es dich immer noch aufregt."

„Es wird mich immer aufregen, Julian. Das ist etwas, was du verstehen musst. Ich funktioniere vielleicht normal, aber es wird immer ein Teil von mir sein wie ein lebendiges, atmendes Wesen."

Anstatt schnell zu antworten, atmete Julian schwer aus. „Reiche ich dir nicht?"

Wütend auf sich selbst, weil er es zuließ, dass Julian Zweifel hatte, packte er dessen Schultern und zog ihn an sich. „Denk das niemals. Ich habe erst angefangen aus der Hölle heraufzusteigen. Du bist mehr als genug. Du lässt mich nach vorn blicken. Dank dir freue ich mich darauf, am Morgen aufzuwachen und auf Abende wie diesen, wenn wir zwei allein sind." Dann küsste er Julian rau und leidenschaftlich, bis sie beide nach Luft schnappten. „Verdammt, Julian – nicht genug? Du bist gottverdammt nochmal alles für mich."

„Dann erklär es mir", bat Julian. „Lass es mich verstehen."

„Mein Vater kannte Jensen und sagte, er war vorher nie so, bevor Tommy starb. Und dann fand ich heraus, dass Tommys Freundin schwanger war und das Baby nach Tommys Tod verloren hat." Nick stand auf, durchquerte das Loft und blieb am Fenster, von dem aus er die Straße überblicken konnte, stehen. „Ich kann mir nicht vorstellen, wie es ist den einzigen Sohn zu verlieren und dann noch dein Enkelkind, die letzte Verbindung zu deinem einzigen Kind. Ich bin kein grausamer Mensch. Der Mann braucht Hilfe.“

Julians rauer Atem hallte durch das Loft. „Das Leben ist verflucht unfair, oder? Ich habe meine Mutter verloren, aber ich denke nicht, dass ich sie jemals wirklich hatte, weil sie so schwer gearbeitet hat, um die Rechnungen zu bezahlen, dass ich sie kaum gesehen habe.“

„Dann kannst du das mit der Vergebung vielleicht verstehen. Ich muss den Mann nicht noch mehr verletzen, als er es ohnehin schon ist. Vielleicht bekommt er jetzt die Hilfe, die er braucht, um damit zurechtzukommen, was passiert ist. Ich will nicht, dass er gefeuert wird. Hilfe und Bildung können viel ändern.“

Julians warmer Körper presste sich gegen Nicks Rücken, als er seine Arme um ihn schlang. „Und da dachte ich, du wärst nur ein weiteres hübsches Gesicht. Wer konnte schon ahnen, dass du so mitfühlend und fürsorglich bist?“ Julian küsste sein Ohr. „Ich verstehe, was du sagst und du hast recht. Ich halte nichts davon, Intoleranz mit Intoleranz zu bekämpfen. Wenn du also glaubst, der Mann braucht Hilfe, dann bin ich dafür. Jetzt kann ich dir meine Neuigkeiten erzählen.“

Sie kehrten zum Sofa zurück. Nick nahm seine Schale mit Pad Thai wieder in die Hand und gabelte die scharfen Nudeln auf. „Erzähl.“ Er kaute, schluckte und spülte alles mit einem Schluck Bier hinunter.

Nachdem Julian über die Ergebnisse seiner Meetings berichtet und Nick die unterzeichneten Verträge gezeigt hatte, feierten sie das damit, dass Nick Julian auf dem Sofa einen Blowjob verpasste. Sie lagen beieinander, entspannt und gesättigt und Julian war ungewöhnlich still.
„Was ist los?“ Nick stupste ihn mit seinem Fuß an.
„Hmm? Oh, ich habe über all die Veränderungen in deinem Leben nachgedacht. Ich will nicht, dass du denkst, dass ich dich zu irgendwas gezwungen habe. Habe ich dich dazu veranlasst, irgendetwas zu tun, was du nicht wolltest?“
Anstatt ihm zu antworten, sagte Nick: „Weißt du, was ich gerne hätte?“
„Was, Babe?“
„Ich habe morgen meine Therapiesitzung mit meinem Arzt.“ Es wäre das erste Mal, dass ihn überhaupt irgendjemand begleiten würde, sofern Julian zustimmte. „Würdest du – natürlich nur, wenn du nicht zu beschäftigt bist – würdest du mitkommen?“
Ein wunderschönes Lächeln trat auf Julians Gesicht. „Ich würde dich liebend gern begleiten. Danke, dass du mich in die wichtigen Teile deines Lebens mit einbeziehst.“
Er küsste die feuchten Locken auf Julians Schläfe und verlor sich in dem berauschenden Duft dieses Mannes. „Du bist der wichtigste Teil meines Lebens.“

***

Unerklärlich nervös spielte Nick mit dem Reißverschluss seiner Jacke.

„Hör endlich auf damit. Du machst sie noch kaputt und ich gebe dir keine von meinen – ich mag dich in deiner Dienstjacke.“ Julians grüne Augen leuchteten spöttisch. „Es ist jedermanns Traum, einen heißen Feuerwehrmann als Freund zu haben.“

„Manchmal denke ich, du wärst nicht halb so begierig darauf mich zu bespringen, wenn ich kein Feuerwehrmann wäre.“

Julians Lippen formten ein Lächeln. „Du hast Glück. Ich mag dich ohne Uniform genauso sehr wie mit.“

„Nick?“ Shena rief ihn von der Rezeption. „Dr. Landau hat jetzt Zeit für dich.“

„Danke.“ Er ging in Richtung Sprechzimmer, Julian an seiner Seite. „Shena, das ist Julian Cornell. Mein Partner.“

Es war amüsant, ihre Reaktion zu beobachten: Ihr Mund formte ein *O,* als sie begriff, was er mit *Partner* meinte und ihre Augen weiteten sich, als sie Julians Namen erkannte.

„Julian Cornell, der Designer?“

Julian lehnte sich über die Theke, ließ seinen allgegenwärtigen Charme spielen und unterhielt sich ein paar Minuten lang mit Shena, bevor er Nick folgte. „Sie liebt mich“, sagte er mit einem selbstzufriedenen Grinsen.

„Irgendwer muss es ja tun.“ Nick grinste über Julians gespielte Verärgerung und küsste seine Wange. „Pass nur auf, dass du nicht zu liebenswürdig für jemanden außer mir wirst.“

Beide lächelten, als sie Dr. Landaus Sprechzimmer betraten. Nick schüttelte ihm die Hand und stellte Julian vor.

„Julian Cornell? Ich glaube, ich trage einen Ihrer Anzüge, wenn ich nicht irre."

Kannte denn jeder in New York City seinen Freund? Zum ersten Mal war sich Nick nicht sicher, ob er die öffentliche Seite von Julian mochte.

Dr. Landau wartete, bis sie sich beide gesetzt hatten, dann sah er Nick mit einem fragenden Lächeln an.

„Möchtest du mir etwas erzählen, Nick?"

Es war schon komisch, letzten Monat noch hatte er sich zu sehr geschämt und hatte zu große Angst davor gehabt, über seine Sexualität zu sprechen. Jetzt war Nick stolz darauf, neben Julian zu sitzen und zu wissen, dass er ihm gehörte.

„Ich denke, dass ein Faktor, der meine Genesung sogar noch nach all den Jahren behinderte, meine Unfähigkeit war, zuzugeben – selbst mir gegenüber – wer ich bin." Als er in die gütigen Augen von Saul Landau blickte, wusste Nick, dass er dort keine Verurteilung, sondern nur Akzeptanz finden würde. „Als wir sechzehn waren, habe ich mich von Julian abgewandt, obwohl ich wusste, wie sehr er mich liebte und dass ich ihn liebte. Ich habe mich aber zu sehr geschämt und hatte zu große Angst, um mir das selbst einzustehen und meinen eigenen Weg zu wählen. Stattdessen habe ich mich dafür entschieden, mich zu verstecken."

„Das ist eine schwere Entscheidung mit sechzehn Jahren. Die meisten Menschen wissen in dem Alter noch nicht, was sie wollen oder wer sie sind."

Das ist wahr. Die meisten Menschen. „Aber ich wusste es. Ich wusste, wer ich war und wen ich wollte." Ohne ihn anzuschauen, streckte er seine Hand nach Julian aus. Der Unterschied in Nicks Leben war, dass er jetzt nicht mehr suchen musste. Er wusste, dass Julian immer an seiner Seite sein würde, um ihn zu halten. „Ich habe alles weggeworfen. Ich habe Julian weggeworfen. Ich habe ihn wie Müll behandelt, statt wie das Geschenk, das er war."

„Und doch seid ihr beide nach all den Jahren hier. Zusammen."

„Das Leben ist komisch, oder?" Das war das Erste, was Julian sagte. „In all den Jahren habe ich mir vorgestellt, dass Nick verheiratet ist und Kinder hat; das Leben lebt, von dem er sagte, dass er es wollte. Als wir uns wiedersahen und er sich wie ein arrogantes Arschloch verhalten hat, sich anmaßte, Dinge über mich zu wissen, über mich urteilte anhand dessen, wie ich aussah, vermutete ich, dass er sein Selbst tief vergraben hatte und niemals zugeben würde, schwul zu sein."

„Das hört sich an, als wäre ich oberflächlich", warf Nick ein, aber Julian sagte die Wahrheit. „In mancherlei Hinsicht habe ich Leute aufgrund ihres Aussehens beurteilt, aber genau anders als das in deiner Welt passiert. Ich dachte, dass jemand, der so großen Wert auf Kleidung legt, oberflächlich und arrogant sein muss. Dass so jemand nicht den Charakter eines Menschen hat, den ich kennen oder als Freund haben möchte."

„So war ich auch viele Jahre lang. Ich habe mich in eine Welt begeben, in der niemand unter die Oberfläche schaut. Diese Leute führen unbedeutende Leben, zufrieden damit, Menschen nach ihrem Äußeren zu beurteilen, anstatt Freundschaften zu schließen, die sich auf den wahren Charakter gründen. Mit Nick wiedervereint zu sein, hat mein Leben verändert. Er hat mir so viel über die Stärke des

menschlichen Wesens und den Willen durchzuhalten beigebracht; mir fehlen die Worte."
Wärme stieg in Nick auf und er drückte Julians Hand. Niemand hatte ihm jemals das Gefühl gegeben, so wichtig zu sein, wie Julian in diesem Moment. „Durch meine Beziehung mit Julian bin ich mutig geworden. Ich habe mich vor meiner Familie und meinen Kollegen geoutet. Ich bin sogar an den Punkt gekommen, an dem das Betreten eines Fahrstuhls keine Bedrohung mehr ist."
„Du warst immer schon mutig, Nick. Du bist es nicht einfach eines Tages geworden, weil du dich verliebt hast. Du hast gelernt, den Mut in dir wiederzuerkennen und zu akzeptieren." Dr. Landau sah ihn mit beinahe väterlicher Zuneigung an. „Seit Jahren habe ich mit angesehen, wie du dich selbst gegeißelt und jedes Zeichen von Leben in dir unterdrückt hast. Zu sehen, dass du heute akzeptierst, wer du bist, macht mich sehr froh."
„Wie Sie sicher in meinem Gesicht lesen können, liegt noch ein langer Weg vor mir, mich daran zu gewöhnen, dass andere akzeptieren wer Julian und ich sind."
„Wird dich das abschrecken?" Landaus scharfer Blick forderte ihn heraus.
„Nicht mehr. Ich bin fertig damit, so zu tun als ob. Es hat mir bisher kein Glück im Leben gebracht; warum sollte ich den Rest meines Lebens dafür opfern, weiterhin eine Lüge zu leben?"
„Ich habe mich immer gefragt", sagte Julian in einem ungewöhnlich ernsten Tonfall, „wie unser Leben aussehen würde, wenn wir nicht den Weg gegangen wären, den wir gewählt haben. Was wäre, wenn meine Show gut gelaufen

wäre, statt in einem Desaster zu enden – hätte mein Weg jemals den von Nick gekreuzt? Nach fast jeder Situation, in der ich tiefer gefallen bin, als ich es jemals für möglich gehalten hatte, war ich am Ende erfolgreicher als zuvor."

Ihre Sitzung war zu Ende, Dr. Landau erhob sich, um ihnen die Hand zu geben. „Was wäre wenn? Was hätte sein können? Du kannst dein ganzes Leben damit verbringen darüber nachzudenken und in der Vergangenheit zu leben. Genieß die Freude, die dir zuteil wird. Du weißt nie, wie lange du sie hast. Es ist ein Geschenk. Nicht jeder hat das Glück, es zu erhalten."

Nick dachte den ganzen Weg zurück bis zu Julians Loft darüber nach. Als sie das Apartment erreicht hatten, wartete Nick kaum, bis Julian die Tür geschlossen hatte. Er drückte Julian gegen die Wand und küsste ihn heiß.

Julian ging direkt darauf ein und zielstrebig drang seine Zunge in Nicks Mund vor, während er seinen Mantel und sein Jackett auszog.

„Schnell", drängte er.

Nick brauchte keine weitere Aufforderung. Ohne den Augenkontakt zu unterbrechen, öffnete er die Knöpfe an Julians Hose und schob sie zu seinen Knien hinunter. Dann sank er vor ihm auf die Knie und nahm seinen geschwollenen Penis tief in seinen Mund. Das war keine Zeit für Finesse. Nick wollte ihn rau und hart.

„Gott, ja", stöhnte Julian, stieß sich schneller in Nicks Rachen. Nick umfasste Julians Schwanz an der Wurzel und lutschte ihn geräuschvoll, umspielte den dicken Kopf. Er liebte Julians heißen moschusartigen Geruch und konnte nicht damit aufhören, mit seiner Zungenspitze immer wieder gegen den sensiblen Punkt an der Unterseite von Julians Schwanz zu stupsen. Zu hören wie Julian stöhnte, verstärkte nur sein eigenes Vergnügen. Nicks Schwanz schmerzte und er wusste, dass nicht mehr viel fehlte, bis er den Verstand verlor.

Nick konnte fühlen, wie Julian innerlich zu zittern begann; er war mittlerweile so vertraut mit seinem Körper. Julians Schwanz schwoll an und der erste Tropfen seines Saftes landete auf Nicks Zunge.

„Komm schon. Gib es mir", murmelte er und fuhr mit der Hand den harten Schwanz auf und ab. „Fick mich. Ich halt das aus."

Julian sah auf ihn herunter, seine Augen blitzten vor Verlangen. „Fuck, Nick." Er grub seine Finger in Nicks Haar und hielt sich nicht mehr zurück, drängte sich tief in Nicks Rachen. Nick nahm ihn auf, liebte es, wie Julian in ganzer Länge in ihn glitt. Das Vergnügen überschwemmte ihn, bis Julian aufschrie und kam, seinen Rücken durchbog und sich in Nicks Hals ergoss.

Nachdem Julians Hüften aufgehört hatten zu pumpen und sein weicher Penis aus Nicks Mund geglitten war, kümmerte Nick sich um seinen eigenen harten Schwanz. Er öffnete den Reißverschluss, um ihn zu befreien.

Er fixierte den keuchenden Julian mit seinem Blick, während er seinen Schwanz bearbeitete, bis er mit einem rauen Seufzen kam und sich heiß und klebrig in seine Hand ergoss. Julian kniete sich neben ihn und küsste seine Finger, leckte sie ab und küsste ihn dann.

„Wenn ich alles noch mal durchmachen müsste, würde ich es tun, wenn es mich wieder genau hier zu diesem Moment mit dir bringen würde.“
Nick konnte dem nichts weiter hinzufügen, außer einem: „Ich liebe dich auch.“

Kapitel 29

Vier Monate später

Sein Herz schlug wie verrückt. Julian schob die Haarstylisten und Make-up Artists weg, die letzte Handgriffe an den Models vornahmen, um zwischen den Vorhängen hindurch einen Blick auf das Publikum zu werfen. Was für ein Unterschied zu den glitzernden Reihen von Berühmtheiten und Newcomern der Modeindustrie, die normalerweise die Plätze belegten.

Heute waren es Vertreter von Pharma-Unternehmen und aus dem Gesundheitswesen. Doktoren und Krankenschwestern saßen neben ausgewählten Modebloggern, mit denen Julian Freundschaft geschlossen hatte. Alle hatten ihr Interesse an Julians Ideen zum Ausdruck gebracht; die Mitarbeiter aus dem Gesundheitswesen hatten verstärkte Hilfe für die Verbrennungsopfer angeboten, während die Blogger zugestimmt hatten, Geschichten über die Patienten auf der Verbrennungsstation und ihr Leben zu veröffentlichen. Er hatte ihnen gezeigt, dass Schönheit mehr als nur Schein war, dass sie unter die Narben blicken mussten.

Verschiedene Sportler ließen sich mit ihren Freunden blicken und es rührte ihn, dass viele dieser Männer und Frauen ihre Ehefrauen und -männer sowie ihre Kinder mitgebracht hatten. Marcus hatte wie immer ganze Arbeit geleistet und den Club in einen wunderbaren Platz für eine Fashion-Show verwandelt. Die Musik dröhnte und die Sponsoren hatten einen großartigen Job geleistet, mit dem Aufbau der alkoholfreien Bar, der Zusammenstellung der

Werbegeschenke und der Dekoration. Zach saß hinter der Bühne, betreute die Computer für die Musik und die Beleuchtung. Er hatte Julian versprochen, dieses Mal nach vorn zu kommen und die Party eine Weile zu genießen. Der Club war überfüllt und trotzdem entdeckte er Devon Chambers in der zweite Reihe.

„Was macht das Arschloch hier?"

Melanie stand hinter ihm und massierte seine Schultern.

„Einer der Blogger hat ihn mitgebracht. Mach dir keine Sorgen; ich behalte ihn die ganze Nacht im Auge. Ich lasse nicht zu, dass er Ärger macht."

Er drehte sich um und küsste ihre Wange. „Habe ich dir in letzter Zeit gesagt, dass ich dich vergöttere? Wie glücklich ich bin, dich in meinem Leben zu haben?"

Ihre Unterlippe zitterte und sie blinzelte wild. „Bring mich nicht zum Weinen, du ruinierst mein Make-up." Aber sie küsste ihn auch und umarmte ihn fest.

Sie waren weit gekommen, seit er sie aus der Gruppe der Praktikanten ausgewählt hatte, die ihm das FIT geschickt hatte. Trotz ihrer Proteste hatte er ihr vierzig Prozent der Anteile an Julian Cornells Design überschrieben, und sie hatte sich mit den Entwürfen für die Kollektion, die sie ihm gezeigt hatte, selbst übertroffen. Sie planten im Sommer eine Show in Paris und er schickte sie zum ersten Mal allein los, um alles zu organisieren.

„Hey, was geht hier vor?" Nick schlängelte sich an Melanie vorbei, mit Katie an seiner Seite. „Machst du dich an meinen Freund ran?" Er zwinkerte und umarmte Melanie, bevor er sich neben Julian stellte. „Du siehst großartig aus."

Julian küsste ihn und inhalierte seinen würzigen Geruch. „Hmm, du bist aber auch ganz schön heiß." Er warf einen kritischen Blick auf Nicks Anzug und Krawatte. „Warum trägst du das?" Julian grinste Melanie und Katie an. „Ich wollte, dass er seine Uniform trägt. Das ist so heiß."
Nick rollte mit den Augen. „Du bist doch verrückt."
Katie stieß ihn leicht an. „Du weißt, dass jeder auf Männer in Uniformen steht, Nicky. Du kannst nichts dagegen tun, wenn dein Freund dich für einen heißen Feger hält."
Nick ignorierte sie uns spähte durch den Vorhang. „Sind Mom und Dad hier?"
Julian zeigte sie ihm. „Ich habe sie in die erste Reihe bei den VIPs platziert. Deine Mom sitzt neben Helena." Julian hatte gewusst, dass das der perfekte Platz für Marilyn war und er hatte recht behalten. Die zwei Frauen waren fröhlich in ihr Gespräch vertieft, während Nicks Vater ein bisschen fehl am Platz wirkte und ehrfürchtig den neuesten Star-Pitcher der New York Mets anstarrte, der mit einigen seiner Teamkollegen hier war.

„Ich hoffe dein Vater nimmt es mir nicht übel, dass ich ihm signierte Bälle und Schläger von allen Mitgliedern der New Yorker Mannschaften besorgt habe." Julian grinste Nick an, der ihn mit großen Augen anglotzte.
„Verarschst du mich? Du hättest mir besser auch welche besorgt." Nick schmollte und Julian dachte, dass er niemals besser ausgesehen hatte.
„Was hältst du von einem Dinner mit ihnen allen heute Abend. Ist das gut genug?" Er liebte es, Nick zu ärgern. Der Anblick des Mannes, der sich wie ein kleiner Junge

darüber freute, mit seinen Sportidolen zu Abend zu essen, machte ihn glücklicher, als er je für möglich gehalten hatte.
„Meinst du das ernst? JAA!" Er ballte vor Freude eine Faust und holte sein Telefon heraus. „Ich werde das aufladen, um sicherzugehen, dass der Akku reicht. Warte nur, bis die Jungs das erfahren."
„Warum gehst du nicht und erzählst es ihnen? Sie sind gerade hereingekommen." Julian deutete auf die Gruppe und nach einem flüchtigen Kuss bahnte sich Nick seinen Weg durch die Menge zu seinen Freunden.
Ein warmes Gefühl breitete sich in Julian aus, während er beobachtete, wie sich Nick mit den Jungs der Feuerwehr unterhielt. Das ganze Team war gekommen; außer Jensen. Während der letzten paar Monate hatte Nick Julian den Männern, mit denen er zusammenarbeitete, vorgestellt und obwohl es ein paar peinliche Momente gab, fühlte Julian sich weitgehend akzeptiert. Besonders dann, wenn ihn die Männer um Modetipps baten oder fragten, was sie ihren Frauen, Freundinnen oder Müttern zum Valentinstag oder Geburtstag kaufen sollten. Er ging davon aus, dass es ein Lernprozess war.
„Er ist fast wieder der alte Nick, weißt du. Und nur wegen dir."
Katie stand neben ihm und sie sahen, wie Nick lachte und mit seinen FDNY Kollegen scherzte, als sie zur Bar gingen.
„Nicht wegen mir. Er hat das allein geschafft. Ich hatte das Glück, ihn zu finden, als es für ihn an der Zeit war, sich zu verändern."
Katie lächelte ihn an. Ihre Augen waren wie die von Nick, nur ohne diesen Hauch von Traurigkeit, den er noch

immer in sich trug. „Warum sind die besten Männer immer verheiratet oder schwul? Schön wär's, wenn ich auch so viel Glück hätte, einen Mann wie dich zu finden."

„Wer auch immer dich bekommt, ist der Glückliche. Dich und Melanie. Jetzt geh und setz dich. Die Show geht gleich los." Er umarmte und küsste sie ein letztes Mal und ging dann wieder hinter die Bühne, um Jamal zu suchen.

Der nervöse junge Mann saß auf einem Stuhl; ein Haarstylist bearbeitete ihn, um sicherzustellen, dass seine Koteletten gleichmäßig waren, während der Make-up Artist seine Augenbrauen nachzeichnete und sein Gesicht puderte, damit er im Scheinwerferlicht nicht vor Schweiß glänzte.

„Wie läuft's, Kleiner?" Julian küsste Jamals Mutter und Schwester zur Begrüßung. Seine kleine Schwester sah umwerfend aus, sie hatte den Haarstylisten dazu überredet, ihr verschiedenfarbige Strähnen ins Haar zu flechten.

„Bist du dir sicher, dass ich das kann? Da draußen sind echt viele Leute. Was ist, wenn die mich auslachen, weil ich nicht richtig laufen kann?"

Julian schickte die Stylisten weg und setzte sich neben Jamal. „Wer entscheidet, wie man richtig läuft? Das ist mehr als nur eine Modenschau. Das ist eine Show darüber, sein Leben zurückzuerlangen, nach einem Unglück wieder auf die Füße zu kommen. Du bist ein Gewinner, Jamal. Du und all die anderen, die hier dabei sind. Ich habe diese Designs entworfen, damit du dich in der Öffentlichkeit nicht befangen fühlst und dich ein bisschen stylischer anziehen kannst. Du bist aber der Einzige, der entscheidet, was mit deinem Körper gemacht wird."

„Ich hab's verstanden. Ja." Verständnis flackerte hell in Jamals Augen auf. All die Therapien und Übungen halfen nur bis zu einem bestimmten Punkt. Menschen wurden daran gemessen, wie sie die Hindernisse in ihrem Leben bewältigten. Sie konnten sich ausruhen und die Welt um sich herum ihren Lauf nehmen lassen und nichts tun, oder sie konnten lernen, sich anpassen und versuchen, die Welt zu verändern. „Ich will das für dich und mich machen, aber auch um den Kids, die heute nicht hier sein können, zu zeigen, dass sie etwas haben, worauf sie sich freuen können."

Julian blickte im Spiegel in Jamals Augen. „Erinnerst du dich, was wir über das Nach-vorne-Schauen gesagt haben?" Als Jamal nickte, fuhr er fort. „Hättest du vor vier Monaten gedacht, dass du jemals ein Model sein würdest? Dass du in einem der angesagtesten Clubs in New York City einen Laufsteg entlanglaufen würdest und all diese Sportler triffst?"

„Niemals, Mann. Ich kann es immer noch nicht glauben."

„Glaub es ruhig, Kumpel." Marcus stand im Türrahmen, in einem Shirt, das mit den Logos jeder einzelnen New Yorker Sportmannschaft verziert war, und seinen üblichen engen schwarzen Jeans. „Und im Hinblick auf die Menschenmenge, die sich da draußen versammelt hat, ist es besser, als du erwartet hast, Juli."

„Wovon redest du?"

Ein Lächeln breitete sich Marcus' Gesicht aus und ließ seine Augen strahlen. „Sie sind alle hier. Die Zeitschriften, die Zeitungen, alle, die über deinen Untergang und deine letzte Kollektion berichtet haben. Die Arschlöcher sind alle da draußen."

„Und warten darauf, dass ich auf die Schnauze fliege, wette ich", sagte Julian grimmig.

„Dann geh und beweis ihnen das Gegenteil. Was du hier geschaffen hast, ist atemberaubend, Juli. Ich bewundere deine Ideen und Entwürfe. Bewundere dich. Ich wusste, dass du es schaffst."

Bei Marcus' Lob stiegen Tränen in Julians Augen. Sein Freund war niemand, der leichtfertig Komplimente verteilte. Er hatte keine Ahnung, wie er das ohne seine Freunde geschafft hätte.

„Ja, Julian. Als du mir erzählt hast, was du tun willst, dachte ich, du wärst auch nur wieder ein reicher Typ, der Versprechungen macht." Jamal berührte die neuen Kompressionsverbände an seinem Arm, die ihm der Arzt am Morgen angelegt hatte. Er hatte sich für seinen Arm einen schwarzen Hintergrund mit verschiedenfarbigen Streifen und für sein Bein ein schillerndes Blau wie Ozeanwellen ausgesucht. „Die sind der Wahnsinn. Ich dachte, es wären Überzieher; ich hatte nicht bemerkt, dass es die Verbände selbst sind."

Auch Julian hatte nicht damit gerechnet. Aber als er die Leute vom Gesundheitswesen getroffen hatte, arbeiteten sie mit seinen Ideen, um sie für die Patienten zu optimieren. Er plante immer noch Überzieher für die umfangreicheren Kompressionsverbände, die einige Patienten brauchten, aber er liebte es, dass er direkt auf das Verbandsmaterial drucken konnte.

„Es ist mehr, als ich mir jemals hätte träumen lassen, als ich das erste Mal darüber nachgedacht habe.“ Er hatte einen Kloß im Hals bei dem Gedanken daran, wie kurz davor er gewesen war, all das zu verpassen; diesen Menschen zu helfen, Liebe zu finden, sich selbst zu finden. Julian hatte immer über das Gerede vom Schicksal gelacht, aber er sollte verdammt sein, wenn er jetzt nicht selbst daran glaubte.

„Juli, es ist Zeit.“ Marcus umarmte ihn fest und küsste ihn auf die Wange. „Hau sie um. Hals- und Beinbruch. Oder was auch immer ihr verdammten Künstler sagt. Ich geh nach vorne, behalte alles im Auge und sehe mir die Show an.“

Und, wie Julian seinen Freund kannte, würde er wahrscheinlich einige der neuen Models angaffen. Er lachte in sich hinein. Marcus konnte eben nicht anders: Der Mann war eben ein laufender Ständer, zufrieden mit seinem Leben als männliche Hure.

„Hi.“

Nick stand am Eingang des Styling Bereichs und eine Woge der Sehnsucht schwappte über Julian. Er wollte Nick halten und das Lachen zurück in seine Augen und sein Herz bringen. Als er in Nicks blaue Augen blickte, verstand er, was es bedeutete, ein Zuhause gefunden zu haben. Was auch immer Nick von ihm brauchte, Julian würde es ihm geben; Nick selbst hatte ihm schon so viel gegeben. Familie, Vertrauen und einen Weg zurück in ein bedeutungsvolles Leben mit einem Sinn. Aber vor allem hatte Nick ihm sein Herz geschenkt und sich Julian offenbart, vollständig.

Dafür liebte Julian ihn noch mehr, wenn das überhaupt möglich war.
„Hey, Babe. Die Show fängt gleich an. Ich habe dir einen Platz neben Katie und deiner Mom freigehalten." Er legte Nick die Hand in den Nacken, seine Finger spielten mit den kleinen Locken. Er liebte es, dass sie nach Nicks Outing die Möglichkeit hatten, sich auch in der Öffentlichkeit zu berühren.
Wie um seine Aussage zu bestätigen, wurde die Musik lebendiger und die Lichter über dem Publikum gedimmt, damit die Scheinwerfer den Laufsteg, den Marcus hatte aufbauen lassen, hervorhoben. Nick allerdings blieb bei Julian und hakte sich bei ihm unter.
„Ich will das alles mit dir gemeinsam erleben. Ich bin so begeistert und stolz auf dich und was du hier vollbracht hast." Nick umfasste Julians Gesicht mit beiden Händen. „Ich liebe dich und wenn du am Ende der Show den Laufsteg runtergehst, will ich, dass jeder in New York City weiß, zu wem du gehörst."
Bei Nicks besitzergreifenden Worten rann ein Schauer über Julians Rücken. „Ich möchte das mehr als alles andere. Los. Lass uns zusehen."
Er nahm Nicks Hand und ging zur Rückseite der Bühne, von wo aus die Models starteten. Er hatte einige männliche und weibliche Topmodels für seine Show gewinnen können, obwohl es keine Modenschau im eigentlichen Sinne war. Als es einmal bekannt geworden war, dass es darum ging, Verbrennungsopfern zu helfen, waren sie begierig darauf dabei zu sein.

Aber in seinen Augen waren die wahren Stars dieser Show Jamal und Kayla, die zu Julians Freude auf eine heiße pinkfarbene Bandage über ihrer Brust bestand. Kayla hatte Blumen am Halsausschnitt angebracht, wodurch Julian ihr angeborenes Talent entdeckte und schon Pläne für sie hatte, wenn sie die Highschool und das College abgeschlossen hätte.
Die Models liefen abwechselnd, rückten die Verbände ins rechte Licht, präsentierten deren Flexibilität und die Bewegungsfreiheit, die ihre Arme und Beine darin hatten. Einige der Models trugen abnehmbare Ärmel und zeigten dem Publikum, dass sie dafür nur einen einfachen Klettverschluss brauchten. Alles war modisch und unkompliziert zu tragen.
Bei jedem Model kam augenblicklich das Feedback vom Publikum. Der Applaus dröhnte in Julians Ohren. Er sah die Anerkennung in den Gesichtern der Manager aus dem Gesundheitswesen und die Modeblogger machten sich wie verrückt Notizen.
„Alles für dich." Nick umarmte Julian von hinten, umfing ihn mit seinem warmen Körper. „Ohne deine Ideen wäre das alles nie passiert. Ich bin so stolz auf dich."
Aber Julian konnte nicht sprechen, er war fasziniert von der Bestätigung des Publikums und den Models, die so sehr daran glaubten, was sie taten. Sie blieben auf dem Laufsteg stehen, um Kayla und Jamal zu applaudieren, als sie Hand in Hand herauskamen und die Standing Ovations des Publikums entgegennahmen.
Die wunderschöne Kayla mit ihren kornblumenblauen Augen und dem rotgoldenen Haar; sie schwebte über den

Laufsteg, ihr hauchdünnes Outfit flog hinter ihr her, sie sah aus wie der Engel, der sie war. Sie versteckte ihre Brandnarben nicht länger, sondern trug sie als ein Zeichen ihrer Tapferkeit.

Und Jamal, der ihn zu all dem inspiriert hatte. Seine Augen waren geweitet wie die eines Rehs im Scheinwerferlicht, doch ein selbstbewusstes Lächeln breitete sich langsam auf seinem Gesicht aus, während er seine Arme mit den Rallyestreifen präsentierte, und poste, um sein bandagiertes Bein zu zeigen. Er trug Shorts, sodass die Leute das ganze Ausmaß sehen konnten. Julian liebte es, dass Jamal die blauen Verbände mit einem Paar neongrüner und blauer Turnschuhe kombiniert hatte.

Für das Publikum sah es so aus, als trüge er ein Trikot oder einen Neoprenanzug, aber Julian, Nick und alle, die Jamal, Kayla und all die anderen Verbrennungsopfer kannten, wussten, was sie für diesen Moment hatten ertragen müssen.

Und plötzlich fingen alle Models sowie Kayla und Jamal an zu klatschen und riefen ihn auf die Bühne. Nick nahm seine Hand und gemeinsam gingen sie auf den Laufsteg, stoppten auf halbem Weg, um Leute zu begrüßen, dann gingen sie weiter bis an den Rand, um dem Publikum zu winken. Obwohl sie mitten im Scheinwerferlicht standen, hatte Julian kein Problem, Nicks Eltern im Publikum auszumachen. Beide hatten ein Lächeln auf dem Gesicht. Neben ihnen standen weinend und klatschend Katie und Melanie. Marcus stand natürlich an der Bar, umgeben von gutaussehenden Männern, aber sein Gesicht erstrahlte mit einem Lächeln und er klatschte mit der Menge mit.

Sogar der schüchterne Zach war wie versprochen hinter seinem Mischpult hervorgekommen. Er stand neben seiner Mutter, die den Schal trug, den Julian für sie entworfen hatte, und Julian wie verrückt zuwinkte. Julian warf ihr eine Kusshand zu und winkte Zach, doch den hatte sich Marcus bereits geschnappt und zog ihn in die Gruppe von Männern.

Und als ob die Nacht an sich nicht schon erfolgreich genug war, weiteten sich Julians Augen bei dem Anblick des Bürgermeisters und seinen Sicherheitsleuten, der neben dem Commissioner der Feuerwehr und anderen hochrangigen Mitgliedern des Feuerwehr Departments stand.

„Boah, Babe. Du hast echt einen großen Wurf gemacht. Das sind die ganz hohen Tiere der Feuerwehr." Nick beugte sich vor, um Julian ins Ohr zu flüstern, aber der hörte es durch seinen Herzschlag und die Musik kaum.

Das war nicht sein Verdienst. Er war nur der Katalysator, aber Jamal, Kayla und die anderen waren die wahren Gewinner des heutigen Abends. Durch sie und ihre Tapferkeit hatte er seine Inspiration gefunden. Das Leben kann grausam und schwer sein, aber sogar aus Tragödien und Verlust, aus Dreck und Schmutz kann manchmal etwas Gutes entstehen. Eine Woge von Beschützerinstinkt schwappte über Julian und er schwor sich, wenn die hellen Lichter und die Musik aus waren, wenn die Kameras verschwunden und die Lospreisungen verstummt waren, würde er immer noch bei diesen Menschen sein.

Er und Nick. Zusammen.

Der Applaus ebbte ab und irgendjemand, er wusste nicht wer, drückte ihm ein Mikrofon in die Hand. Zu seiner eigenen Überraschung wusste er nicht, was er sagen sollte; das erste Mal in seinem Leben wurde er von seinen Gefühlen übermannt. Er wandte sich an Nick mit der Bitte um Hilfe in seinen Augen. Nick erkannte seine Verzweiflung und legte ihm den Arm um die Schultern. „Sag einfach, was dir auf dem Herzen liegt."

Sein Herz war zum Bersten voll – wie sollte er das erklären? Aber ein Blick zu Jamal und Kayla und das Wissen um den Mut, den sie heute gezeigt hatten, sorgte dafür, dass Julian wusste, dass er nicht der Mittelpunkt war – es waren diese Menschen und ihre Geschichten.

„Danke, dass Sie alle gekommen sind und diese Nacht zu einem spektakulären Erfolg gemacht haben. Als ich Jamal das erste Mal traf, dachte er, ich wäre auch nur ein weiterer reicher Sack, der nur mal vorbeischauen wollte; der ein oder zwei Mal auftauchen, ihm Versprechungen machen würde und auf nimmer Wiedersehen verschwindet." Er sah Jamal voller Zuneigung an. „Aber jetzt, da Sie ihn und Kayla kennengelernt haben, verstehen Sie sicher, dass das unmöglich ist. Nach nur einem Treffen mit diesen Menschen gehen sie dir unter die Haut und treffen dich mitten ins Herz. Und dann war da Nick."

Er hatte nicht mit ihm vorher darüber gesprochen und für einen kurzen Moment erstarrte er, überlegte, ob das ein Fehler war, bis Nick das Mikro nahm und die Menge still wurde.

„Ich danke Ihnen allen. Ich möchte mich kurz vorstellen: Ich bin Nick Fletcher. Ich bin ein stolzes Mitglied des FDNY und ich bin Julian Cornells Partner. Am 11. September habe ich die meisten der Kollegen meiner Feuerwache verloren und ich selbst wurde sehr schwer verletzt. Ich habe Monate im Krankenhaus und Wochen auf der Verbrennungsstation verbracht, ich kenne mich also damit aus, was diese Menschen ertragen müssen."

Julians Hals war wie zugeschnürt. Egal wie oft er Nicks Geschichte hörte, zu wissen, dass er diesen Mann beinahe verloren hätte, ließ ihn jedes Mal emotional werden.

Nick fuhr unbeeindruckt von all der Aufmerksamkeit, die auf ihm ruhte, fort. Julian bemerkte, dass Dr. Landau an der Bar saß, ein Lächeln voll aufrichtiger Freude auf seinem Gesicht.

„Ich hätte das ohne meine Familie nicht durchgestanden; meinen Eltern, Brian und Marilyn Fletcher, meiner Schwester Katie, den Jungs, mit denen ich beim FDNY zusammenarbeite und Dr. Saul Landau, meinem Therapeuten. Aber etwas fehlte. Ich dachte, durch die ehrenamtliche Arbeit auf der Verbrennungsstation würde ich finden, was ich brauchte. Aber ich lag falsch."

Er nahm Julians Hand und verschränkte ihre Finger ineinander.

„Vor Jahren hatte ich nicht den Mut, das zu sagen, was mir am Herzen lag, weil nicht akzeptiert wurde, wen ich liebte. Ich ließ das Beste aus meinem Leben verschwinden. Ich war unglücklich und wusste, dass ich mein Teil vom Glück verloren hatte."

Julian konnte es nicht glauben, Nick stand vor seiner Familie, seinen Chefs, der Presse und sprach so offen über seine Gefühle. Mut, tatsächlich.

„Als Julian wieder auftauchte, war ich gezwungen, mein Leben neu zu bewerten. Und ich wusste, wenn ich ihn

wegen meiner Angst wieder gehen lassen würde, würde ich nie wieder eine Chance bekommen."
Im Club waren über 200 Leute, doch es war totenstill, nur das hektische Schlagen von Julians Herz und Nicks Griff um seine Hand verankerten Julian in der Realität.
„Er war in diese Welt der Schönheit und Mode eingetaucht, in der Aussehen alles ist und ich hätte beinahe zugelassen, dass wieder die Angst die Oberhand über mich gewann. Denn sehen Sie", Nick ließ Julians Hand los, gab ihm das Mikrofon und knöpfte sein Hemd auf, legte seine vernarbte Brust für das Publikum frei, damit sie sie sehen konnten. „Ich weiß selbst genau, was diese Leute durchgemacht haben. Meine Angst vor Ablehnung, aufgrund meiner äußeren Erscheinung, hätte beinahe meine zweite Chance mit Julian ruiniert. Warum sollte ein Mann, dessen Leben darin bestand, von Perfektion und Schönheit umgeben zu sein, sich für jemanden wie mich interessieren?"
Ohne Nachzudenken antwortete Julian ihm direkt, als ob niemand sonst im Raum wäre. „Weil du wunderschön bist. Dein Körper erzählt eine Geschichte von einem Leben, das es wert ist gelebt zu werden. Und du hast mir in den vergangenen paar Monaten mehr über Schönheit beigebracht, als es die letzten Jahre in der Modewelt je geschafft haben. Diese wahre Schönheit kann man nicht sehen; es ist etwas Tieferes, das bis ins Mark geht und es wert ist, dass man dafür unter die Oberfläche schaut. Für mich bist du wunderschön, perfekter als damals, als wir noch jung waren."
Er legte seinen Arm um Nicks Taille und drückte ihn an sich.
„Ich liebe dich."

„Ich liebe dich auch.“ Nick knöpfte sein Hemd zu und gemeinsam gingen sie von der Bühne, um sich unter die wartenden Menschen zu mischen, die sich mit ihnen unterhalten wollten.

Sofort nahmen die Reporter Julian für Fernsehinterviews in Beschlag, gefolgt von den Bloggern. Dann musste er mit dem Bürgermeister und dem Commissioner für Fotos posieren und andere öffentliche Auftritte absolvieren. Es schien, als wäre er, der noch vor Kurzem ein Ausgestoßener gewesen war, über Nacht zum Medienliebling geworden. Flatterhafte Bastarde; er hatte vergessen, wie sehr er es hasste, der Presse in den Arsch zu kriechen.

Trotz allem behielt er Nick im Auge, der von der Menge verschluckt worden war. Manchmal erhaschte er einen Blick auf ihn mit seiner Feuerwehrmannschaft, oder mit Zach, Marcus und seiner Familie.

Er entdeckte Jamal mit seiner Mutter, mit seiner Schwester und Kayla, wie sie mit einigen Baseball- und Football-Spielern redeten. Selbst auf diese Entfernung konnte Julian sehen, wie fasziniert und beeindruckt Jamal von den Stars war und fragte sich, wie er wohl reagieren würde, wenn morgen alle Spieler auf der Verbrennungsstation für ein Meet and Greet mit den Patienten und Angestellten auftauchten. Als ihm jemand auf die Schulter tippte, wirbelte er herum, in der Erwartung, dass es Nick sein würde, stattdessen stand er von Angesicht zu Angesicht Devon Chambers gegenüber.

Instinktiv fuhr er seine Schutzschilde hoch und rüstete sich für einen Kampf.

„Was ist, Devon? Ich habe zu tun." Julians Versuch, sich an ihm vorbeizuschieben, wurde durch Devons Hand auf seinem Arm vereitelt.
„Was du hier getan hast, ist atemberaubend. Ich weiß, dass es vielen Menschen helfen wird, sich in ihrer Haut wohler zu fühlen."
Schockiert von dem scheinbar ernsthaften Tonfall Devons, schaffte es Julian, ihm ein knappes Lächeln entgegenzubringen. „Danke." Devons Griff um seinen Arm wurde fester.
„Meine Schwester …" Devon holte tief Luft und schloss für einen Moment seine Augen. „Meine Schwester starb bei einem Brand am College. Obwohl es schon über fünfzehn Jahre her ist, sind meine Eltern immer noch nicht darüber hinweggekommen und es hat auch mich verändert. Es hat mich wütend und hasserfüllt der Welt gegenüber gemacht." Er wischte sich mit der Hand über die Augen. „Es tut mir leid, dass ich dich betrogen habe."
„Du gibst es also zu." Julian konnte kaum begreifen, dass er dieses Gespräch führte. „Ich will hören, dass du es sagst."
„Ich habe deine Konzepte gestohlen und einige Veränderungen vorgenommen, damit die Ähnlichkeiten nicht so offensichtlich sind, aber es waren deine Ideen. Und ich dachte, es würde mich zum glücklichsten Mann machen, an der Spitze zu stehen, aber du weißt, wie das Geschäft ist: Du bist nur so gut wie deine letzte Kollektion."
„Keine Ideen, he?" Julian konnte nicht anders, aber er verspürte Genugtuung. Es war vielleicht nicht nett, aber er empfand nur wenig Mitleid mit Devon Chambers, dem

Designer. Aber Julian fühlte den Schmerz des Mannes als menschliches Wesen und der tat ihm leid.
Devon schüttelte den Kopf. „Es ist, als wäre meine Magie verschwunden. Ich habe gehört, Melanie bringt deine Kollektion nach Paris."
„Denkst du wirklich, dass ich mit dir über meine Kollektion rede, nachdem, was du getan hast? Es tut mir leid, was mit deiner Schwester passiert ist, aber ich habe nicht das Bedürfnis mit dir zu reden oder dein Freund zu sein. Wir standen uns nicht besonders nahe, bevor du mich bloßgestellt hast und wir haben auch jetzt nichts gemeinsam." Als er Nick entdeckte, schüttelte er Devons Hand ab. „Bye."
Er eilte hinüber zu Nick, der gerade mit seiner Trainingsgruppe sprach. Julian grüßte sie und sie sprachen miteinander, bis sich die Menge lichtete. Nicks Eltern hatten sich ihnen angeschlossen und Julian hörte nur mit halbem Ohr zu, als Nicks Vater über Klatsch und Tratsch aus der Feuerwehr plauderte.
„Können wir bald gehen?"
„Nick."
Nick und er drehten sich um und sahen einen ernst blickenden, grauhaarigen Mann. Nicks ganze Haltung änderte sich von entspannt zu wachsam. Er zog seine Schultern hoch und sein Lächeln verflog.
„Jensen, was machst du hier?"
Scheiße. Das war also der Typ, der es Nick so schwer gemacht hatte. Trotzig starrte Julian ihm ins Gesicht, freute sich über dessen Unbehagen.
„Können wir unter vier Augen reden?"

„Nein.“ Nick zog Julian näher. „Das ist mein Partner, Julian Cornell. Heute ist sein Abend und ich werde nicht zulassen, dass du ihn mit deiner Feindseligkeit, Ignoranz und offensichtlichen Missachtung für die Menschenrechte ruinierst. Falls du hier Ärger suchst, geh.“
„Ich bin gekommen, um mich zu entschuldigen.“
Julian dachte, er wäre in einem Alternativuniversum gelandet. Zuerst Devon Chambers und jetzt Nicks Feind. Jensen war nach zweimonatiger Beurlaubung zurückgekehrt und Nick hatte Julian erzählt, dass er Abstand zu ihm und Barton gehalten hatte. Wie sonst auch hatte sich Julian dafür entschieden, an das Gute und nicht an das Schlechte in den Menschen zu glauben und blieb still.
„Sprich weiter. Wir hören.“
Einen Moment lang zappelte Jensen herum, weil er nicht wusste, was er mit seinen Händen machen sollte. Schließlich faltete er sie hinter seinem Rücken. „Es war falsch, dich zu schlagen und zu sagen, was ich gesagt habe. Ich will mich nicht mit Tommy für mein Verhalten entschuldigen, weil ich es einfach nicht verstehe … dieses Schwulenzeug.“
Julian stellte die Stacheln auf, aber Nick hielt ihn zurück. „Du musst es nicht ‚verstehen‘. Was du tun musst, ist, mich mit demselben Respekt behandeln, den du auch jedem anderen entgegenbringst. Ist das klar?“
Jensen warf einen kurzen Blick zu Julian, der zurückstarrte. „Ja, ist klar. Ich denke, dass sie mich trotzdem nicht wieder mit dir arbeiten lassen.“
Nick zuckte mit den Schultern und nahm Julians Hand. „Wir müssen gehen.“ Ohne einen Blick zurück schleifte er Julian schon beinahe hinter die Bühne.

„Was geht hier vor? Was ist …“
Nicks Mund verschloss seinen mit einem leidenschaftlichen Kuss, der Julians Knie weich werden ließ. Unter diesen Umständen hatte er kaum Zeit, sich an Nicks Schultern festzukrallen um Halt zu finden. Nicks Lippen bewegten sich über Julians, seine Zunge drängte sich in Julians Mund, raubte ihm den Atem, während seine Hände Julians Hintern umfassten.
„Nick, was geht hier vor?“ Julian konnte kaum atmen, das Verlangen nach Nick war so stark in seinem Blut und seinem Kopf, als stünde er unter Drogen.
„Ich habe dich heute Abend gesehen und wusste, dass du nach all den Jahren, die wir getrennt waren, nun mir gehörst. Ich wusste, dass wir wie jeder andere frei sind und nicht verurteilt werden. Ich brauchte ein paar Minuten allein mit dir, um mich zu vergewissern, dass es real ist und kein Traum.“
Julian blickte zu Nick hoch und seine wunderschönen blauen Augen waren endlich klar und voller Hoffnung, nicht mehr erfüllt von Hilflosigkeit und Verlust. Wieder einmal wunderte sich Julian über die Welt und die Mysterien des Lebens und des Schicksals.
„Ich liebe dich. Ich liebe dich seit diesen langvergangenen Tagen auf diesem kratzigen alten Sofa in meinem Keller. Meine Liebe zu dir hat all die Männer, die kamen und gingen und deren Namen mich nie interessiert haben, überdauert. Ich habe mehr als mein halbes Leben damit verbracht, dich zu lieben und das wird sich auch niemals ändern. Ich habe mich verändert und du dich auch, aber am Ende ist es für alle gut gelaufen.“

„Ja." Nick lächelte und fuhr mit seinen Fingerspitzen Julians Kiefer nach. „Du und ich – zusammen. Für immer."
„Komm und leb mit mir, Nick. Zieh zu mir ins Loft, dann können wir unser gemeinsames Leben beginnen."
Er hielt die Luft an und fragte sich, ob Nick dazu bereit war. Das Lächeln, das er so liebte, das Nick von innen heraus strahlen ließ, breitete sich auf Nicks Gesicht aus.
„Das würde ich liebend gern tun. Aber bist du sicher?"
Julian küsste ihn. „Dich gehen zu lassen, war das Schwerste, was ich in meinem Leben getan habe. Wenn jetzt einer von uns geht, werden wir immer wissen, dass wir zueinander nach Hause zurückkommen."
Nick streifte mit seinen Lippen über Julians, dann hielt er ihn fest. Ihre Körper passten immer noch so perfekt zusammen wie vor all den Jahren.
„Ich liebe dich, Julian. Egal wo ich bin, ich werde immer zu dir nach Hause kommen."
Zusammen gingen sie zurück in den Club, Hand in Hand.

Ende

Über die Autorin

Felice lebt mit ihrem Ehemann, zwei Kindern und hoffentlich bald einer eigenen Katze in New York City. Ihr Tag beginnt mit viel Koffein und endet mit einem oder zwei Gläsern Rotwein. Sie praktiziert Rechtswissenschaften, tagträumt aber von einer Zeit, in der sie irgendwo an einem Strand sitzen und schöne Geschichten über Männer, die ihre Liebe finden, schreiben kann. Auch wenn es immer Schwierigkeiten gibt, ein „Sie lebten glücklich bis ans Ende ihres Lebens" ist immer garantiert.

www.felicestevens.com

Facebook

www.facebook.com/felice.stevens.1

Twitter

Twitter.com/FeliceStevens1

Goodreads

www.goodreads.com/author/show/8432880.Felice_Stevens

Leseprobe:

Màili Cavanagh

Rough Ride- Rauer Ritt ins Glück

„Komm! Wie reiten zur alten Grenzhütte. Die ist nur ein paar Meilen entfernt."

Cam nieste. Die Jeans klebte bereits an seinen Beinen und das Hemd hätte er auswringen können.

Hastig sammelte er das Werkzeug ein und stieg wieder in den Sattel. Es war stockdunkel, obwohl es erst Nachmittag war. Unwillig schnaufend trabten die Pferde gegen das Unwetter an.

Die alte Hütte war windschief und diente als Lagerraum und Notunterkunft für Fälle wie diesen. Die Tür klemmte und Heath musste sich dagegen stemmen, um sie aufzubekommen.

Muffiger, abgestandener Geruch schlug ihm entgegen und er lief direkt in eine Ansammlung von Spinnenweben, als er hineinging. Angewidert wischte er sie sich aus dem Gesicht und prustete.

Cam folgte ihm, legte die Satteltaschen in eine Ecke, während Heath erst einmal eine Petroleumlampe anzündete und sich um den Ofen kümmerte. Es lagerte immer eine kleine Menge Holz in der Hütte und schon bald prasselte ein Feuer darin und verbreitete eine wohlige Wärme. Die Pferde hatten sie sicher im Unterstand hinter der Hütte zurückgelassen.

Eine fette Spinne krabbelte die Wand hoch und verschwand im Gebälk.

Heath warf seinen Hut auf den Tisch und öffnete seinen Gürtel. „Raus aus den Sachen, Cam, bevor du dir den Tod holst!", befahl er, als der Ofen glühte.

Er warf seine Hose über einen der beiden Stühle, Weste und Hemd folgten.

Aber Cam zögerte. Er stand einfach da und bibberte. Ein Häufchen Elend in viel zu großen, nassen Sachen.

Heath verdrehte die Augen. Wie konnte man nur so schüchtern sein?